刘易斯·芒福德文集 | 宋俊岭 陈恒 主编

Green Memories

长青的纪念

爱子格迪斯轶事

The Story of Geddes Mumford

[美] 刘易斯·芒福德（Lewis Mumford）著

宋一然　宋俊岭 译

上海三联书店

刘易斯·芒福德

刘易斯·芒福德与夫人

宋俊岭与芒福德夫人

1928 年，3 岁，在巢佩克

总　序

时代主题与巨匠作品

20 世纪美国文化孕育出一位世界级文化名人,堪与列夫·托尔斯泰、莱昂纳多·达·芬奇等巨匠并列,被同时代名家评论为最后一位伟大人文主义思想家,也被理解和热爱他的读者尊奉为"世界良心"——他就是刘易斯·芒福德(Lewis Mumford, 1895—1990)。

刘易斯·芒福德 1895 年 10 月 19 日诞生于纽约城长岛,1990 年元月 26 日在家中逝世,享年 95 岁。他的一生跨越了人类从告别传统到走进现代,用近百年的生命长度亲历并见证了文明史上这一承前启后的历史转折,以饱含人文主义的生命厚度思考并诠释了传统与现代间的传承与断裂,写下 48 本专著,并发表了九百余篇文章,这些作品大部分都与城市相关,蕴含了他对城市的理解、对城市建设的建议,以及对未来生态城市的愿景,内容广涉文明史、哲学、人类学、城市学、建筑学、美国文学等诸多领域,许多已跻身世界文化经典之列。

在整个人类历史上,19 世纪都要算最重要的拐点或者断裂点。文明史中物质与精神曾经的各有其序、各守其位在此前几个世纪的剧烈变动下荡然无存。这些剧变包括许多重要思想理论和代表人物,包括进化论、物种起源论和人类起源论,以及紧随太阳中心说确立的宏观世界结构理论,也包括元素周期表为典型的微观世界,以及以物质第一性为特征的唯物辩证法,等等。这些科学合力的冲击,最终颠覆了将近三千年乃至更长久的宗教文明赖以存在的宇宙观和人类观。不仅终结了神创论,也开启了科学技术当家作主创造世界也创造新人类的现代文明。在这扇大变革的门槛内外,刘易斯·芒福德正徘徊观望、踟蹰不前。回望过去,他目睹了完整的世界概念和人类观念的裂解,艺术与技术的裂解;前瞻未来,他见证了权力扩张、社会重组、科技发展、为利润和权威背弃传统价值、道德沦丧、环境破坏、人性抽空、残酷战争等等恶果。在文明史突然撕开的这道浩大裂罅前，他震惊、惶惑、痛惜、思索……一方面，19世纪以前各种世界大发现令人类无论面对宏观世界或微观世界时候突然眼界大开，知识和精神都攀上高原地带，视野辽阔，胸襟舒展，地球的全貌尽在眼中，没有文字记录的史前时代也似乎触手可得。宇宙、自然和人类都突破宗教观念的藩篱，在更广阔的范围内寻找新的宏观框架和结构秩序。人类自身则面临重新确认自己，定位自己的迫切任务。芒福德就曾属于积极乐观的时代，深信未来必胜于过去。同样，另一方面，现代文明带来的特殊景象和灾难，也令他瞠目结舌。他的全部怀疑、批判和探索，便是在这个基础上逐步展开的。为看清未来，他认为必须洞察以往。随即，他用一系列作品逐一回溯这浩大变迁的由来，预展可能出现的更邪恶后果，再一次发出了"纵欲者没有心肝"的呐喊，努力探索新途径，试图桥接、整合破碎的宇宙概念、文明概念和人类概念。他是从根本结构和方向上质疑当今人类现代文明，因而能高瞻远瞩地提出，真正的改革是价值观的改革与创新，是全社会首选伦理的改变。他主张通过对全社会的教育来维护传统价值理念：人权、自由、平等、仁爱、真善美，知道羞耻、堕落与罪恶……因而他特别注重新意识形态的营造，注重文学艺术和大众传媒的群体启蒙教育功能。

特别值得指出，芒福德对城市学基础理论的开掘有卓越贡献。他的代表作之一《城市发展史：起源、演变与前景》受到世界性重视，原因之一是它首次把人类进化与城市状况密切系统地联系起来，据此提出并解答了有关城市和城市学的一系列根本理论问题，包括城镇起源、功能、结构、属性、机理、目的、方向、本质，城市与人类的关系，城镇与文明的关系等等。此书中的节节精彩讲述引领读者走上一个又一个历史性高原，得以开阔心胸和弘远眼界。这些学术贡献和价值历久弥新，引领越来越多的人创建人类理想的生活方式和环境。

总括历史来观察评价，刘易斯·芒福德之所以被公认为伟大的思想家、文化名人，是因为他在机器当家的现代重申生命世界的伟大奇迹。他被誉为"最晚来的一位伟大人文主义者"，因为他再度点亮了蒙尘于信仰迷失、方向混乱的文化之灯，让众人看到高居宇宙价值中心的正是人类自己。在其有生之年他甘于寂寞，以圣经的视野，佛典的心怀，现代科学技术研究的材料和方法，重新回溯文明史特别是近现代文明五百年的发育进程，重新评价人类文明的是非曲直和功过得失。芒福德影响如此深远，西方评论家说，"正如卡尔·马克思对于劳工运动做出的贡献一样，芒福德作品对生态文明也有同样深远的指导意义"。芒福德是工业文明当中非理性的尖锐批判者，他的大量论述把混沌不清的两种文化从思想理论到学术队伍都一劈为二，并在工业文明的拥护者和生态文明的倡导者之间掀起一场旷日持久的论战。这场论战明确了未来一个世纪的特殊主题,即工业文明的衰落和生态文明的萌起。这个主题至今支配着全人类的文化过渡。

科学活动,学术研究,是为给人类照亮前进道路,而非为科学和学术本身,更不能违背这一宗旨去反人类。芒福德不在传统权威面前止步,为我们营造了一个真正无禁区的研究范例。为探索真理与文明的正确方向,他质疑过许多权威,包括批评爱因斯坦不该在投放原子弹决议上签字,也包括谴责许多集权体制社会的各种极端主义残忍做法。

芒福德是最早关注工业化对生态环境破坏的学者之一,也是最早提出建立生态城市的学者,不过他的生态城市思想最初在西方备受冷遇,因为那是一个只追求经济发展、城市盲目扩张的时代,但是,当20世纪70年代西方城市问题日益突出,城市发展面临困境时,芒福德的生态城市思想无疑给西方城市未来的发展提供了一剂良药。波兰诗人辛波斯卡(Wislawa Szymborska, 1923—2012)写道,"我们通晓地球到星辰的广袤空间,却在地面到头骨之间迷失了方向"。也许将芒福德视作重新为人类指引方向的灯塔不免有夸大之嫌,但他在现代社会狂飙突进年代里的冷静反思,无疑为后人留下了再度出发的空谷足音和吉光片羽。因此,芒福德无愧于那些为他颁发的殊荣,包括两位美国总统(林登·约翰逊和罗纳德·里根)为他颁发的奖章、史密森学会授予他的大奖、美国国家人文科学基金的特别奖状,以及美国文理科学院的院士称号;更无愧于后代学人对他的不懈研究和深深敬意。

虽然国内外学者重视和研究芒福德都是近几十年的事,但限于学术氛围、资料等各种原因,国内对芒福德学术思想的认识和研究与国外已存在明显差距。国外学者在整理芒福德论著方面已有不少成果,而国内还处于翻译、引介芒福德重要论著的初始阶段,这是我们出版文集的目的所在,为未来深入研究奠定基础。文集正是基于这样的初衷,怀抱一个宏远目标,从全面译介和整理芒福德论著入手,努力填补一些国内芒福德学术思想研究中可能存在的空白,促进跨文化交流,为民族文化的改造和健康发展奠定坚实基础。为此,意欲从以下几个方面加以探讨、谋求发展、寻找突破:

出版芒福德文集;对芒福德影响较大的著作优先翻译出版;将已出版的四本芒福德译作纳入芒福德文集体系下修订再版,增加其受众群体和影响力。

在条件成熟的情况下精选、翻译芒福德的一些重要文章、演讲、通信、书评,结集出版。主要侧重于城市理论和技术哲学方面具有学术思想价值的一些重要文章,作为对芒福德文集翻译的补充,填补芒福德资料整理方面的空白。

文集是针对芒福德论著的基础性学术建设,通过系统地组织芒福德著作的译介,理清芒福德以城市为核心——亦即文明人类和人类文明发育的主观与客观、精神与物质交互促进的发展进程——的学术思想脉络,继而传播芒福德独树一帜、涵虚务实的学术思想(尤其是生态城市思想)；通过整理芒福德论著类目和重要文章的结集，出版填补国内芒福德研究资料整理上的空白；通过新视角的城市理论和文化人类学研究对当前芒福德学术思想初步成果进行有力补充，最终通过文集进一步奠定国内芒福德学术思想的研究基础。

研究、翻译、出版芒福德文集对于文化断裂和社会转型的中国和世界现实具有重要理论意义和实践价值，他提问的角度和回答的方式不乏学理价值，他对人与城市的思考更有不容忽视的实际意义。期望该文集的出版，能够促进切合实际实现"他山之石，可以攻玉"之名训。

《刘易斯·芒福德文集》编委会

于光启编译馆

2016 年 3 月 16 日

目录 Contents

第一部分　习习晨风

1　幽幽暗夜，朗朗晴空

本书记写格迪斯·芒福德生平，讲述他短促人生和突然陨落。我记写他，不为他曾有所建树，而是为他在我心中永远的生动鲜活……若他真有什么功劳业绩值得记载、称颂，那也是别人的事。

如果可以用一阙乐曲来叙述本书内容，有两种调式可选。第一种调式谱出的总谱，像18世纪英国作家和诗人威廉·布莱克(William Blake，1757—1827年)作品《天真之歌(Glad Day，也译朗朗的天)。——**译者注**》里欢快明朗格调。从中可以看见格迪斯生命之光如春汛中的维布塔克河(Webutuck River)，滔滔急流打着旋儿流过黑沉沉池塘，浸润长长泥岸，白花花翻身滚过巨石，任何阻障都挡它不住，河流两岸慵懒平静水草塘永远留不住它。在此意境里随它倘佯，漫步浏览，只见大片平静河水阳光下闪闪发光；水面转暗处，河底水草参差，岸柳婀娜。转瞬柳暗花明，水面又映出朗朗青天。从孩提到成年，他生命之流如春汛一泻千里。因为格迪斯生命同自然浑然一体，蕴含大自然每种特质。他充沛的生命力至终都不曾离他而去。这生命之流难以调驯也无法调驯。大坝阻拦不住，也无法把它全部导入狭小渠道任人支配。他遵从自己法则主张，天地间划开一道河床奔腾汹涌，一心一意奔向自己前程。

但是唯独一个非常沉郁音符，在格迪斯短暂一生特别响亮：这音符给整场音乐演奏出梅尔威尔撰写《雷德本》(*Redburn*)和《海魂衫》(White Jacket，也有译为白衬衫。——**译者注**)那种情绪效果。这时你仿佛看见，场景从一开始便乌云密布，阳光只偶尔透云而下。即使在上午最宁静的九、十点钟，也能隐隐听到远方滚滚雷鸣。突然，沉闷天空，霹雳闪光过后，一个炸雷劈倒菜园尽头那株老树。他的生命就随这些先兆般音符和声讯开始，最终结束在亚平宁山脉那些荒凉山坡：一个沉沉暗夜，青年战士孤自一人，迎接死亡。我家一位朋友写信说，"他身上有种一不做二不休，宁为玉碎不为瓦全的品格，令我们对他——格迪斯景仰而敬畏。这在其他朋友们的孩子当中，确属绝无仅有。"

如今格迪斯父母回顾他一生，母亲记忆里总浮现出种种快乐光明，我自己记忆中则多是些阴沉黑暗。我们这种感觉，便很像小说《到灯塔去》(To the Lighthouse)中作者弗吉尼亚·沃尔夫(Virginia Woolf)①撰写人物中父亲母亲，都为烘托同一个主题提供了不同的特色和内涵。我和索菲亚，谁都没有谎报军情，只不过一个人不记得了，另一个便极力回忆予以补充。格迪斯成长全过程中，索菲亚陪他的时间要大大超过我，因而更清楚许多经过和细节。所以，她的回忆和叙述内容，都更丰富更细致。这里回忆讲述的许多真实故事，格迪斯本人多会认同。不过我想，由于他在气质上更像他妈妈，因而会更愿意认同母亲的情感。连连遭遇特别多灾祸和挫折后，他曾回顾过自己云谲波诡人生经历，一年后写下这样的感想："真过瘾，不过瘾那才怪呢！"如今看待自己整个一生，或许他仍会这样说吧？

这本书包罗万象。我之所以把这看似激荡冲突的不同情感放在开篇——对照铺陈，只为点明书中所载复杂情感和矛盾乃他命中注定。这故事并不仅是田园牧歌般稍纵即逝的灿烂花季和随之而来的英年早逝。我尽量弱化每个不和谐音符，替所有在战争中遭遇丧亲之痛的父母们写一篇温情回忆。为这样特殊经历树一座集体纪念碑总不为过，只怕我的双手无法担此篆刻重任。父亲提笔追忆儿子，文字难免零碎、迟疑、顾此失彼，但若此书写完都没体现出格迪斯那宁为玉碎不为瓦全的品格，那一定是跑题了。像古代波斯人一样，他能骑善射，直言不讳。书中所言点滴尽是对该品德的赞美，唯望还原一个真实的他：期望他看过之后也甘愿在标题页签下自己大名。每当真实与爱心只能选其一时，我永远秉承这种原则，让爱子之心服务于真相表达。这才是我对他勇敢精神的最高礼赞。

① 弗吉尼亚·伍尔夫(Virginia Woolf, 1882. 1. 25—1941. 3. 28)是一位英国女作家和女权主义者。在两次世界大战期间，伍尔夫是伦敦文学界一个象征。出生于伦敦的伍尔夫在家中接受教育，婚前她名字是艾德琳·弗吉尼亚·斯蒂芬(Adeline Virginia Stephen)。1895 年母亲去世之后遭遇第一次精神崩溃。后来在自传《片刻存在》(Moments of Being)中道出她和姐姐瓦内萨·贝尔(Vanessa Bell)曾遭受其后母儿子(无血缘关系)乔治和杰瑞德·杜克沃斯(Gerald Duckworth)性侵。在 1904 年她父亲莱斯利·斯蒂芬爵士(Sir Leslie Stephen,编辑和文学批评家)去世后她和瓦内萨迁居到了布卢姆斯伯里(BloomsBury)。1905 年开始以写作作为职业。刚开始为《泰晤士报文学增刊》写作。1912 年和雷纳德·伍尔夫结婚，丈夫是位公务员、政治理论家。第一部小说《The Voyage Out》1915 年出版。普遍认为伍尔夫是引导现代主义潮流的先锋；被认为是二十世纪最伟大小说家之一，同时也是现代主义者，大大革新了英语语言。在小说中尝试意识流写作方法，试图描绘人们心底里潜意识。有人评论她将英语"朝着光明方向推进了一小步"。在文学上的成就和创造性至今仍然产生很大影响。——译者注

2　突然降生

索菲亚我俩结婚三年后才决定要孩子。虽然我们景况不佳,索菲亚虽是更可靠的养家人,而且把她每周当编辑的工资节省下一部分准备坐月子用,我却从来难以挣足稿费养活我自己。我们就在这种情况下扬帆起航,准备当父母。当时感觉这决定很可能让我们骑虎难下,不过无论是灭顶之灾还是其他结果,这都是我们想要的。这问题索菲亚比我更有把握,也更理智。及至格迪斯真的来到人间,我自己那些凡夫俗子谨慎小心和千般勉强,一下子烟消云散:像多数男人一样,忽觉自己当了爸爸,马上就喜欢上了这新生儿。不过,为父的我虽很慈爱,眼神儿里也藏不住挑剔,嫌他脚丫儿太大,大鼻子太像他爸。孩子出生日期是1925年7月5日。

格迪斯急匆匆来到这个世界,也为这匆忙吃了不少苦头。整整一个星期,带着胎儿的慵懒嗜睡,就是不愿意醒来接受这人间新环境。虽然不是早产儿,却不吃奶水。不管怎么努力想喂他吃奶,就是拒绝张嘴,只管睡他的觉,完全不啷他妈妈奶头。若轻轻挠他脚跟,他会吸上几口奶,然后小嘴又一动不动的继续大睡。后来放入育婴箱,用管子饲喂,也不大管用。因而出生一周后,比寻常婴儿体重下降严重得多,连医生也害怕了。

起初,格迪斯的进食首先就成了问题。继而成了持续焦虑的根源。断奶期间更是暴病一场,同时发现原来他对牛奶中的胚乳成分过敏。这一不幸让他自己连同我们简直吃尽苦头。一连三年每天为他饮食成分提心吊胆。格迪斯那一代孩子们的父母,无疑非常注重孩子身体健康和饮食合理搭配,同时还得小心谨慎不能因"喂养问题",让良心走向反面,变成强制关爱式暴政。唉,可怜天下父母心啊……

格迪斯降生不久便遭遇一次家庭成员分离,而且这分离局面后来简直就成了我们家基本特色。还没怀上他的那年夏季末尾,索菲亚和我照例周日下午外出去围绕布鲁克林逛大弯儿。这一天我们行走方向朝向老佛爷街(Lafayette Ave.)她原来住家位置,她做姑娘时代大多在那里度过。我记得曾对她说,"我对我们未来生活的梦想,是你生个孩子,一切麻烦事儿都结束之后,我有机会再次只身前往欧洲旅行,同时思考我未来的工作和事业。"我当时说这话完全出口无心,因为这念想简直疯狂,根本不可能,而索菲亚闻者认真有意。更何况,这年冬天,齐默恩夫妇(the Zimmerns)邀请我前往日内瓦新成立的国际研究学院讲学。于是,格迪斯出生才三个星期,我就匆匆吻别他,把索菲亚送回她妈妈家代为照料,未来几个月生活就这样很潦草安排下了。

　　我离家时，索菲亚已完全学会换尿布。但对婴儿时而闹哭时而闷闷，她耳朵还没完全适应。另一问题是，面对当时所谓科学理论以及所谓婴儿合理喂养，她一方面都愿意照办，而另一方面，出于做母亲的本能，也有自己强烈的意愿和科学的本能，两者如何取舍，她非常矛盾纠结。居住母亲家，有母亲依照老经验从旁协助，并未让事情更简单容易。因为当时年轻人时兴把祖母这辈人看作无以救药，甚至更干脆说法，索性都看作溺爱儿孙的傻瓜。不信看看实例，老一辈喂养婴儿是不是不守时刻？间隔时间忽长忽短，根本没规律。而且总的来说，一个个反复无常，忽而奴隶般受累，忽而又暴君般横蛮，不是吗？简直就是弗洛伊德和沃森(Watson)的影子！青年一代很懂得这些道理，而索菲亚当时25岁，刚好很年轻。

　　格迪斯最初有两个月是在外祖母家安装了纱帘的门廊中度过的，而且这两个月他长得很快。我却是在日内瓦的卢梭岛护坡石堤岸上，透过阳光看到这些景象的。当时日内瓦湖中白天鹅用嘴巴从容不迫打理羽毛，然后争先恐后追逐、吞噬水面上面包屑。我就在这些地方，或坐在当地棱堡建筑游廊里，阅读索菲亚来信，头顶上无数海鸥不停地旋飞，令我想起家乡高地上蒙塔娇马路临街广场，索菲亚和我常常到那里呼吸新鲜空气，体验海港里海水的咸醒气味儿。格迪斯随我们一起，喜怒无常，不过他经常酣睡。刚刚做完包皮环切，体重也在迅速增加。他的玩具都是些鲜亮颜色。"你能及时看到我的长篇书信，全因为我一边哄孩子，一边抓紧仅有的这十五分钟间隙……"育儿守则种种清规戒律，显然很难严格遵守。我不在家添乱不等于她的任务就容易些。"你简直不知道你给这个年轻母亲的心里增添了多少伤心事。每次听他嚎叫，我都铁了心不去搭理他。于是我从这嚎叫中听到柔和的声音在念诵：

　　　　'做母亲的怎能坐视不管，
　　　　婴儿在啼哭，婴儿害怕了，
　　　　不啊，不，这怎么可能呢？
　　　　永远都不可能啊！'

　　"然后我就不得不重新评断自己，我是否野兽般缺乏情感，缺乏把人类团结起来的那种高尚感情？"随后，索菲亚不无悔愧地坦承，"于是，我情不自禁连连亲吻他的小脸儿，脖颈。他仿佛倒是不特别在意，我希望你也能原谅我。"幸好我们的原则并没那么严格！

　　我们正常家庭生活始于迁入长岛市那栋四居室的单元房。我比原来计划的时间提早回国,看见一个圆嘟嘟的脸盘儿,娃娃气十足,很漂亮,但略显白润,因为刚刚度过一个不大晒太阳的夏天,安静地躺在婴儿床里。近旁守候着他骄傲自信的母亲,不管醒来或入睡,总是守候身旁。事无巨细,遵守规章,无一遗漏。以母性特有的坚定沉着,不仅面对婴儿便溺,还要应付拮据的家庭收入带来的窘境。

当我们在阳光花园安顿下来后,格迪斯的性格日渐显现,从懵懂的婴孩迅速出落成一个不折不扣的小男孩。照料过我的爱尔兰保姆讲到的"天性"在格迪斯一出生便毫无保留的展露开来——即便在睡梦中,他也能踢开掖得严严实实的被子。被人放在床上时,他可以不断地"鲤鱼打挺",只为享受锻炼的乐趣;给他洗澡的时候,我们最后会给他浇一瓢凉水,他缩着肩膀准备承受,等凉水浇透全身以后快乐地一声尖叫,这是每次洗澡仪式的高潮。从他生命之初,格迪斯所做的每一件事都激情洋溢、敢爱敢恨。无论他的罪过是什么,他都不会堕入但丁笔下中庸之人所在的那层地狱,他们面对大是大非,从不表明赞成什么或者反对什么。

格迪斯身体里有一股原始的能量,用之不竭,正如英国诗人布莱克所说,"精力充沛永恒的快乐。"从他坠地那一刻起,就明了了自己的追求。无论顺境逆境,永远有办法化解。无论是几句讨好的机灵话,还是咄咄逼人的自信,都洋溢着满满的生命力,谁舍得对他说不呢?干瘪瘦小长着长鼻子的小婴儿很快长成气色红润,胖乎乎的小娃娃。尽管是个不折不扣的小伙子,但过分秀气的容貌还是让陌生人驻足在他童车前,错把他当做小姑娘。他妈妈在他只有几个月大的时候给我写信,"瞧那倔强的小嘴,抿得像朵花苞苞,还不及鼻子宽呢,抬眼笑着,再找不到比这更可爱,更有灵气的笑容了,可就是从他嘴角里漾出来。"

从最初,格迪斯就对生命展现出了无与伦比的热忱。每次接触到新鲜事物都能极大的满足他。现在,他已经学会低下头,找到藏在桌子下面的索菲亚,为赢得捉迷藏而快乐的大叫;即便仅是点烟这么一个小动作,也能让他眼前一亮。而大人吐出的第一个烟圈能让他奶声奶气的叹声"啊!"这无疑是所有孩子成长都要经历的方式和内容,但格迪斯似乎竟连调侃都与生俱来。在他学说事物名称时,索菲亚指着我脸上的各个器官让他辨别。当指到我鼻子,我不赞成地说道:"这也太容易了吧。"他立即心领神会,随即说道,"拉太陇以巴,太陇以拉巴",而且显然为有机会重复别人的话而高兴得手舞足蹈!他还不放过每个机会逗弄父母。比如,居住阳光花园时期,为了安全躲避车辆,我们避免让他走在马路中间。他就用这个出难题。有时候一转眼工夫,他就跑到马路中央,而且成心挑战叫嚷着,"M'istreet(小孩儿话语:我到马路中央了)!"后来大一些了,还逗弄她母亲,说身在外地,车辆抛锚,要妈妈来接他回家。

就自身发展来看，格迪斯或许真的投错了胎！他不仅认错了门，更找错了世纪。其实他属于丛林草莽，应当认丹尼尔·布恩(Daniel Boone)为父，母亲应当是肌肉发达的印第安少女，能用标枪熟练叉鱼，还会把各种动物剥皮取肉。与此相比，我们未免过于驯良。格迪斯出生前一年春季，索菲亚和我碰巧有机会居住在橄榄山查理·维塔克(Charley Whitaker)家的农庄。由于我俩都是城里人，习惯城里生活，以往谁也未曾在农庄居住过。周日我们常去拉马跑寺(Ramapos)或附近威彻斯特山地短暂旅游，不过那都是读书写作等繁忙工作之余的短暂间歇。

索菲亚和我在1920年相识于名叫"日晷"的一家双周刊杂志社。当时我刚从海军退役不久。我一见她就认准，这女人就是我心目中的骄傲公主，我的萨默特拉斯的胜利女神(Nike of Samothrace)，永远高视阔步，昂扬前进。当时我刚刚走出兰德学校，只见前面走着一位青年女神，一副希腊东方人造型，阳光里透出暗褐古铜色，短短黑发掠过低矮前额梳向后面。浓眉下一双眼睛炯炯有神，双眼几乎聚拢到鼻梁骨尖顶两侧。她母亲是南俄某小城镇著名美女。她记得少年时期，这小城镇夏季里满城满市都是又甜又脆大西瓜。夜风中弥散着茉莉花清甜香气。父亲来自白俄罗斯一个原始小村。村旁有一条缓缓流动的大河。冬天把牛骨捆绑在鞋底能在河面溜冰。春季河水开化，他们就观看船夫们放筏，漂流输送原木到远方市场。这些农民粗犷、快乐、生猛、激烈。向晚时分在河畔点燃篝火，吃完饭就长时间唱歌，俄罗斯农民的古老民歌。威廉老爹脸庞里不仅有鞑靼民族那种倔强气质，还有更高贵的东西。他一生大多以针线缝补为业，做过缝纫工，也作过经理人，还做过缝纫工厂老板。这生涯虽永不合他本性，却在这平凡朴实生涯中保存了乡村长老应有的纯朴尊严以及慢节奏而幽默逗趣的人性。

19世纪90年代俄罗斯有许多获得解放的青年农民，索菲亚的父母也是他们当中成员，大多离开犹太教堂教区。虽然背井离乡，远赴重洋，来到了美国，这出生在新大陆的家庭内部的四女一儿都却保全了犹太人原有气质、习俗、文化以及智慧，还夹杂着俄罗斯文化透出的更积极乐观生活情趣以及传统俄罗斯菜肴和意第续语笑话(Yiddish jokes)。这些文化遗产宛若陈旧衣柜里木料香气经久不散。浓重家庭意识就这样传给了后代子孙。他们从此联系密切，姑妈姨妈，舅舅叔叔，叔伯亲，姨表亲兄弟姐妹，甚至连原有乡里乡亲的人，虽不沾血缘关系，也能一连数月甚至数年居住在家，视同家庭成员长期保持联系。她家亲戚中有马霞姑妈，一位职业护士，虽身材矮小，却精神高贵，能够仗义疏财。格迪斯那种深厚家庭团结意识就源自他妈妈这个族系。他身上这种特质不仅仅表现为亲子间孝道，其中蕴含着他要建设自家家庭的明确愿望。

格迪斯小时候就很愿意家里有很多小朋友。因而怪怨妈妈不给他生很多兄弟姐

妹。索菲亚一时为难,满足不了他,于是辩解说阳光花园里他认识的许多孩子也都是独 012
生子啊!格迪斯认真听完之后,想了想回敬道,"他们可能都是独生子,这是真的。但是
我发现我们这里大多数妈妈都不止一个孩子。"后来生活当中他也恋爱了,他和他那些
更幸运伙伴们才逐步认识到,他们渴望的不仅是兄弟两人朝夕相伴,而是伙伴越多越
好,最好满满一屋的孩子。可见格迪斯从一开始就有了索菲亚和我知之恨晚的悟性。
一则因为他自家遗传,二则因为他们那一代孩子们的普遍智慧。

索菲亚和我都是城市人,十足的大都市人。我们离不开城市,蒙着眼也能摸到地铁
车站,我们吃惯了意大利菜、中国菜、法国菜、德国菜和俄罗斯菜肴以及美国菜。尽管我
们抱怨城市太大,周日要花很多时间和精力才能到达郊外去欣赏满目绿意。但在早年
我们却从未梦想离开城市,或许偶尔想到要迁移到其他大都市,如伦敦、芝加哥、巴黎。
向晚时分我们从高地经过布鲁克林大桥散步,这是 1923—1925 年间经常做的事,途中
经常看见高耸建筑物尖顶,令人想起奥地利和意大利之间迪罗尔山脉(Tyrol)冰川覆盖
白雪皑皑的山峰。1922 年我俩作为业余爱好者曾经登顶该山。另外,这个时分海港里
往来穿梭的轮船,舒缓长鸣的汽笛,虽然常让我们向往海外旅行,但是,终归有了这座城
市,一切于愿足矣!我们生活在城市,同时构成城市的一部分。同时,城市也是我们生
命一部分,城市也在我们心中。

格迪斯就不一样了,他从不满足城市环境。我们由于起初不懂他这脾性,可笑而可
悲地局限于自己熟悉的狭小天地,于 1925 年 9 月住进纽约长岛市阳光花园住宅区,以此
为冬居直至 1936 年 6 月。我们一些亲戚朋友先我们数月迁入,随即有更多人加入进来。
其中有一连串的青年作家,都是快要有小孩儿的当口来这里寻找一个暂时安乐窝。因 013
而人们戏称这里是格林威治村生儿育女坐月子的产房。至于该村本身,人人都认为到
20 年代末期,情况已经完全不一样了。正如查尔斯,这个白脸的法国面点饭店老板一针
见血所说,"这村子早不是原先样子了。这里原先的姑娘如今个个都生了孩子!"

3 一周岁

格迪斯将近一岁时,发生了许多事。第一件就是说话和走路几乎同时开始。而且,
他后来许多性格特征至此已很明显。很早开始,他已俨然就是后来那个"格迪斯"了,不
爱睡觉,每天清晨都早早起床。这小家伙后来拼命反对午餐后的午睡,虽然那是幼儿园
作息规定的一部分。降生后第一个冬天,我们吃早饭时,他硬要掺和进来,从客厅里他

的游戏区一路爬过来(客厅也做餐厅,还作为索菲亚毫无私密性可言的卧室),就这样一次次吵闹着引起我们注意。

　　他虽喜欢有人陪伴,但却不故意惹人注目。相反,从一开始他就有些"碰不得"(touch-me-not),我们若想亲近他,常遭他抵拒。格迪斯身上很早就有种凛然不可进犯的劲头儿。第一次明显展露亲近人是十个月大时候。当时,索菲亚外出购物回来刚进家门,首先就抱起他来,他也一把抓住母亲,还扯过她脸颊贴近自己脸颊,然后小嘴巴就揉了上来。然后索菲亚抬起头来,不料他拽她下来原样又亲吻一遍。但是他却断断不喜欢别人亲吻他,他撒娇耍赖之类,往往只发生在疲劳或不爽,很需要安抚的时候。五岁生日时候,我写信给索菲亚说,"他对玩具枪和手推车有绝对的喜爱,但就是不让人亲吻他! 纯粹一个傻瓜!"长大之后参军最后一次度假回家,离家时,也是那副样子不让我们去帕洛阿尔托车站送行。他讨厌喋喋不休,不喜欢没完没了的爱意表达,自己做事常喜欢另类的、突如其来的表达方式。这些特质都深藏于美国文化基因之中,照我看来,是库珀(Cooper)领悟了它,后来又由马克·吐温发展了它。格迪斯若有机会好好阅读《最后的莫希甘人》,他定会喜欢其中那段著名射击比赛的精彩描写。

　　5月,他将满一岁,我们搬去利兹维尔的梅珀尔(The Maples)庄园度暑。那所老宅建于1812年战争期间,原是一家毛纺厂,有很多小房间。那里比阳光花园宽敞许多,让他有更多空间自由探索:有可供爬上爬下的楼梯,即便跌倒也决意自强;草丛里会爬会跳小动物吸引他注意力。最棒的是,9月清晨,他坐婴儿高凳里吃早餐,旁边壁炉里荡漾着火苗儿。即使只一岁,他已建立起明确方向感,这让他在今后部队生涯中都收益良多。梅珀尔庄园建造格局复杂,房间太多,诸多门户和走廊曾难倒不少大人,但他却来往自如。打小连打雷闪电都喜欢的他,唯一害怕的竟然是狗:路上随便一只吵闹小狗,甚至远远传来斯平加恩家里德国牧羊犬一声犬吠,都能让他充满警惕。不过怕狗阶段很快便顺利度过。

　　格迪斯一岁生日即将来临。我们翻开视为家庭圣经的政府颁发家庭育儿手册,比对格迪斯发育情况。让我们震惊的是,书上说格迪斯应该已经能够开口讲点诸如爸爸、妈妈、宝宝之类简单词汇。我们对他的"发育滞后"有点反应过激,想尽办法教他哄他让他开口,但7月5日之前他嘴里所有声音都对应不上任何人间词汇。这情况甚至无法让来自华盛顿的家庭挚友放心。但当夏天过半,他不仅开了口,还迈开步子。而且从家门口到公路那段车道至今能让我们想起他第一次走路就雄赳赳气昂昂一直走到马路样子。他智力与行动能力一样突飞猛进:不仅可以独立拔出汤瓶上半英寸长的软木塞,而且还能信心满满的塞回去。甚至看到浴室水池塞子时,也得意洋洋的说:"筛子! (塞子)"这是他第一次抽象联想思维。仲夏开始,语言能力自动自发地找上门。诸如"把别针递给我"、"用我去接你吗?""你想散散步吗?"之类的话,他已经明白其中意思。而且,有些词他竟然能莫名其妙带出一些法语味儿:"岁"就是"水",带着法语口音的"搜套"是他的"手套","在哪"发音成"寨哪"。年末,我们总结之下发现他的词汇表已达到80多个单词,还不包括那些他知道意思却不常用的词汇。

　　总结出来的词汇表基本上能概括他十八个月以来的生活内容,但"女孩"这词却不见踪影。因为碰巧同龄小姑娘都住得很远,所以他生活里基本上没有女孩存在。直到两三个月开始上托儿所时,他才真正接触到女孩子。直到青春期,他都对女孩子们敬而远之:她们大多永远叽叽喳喳吵吵闹闹,就像以前在他窗外丁香花丛里筑巢的那些猫鸟。他从来对那群猫鸟有股挥之不去的怨气。即便是在性倾向即将形成时期,他感情也深藏不露。六岁,他十分清楚地表达了自己对村子里一个害羞小姑娘的态度:"我讨厌玛丽。她就是个小丫头。她不好,不懂得玩耍,还老阻挡别人。太坏了。"(若有所思一停顿)"也许有一天我会娶她。你说呢,爸爸?"不过早在青春期之前,他在自己并不熟悉的姑娘圈里,也会破例有红颜知己:朱迪·丘吉尔即其中一个,她喜欢马,而且能把马画得出神入化。

　　那是我们在梅珀尔庄园度过的唯一夏天。也许因为这原因,这里有种与世隔绝的纯净,好比人对一片陌生土地第一印象。别处度过的其他夏天对我们全家也同样丰富多彩,欢歌笑语,却唯独缺少这份纯净。那段日子,虽是陋室,粗鄙好似林中搭帐过日,我们却不甚在意:馨风拂面,连带那时创作的《黄金时代》也笔下生花。我自认无甚摄影天赋,但彼时照片中索菲亚和格迪斯一颦一笑却神采飞扬。那是丰收的夏季。宝宝健康成长无疑是我们最大收获和成就。在那一片洒满阳光热土上,格迪斯坐在曾常常用来包裹自己的毛毯正中,规规矩矩,奇迹一般;他时而盯住地上蚂蚁,时而略带好奇抬头仰望蓝天里飞旋的老鹰,好一副纯真年代纯真画面,且憨态可掬! 童年还没过完,格迪斯就尝了人生苦楚,且大片阴霾还在前方等候他,但他自始至终从没失去快乐。他从意大利前线寄回的家书中写道:"轰炸过后才十分钟,我竟然就能笑得出来。"这笑容一定寄情于早年间这些欢乐记忆。

　　我们这伊甸园有很多禁果:虽然都是小打小闹的点缀。格迪斯很喜欢打破大人立下的规矩来博得关注:他妈妈记得,他曾把鹅卵石放在嘴里,爬到她面前,指着口中石头,张嘴发出"啊! 啊!"声音,然后迅速爬走,引得她一路追到他然后把鹅卵石取出拿走。有一天索菲亚正在审读校样,他这点小伎俩玩的太频繁了。当索菲亚终于拒绝再次抬头,他就一次次拽她裙角,想让她注意到他在做大人们不让他做的事情:当索菲亚仍拒绝就范,他手脚并用爬走,自己将鹅卵石拿出来了。圣奥古斯丁或许会把这些表现,包括婴儿的嫉妒心理,都看作人类原罪的又一例证。而我却从中看出了制造紧张局面和对其的抵制是人性的一部分。这代表了一切人类的精神必需品,或许极端驯顺者除外。其实,格迪斯憎恶的并非权威与自由之间的拉锯战:我们为人父母最大的失败,在于对他的秉性竟毫无意识。我想我有生之年,该把这些一一记录下来,而且我相信,我们甚至不会脸红、心跳。但是,他很小时候,我们最严重的错误之一就是贪图方便把规矩化作不可逾越的规章制度,束缚孩子们手脚,也困住了我们。我自己有雷打不动的工作习惯,并鼓励索菲亚对医生和心理治疗师教条崇拜;尽管我们有伊迪斯·林肯医生充足的常识理论做可靠后盾,但是夏日某天,克拉伦斯·斯泰因(Clarence Stein)碰巧来看我们;他一脸迷惑笑问索菲亚:"当今父母们流行给孩子吃死蛾子吗?"因为,他见格迪斯独自玩耍,试探性地放进嘴里一只死蛾子。但从斯泰因那小心翼翼措辞可以看出,亲朋好友们被我们那套现代心理学理论害得不浅,还不敢带任何主观感情,不区分对象,糊里糊涂接受那套清规戒律。而且当时大多数青年都信以为真,以为这就是科学进步的基本符号。初初为人父母,我们战战兢兢,不敢越雷池半步,不敢哪怕错开半小时照规定时间吃饭,就寝。行为举止之刻板,仿佛人类就为规则而生,而非规则为人生服务。以至实施起来,不讲具体环境条件,不进行适当调整,因而实际上造成了我们千方百计想要避免的心理紧张和紊乱。

如此迷信规则规章的刻板做法,从起源上看,或许反映出对祖先父辈们过于随意、放任作风的一种刻意反叛。以喂养孩子为例按时进食无疑有助避免肠胃负担过重。这毛病曾长期影响了老一代人孩童时期的合理发育,这使得有些保守的邻居对按时进食这件事奉若圣旨。我家两个孩子,显然都不曾因不合理喂养而遭受丁点肠胃病。如果这就是救赎,那么他们得救了!可是,其他青年一代为这种刻板做法付出了何等代价啊!因此,在儿童喂养这一问题上,最好冒险违反规定标准,哪怕体重暂不达标,也强于体重和身高达标或者超标,却要为此领受家长的唠叨及其副产品——儿童时期养成的倔脾气。

我们因为迷信科学,错误被进一步加深。仿佛有种不容置疑的声音宣称,任何有价值的人类行为都不是机体或心灵与生俱来的:依据这信条,年轻一代任何行为都可以被家长调教出来。仿佛家长可以根据自己行为习惯将孩子嵌入他们理想中任一行为模式。不负责任、不愿料理自己孩子的家长,和负责任、愿为孩子做出最大付出的家长,对此邪说都深信不疑,言听计从,在将近十年时间里把这学说当做福音:即便他们也不确切明白其中科学依据,却仍追捧不已。当然这与我们身处的官僚主义时代不无关系。

官僚作风无处不在甚至浸入子女抚养，即使对无谓重复和刻板迂腐不屑一顾的家长，也无一幸免地虔诚执行。索菲亚坚持了母乳喂养，并未陷入对所谓科学配方均衡营养的婴儿奶粉的盲信，但我们还是败给了规矩崇拜。

　　长大后，当我们与格迪斯谈到抚养他长大的过程，将他与小他十岁的妹妹作比较，他对必须准时上床睡觉这点最为愤愤。上床时间比邻家其他小孩都早，已让他颇为不平，且我们鲜少准许他不遵守这项规定，这就更令他愤然。的确，现下我们能津津乐道的回忆起，他八、九岁时，我们有一次去朋友家吃晚餐，他央求我们准许他想几点睡就几点睡。结果呢，他自己却早早在开放的壁炉前香甜入梦了，比规定就寝时间的还早了许多。还有一次，夏季夜晚一起伴着苍茫暮色散步，也准他晚睡，让他看繁星点点升入天幕，追萤火虫四下疯跑。这样，入夜他能有一罐萤萤微光放在房间。可是这些例外少之又少，平衡不掉他内心不快。他是对的，我们才是傻瓜：这种愚笨并不能因心存爱意，以及对压制他抗议的自我合理化，就稍微减少。

020

4　十户小村

　　前文说过，梅珀尔庄园坐落在利兹维尔，距阿米尼亚小村 30 英里，在达奇郡东沿，乘火车南行 87 英里可达纽约城。利兹维尔恰是中国文学中描述的小乡村，典型的十户一村（此处略多一户，十一户）。那时小村住的大多是我们的朋友，比如斯平加恩夫妻俩——乔和艾米。斯平加恩家的大宅第巢佩克占地广阔，面积达一千英亩。首垦这片土地的老农夫极有才气，以湖区最富盛名的一池碧水命名此屋。这大片土地自成一体，且与邻友好，随意漫步其中绝不会碰到禁止入内的标牌。

　　格迪斯的人生路就在这片风光美景中逐渐展开，这里一景一物伴他长大，懂事，成为他深深的乡愁。十个月大时，他初遇这片风景，十八岁时见它最后一面。久而久之，这景和景里人物便叩开他心扉，住进他心里。1928 年这年我们没去海边居住而是离开梅珀尔庄园，搬到山脚下距韦伯塔克河（Webutuck）仅一箭之遥的世纪公馆（Century Cottage）。从阁楼存放的旧账簿记录可看出，这所公馆原是个小酒馆，直到美国独立多年后都以先令记录兰姆酒价和糖价。从公馆远眺，可看到对岸巢佩克庄园厚实的石板瓦屋顶和不规则的三角山墙，俨然一所大宅邸。屋主是位瘦削孤冷的才子，常穿橄榄色花格呢长裤，站在石桥上打理他种植的攀岩植物，间或让小朋友闻闻他种在那里的味道很冲的粉红色鸡蛋花。巢佩克有位上校，至少大家都叫他上校。他之于格迪斯，象征着

021

巢佩克精神,是这里的守护神,天生一股领袖气质,不过有时也会放松下来给大家猜谜或吟诵大家都听不懂的诗篇;之后他会更加放松,红着脸蛋带小朋友去参观他神秘的枪械室,里面有收缴来的德国来复枪、军官佩剑、斯普林菲尔德陆军步枪和军用左轮手枪。直到长大后,格迪斯对上校都保留着一丝敬畏。虽然他同村里其他小孩儿一样,到这里来去自由,但对上校他始终怀有一种类似敬畏渔猎执法官一样的心理。

巢佩克庄园大宅第(译者摄于 1994 年)　　巢佩克庄园住宅前的文物说明牌。
　　　　　　　　　　　　　　　　　　　　　　(译者摄于 1994 年)

1927 年我们在玛尔莎葡萄园度暑,那年是格迪斯从军前唯一整年没回利兹维尔的一年。这一带是典型的内陆乡土,达奇郡的低缓山峦在接近塔卡尼克山时变得渐渐陡峭。格迪斯对这里极有归属感:即使另作选择,他只会选择更加粗犷,民风更为淳朴的佛蒙特山地。三岁时,格迪斯视野变得更为开阔,活动范围扩大到巢佩克河,河水湍急而下,汇成小瀑布朝着韦伯塔克河奔流而去:他在河里划船,在浅滩蹚水玩耍,水浅时几乎能摸到河底狡猾伏在石影下的鲑鱼。一年后,旱季时节,他甚至能欢天喜地把鲑鱼从它们最后的庇护所里舀出,装在桶里送它们去自家近旁的泉水洼。

格迪斯不久便注意到坐落在西面更远处的巢佩克湖。我们常到湖边休息、晒太阳、划独木舟、游泳。有时,格迪斯坐在他两轮儿童车里,我们沿着亨利·达非(Henry Duffy)新修的小路推他到湖边。这段路程他有时会自己走一半,另一半骑在我或索菲亚肩头。一潭碧波静卧于两山间,一面是长满桦树、柏树的苍翠山脊,另一面是怪石嶙峋
的奥博隆山峦(Oblong Mountain)。这里原是一座老铁矿的基底,泥沼一片。后来筑坝,便有了这湖。我们在这里有数不尽的逍遥和奇遇,太多丰富时光难以尽叙,说来却又是百姓家常而难取舍。总之,我们在这里尽享天伦,直至格迪斯十六岁,年复一年,静静积蓄这里收获的灿烂光阴,抵抗即将到来的黑暗岁月。这里良辰每天仿佛一样,却又不尽

相同。这里美景,既有原始的雄奇伟美,又有田园牧歌般的质朴宁静。

泥泞湖边常有青蛙出没,淡水蛤蜊贝壳也极为常见,偶尔有乌龟慢吞吞走过,慢得足以令格迪斯一把捉住,据为己有。龟腹和鲜亮的橙黄色背甲,有时候简直能让孩子着了魔。温暖的午后,更有大群黄色蝴蝶破蛹而出。格迪斯四岁在这里学会了水上漂,五岁游泳无师自通;同样在这里,他能给划艇上浆,并学会了用桨划船,甚至还趁大人不注意自己独自划独木舟。格迪斯在湖里钓起过太阳鱼,之后曳过鲈鱼,无论我如何努力划桨也无法百分之百达到他的精准、迅速和安静。嗨呀,那简直是门艺术!

格迪斯十一二岁,和村里其他男孩子们在巢佩克湖上演了一场著名战役。当时的孩子王弗朗西斯·达菲,对阵一只爱咬人的邪恶老龟。乌龟个头很大,着实很唬人,在湖的远岸神出鬼没:我记得当孩子们终于把它围住,并用一块石头把它干掉,尸臭笼罩湖岸,日余不散。湖东生长着一丛极繁茂的香蒲草,我们常常在它们长到最蓬松的时节从水边收割一点带回家。格迪斯发现,把沾了煤油的蒲棒点着,会形成一条长长的火蛇。索菲亚和我至今都记得九月末一个漆黑晚上,格迪斯和约翰造的这种火龙不停旋舞。但这只是很短暂的运动。那蒲棒心皮一旦烧干,消遣便会变得危险。 023

话说回来,格迪斯三岁时曾沿着世纪公馆往上走到了这里能品出城市韵味的地方:利兹维尔小村的房子沿路两侧齐整排列,长达三分之一英里。这其中便有法雷家的白房子和巢佩克庄园所属的略发粉红色的谷仓。白房子里住了位老园丁,拍拍摸摸念着咒便能赶走鼹鼠;粉红色谷仓是格迪斯午后在大人带领下看挤牛奶的地方,有时他还帮着把牛奶罐从冷槽里提回来。同样在这里,三岁的格迪斯第一次看到初生牛犊:这一幕引得他冒出很多关于动物生产和新生小宝宝的问题。右手边是凯撒家的狭长房子,因为盛开深红色蜀葵花而格外灿烂。凯撒家两个女儿皮肤黝黑,腼腆美丽,最出色的还是她们是凯撒亲自调教出来的。凯撒虽是斯平加恩家的司机,却少有的体贴温和:他长在农村,像这里很多黑人一样,是 19 世纪 20 年代解放奴隶的后裔子孙。但他又比大多数身家背景相同的人优秀,说他是受人尊敬的绅士完全不为过。这些地方和这些人,构成三岁的格迪斯所熟悉的世界。

等到格迪斯六岁时,这片风景于他还有另外一重意义:这景致因巢佩克河缘起,随这河流蜿蜒流转,从国道附近农庄流经本顿山,穿过校外实践操场——上校曾在这里开创性地举办过一系列丰富乡村生活的乡村节庆活动,令乡村生活备受罗斯福总统赞赏——经过榆树下的树荫水塘(男孩子们亲切的把这里戏称为光屁股沙滩),从平坦的水泥桥下流过,穿越巢佩克河上美丽石拱桥下一处水弯,在石桥凹凸有致的女儿墙映衬 024
下,形成了另一座池塘——鳟鱼塘。就在这里,格迪斯能爬上一棵半卧水面的柳树树干,在弗朗西斯·达非带领下学会了钓鳟鱼甚至能钓起狡猾的老鳟鱼,这种鱼对新鲜虫饵和鲜亮的风干虫饵都不屑一顾,即便食物匮乏的春天也是如此。这条河不仅是钓鱼的好去处,也是浅滩戏水的绝佳场所:就在我们选择永久定居地点几乎正对面的沙岸下。

　　每年的特殊季节,格迪斯都能在不同地方从这蜿蜒流淌河中得到不同乐趣。河的最宽处不过60英尺,最窄处只有20英尺。在半世纪前出版的地形图上不那么被重视的被标记成溪。他十一岁前,我们一家三口常在夏日午后信步河畔,消磨时光,看不厌波光,享不尽欢乐。格迪斯熟悉日升日暮下的河面,熟悉正午时分的河水,熟悉春日暖阳里泛起的波光粼粼,熟悉绿叶成荫前的碧波徜徉,熟悉九月天里太阳滚下山坡,薄雾笼罩夜晚田野,夜鹭振翅飞过天际时的河流。赤着小脚,蹚过被太阳晒热的水滨;熟知霜冻时节河面高低起伏的冰面;刚刚破冰时,流水穿透较薄冰层,冰凉水珠窜入他长靴,顺着裤管淌下,渗入羊毛袜。他熟悉哪块石头下躲着鱼蛉,知道淡水螯虾繁殖的地点,随时下手就能准确捏起它们。这条河是格迪斯的艺术画廊,他的图书馆,他的游乐园和他的实验室,是贯穿融汇这片土地的一条玉带。周围隆起的层峦叠嶂,蜿蜒而过的溪流,一切都使这里惟妙惟肖,恰巧成为他的同名人、我老师帕特里克·格迪斯理想化流域的迷你版。在这里,小格迪斯既是猎人,又是渔夫,还是樵夫,还能设陷阱捕猎,小小格迪斯在这些原始职业之间轮流转换,游刃有余。要说他所受的正统教育纰漏百出,那么他所受的基础教育,在这里获得的基础技能,包括观察能力、触觉、味觉以及体能训练,则无与伦比。在这样训练之下他的情感反应与理性思考能力也在逐渐发育起来。

　　逐渐地,格迪斯的远征路途越走越宽广了。孤独矗立的奥博隆山通体石灰岩,但绿树繁茂。橡树、黑桦、杨树、桦树,偶尔一片云杉或一小片松树,是他最经常见到的景象:托栖息在山洞或岩隙间响尾蛇所赐,夏天进山难免提心吊胆;秋天则更引人入胜,听狐狸幽远孤鸣,听猎犬追赶猎物时低吠,随后便是猎人的来复枪声。七岁,格迪斯活动范围已扩大到向南两英里外的阿米尼亚工会区域了。他曾经单独前往——我发现了他1932年留给柯南女士的一张字条,告知自己的目的地。

　　至于阿米尼亚小村本身,最初是迪波特山脚下一个铁道小站,也叫迪波特商店,由菲利普斯一家打理。随后阿米尼亚由金曼家接手,变成五金杂货行,也卖些渔具之类,随后又变成了台球厅和运动器材商店,老板亚特·纽曼的纯种猎狗时常趴在门外晒太阳。直到格迪斯十一岁时,阿米尼亚修茸一新,变成很气派的学校教学楼,还有宽敞操场,就矗立在22号公路旁——秋天下午,我和索菲亚有时会出其不意到访,把格迪斯,还有杰克的孩子,从学校接回利兹维尔。学校旁边就是杰克的药店。慵懒的午后,镇里小青年们时常聚在这里聊聊八卦,吃吃甜筒。学校的操场就在主路上新建的网球场后面。如果不赶着回家打猎钓鱼,格迪斯会逗留在这里打打棒球。直到我们1937年买了汽车,阿米尼亚又成了我们晚间的好去处:这里有座老电影院。达拉夫尼农场酒店前的红色霓虹灯在枫叶转红之前便借着夜色把它们映得火红。圣诞夜晚,一串串华丽灯泡横挂在积了雪的主路上方,照亮了十字路口旁三角地里的一战纪念碑。格迪斯和约翰的名字,若干年后,也永远铭刻在这里,名字旁有颗金星守护。

但是生命之初的十几年,格迪斯全部世界便是这里的森林草地、本顿山和奥博隆山之间横亘绵延的牧场。他对这片土地的熟悉程度,犹如梭罗熟悉瓦尔登湖。

5 时代广场只需步行十五分钟

阳光花园也是座村子,这或许正是它最大的优点。我们搬来时,格迪斯还不满三个月大。那时,这里仅建起三个街区,大部分是二层砖楼,简洁朴素却毫无刻意低调的造作,虽不见得价廉,但起码比当地原本杂乱无序的住宅区质量更好。房屋整齐成行,排列在规划有花园的开阔地。当时我暗自称道过这样的发展趋向,认为在有限住房空间内这是一种创举,却从没想过亲身体验社区生活,但现在我们正居住在好友克拉伦斯·斯坦因和亨利·怀特的作品里。住房本身设计稍欠想象力,但这缺陷被社区的整体效应弥补:精心为公共用途预留的开放空间,运动场和花园之大,当时在其他地方闻所未闻。这为自发的睦邻行为创造了机会,让我们知道这里不仅有我们自己,时刻提醒我们后花园和草坪没有被沥青马路和车库侵占,让我们建立起共同目标的概念。即便当初只为"买俏货"(good buy)而在此置业的人也发现,他们真的过上了好日子(good life)。

迁入这里最初一年半,我们住48街一栋合作公寓。48街又叫古斯曼街。周遭仍是大片庄稼地,偶有一两座残存农庄。虽然土地已被划分成小块,道路初具雏形只欠最后铺好,但每天下午都会有一群奶牛从我们窗外路过。我们也时常去斯科尔曼街造访邻近的农庄。格迪斯小时候最大的乐趣之一便是去看那里的大公鸡和它姿色各异的妻妾们。前往伍德西德路上有一片小树林。林子归高地另一家农庄所有。自从格迪斯学会走路,这便是我家三口散步常来的地方。晚春时节他能在这里找到旅鸫的巢,里面还留着一片残破贝壳;晚秋时节他能在这里发现嫩芽上缀着虫蛹,把它们带回自己房间孵化;这里一年四季都有适合小男孩爬上爬下的小树,友好的弯腰欢迎他。虽然只是巴掌大一块自然旷野,但终归聊胜于无。九月下旬当我们从乡下归来,尽管未动工的土地一片灰黄,但却有小巧向日葵花点缀其中。纽顿溪附近有家化工厂,烟囱不时冒出黄色烟雾污染空气,却无碍天空一如既往的开阔。冬天雪夜,雪花飘零在昏暗石板屋顶,曼哈顿天际线则晕出一抹玫瑰红;即便附近有铁路工厂的生产废料,当城里其他地方的落雪都被污了颜色时,阳光花园的雪地仍然一片洁白。

接下来的五年时间,阳光花园的开发工程风生水起,花园和公共空间绿地也开枝散叶愈发苍翠;穿过社区,拐上48街,花园、藩篱、树木排满道路两旁,这便造福了格迪斯和他父母,送他去育幼院一路上绿荫相随。这是一个发展的年代,用投机倒把地产商诠释"进步"。直观来说,蒸汽挖土机翻松带冰的硬黏土,吞掉一个个菜窖,建起一个个街区;木匠和砌砖工人干活热火朝天,好似会有观众为之喝彩;孩子小小年纪也能体会到其中的年轻活力、生生不息、勇往直前,不理解为什么爸爸不能离开书桌做个真正的工人,比如木匠。我们谁也不曾自欺欺人,说阳光花园满足我们一切梦想;但社区主要架构是正确的。阳光花园施工建造时期,始终同建筑部门保持着最直接、最健康的密切联系。这是其他住宅小区在建时很难具备的条件。阳光花园的设计并非用来满足我们个人追求,而是满足公共生活目标:实际上是为年轻一代提供他们活动的必需空间。邻里串门这种在纽约只有穷人才会做的事情,渐渐成为我们日常习惯。我们的口头禅也影响了格迪斯。五岁时,他创作的儿歌之一,结尾一句竟是"再见!好啊,社区大家庭!……社区大家庭!"

若想详尽描述格迪斯十一岁之前的生活环境,我会想到很多彼时彼地发生的事情;所以请容我再多说一句,说说他在城市里住的最久的房子。1927年春天,我们搬进一座小连排别墅。别墅临街,90度把角,建在一块高地上,上五六级台阶才能进门。我们对这几级台阶印象很深,也许是因为格迪斯曾在这里跟他最早期的小伙伴小霸王索尼打过一架。索尼突然把他推到,他头撞在墙上落了个难看伤疤。但对这块高地的大多数记忆是美好的:几株杨树并排站得笔挺,衬得门前那几排烟囱更加笔直;我们房子位置良好,有幸能够看到屋后旷野全景,满眼绿意盎然,一年四季美丽宁静。但什么样的景致也比不过孩子们在草地上伴着春夜的暮光嬉戏奔跑。

房子内部略显逼仄,地窖除外。我们不愿被家具占去太多空间,只得四下淘换矮小桌椅板凳,但狭窄陋室的好处是便于保持室内干净整齐,而且正好迎合孩子需要和愿望,可谓小有小的好处。我们把家里布置得整洁明快,色彩缤纷,至少格迪斯房间如此。他房间朝南,苹果绿墙面,红色书架和玩具柜,国久吉(Kuniyoshi)设计的窗帘布,上有绿色小船和黑色奶牛。格迪斯六岁以后我们把窗帘换成了女画家埃格尼斯·泰特(Agnes Tait)的画作,热带背景下的猴子。他十四岁以后转为钟情于我们的画藏,唯独这只充满异域风情的猴子一直保留了下来。我猜那才是他的最爱。

门外,是我们一块只有手绢大小的花园——而且还是块女士手绢。索菲亚在藩篱 旁为格迪斯修了个沙池,在这一方属于他自己的小天地里,格迪斯尽情挖、纵情堆,刨出 个小湖,建起座小山,动手"下厨"烤派,做波士顿黑面包。有时候自己玩,但多数时间跟 邻居孩子们一起。屋子后方一条平整车道将别墅所在高地与周围四四方方的绿野隔 开。格迪斯在车道上学会了滑旱冰,并生产出第一篇作文,讲脚踏车和自行车。他六岁 时有了自己第一辆自行车。秋千和其他游戏要在离家四分之一英里外的大运动场上才 能进行,但小时候的格迪斯对外部世界并无兴趣,他的世界已经应有尽有。下午回家 后,他会叫一声"妈妈!",听到回应后便一头扎进自己世界。他只需知道妈妈在身边便 好,对她没有也不需要更多。自己一个人时候,他很可能会去找伊迪斯姑姑或者马蒂尔 达姑姑,悄悄讲讲其他堂兄妹的故事,或者倾诉自己对堂妹柯特、琳达或是艾瑞卡纯洁 的喜爱之情。

"人在心在,常伴左右"是索菲亚对于家长担当的重要理解之一。自从格迪斯出生, 索菲亚为此了断了一切继续做编辑工作的念想,也是为了更充分常伴左右,她自觉把母 爱放在首位,连续向著名的瓦尔登湖(Walden)以及城乡学校取经当学徒,吸收那里能教 她的一切。其实当时的理念并不主张为守护孩子健康周全、守护丈夫让他得以安静专 注工作,而放弃自己事业目标和个人空间;且作为一个普通人,她对那种理念有一定认 同,虽然偶尔对她是一种折磨。

所以,即便物质条件有限,我们还是构建出一个空间开放、阳光灿烂、秩序井然、色 彩绚丽的生活空间。这些生活和艺术必需元素长期存在在我们的生活中,潜移默化塑 造了我们每个人。格迪斯对这些基本价值需求的认同和趣味是一笔宝贵财富,因而他 从来不接受污秽和丑陋,唯在清洁和美丽环境中获得安宁。但生命的终篇,他向马尔妲 夸耀自己已练就一身本领,能对北非战场上满目污秽与苦难无动于衷,其实可以看出, 这残酷而污损的世界,已把他磨得多么粗糙。

如果说格迪斯小时候我们只能栖身在城市随便什么地方,而别无选择。那么,我们 并不后悔选择了阳光花园,起码从宜居角度来说。这里按照人文尺度打造,花园和绿地 让空气常年保持洁净。每年搬入的新邻居带来新的园艺技巧,悬铃木和杨树移栽之后 继续成长壮大。直到六岁去上城乡小学之前,格迪斯对城市的概念,仅限于铁路以外天 际线上那一连串高低起伏的大楼。更远处,连新建的克莱斯勒大楼也隐没在雾蒙蒙的 烟霭中,似乎并不比近处教堂更宏伟壮丽。可见,一个小孩子就能将这城市尽收眼底, 一览无余。诚然,后来,远近无数高低错落的建筑物或许拓宽了他的想象力:幼年时他的简笔画中很少有简易楼房，尽是些高楼大厦，摩天大楼，直截了当表达高大宏伟，哪怕大得不成体统，也能满足孩子内心对庞然大物的兴味(Gargantuan humor，典出法国作家
032 拉伯雷笔下人物高康大式的幽默。——译者注)。

6　伤痕和阴影

格迪斯两岁前，跌进过一月里满是冰水的浅池塘，被挂衣架的铁钩刺穿过右颊。两岁生日时，我们在马尔妲葡萄园的切尔马克租了间小屋。他在厨房试探性的伸手够我刚倒出来的热茶。结果一杯滚烫的茶水打翻，烫伤他被太阳晒红的脸颊、脖子和背部。背上永久留下一块浅色印记，那是当时药油和小苏打没搽到的地方。这次事故尽管听上去骇人，但只是他成长过程中一些稀松平常小插曲。我们焦虑心忧，盼他健康成长，但似乎天生有光环护佑他平安度过这些小宰小祸，骨子里那份昂扬和乐观丝毫无损。

但是1929年冬天，他遭到一次比平时更严重创伤。那年一月，三岁半的他患感冒，耳朵化脓。恰巧儿童医生外出不在，我们另找一位年轻医生。当他耳朵到了必须切开排脓的程度，我们请进家门一位耳鼻喉科医生。这位医生住在我们同一个社区，诊所在
033 曼哈顿。彼时彼地，无任何其他医生供选择，当下我们十分庆幸有这位专科医生为邻。

最初结识T医生是通过一位朋友。但是，天啊，我们最终发现他是陀思妥耶夫斯基笔下典型的跳梁小丑，和善、敏感、虚荣、表面慈爱、多疑且顽固。他博取孩子信任的唯一伎俩是用手帕折只小老鼠，游走在自己手上。但他全部技巧和耐心都耗尽在这些小聪明上。由于缺乏自知，他即听不懂家长的话，也不尊重孩子的话。枉我们信任他那么久。格迪斯耳朵持续化脓，低烧不断，即便这样，T医生检查仍然敷衍了事。直到格迪斯原本的儿科医生归来，要求立即抽血，专家会诊，这才让T医生认识到问题的严重性。会诊专家建议格迪斯一小时内接受手术。最终，我们勉强及时赶到，把他送到医院。

格迪斯的手术"成功"，但术后护理却并不成功。我们的医生赶时髦，启用一种新型
034 的有色抗菌素，不料效果很不理想，引发二次感染。更严重的是，格迪斯随时有可能感染脑膜炎。那段时间我们情绪低落，心烦意乱。整整三个星期格迪斯命悬一线。

只有一点我们是幸运的，我那本讲述赫尔曼·梅尔维尔的书大获成功，让我请得起日间看护、负担得起私人病房，让我的孩子可以时刻受到妈妈最细心照料。索菲亚白天陪护在他左右，夜晚伴他入眠，陪他度过漫漫长夜。

生病期间，格迪斯展现的耐心勇气着实让我们自豪。他甚至会以歌声迎接每天繁

冗沉闷的治疗过程。细声细气的小尖嗓子唱道："高高兴兴开开心心。"(Happily and Gay were two people, you understand. 两个人一起要更开心，更快乐，知道吗?)我们的医生麻木不仁，手术没过几天便立即要求拆线，且不用麻醉剂。我们对此毫无经验且无法理解。但小小格迪斯却男子汉气概十足，打起精神撑过难关。这本不必要的疼痛在 T 医生唯恐天下不乱的行径下变得雪上加霜：他怕格迪斯在剧痛中不能自控，强制要求上药过程中绑住他双手。这般屈辱让格迪斯落下泪来；整个手术过程中这是让他最厌恶的部分。

事后，我们表扬了他的坚强勇敢，对他呵护有加，但仍不知如何保护他。我们夫妻二人初为人父母，都不熟悉药理，也不懂怎样决策才够明智。的确，事态发展会令许多比我们更有经验的家长都力不从心。我们的儿科医生一度都茫然无措，不知如何补救我们当初选择医生的错误。当索菲亚建议输血疗法时，立刻遭到 T 医生顽固拒绝：许是出于赌气。这让我们厌恶之极，虽然他之后解释道那样决定是出于不愿意"浪费"我们的积蓄(看透他真面目后我们就分道扬镳了)。

035

但不幸的是，我们的手术医生是医院人员：格迪斯直至出院都不可以提出更换医生。医院规章为保全医院面子，自鸣得意地主张，与其更换医生(即便换同一家医院的医生来支援)不如让孩子去死，这就是当时医疗界的道德标准。

这种情况下，三个女人，三个不畏惧医疗规章，不畏惧人为的制度障碍，而忠实于自身本能的女性硬是把格迪斯从死亡线上救了回来：他的儿科医生、他的护士，还有他母亲。她们合力对抗一切规定、是非和习俗，说服手术医生的上级，让他"碰巧"列席了格迪斯会诊。这位上级曾经也是一位医疗顾问，建议为格迪斯换一种抗菌素，外加输血疗法。我们对善良的 S 医生总是格外心怀感激，感激他善良的本性、一本正经的幽默、深沉的人性大爱，让脾气暴躁的诊疗医生无话可说。S 医生通情达理，尊重索菲亚意见，答应换药期间不用绑住格迪斯双臂。当时格迪斯的全部要求是医生工作时，索菲亚握住他的手唱歌给他听。他下巴线条绷得紧紧，忍住疼痛纹丝不动。疼痛对即便只三岁的他来说都是可以忍受的，他介意的是那份侮辱——即使只有三岁。

输血过后，格迪斯总算出现好转。我们守他度过漫漫长夜，从一月底一直守到了五月底换好最后一次药。这是格迪斯第一次与死亡擦身而过，也是我们第一次经受如此巨大折磨。这恐怕是人类能够承受的极致痛苦：如同在梦魇中那般全然无助，不知如何才能拯救自己所爱脱离苦海。

危机一过，我们的生活立即变得平静而干瘪。这次不幸在我们一家三口心上落下阴影：我相信，格迪斯到死都放不下这份痛苦给他留下的深深伤痕。如果说仅这一次打

036 击,格迪斯也许可能够挺过来,但偏偏祸不单行,这只是一连串灾祸的开始,件件钻心,贯穿他的童年。五岁时,一个小男孩不小心把他推到,鼻子磕在学校里一个小盒子上,伤了鼻软骨:形成脓肿,差点要命。更严重的是,十四岁时他鼻中隔弯曲,鼻塞严重阻碍呼吸。冬天或者夏天,短短一周普通感冒就会让他难以忍受。

受损的鼻中隔也让格迪斯的社交生活受到影响。即使对奥博伦德(Dr. Oberrender)博士这位主张男孩子应该放养的医生,这样一位在温顺谨慎生活环境下感觉无用武之地的医生,也嘱咐他——同时也嘱咐我们——他无论任何情况都不能再卷入肢体冲突了:青春期前鼻子上再挨一拳的话,会造成无法弥补的伤害。格迪斯因此常常郁郁寡欢。霸道的孩子说他不愿打架是另有隐情,于是常常故意找他麻烦。格迪斯十二岁时,因阿米尼亚学校一个非常乖张的孩子而十分苦恼,恳求我们给他带上鼻套,好让他能好好跟对方算算账。我们告诉他忍耐和克制才是更有分量的男子气概,是这种情况下更高层次的坚忍。但当时这些说法,实在让我们小男子汉听不进去。

就像《大白鲸》中的亚哈船长,格迪斯也曾被伤得千疮百孔,身体所受的一系列屈辱,他通过大肆宣泄情感来应对。任何挡他路或逆他意志的人或物,都能令他发泄一番。他体内太多能量亟待释放,无法温和应对这些伤痛。如果说他因此也染上了亚哈船长那种骄傲好斗,因郁愤那头大白鲸而对世事不共戴天;那么他体内另一部分则更像
037 亚哈的大副斯达伯(Stubb):毫发无损,喜气洋洋,沉着自若。但这都是后话……

乳突炎手术的直接后果非常严重:术后一年,格迪斯变得十分难以控制。尤其爱在过十字路口的时候,离队跑掉。这样,每天轮流护送孩子们去育幼院的妈妈们,谁都担心对格迪斯发生不测负责。我们试遍所有办法,希望跟他讲道理,均徒劳无功。他会老老实实牵着大人的手跟你走,但看到十字路口的那一刻,突然撒手飞奔,享受刺耳的刹车声和旁人的心惊肉跳。为此我们不得不拜访一位心理学家朋友。朋友指出,格迪斯在疼痛影响下的长期自发克制,把他推向另一极端——恣意放纵。从行为心理学的角度,这位朋友建议,可以把他调教成依赖性很强的小朋友,或者也可冒险通过一次事故,激发他的独立意识,让孩子学会对自己负责。我们仔细斟酌过这两种选择,决定宁愿身体受些伤害,也要保全他的心理独立。

有时候坚持这项决定很辛苦。接下来几年时间,不断有邻居主动上前,告诉索菲亚:"你知道我看见格迪斯在做什么吗?"紧跟着绘声绘色描述格迪斯一些令人揪心的举动。快六岁时,格迪斯希望我们同意他独立通过主马路斯科尔曼大街。那时这条路尚未安装红绿灯,就在他妈妈暗自纠结的当口,格迪斯上前贴心安慰妈妈,希望让她放心:"妈妈,如果你答应我,我一定像现在这样,非常小心翼翼过马路的。"于是,他不声不响

挣脱安全护卫的双臂,投入艰险冒险。这种心态,他逐渐养成习惯,从后院进家门时,从不走地下室,而是从厨房窗户爬进来。一个不小心他就会摔在十二英尺下的水泥台上。我们制止了他几次,虽不很坚定,但最终还是接受命运:他骨子流淌着渴望冒险的冲动。 *038*

　　一连串的受伤患病——雪上加霜的小病小痛我已忽略不计——是格迪斯养成坏脾气和攻击性的本源。或许还导致他常常气馁,虽然这特征完全不符合他性格中其他成分。这些性格特点,有时会困扰他自己、他的父母,也包括他的老师。但这些粗糙表象之下,格迪斯还是那个体贴、温柔、调皮、幽默感十足的孩子,而更根本的,是他的雀跃,自信,经历丰富,活跃得像匹飞腾骏马。

7　图腾动物、偶像与遗产

　　格迪斯的乳突炎手术在很多方面都成为他生活的分界线,但这病痛也会带来补偿。即便尚未出院,奖励已悄然而至,陪他打发住院的无聊时光。起码这件事让他得到了父母全部注意。特别是,他完全独占母亲,大大满足了他的自我。她像母鸡,他就像小鸡雏;她衣裳是丰满羽翼,他双手便是纤弱小爪,那张病床俨然就是他的巢:简陋的病房在 *039* 雏鸟眼中已经完全不似监狱般阴森。放眼望去,四下已经变成他的领地。那时来探病的人络绎不绝,喂饱了他的虚荣心:外婆和姑姑们带来各色礼物。而且儿科医生竟然鼓励大家送他糖果,这恐怕是只有在病榻上才能享受的独家待遇。礼物形形色色,各种形状的气球、杂货店的玩具马车、卡车和摩托车,小锡兵和其他小动物颜色鲜亮,还有可用水洗的橡皮羊,一只叫咪咪的黑色油布猫,还有个大球,如气球般巨大且不会爆炸。而最棒的,大约要属大家庭的艾米·斯平加恩送的玩具小马,活灵活现立在支架上,身上是真的马毛。这只小马满足了男孩子对玩具的一切要求,虽不能真的供他满床驰骋,但它动感十足,奔腾雀跃,逼真得只差真的活跳出来。

　　那匹小马和佛洛伦斯·贝克一两年前从欧洲带回的一只沉着而严肃的玩具腊肠狗,迅速成为格迪斯志同道合的好伙伴。想必它们在格迪斯的白日梦中扮演着重要的角色。此后很多年,他们每晚在他枕畔,一边一只伴他安睡。腊肠犬的小脑袋能来回转动,好似充满疑问看着你。虽然之后因为过度使用而双目失明,但配上它的严肃冷静,不显可怜反显幽默十足。格迪斯用自己独创的语言命名了这两只小动物:小马叫忒克斯基·雷柯尼瑟,小狗叫帕基·雷柯尼瑟——您别问我,我也不知道这类似希腊名字的姓氏他是怎么想到的。这两只小动物从未失宠,他甚至规定忒克斯基连妹妹爱丽森也

不能转赠。我猜他是想把他最钟爱的、玩到斑驳的小宠物送给自己的孩子，因为他一直
040 珍藏有加，直至入伍。它们都安稳的待在他房间里的大衣柜里，至今仍好端端待在
那里。

这些没有生命的宠物必定给格迪斯某种特殊意义的安定感和传承感。他们来自理
想世界，那里没有指责，没有呵斥，没有无理要求。或者说，他们是这恼人的无定世界中
最纯洁的生灵。换种方式说，忒克斯基和帕基是动物图腾，是主宰格迪斯隐秘小世界的
原始祖先，比肉眼可见的父母有着更古老权威，是充满野性的神灵，远非玩具那么简单。
当然，还有另外两个玩具在格迪斯生命中占有一席之地，不过地位不尽相同。其中一个
是穿蓝色外套的圣诞老人，可亲可爱。我的叔祖把他传给了我，我小时候还住在布鲁克
林的锡耶布雷克时，这位锡制小矮人曾是圣诞节的重头戏。很多年后，格迪斯继承了
他，我们父子俩的童年时代竟通过这小矮人联在了一起。每年圣诞夜装饰圣诞树时，请
出这圣诞老人是我家传统仪式之一。格迪斯后来欣然将这光荣交付予妹妹。等我们搬
到加州时，圣诞老人已垂垂老矣，残破斑驳，并不怎么精细的用胶带修补过，但仍然非常
耐看，我们无法丢掉他。但另外一个玩具，特别是在格迪斯病痛期间给过他无限欢乐的
玩具被我们遗弃了，那是个木质的胡桃夹子，狮头状，设计极精妙———一口咬下，威风凛
凛，满足着人内心小小的阴暗。

格迪斯出生那个夏天，阿尔弗雷德和露西耶·齐曼恩夫妻俩从日内瓦给他带回一
把天鹅状银汤匙和一把银叉。这幅餐具之于他又有另外一层意义。如果没摆上他吃麦
片的天鹅汤匙，早餐餐桌从不算布置完成。1944 年我们最后一次西行之前，我提醒他妈
041 妈把天鹅汤匙一并带上。"但是他已是个军人了，怎么会现在还想要这个？"索菲亚问
道。"他心里仍然住着个小男孩儿，没被外面世界磨砺得粗糙麻木"，我如此答道。汤匙
能让他回忆起转身遗忘的那些青涩记忆。若我们没一并带去，他会找它想它……回家
后吃的第一餐早餐，他拿起汤匙说道："我真高兴它也在。"这还不是他唯一的寄托。他
有一个小巧的银制泰迪熊(帕特里克·Q.)。好友摩西·戴梦德医生为他手工打造，用
蜡铸模，外面镀银，并用同样方法做了内嵌。这成了他的珍贵护身符，为他带来好运。
他非常珍惜，爱护有加，一度也是他与马尔姐的定情信物。入伍前夕，小熊的不慎遗失
令他十分恼火———厄运前兆。

他的物质寄托这般珍贵、这般神圣，其他财产远远不及，比如他童年时期在我们鼓
励之下收藏的一系列石头。(他的同名人提出理论，认为斑斓石头带来的乐趣可以降低
未来对其他物品的不良依赖，对此我持保留态度。这就好比若想孩子长大后对烈酒无
动于衷，大人小酌时就该顺势给孩子沾点红酒或啤酒一般，都是无稽之谈。这种免疫法

对格迪斯完全无效,对我自己其实也无甚作用。)格迪斯的石头收藏中,有些只抛过光,亮晶晶的鹅卵石——我们偶尔去韦斯特波特的布鲁克西斯拜访年迈的斯蒂姆森太太时,她会送他几颗。四下寻觅鹅卵石,细细加以打磨是她最中意的事情之一。不过他收藏中也不乏电气石、蛋白石和海蓝宝石之类。我叔叔查理一辈子在蒂凡尼做珠宝商,时不时会送他几颗这样的珍稀玩石。他的早期老师之一,达勒亨蒂(Miss Delehanty)小姐还记得,他七岁时权威劲头十足的向全班展示他的石头收藏。

042

格迪斯走后,我们才认识到这些遗产的力量:它们让记忆流泉般喷涌而出,唤醒过往点滴,让一切细节鲜活生动。今天这些幸存下来的信物安稳在家,一同保留下来的还有他血染的战区徽章,蓝色的步兵团肩章。这些纪念物,件件都是纪念碑,高耸在这块国土他唯一一块墓碑之上。我们把他留下的大部分衣物捐赠给了法国反法西斯抵抗运动的士兵们。但有少数几样,他在布拉特波罗为自己添置的花呢夹克衫,那条最钟爱的领带,穿旧的猎靴,我们无法狠心捐出,也派不出合理的用场。这些都曾是他身体一部分,至今还保有他的英灵。我们此举或许出乎他意料,但忒克斯基和帕基·雷柯尼瑟的主人则最容易理解。是的,他会理解其中酸楚与慰藉。

8　我们的新家

1930 年春天,我们搬入利兹维尔一座旧农庄:农庄本有两座,隔路相望。我们家就在小村南端,再往南拐就是阿米尼亚工会车站了。

043

房子建于 20 世纪 30 年代。那是木工刚刚丢失比例美感的时代,线脚稍差——更别提帕拉第奥风格的窗户——不过对面的兄弟屋倒不失完美。我们的房子门脸规矩,面朝大路,向后延伸,所有主窗朝南。房间共有十一间,间数虽多,但我们搬入那年春天险些不够住。原因是这房子年久失修,且曾经住过猎户,残破石灰墙上处处留着大钉子。我猜那是他们曾经挂捕猎套索所用。整个地方其实就像一片荒郊野地。因为夏天猎手们当园丁经营苗圃,所以屋外地面园圃轮廓依稀,但草坪就谈不上了。如果拨开野草细看,能发现以前种的牡丹,也会看到野水仙的花床。说是黄花,实则偏绿。跟水仙种在一起的,还有古法种植的玫瑰花丛,以及叶片被修剪掉抑制生长的葡萄藤蔓。更多的是牛蒡,满眼都是牛蒡,边边角角,防不胜防。西边墓园旁边有一株苹果树,带给我们满满希望,但从来无法真正兑现,不过我们搬进来的第一春,春雷击中它满是果虫的树干前,它还曾结过苹果。还有几株散乱梨树摇摇欲坠,干枯腐朽,结出的梨子口感坚硬,食之无味。整个地方亟待重新修整，重新种植。无论如何，这些树和灌木都归我们所有，这让我们深感富有。每块翻新的印记都让我们觉得是场胜利，我们就像神，将光明撒向混沌。

我们置下这块房产十年之后，税单上仍然把这里叫做能量山庄(The Powers place)。这里从来不是农庄，几公顷土地曾属于路对面的人家，房子已经随风而逝，徒留土地空空荡荡。不过我家西北角确有一座谷仓，冬季能抵挡肆虐咆哮的寒风。路旁一排排枫树洋洋洒洒，气势豪迈。

谷仓朝南一面原来有一半都四敞大开，格迪斯十一岁时我们把无遮无挡的南面加了顶盖，装配一排窗户，把他写字台摆在窗下。谷仓一开始便成了他的工作间、作坊、运动场，下雨天还能充当室内游戏室。因为没有地板，他的玩具蒸汽挖掘机可以自由作业。谷仓见证着他上百种实验，制作蝴蝶标本实验、化学实验、兽皮加工鞣质、木工零活、绘画——他理所当然承包了自家家具上色，九岁时他甚至给自己房间钉了张敦实小桌。谷仓敞开的门边，十五岁的格迪斯和约翰·达非自己动手做了一艘小艇：结实的小船载着他和约翰，顺着韦伯塔克河南下一路漂到阿米尼亚南端。此举无意间重走了农夫米伦·本顿兄弟俩(Myron Benton and his brother)的垦荒之路。而且，这无疑又是一对好哥们儿仿效了梭罗漂流梅里马克河(Merrimac)。

先前索菲亚和我总小心翼翼回避我们婚姻中一些悬而未决的难题。买下这里房产的那段时间，这些难题悉数浮出水面。成功度过难关也许归功于心理分析，但我们有过同样经历的朋友却因此变得死气沉沉，我们夫妻俩谁也不想这样结束。事后回想，挽救我们免于败退的，是两项共同爱好：格迪斯和这座农家小院。二者都需要大量建设性关注。仗着年轻，仗着毅力十足，抹墙、贴砖、刷漆、搭书架、修建丁香花丛、整修花床，样样自己动手。而且很眼红一些工作不得不交给更有经验的木匠杰克·特恩西和画家约翰·格林代劳。一家三口渐渐成为房子的一部分，同它一起成长。木质建筑最大的优点，是它没有彻底竣工的时候，永远可以继续改进。它与居住其中的生命一样，可大可小，可坏可好。

格迪斯的一连串房间便是证明。开始时他住在楼梯边小房间里。这是两间儿童房中的一间，设计本意是让他正对父母主卧，中间没有走廊相隔。这四四方方小空间虽然不够放手玩耍，但夏天时我们更注重对流通风。当我们终于搬到楼上，我们把格迪斯安置到一间由旧阁楼改造的房间。房间联通楼上前前后后房间。起初格迪斯只占房间一半，一年后我们去掉保姆房，让他可以独享整个空间。斜面屋顶，一排横向落地窗，让房间看上去更像山洞。我不确定这是否满足了他当时内心需求，但也许引出了他青春萌动时对原始野性的困惑。原色胶合板、阵阵松香与摆放整齐的捕猎陷阱和索套、钓丝锤、鱼钩、鱼线和各色充满男孩子气的玩具相得益彰。餐桌上、书桌上、收音机上、书架上，一路铺洒，随处可见。

　　当格迪斯离家上学，准确来讲是 1941 年 2 月，索菲亚灵机一动，兴致高昂的大肆动工，把房子中部屋顶加高，掏出两间大屋。朝南一间是格迪斯旧屋，现在腾出给爱丽森。格迪斯房间另外新造：大衣柜、嵌入式落地书柜，朝西的对开窗户俯瞰河流草坪，看旱獭潜伏在三叶草丛。隔壁一面墙上另外单开扇朝北窗户。整个设计装饰过程倾注了索菲亚满满爱意：新的扶手椅、清新的窗帘和床罩，夕阳映衬下勾勒出红棕色线条的鼠尾草绿墙面。格迪斯自己的要求很模糊，可以发挥的空间很大；春假回家，他的惊喜万分是对这一室爱意最好的回馈。这房间刚好适合他即将成年的蜕变：桌面平坦的书桌虽是居家手工打磨，却不失坚固庄重。可以让他做男人该做的事。从小朋友小房间，到小男孩洞穴房，再到年轻男子的书房，过渡自然质朴，谈不上刻意为之，却让我们对家的理解焕然一新。

　　初搬入，这座被遗弃的农庄房舍唯一令我们满意的就是它的气味——一股子难以界定的典型美国农庄气息。但是，即便宜人，味道还是太过浓烈。这要归功于二楼墙壁里长居的一群蝙蝠。而且这群蝙蝠被驱逐很久之后，潮湿温暖的气候让难闻的麝香气味久久难以散尽。年复一年，房间内部逐渐完善。索菲亚耐心十足，小心翼翼打通餐厅的壁炉和火道，让餐厅变得舒适宜人：绿色地板衬着黄绿色木饰，浅灰色墙面——我不敢为我家访客担保——让我们忘记木头和石灰瘢痕累累的表面。装饰起居室则花了更长时间：起初只是光秃秃杨树干，此举并非专意所为；之后慢慢把木饰涂上生动松石绿；接着自己动手造书架，作成齐窗的矮书架，最后是直至屋顶的落地书架，年复一年，一面墙堆满了书，再开始另一面墙，直到我们被书包围，坐拥书城。书架最终的样子有点类似乔尔·斯平加恩非常气派的书房。当他终于看到这一切，联想起自家漂亮的书房，眼光狡黠地说道："怎会这样？记得上次见到这书架时，它才一丁点儿高啊？"

　　如此详实的记录，是不是只为成年的我们能够沉湎于过去私密的回忆？并非如此，这里也承载着格迪斯的灵韵。他对第一个寄宿学校的抱怨，是我们把他送去得太晚了。早一两年的话，学校装修，全校师生一起动手，现在已经结束；这对他来说意味着学校一部分已不再继续生长，这是我们农家小院对他潜移默化的影响。即便诸多不足，它是活的，而且一直不断生长！1944 年我们终于抹好厨房壁炉，围炉捱过了那个严酷冬季。靠着壁炉，我们使用着他亲手制作的壁炉架，他亲手打造的炉具：这是我们第一次用这炉架，但对他来说已经太晚。我们仍在计划如何更新房间，但有一间房间会原样保留下

048　去：他曾经站在那间房西窗前，最后一次眺望奥博隆山，看着第一缕晨光撒在它的尖顶。

9　四岁到十岁

四岁以后，格迪斯便没了婴儿阶段的影子。从那时起，只要我们想起格迪斯，总把他放在阿米尼亚的大背景之下。在那里他最自在，纽约时期他从未有过最好状态。米丽亚姆姑姑记得他说过："你把我带离我自己地盘时，我简直像头愤怒公牛。"城市背景下若回忆起他，多半是探讨他生活中那些烦恼的事，比如，教育和求学。阳光花园周围旷野那种一望无际的荒凉都无法排遣这些烦恼。

那年夏天，索菲亚给我写信中描述了四岁格迪斯闪现真我的种种瞬间，那时我人在日内瓦："我们的小儿子真是太有趣了。那天晚餐过后，妈妈和他正在齐唱《扬基之歌》（Yankee Doodle）。他音色沉稳，声音洪亮，并且说这是为了'让其他人都能听见他的歌声，然后就回来听他歌了。'结果没有听众，他显得有点失落。他认为自己状态很好，而且显然觉得如此美妙的歌声没被听到简直可惜，于是宣布他要去格林顿坎普家，唱给他们听。他就这样大踏步而去，高耸着肩膀，双臂挥得笔直，沉着冷静，一路独行。我远远
049　跟着他，确保他不会在桥上多停留。当我越走越近，听到他鼓起勇气邀请格林顿家的人现身。几次尝试都无人出现，我们这小吟游诗人双手夹紧身体，昂起头，独自站在别人屋前走道上深情献唱《扬基之歌》。如此简单，如此真挚，如此诚心诚意，看得我不禁湿了眼眶。暮霭沉沉，花园里，他那么坚定，又那么孤单。"

五岁了——这年我们买下了自家住的这所房子——格迪斯的角色开始在我们日常生活中显得愈发活跃。每天清早负责把奶罐送到谷仓，傍晚把满满当当奶罐运回。该任务后半程能用到他的便捷小马车，对他来说无异冒险，但是干劲十足，非常守时。1930年初夏，索菲亚一人在中欧停留过六周左右，而我因牙周炎而浑身不适，无法写作。幸得格迪斯常伴左右。两个月光景中，我并未刻意着墨记录他点滴成长，也未一字不落收录他的"儿歌诗作"，但两个月时光莫名其妙生动无比。他帮我给房前我家第一个花坛栽满花苗，然后就观察些种苗一天天长大。

每周两次，我会去纽约看牙。格迪斯不得不跟我们好邻居杰克特太太（Mrs. Juckett）待上一天。有时候他同约翰·达非和吉米·法雷一起玩耍，有时则没有小伙伴。这些日子显然对他太过孤单，但他一一忍耐，毫无怨言；虽不假装喜欢，但起码接受现实。我会乘弗拉那根（Flanagan）先生的出租车在晚上七点半左右回家。车一驶入利

兹维尔,远远就能看见格迪斯站在杰克特太太家门口,手里抱个牛奶罐,等我搭他回家:小小个子敦敦实实,兴致勃勃讲述白天经历。"你给我带礼物了吗,爸爸?"或者"妈妈给我们写信了吗?"第二天,他午休起身,会跟我去湖边散步。我无比自豪向索菲亚报告自己的情况:"他看上去很健康:黝黑皮肤,结实身板,挺拔体态,而且机敏灵巧,仪态良好。我最亲爱的,这就是你儿子。相比之下,那些所谓'健康乡下孩子'个个面黄肌瘦,简直像一群站在希腊青铜神像旁边的奥地利人。……他们那吃相啊!我并没填鸭似的喂他,他就是胃口好。走路去湖边,竟能跟上我速度。一路蹦蹦跳跳,奔跑嬉闹,冲进树丛去采刚刚熟透的草莓。"另一封信中我写道:"格迪斯问了些关于铁匠的事情。我告诉他史蒂文森高中有个锻造炉。说到高中,我还提了我们木工车床和铁工车床铺子。他很惊讶,我能从他眼中看出他也想去史蒂文森上学。但他第一个问题是:'爸爸,他们是不是已经把史蒂文森拆了?'他当时仿佛就有种感觉,这年头好东西留不久。我告诉他学校还在,他便开始计划前往上学,要打五十,千,百副马掌(原文如此,小孩子尚未学较复杂的英语数字表述。——译者注)。"

那年夏天不知不觉和之前五个夏天融为一体,只不过此前五年我们还没最终迁入属于自己的家。但一家人在一起的时光并没因此打折扣。上午格迪斯通常出门钓鱼不在家,有时同弗朗西斯和约翰在一起,有时独自一人;经常由于太过投入钓鱼事业而回家过晚。米丽亚姆姑姑在我们建议下送他一块不怎么昂贵的手表作生日礼物,提醒他莫忘回家时间,但我们谁都琢磨不出如何才能提醒他看表。下午,我们会去湖边走走,有时候索菲亚没料理完家事,只留他和我同行。我们带一只帆布袋,沿路装满被风吹落的雏菊。多少次我们在果实累累的大树枝下一坐半小时,仿佛置身枝繁叶茂的洞穴,津津有味大快朵颐鲜美多汁的苹果。我们比果农更加警惕,守护果实成熟:黄蜂围住我们打转儿,硕果累累中挑挑拣拣,不容一丝青涩,不容一丝苍白,堪比我们对成熟的要求。这便是天堂,心灵盛宴,共享天伦;这也是圣事,让我们尽享伊甸园中心灵最初的渴望。

多少次,我们顺着韦伯塔克河浅滩倘徉,只为享受清凉河水划过脚面,不畏又硬又尖石头抵着柔软脚心;有时我在一旁作画,格迪斯在河里钩些风鱼、鲮鱼和胭脂鱼,有时甚至能钓起鲑鱼。六月,一家三口去采野草莓。通往贝尔山径一路上长着野莓子。大树下和山坡上还能找到味道更佳的木莓。七月初,我们会沿路一直走到湖边,爬上本顿山或沿屋后栅栏走到河边,采摘糙莓制作果酱。离家往南有片牧场,很长一段时间我们都把这里封为自家领土。八月,我们四散在牧场寻找蘑菇和马勃菌。寻找蘑菇的过程充满刺激;那段时间——现在已经大不如前——蘑菇也特别丰盛。格迪斯被我们戏称为"采蘑小猎犬"。告诉他位置,他便飞奔而去取了远处蘑菇快跑回来。若没带口袋,我们便用狗尾草杆穿起一长串蘑菇。这是从基南太太那里学到最简易爱尔兰串蘑法，有时带回的蘑菇多得吃不完；这是最棒的寻宝之旅，无需动员，格迪斯便欣然随行，有时约翰也会加入其中。

052　　傍晚时分，格迪斯、索菲亚和我会在午后站成三角形玩儿球：弗朗西斯和约翰加入时，队形会扩大成更大的圆圈。有时我会跟他嬉戏打闹，假装自己是棵树，任他爬上爬下，倒吊在我身上，或是一个大回环从我两腿中间跃出。有时不过抱着他转圈儿或是把他高高抛起，抛的越快越高，他便越开心。如果他不小心摔倒碰到头，他会说"没事的，爸爸"，然后要求再来一次。我们都从中得到很大快乐，爬树游戏一直保留到他七八岁光景，直到树枝再经撑不住他重量，但其他嬉闹打斗游戏仍旧延续着父子的亲密无间。他眼中的父亲尽管时常一副慈父模样，但他敬我英勇强壮，这点我从不怀疑。直到最后，我都在蒙古摔跤上技高一筹：交手时他的眼神，是我们父子俩之间独家记忆，永不磨灭。

　　晚餐后，暮色里，落日余晖，洋槐婆娑，雨燕顺着烟囱俯冲下来，划出优美弧线……如遇夕阳显现出异样美景，我们会停下接球；会听见"快看，多美的云"，同时一路小跑冲出屋子。现在想来，公立学校艺术鉴赏课强加给学生的那些课本大多极其蹩脚。作品平庸得难以想象，而课程竟强迫学生学会尊重这些作品可悲的复制品。本就不值得看第二眼的东西，还要求学生跟着一起惺惺作态。与这样的学术垃圾相比，只需睁大眼睛，乡村生活天天都有绝佳审美片段。阳光花园一位邻居曾经问大卫和格迪斯：南下佛罗里达，你会选择搭乘最新的蒸汽列车，快捷方便，几小时到达，还是在马背上颠簸两三周？他们异口同声选择了马背。"为什么要选马背呢？"我们邻居问道。"一路上看到的

053　是一样的山，一样的沼泽，一样的小房子，没完没了。"事后格迪斯将这段对话复述给索菲亚——我1934年的笔记中如此记述道——他带点嘲笑道："这就好比有人一辈子住在一个地方却从不觉得单调。我就能一直住在阿米尼亚，每天都有不一样的发现。"

　　花朵是我们乡村生活再寻常不过的元素，即使在阳光花园，花朵对格迪斯来说也十分重要。像我们一样，他第一次看绿郁金香破土而出时，简直迫不及待。战前的夏天，我们在阿米尼亚的房子花团锦簇，种在花坛里的，采自田间地头的，各种鲜花，如萱草，蓝蓟，馥郁郁簇拥着我们阿米尼亚的房子。格迪斯钓鱼归来，时不时会带回一束他在沼泽边找到的鸢尾花，或是为了彰显即将到来的秋天而带回一束带穗的龙胆花。他在加利福尼亚时，寄给玛尔妲一封信中，曾用我们东部人揶揄人家大个子的口吻说道，自家窗口外花园里大玫瑰，傻大如卷心菜。但我相信他一定很高兴见到这些玫瑰，甚至比窗沿还高的巨型西兰花也会让他快乐，逗他开心，让他忆起年幼时对巨型蔬菜的幻想。

还有一两次,他就把这种玫瑰送给了安,那绝无揶揄人家的意思。

每年六月初,我们都会充满期待来到乡野地带;年年重复相同的事,但年年有新变化,新惊喜。偶尔挫折也不失一种变化,为生活平添几分趣味。年复一年,格迪斯汲取着这块乐土的精华,茁壮成长。这块土地被殖民时期最出名医生托马斯·扬(Thomas Young)命名佛蒙特(Vermont,*法语意为绿色山岭。——译者注*)——这命名虽不甚贴切,却含义隽永。年复一年,格迪斯茁壮成长,如大树般每年都增加一圈年轮,却从不更改本来的质地、纹络和方向。生命世界的一切美好,包括音乐、艺术、爱情、大自然,这些事物无不循环往复,生生不息。所以,如果说格迪斯这些慢慢成长的一个个乡野之夏没有特别值得言说的地方,那是因为这里生活本身有如呼吸般自然,呼入大好天光,呼出静谧夜晚。是的,夜晚是故事的完结篇。上楼去浴室刷牙,计划明早早起,早餐前去钓个鱼也说不定。点滴鼻剂,最后看一眼落日余晖,钻进被窝睡觉。睡前故事,晚安吻,一声满足的喟叹,门渐渐阖上。突然一声惊呼:"我想要萤火虫!给我捉几只萤火虫吧,妈妈,放到罐子里。""晚安,宝贝。"……"晚安!"

054

10 首度插曲——信件节选

"亲爱的爸爸:那条船完工了,我又动手做了一条,也完工了。我还做了辆小车。我还在学校做了个果冻卷。味道特别好。那天我在学校捉苍蝇,一只特大个儿的落在地上,我上前捉它也不飞走。我,乔纳森和苏珊娜一起去了布朗克斯公园。我们看了狮子、老虎,还进了猴子馆。有一种动物特别有意思,上蹿下跳手脚并用,嘴还特别红,好像抹了口红。我们还看了蛇馆,有一只蛇正在蜕皮。蛇有各种各样的毒液,我们都看到了,他们把有毒部分拿出来了。我们还看了袋鼠、河马、犀牛和长颈鹿。看到一只棕色斑纹的斑马。那里还有个小博物馆,我们看到一只大象,它的象牙有 10 英尺长。还有只海象的象牙有 11 英尺长。我们看到了鸵鸟、水牛和一种像马但不是马的动物,我不知道它叫什么。我对着一只鸟吹了口哨。杏花开得很好,还有红色和黄色郁金香。蝴蝶花也开得很好。就说这么多吧。格迪斯。"紧跟着这封城市里的所见所闻,是一封寄自乡下的信,同样很有特点。

055

"亲爱的爸爸:希望你一切都好。一只鸟刚刚飞上了窗台,我看到了很多红翅膀的黑鸟。提克吃肉前总是一阵狂吠——她每次都狂叫一阵才吃肉。她每次只要能找到报纸就会一顿糟蹋,还总是狠劲儿的挠树干。他们造了条新的路,快造完了。谢谢你寄给我的那些邮票,随它们而来的信也很美。我希望咱们俩还能在一起打打闹闹,提克陪在旁边,啃着她能找到的所有鞋带(提就代表提克),随便玩点什么游戏都好。我把萝卜种下去第二天它们就长出来了,现在已经很大了。你回来的时候,我会准备很多萝卜给你——给你和妈妈。我很想你,你回来之前我就想跟你在一起,但是我做不到。因为我和妈妈没办法过去,虽说我很想过去。豆秧上已经现荚了,你回来时我会给你准备很多胡椒。格迪斯(舒舒服服窝在家)。"

056　　　　这是 1932 年春天的事。代笔写信的,当然是他妈妈,当时我在欧洲。信中提到的菜园,让我想起我们曾经在自家菜园里拨给他一小块地,由他全权负责。八岁之前,他一直是一名积极勤勉的园丁。后来,钓鱼、打猎和他的小团伙做些更有男子汉气概的事,便占据了他全部生活。但是,只要走进菜园花圃——雇佣他干翻土活除外——那往往是天黑之后,打着手电,抓夜晚飞出的各种虫子,当作第二天钓饵。七月,索菲亚加入我的欧洲之旅。格迪斯被交给我家在阳光花园的好帮手、好邻居基南太太照料。结果他鼻腔感染,扩散到耳朵,不得不手术切除脓肿。事后得知,手术台上格迪斯谈笑依旧,讲笑话、猜谜语逗护士开心。麻醉师名叫柯滕,格迪斯觉得这简直太逗乐了。从欧洲回来后我们才得知这件事情,心下自责我们不在孩子身边,即便索菲亚离开的时间如此短暂。但格迪斯对他妈妈说:"我很想告诉你我很想念你,妈妈。但我玩得太忙了,并没太想你。"这要我们如何安抚他?

　　　　那年夏天,如此这般的只言片语还有不少,夹杂在大量家书中,无法特别分类,也不必特别着墨了。分量早已不言自喻。

　　　　"格迪斯跟米勒家孩子相处很好,一有空就往那儿跑。他们在小溪里给青蛙剥皮,玩罗素那只温顺的宠物小白鼠,在一起不吵不闹十分愉快。我很欣慰——即便他有几次跟弗朗西斯出去玩的太过火哭着回家。我很温和的跟弗朗西斯解释了他们年龄差距和可能后果,要他别再带他出去了。格迪斯真是个开心果,给村里的所有人带来欢乐。"

057　　　　"我们回到家里发现一切井井有序。水是通的,水管并没冻上。米勒太太把房子打理得无可挑剔,让我们一到就可即刻入住。杰拉德·杰克特已把花坛种满,花园大门位置刚好,草坪已经修剪,大片空地已经清理干净。连松鼠都好像知道今年要乖乖表现。自打我们入住,几乎没听到它们叽喳吵闹。格迪斯心情大好,虽说他现在成长到一个听到要求先拒绝的阶段,但好在他会转头再想想,也听得进好言相劝——当然这些都是我对他的要求。而他异想天开的古怪要求我都欣然接受。大自然的温柔平和已在他身上初现成效。他会对自己喧哗吵闹报以羞赧一笑。收养一只小猫以后,他越来越不会由着性子胡来。我们来到这里第二天傍晚,格迪斯发现这可爱的小家伙,就把它抱在怀中不肯放手，提醒说我曾答应他来乡下后可以养只小猫。除了默许我还能说什么？格迪斯也的确从小猫身上得到不少慰藉，对它温柔相待，并打定主意以后不吵闹再要个小宝贝陪他了——养只小猫岂不更有趣？"

"今天早上格迪斯去看望他养的小鸡，回来时紧张焦躁。索尼昨晚没在家睡，走之前疏忽了格迪斯的小鸡。小鸡全都死了。格迪斯虽然伤心，但非常克制。头一次我如此同情体谅格迪斯。用我的话说，索尼绝对是只猪，原话可能不是这么说的。我把格迪斯注意力成功转移到我正在做的工作上。当索尼最终现身时，歉意连连，温和体贴。格迪斯非常平静，情绪不坏，跟他一同离开。几分钟后他和索尼一起冲回来找我，神采奕奕。索尼养的一只鸡提前两天把小鸡孵出来了。霎那晴空万里，生命到处是奇迹。我所有心痛看来全无必要。这让我更好的认识到，要把孩子悲伤和愤怒看淡些。平静安宁价值几许？"(1933 年 7 月)

1932 年夏天，格迪斯的内心显现出另一片天地。"他这阵子在研究比较宗教学，"索 058菲亚的来信中说道，"我总因给他灌输信息被他责备……我跟没跟你说过，有一次我们差点吵起来，就因为我想赶紧结束一段有关耶稣死亡的讨论。从善意角度，耶稣是否应该被裹在草纸中烧死，而不是钉在十字架上流血等死。因为人在烈火中失去知觉速度比较快。当然这些都是他的理论，不是我的。这场谈话中我唯一角色就是想尽快结束这对话，便竭力懦弱、不中用，但是全都徒劳。"他还告诉索菲亚，伊芙琳·基南随身带着一张上帝画像，但从他眼神看，似乎那画中无非是"一位如同祖父般蓄大胡子的老爷爷。"

同年，我们送他一本《圣经》作为生日礼物，一同给他的还有一套多册的《世界文学经典》。第二年，格迪斯在这方面已经有了点深度。整整一夏，除了我们刻意略过的那些阴森恐怖章节，一本完完整整，未经删节的圣经成了他的睡前读物。"现在是晚上九点钟，"我曾写过这样一封信给我母亲，"我刚刚给格迪斯读完圣经：他不太赞同夏娃是亚当肋骨做出来的，觉得这未免过于敷衍了事，太过小家子气……"但据我所知，对《新约》和《旧约》的好奇完全满足之后，格迪斯便一去不复返；但从广义角度，他对宗教兴趣不曾减少。他对自然甚至科学的信仰，都带有浓厚的宗教意味。看待宇宙，他并非从实用主义出发，并非为了征服。宗教的神秘性一遇上他的思想意识便不再离开，但从不拘泥于基督教和犹太教等具体表述形式。

至于他如何看待自己的混合血缘和"宗教"，我们觉得他处理的很好。我们小村里有个塞米寄宿家庭，里面成员做派不同，口音不同，甚至"礼仪习俗"都不尽相同，各色犹 059太人让格迪斯意识到了自己的犹太血统。如果在希特勒时代尚未发生的时候，这或许

1936 年, 11 岁, 在阿米尼亚

1936 年, 10 岁, 在阳光花园

1940 年, 15 岁, 在阿米尼亚

1940 年, 15 岁, 在阿米尼亚

根本不是问题,因为无论是他妈妈还是我本人,都没有对任何正统教义有过真正的认同。从一开始我们就决定对所有宗教一律平等对待:我们帮格迪斯认识到,对春天来临、万物复苏的庆祝,对秋天作物成熟丰收的庆祝,对冬天和死亡的庆祝,在很多宗教里都常见,无论是多神教还是一神教。对于宗教派别,我们更强调的,是它们彼此间的相容和相同,而非差异性。

　　格迪斯是混血这件事在他小时候并没为他造成压力,因为他的亲戚、学校同学和阳光花园的小伙伴们对于犹太裔和非犹太裔并无差别对待。但随着时间退推移,仇犹主义变成了我们不得不正面面对的病毒:接触人稍不留神,就可能被这希特勒式毒害玷污了本来纯洁的社会关系。但那时格迪斯性格已经完全成型,我们大可放心让他按照自己方式处理。一次在加利福尼亚,索菲亚和格迪斯对种族仇恨进行讨论。之后她问他个人对自己是混血这件事情如何看待,跟非犹太裔该如何相处。他说他会顺其自然:如果觉得对方是值得结交的朋友,他会忍痛主动告知自己有一半犹太血统的事实;如果只是泛泛之交,他认为根本没有坦白的必要。而据我们所知,他从未遇到无礼相待,这是他的运气。

　　……时光如流水,少年一天天长大。格迪斯享受着自然,身体力行响应着四季变迁。九月风初起,他会跑到房后空地上高高放起箱形风筝,当做呼朋引伴的信号,引得邻居间所有小朋友纷纷加入帮忙,我和索菲亚也不例外。秋天每个周末,格迪斯会在厚厚的橙黄色枫树落叶中倘水般行进,此情此景在青青牧场映衬下格外鲜艳。春天到来,他会变得心神不宁,很不耐烦,心浮气躁,直到我们再次踏上前往郊外的旅程——回到那座冰冷的房子,烟囱里有蛾子扑棱棱的飞,空气中蝙蝠味道混合着从厨房门缝渗进的泥土气息。这样的夜晚,他回到自己仍然冰冷结霜的小房间,兴奋的回味着收集到的青蛙卵,竖起一只耳朵,留意听着河边树蛙叫声。

060

　　格迪斯小时候,送他去私立学校的一大好处是我们有整整四个月可以安心待在乡下,否则只有两个半月。直到十一月初冷风骤起仍可以出门远足度周末,我们也的确这样做了。其中有一个周末我们记得分外清楚。因为要搭乘下午四点火车回城,所以我们早早吃过周日晚餐,叮嘱格迪斯不要离家太远。但直到出租车上门,仍旧不见格迪斯踪影。我对着田野高喊多次,就像猪倌的吆喝。最终只好劳烦弗兰纳格先生开车送我们去湖边找他。半路上碰见他,好在他还晓得要往回赶。他浑身污浊,头发凌乱夹着泥巴,裤子垮下一半,而且显得鼓鼓囊囊。但时间太紧,容不得带他回家打理干净,只得将他连同他手里一桶蝌蚪一起拎上车。我和索菲亚二人都有些生气,顾不上其他许多。因为错过那班火车不但意味着要空等三小时,而且会错过他正常就寝的时间。

那些年时兴给小男孩穿及膝短裤。格迪斯在火车座位上左右扭动没一刻安静，最后说了实话。他不单单裤子口袋里，甚至在裤腿里都藏了青蛙。为了重新安置他这些战利品，我们做父母的尊严化作乌有：一只接一只，青蛙们蹦出他的短裤。而且不一会
061 儿，整车厢乘客都兴高采烈加入过道上、座位下寻找青蛙的活动，想帮忙把他的青蛙小分队集结起来。直到格迪斯捡回所有青蛙，把它们放进一个口袋，我们大家都松了口气。若无我们责骂，那天对格迪斯来说仍是很完美的一天。蝌蚪、青蛙、青蛙卵，这些都是春天复苏带来的自然万物，是大自然最珍贵的馈赠，也是大自然本身。有了这些东西，城市生活他又能多忍一周了……

这是怎样一座城啊！我们虽爱极阳光花园满眼苍翠，但当绿色到达尽头，我们感情也随之冰冷。若周日下午想出门活动活动腿脚，就不得不穿过整个城市的阴沉萧条，穿过一片片治安欠佳的辖区和衰败市政设施，直至一处可能是私人机场的地方，在那里看飞机带着噪音轰鸣上天；或者朝相反方向走去，直到有幸能从阿斯托里亚河岸瞥见东河，但碍于一座巨大木材场只得止步。不过即便真的到了河滨，也无事可做。但至少我们能看到偶尔划过面前的拖船、驳船和汽船，也会看到海鸥盘旋在狱门桥畔滚滚水波上空。那时格迪斯年纪尚小，捡拾石头就很满足——并非什么美丽奇石，普通石头而已，或者捡拾回家迷了路的蚌。这些蚌就好像格迪斯，本不属于这里。周日下午，我们经常闹得郁郁寡欢，争吵一触即发。虽然只有三岁，但格迪斯也能敏感察觉忧郁气氛。曾经有这样一个午后，他发现我们俩各据沙发一头，各自沉浸在自己思绪里。他爬上沙发，带着些许腼腆和幽默，开始吟唱动画片《鲁迪格》里的唱段："可怜的小伙子啊，可怜的小
062 妹子啊。"你别说，还真奏效。

11 事实与幻想

与格迪斯同龄的孩子和他那一代人都是在"此时此地"理念中成长起来的。这是那一代人的父母拿到手的第一本育儿经。此书作者和编辑，才华出众的露西·斯布拉格·米歇尔女士曾经是卡洛琳·布拉特的合伙人。通过一位在《日咎》杂志工作的老朋友海伦·马洛特，我们结识了卡洛琳，同时接触到她的作品。她十分睿智，一生未婚，讲话有些尖酸刻薄，第一座寓教于乐的学校就由她创立。学校位于华盛顿广场旁边，以玩耍是教育孩子最好来源为理论基础。其实早在卡洛琳自行总结出此观点之前很久，柏拉图便有此论断。但卡洛琳的教学方法同时还支持约翰·杜威博士观点，和对可见环

境的认知。所谓可见环境,是指看得见、摸得着的环境,即成人视野中的现实环境。她认为孩子应该在这样这种环境下成长。

在卡洛琳眼中,幻想就是幻觉和不切实际的同义语。她时常不自觉的援引葛擂硬(狄更斯小说《艰难事实》当中的人物,指只讲实惠,把生活看成现金买卖关系的人。——译者注)和柏拉图,认为孩子最需要的便是"事实",审美和技能都要在日常活动和现实需求中逐步培养,甚至在做商店和邮局游戏时都要学习算术。如果这种教育不打算去覆盖全部领域,那这主张还是有很多可嘉许的地方。但我私下里常对彻底清除幻想有所保留,也对把现实环境狭义定义为可见物体和可被观察到的现象心存怀疑。很多年前为《此时此地》撰写书评时我曾表达过这样的疑虑。但我们这一代人确容易在这问题上走上迷途,认为教育孩子就该强调事实和实际。现在回头看,我认为这理论有些站不住脚。

从小开始,格迪斯的秘密世界就与常人不同,这点我很确定。五岁时,他幻想有个巨大的胡萝卜,必须要动用蒸汽挖掘机才能挖出一多半,剩下的要靠起重机吊出。每天都会有人开出挖掘机和起重机用来拔萝卜,因为小小一部分胡萝卜就能喂饱整个村子,而整个纽约每天吃也吃不光这颗巨型蔬菜,他觉得这画面很有意思。与此类似,他也想过如果木头易碎,而玻璃和陶瓷很坚固,世界会变得非常滑稽:如果木头掉在地上会摔得粉碎,那人就不敢走在地板上,因为地板会裂开;玻璃和陶瓷就可以用刀随意砍削。十年后他写过一篇作文,讲一对猞猁因内心太过冰冷,使得夏天湖面结冰,变成滑冰场。(也许说的正是他的父母?)

他妈妈记得,格迪斯六岁生日时在派对上玩的太疯结果伤到了自己,于是躺到床上伤心哭泣。妈妈给他读书,他渐渐安静放松下来。二人一起从他床后窗户看天空云卷云舒。大片白云,朵朵饱满,好似承载着属于它们各自的世界。小男孩和妈妈十分向往那个世界,讨论很久,那里成了他的乌托邦。格迪斯在那样的图景里失了神,那世界对他来说显得那么真实,以至一开始他和索菲亚谁也没有意识到云朵形状发生着变化,金色云彩逐渐暗淡。然后太阳落山,他们眼睁睁看着云朵四散,消失不见。格迪斯满心伤感,更加渴望那可望而不可及的世界。他不敢相信一个那么真实的世界,真过他的房间,真过脚下土地,甚至真过妈妈的臂弯,竟会在他眼前消失的无影无踪。他迫切希望回到他的云中仙境,但它在他眼前化为泡影,毫无踪迹,眼前变作无尽黑暗。

"我只能很遗憾的告诉他,"他妈妈补充道,"只能这样了。除了记忆里,我们再也回不去那个他倾注心血构建的云霓之境。很多年后,他参军那年夏天,他又记起那美丽云朵,依旧那么依依不舍,依旧伤怀曾经触手可及却又转瞬即逝的美好。我知道这对他是个启迪，因为三年前当我们在谈论上帝和他的(对格迪斯来说是'它的')子民的本质时，他想起了那朵云，想起对云端更美好世界的遥念。他用这些形象来注释他的论点。"与他这心理体验对比，再多的此时此地，也显得空无一物。

　　格迪斯的小世界也会有看不见的危险和恐惧，这点我们毫不怀疑。我们知道有个小团伙常在阳光花园找他麻烦。带头的是个比格迪斯高两届的小混蛋，性格粗暴，块头奇大。因为格迪斯不去本地公立学校或教会学校，很多事情他都被排除在外，成了公认的欺负对象。这些人有时会用石头，而且常常以多欺少，六七个对付他一个，但从来也没真正把他打伤过。在索菲亚鼓励下，他勇敢面对了这群恶霸，赢得了尊重并意外收获了战胜恐惧的快感。爱丽森三岁那段时间，她每晚睡觉都会害怕。直到那时我们才知道，我们这坚韧无比的小儿子，虽然上床睡觉无须我们一哄再哄，也从不央求我们留下多陪他，但关上门之后他会缩在被窝里蒙住头，直至逐渐入睡。

　　孩子们小脑瓜里肯定塞满这样吓人的记忆和预感，让他们时刻紧张，他们认定现实险恶：恐怖的传说、凶残的童话故事，这些东西烙下的印记肯定强过上学路上干巴巴的说上一段常识。我们一厢情愿地相信，只要严密抵挡，就能保护孩子免受幻想荼毒，让他们感受不到神秘、未知、恐惧和过激情感。我们抑制孩子的幻想世界，妄图控制它，使它为我们功利目所用，却反而让它变得更加可怕。一边放出妖魔鬼怪，另一边又撤回守护天使。我们非但没有摆脱恶龙，反倒束缚了屠龙乔治的手脚。

　　既然已经开了口，当天晚上格迪斯一并跟妈妈倾诉了更小时候困扰他的噩梦和景象：白天对阳光花园小团伙的恐惧侵入他梦乡，化作巫师追赶他，最后把他抓住。(请记住格迪斯白天读物或故事里并没出现巫师)为避免被抓而左右踢打会令他从噩梦中惊醒。这大概不是他第一次向索菲亚描述如此具体的恐惧，但却是第一次有意识将脑海中恐惧与真实经历挂钩。他在城乡学校最后几年画过一系列图画，最后几幅是十一岁时作品，鱼、鸟、伯劳和面目可憎的剑鱼，大概也是类似情感表达。

　　我时常看着格迪斯严肃沉思的面孔，猜测他小脑瓜里到底在想些什么。一方面，他仔细观察外部世界，一双眼睛揉不得沙子，从不远离实践、行动和事实，是天性和从小练习共同塑造出来的经验主义者和科学性。他坚信规则不可动摇，凡只能从外围观察而看不到内部、剖不开核心的东西，对他来说都不真实。除非为幽默所用，不然他很难领悟谜语、化身、理想化之类在大自然中的含义。但另一方面，他深陷于自己创造的巨大幻想空间：这空间深埋在他内心，非常原始，有无眼怪兽在深不可测的水里巡游。有时他们会被拽出水面，一旦没了深水压力，他们会发生巨大爆炸。

　　格迪斯自成一派的超现实主义是自然发育形成的，教育家康斯坦斯·鲁克

(Constance Rourke)在其《美国式幽默》曾经对此发表过独到见解。但与其说他看到的景象幽默,不如说更多是阴郁。十三岁半的一天晚上,他走进客厅时索菲亚正巧在翻看达利的超现实主义画册,他当即拿过画册,随手翻阅。那些图画引得他开始对索菲亚讲述出现在自己脑海中,以及恍惚中看到的景象。他说所有当代艺术表达形式中,他对超现实主义最有体会。比如有时他快睡着时,能恍惚看到自己身体一部分被割裂开来,而且必须看完整个过程他才能停下来。然后他又接着讲了什么情形下会发生这样的事情。有时他在自己房间听收音机时,如果犯困低头打会儿盹,就会出现幻象。即便他想听节目,试图摇摇头甩出幻象,也会被牢牢抓住。"有时收音机里有一大群喜剧演员,唯一能让我意识到我又'出窍'的是观众掌声,然后我就知道我肯定错过了很多笑料。这就像突然灵魂出窍,像失去知觉或被人使了咒。"他来来回回翻着书,时不时停下,摇头晃脑的表示理解,同时评价道:"就像这幅,后脑勺突出这么多,离大脑那么远。我知道他当时感觉,有时我就有一模一样的感觉。"这样的幻象支配了他很长一段时间。当老师认为他自由散漫或漫不经心时,他并不是独自一人神游界外,相反,他脑中可能早已挤满各色奇异生灵,经历着光怪陆离的冒险旅程。我青春年少时也有属于自己的异想世界,现在回想起来,便不难理解格迪斯面具下隐藏着的种种异象。 067

12 大多是故事和书籍

如今回忆我方感到,教养格迪斯整个过程中,我们在戒除自家书呆子气这一点上,其实走得太远了:我们遵照当时流行的实验学校理念,主张七岁以前不教孩子阅读。我们甚至自以为很得意,因为临睡前给他讲的故事都是口头文学,且都为自家编造。这些床畔故事一直延续到他长期生病,我们也因之被耗得筋疲力尽,再也编不出故事。其实,给他讲故事的真正原因,与什么不让孩子心灵过早沾染印刷品之类根本没关系。事实真相是,我们给他讲故事,因为讲故事本身首先唤醒父母自身角色意识,先有对孩子的特殊亲密情感,其次才是故事语言本身那些抑扬顿挫的优美的节奏变化,要远远超过印刷品那种冰冷、无声的所谓完美。 068

我俩给格迪斯讲的故事各有不同。索菲亚的故事虽简单,却永远围绕家庭生活主题不断变换内容。其中故意穿插了一男一女两个角色,用以指代格迪斯心目中的理想家庭。故事大多有意识复现格迪斯白天生活的真实情景和经历。他自己的生活居然就是故事内容和情节,这事实本身便令他心驰神往。我讲的故事虽然也同样简单,但似乎从不重复。他最爱听一个异域风情的故事：有只猴子名叫纳金勃(Nazimbo)，"他住在非常非常遥远的阿非利嘎,"不,不对啊,爸爸,阿非利家,"哦,好,他住在阿非利加,……"这故事可能他三岁时候我就开始给他讲了。原来情节大略是：小猴子纳金勃去池塘边喝水,不小心跌进水塘,费好大劲爬了上来,跑回家爬上棕榈树找妈妈,随后引发出一系列冒险经历。老远跑去看望他表哥帕伦勃,一路上单枪匹马穿越热带林莽,遭遇蟒蛇王,首次尝到香蕉滋味。趁天还没黑赶回到家,看见妈妈在密林边沿正眼巴巴望他归来。后来,随着格迪斯冒险范围扩大,故事里纳金勃的活动范围也随之扩大。格迪斯对这故事有不倦的兴趣。爱丽森出生后,他写下这故事基本概要,大多是他自己的冒险经历,供给妹妹享用。这样,这故事的经典版本永远都不会流失。

格迪斯上学后,阅读能力比多数孩子发育都慢些。或者说,他的阅读课好久是个难题。但将近九岁那年六月某一周,我俩一起去乡下,我随身带了一本汤普逊-西顿(Thompson-Seton)的《灰熊自传》(Autobiography of Grizzly)。这原是我小时候最爱读的书之一,因而我相信他会喜欢我读给他听。进房间便把书随意放在书桌上,不料,他很不经意翻开后,无意之中开始认真阅读起来,而且津津有味。该吃午饭了,还在阅读,简直难解难分。不仅阅读,还把每个单词吸收进去。后来简直爱不释手,连最喜爱的外出草莓采摘,他也没去。第二天还没过完,这本书就读完了。从此阅读便没了任何困难,这岂不是奇迹吗？这件事给我们很深印象。我还从他读高中时一篇作文里见到了该故事的格迪斯版本。可见,如果说他阅读速度不很快,也非什么都能读的学生,那么,他读书选择性则很强,而且不讨厌重复阅读,心中蕴含着当今某种很冷门儿的东西,而且我觉得,都是些更必要的东西。就像他认为根本无法穷尽一块熟悉树林或田野的探索,那绝不可能。因为那里总会有新东西冒出来。因此他常常会回到他喜爱的书籍,反复阅读,感觉其中乐趣无穷,蕴意隽永。他对人,同样取这种态度。

那么,哪些故事书最能打动他呢？首先,他们那一代人有米尔恩(A. A. Milne)这样的作家专门为他们写作。米尔恩的散文、韵文、小说很得他们喜爱,同样也赢得我们喜爱。起初他的偶像是克里斯托弗·罗宾(Christopher Robin)、跳跳虎(Tigger)、小熊维尼(Pooh Bear),那时他不大动脑筋,因而随后便成了轻快的小袋鼠(Roo)。索菲亚显然成了袋鼠妈妈(Kanga)。我家这几本书,特别是《小旮儿我家》(Our House at the Pooh Corner)、《咱家现在六口人》(Now We Are Six)简直读烂了,书页边角都打了卷儿,书本也快散了架。有一本只好换了新的再给爱丽森阅读。米尔恩那种幽默,不知甜润了我们多少寂寞时光,特别是格迪斯患腮腺炎、出疹子或感冒发烧,或者夜幕笼罩下无处可去,这些书籍便成了大恩人。我们出门过桥——利兹维尔这地方走不多远就要过座小桥——不久就得玩一种叫做"扯签儿"（Pooh Sticks）的游戏。格迪斯十七岁开始恋爱，又是这米尔恩成为他和恋人间第一座桥梁，而且，两人走过小桥，也玩这种游戏。

米尔恩那万般奇妙，我难以尽述。若能说清楚，我也就能够解释，格迪斯特别喜爱的那些内容，为什么如今就不能逗得这一代孩子同样忍不住哈哈大笑呢？（同样道理，再看看查理·卓别林的电影，为什么当今我们再也听不到也体验不到当年——即使卓别林还不很出名因而大家都称呼他"那小个子法国人"——一看他那些别具匠心的电影，便忍俊不禁乃至狂笑不止，这笑声波涛般席卷观众大厅久久回荡。直至笑得肚皮发痛。这种笑声，为什么我们都听不到了？同样，我也无法解释。）看来，每代人有每代人的特殊符号及其象征含义，而且，这些奥秘只延续数得过来的一段年月。 *070*

吉卜林（Kipling）则完全不同，他的影响更为深远。在我看来，他的《原来如此》大概是对英语文学贡献最大的作品，无人能出其右——朗朗上口英王钦定本《圣经》那种悠扬婉转，还有《一千零一夜》那种天马行空，语言幽默而不失睿智，内容奇幻磅礴又不失婉约。简而言之，这些故事已经不能用语言来赞美，事实上格迪斯对这些故事也从来听不厌。即便如此优秀的文学作品，对他来说仍然存在好恶之分。《字母表是怎么形成的》他就不怎么感兴趣，但《大象的孩子》《打标记的蝴蝶》《螃蟹珀艾玛》，他肯定听了不止百遍。长大一点以后，他的读物换成了《奇幻森林》。故事口味稍重，某种意义上却更对他胃口，因为其中森林百兽与莫基里一样成了他亲密无间的好伙伴，他们的战斗、挣扎和恐惧成就了他自己的幻想世界。只有大声朗诵，才能意识到吉卜林作品是多么朗朗上口，这领域里能打败他的人为数着实不多。这些故事对于睡前故事来说是否太过刺激？虽然如此，但十到十五分钟之后悄悄查看他时，他通常已甜睡入梦乡。

格迪斯将满十一岁时，我们便不再给他读睡前故事。但我惊讶的发现，他最爱的吉卜林故事还是《虔诚信徒奇迹》。故事一开头，隐士走向高山，这可谓吉卜林所有作品中最煽情的段落，凭虚御风、大气磅礴，这让他感触颇深。较之充满冒险色彩的结尾、极富异域情怀的印度牺牲精神，他更钟爱开篇部分。过了一段时间之后，我送给格迪斯吉卜林的另一本故事《勇气船长》。这是吉卜林为向威廉·詹姆斯证明自己做好万千准备融入芸芸众生，开始过最平凡生活。格迪斯却无甚共鸣，同为渔夫，这故事却让他觉得心寒。 *071*

米尔恩和吉卜林为我们提供了很多家庭生活密语：比如"Kun? -Payah Kun!"（伊斯兰语"对吗？——对的！"——译者注）还有"Wurra, wurra（未能找到答案，求助读者。——译者注）"，但他口头禅更多其实来自另一本书，一本更地道的美国文学，就是一序列朴素民间故事集，《肯塔基山故事集》（*Tall Tales from the Kentucky Mountains*）。

作者珀西·迈凯(Percy MacKaye)评论说,依我看,故事唯有大声朗诵出来才能充分体现这淳朴民间故事的意境。格迪斯八岁时开始阅读这些故事。《捉跳蚤之夜》(Flea-Hunting Night)让他乐的满地打滚,还有《可鲁克先生的催熟素》讲述一个生长过大的巨型萝卜,正好符合上文提到的他孩子气幻想。"Sooee! Chinkapin!"成了我们叫彼此招呼回家来吃饭的暗语。当我们在河里捉螯虾当鱼饵的时候,我们按迈凯书中角色名称叫他们虾仔;公羊头上长出一棵桃树,之后被桃核射中的故事,简直对极了格迪斯胃口,这些故事我们读了一遍又一遍。故事中那些快的出奇、长得巨大、多的惊人的荒诞离奇,融入他骨血,塑造了他的幽默感。他给自己小狗起名所罗门,出处正是这套故事中那个大如太阳的贝壳。也许这或多或少是因为格迪斯降生前夜,正是巨人伐木工班扬的故事伴索菲亚熬过阵痛。

072

　　格迪斯打小就极富幽默感。原因我也不确定,可能是遗传了我们二人。索菲亚写给她父母信中有一段描述他两岁时与她之间的对话。"格迪斯想弄明白爸爸到底是个什么物种。'爸爸是驴子吗?'我果断否认。'爸爸是驴子。'他依旧坚持自己判断。回到家后我跟路易斯说了这事,路易斯试图说服他,自己绝非驴子。第二天他又问:'爸爸是傻子吗?'又被我断然否定了。'那爸爸就是驴子。'他决定了的事,一旦认定,那就一辈子。"

　　最能体现格迪斯幽默感的是他十七岁时候一篇高中作文,行文至此也许是展示这篇习作的最佳时机——《那快乐一夜对我的影响》,350字　5/?　/43

　　"上周六的作文题目,我实在想不出该写什么。于是我爬上自家阁楼,想找找看那里有什么东西能唤起我的愉快记忆。我家阁楼里堆放的东西和别人家差不多,有我祖父在内战中失去的那条腿,有米妮姑姑嫁给怀特姑父那日剥下的他的头皮,还有立在那里三十年有余的艾菲表兄的尸体,诸如此类。找灵感的旅程并不顺利。当我带着一脸失望正要下楼时,我脚尖碰到了一个硬物件。光线昏暗,我只得用脚感觉这到底是什么。这东西颜色很深,大概六英寸长,状似一把镇尺。然后我马上意识到这是什么东西,那正是我模糊记忆中的东西,一直在那里,毫无疑问,还是原来那样子,只是比我印象中小了一点。但无疑就是它。它这样凭空出现,很是奇怪。客气一点说,它的出现让

073 我多少觉得有些昏昏晃晃。我脑海中瞬间现出那天清晨随即发生的种种。沉闷的撞击声把我吵醒,我脑袋稍微一动就如加农炮弹般滚动隆隆作响,好像一位铁匠开心撞击着一块硬铁。这些回忆和其他成百上千记忆一起漂过我脑海,震动我心田。我心头五味杂陈,把这镇尺收起,又敬又怕的带着它下了楼。它已光鲜不复,像宿醉终会过去。但要小心侍奉它。现在它正坐在我书桌上,时不时滴答一响,随即转过身去。然后,就完

了。这只是一小段回忆而已。"

　　小小年纪的格迪斯已开始懂得欣赏并享受诗歌朗诵：尚在褪褓之中的他为歌谣着迷，之后他的注意力又转向了《乞丐的歌剧》(*The Beggars' Opera*)中那些旋律甜美又不落俗套的歌曲和索菲亚悉心排练的吉尔伯特和沙利文作品。"吵吵闹闹的谷仓前，一只雄鸡在母鸡们簇拥下出场了。(Chantecler)"在他眼中和米尔恩的"没问过我，千万不要去到村子那端"一样地位神圣。米尔恩诗作中，他最喜欢的莫过于"我是布莱恩爵士，如雄狮般英勇威武"。这之后，情绪激烈节奏明快的《切维蔡斯民谣》(Ballad of Chevy Chase ballad)更受他青睐。通篇苏格兰方言也难不住他。"心之所向，"勇猛的道格拉斯如此说道，"愿准我率队出猎。"显而易见，这才是他的情愫，最谙他这情感；还有些罗宾汉故事歌谣也能引起他共鸣，不过《切维蔡斯民谣》仍是他的最爱。

　　乡间秋天傍晚，我常会在晚餐后从壁炉上的书架抽出一本诗集，坐在桌旁就着残火读上半小时。这时，格迪斯常常不需招呼，自动逗留桌边，两耳不闻窗外事。在众多诗篇中，他对《伯纳德·马丁的新约圣经》的开篇产生了浓厚兴趣。那是我早年间发表在杂志《第二支美国商旅》(Second American Caravan)的小说。故事开始讲述一个男孩子小时候记忆。"松针不扎人，毛衣针不织衣，警察开始吃小孩，江洋大盗不怕警察，天不怕地不怕，妖怪也不怕"，这几句常常能逗乐他。他对一直很中意《纽约客诗选》收录的最早发表在《纽约客》上的诗作，尤其是奥格登·纳什威胁女儿未来的追求者的诗句："往他嘴里倒辣椒酱"。

074

　　格迪斯对诗歌的喜爱不只局限被动欣赏。七岁时，他对妈妈描述他观察聆听到马匹在田间奔跑声："大自然中生长的动物能够静悄悄飞奔，是不是？"我在索菲亚笔记中找到一条他八岁时的记录："格迪斯会冷不丁引一句《伴海伦长眠》的诗歌。洗碗时，穿衣时，烦恼时，都会说上几句，有时只有只言片语。今天晚上（在调皮捣蛋的间歇）他又开始引用了，不过之后他说：'我不喜欢这句，"我把他砍成小小的碎块"——这跟上下文都接不上。'"他天生的敏感最能体现这些地方，是他发表在《第六组》(《Group XI》)杂志上的那篇《声音》：

> 鹿蹄踏草的轻柔。鹿角彼此碰撞的清脆。
> 野猫尖叫的凄厉和海浪拍打海岸的轰隆。

　　格迪斯此后的读物，我便知之更少，他跟我们一同住在斯坦福那年，鲜有时间阅读课外读物。之前两年他则离家住校。若不是那图书馆借阅卡上一行行记录（始于 1941

年春)，连同我肯定会低估他阅读的广度，也肯定会小觑他的发育成长。我记忆中，刚刚开始青春期发育的他，几乎只对钓鱼和打猎杂志有浓厚兴趣。可那一摞借阅卡明明白白诉说着1941年春天开始他阅读过的书目。而且那些生动读书笔记无疑说明那些是他充分阅读过的书籍。但是那摞书的目录卡，许多都没有证据表明他阅读过。然而有趣的是，梭罗的《隐居独处》(Solitude)，虽然主题正对他胃口，却没有阅读。但他却是阅读了爱默生对友谊的论述。但他的确阅读了一些小说，诸如伦敦所著之《荒野的呼唤》，路易斯的《捕人陷阱》(Mantrap)，还有斯坦贝克的《老鼠与人》，等等。独立短篇小说他还阅读过莫泊桑、契柯夫、凯瑟琳·曼斯菲尔德、斯蒂文森的作品。显然还阅读了霍桑的三种小说，而且兴趣浓厚。瑟柏(Thurber)、萨洛扬(Saroyan)还有《宝剑与石头》的作者，都很对他口味。这些作家融汇古怪精灵于现实主义，这种风格非常符合他的秉性。离家住校期间他阅读量猛增，且很有他自己的风范，正如他的老师评论其中一张借书卡记录所说，"你阅读量的确不少，25本额外小说都阅读了。但是课程要求阅读的四本你却没读完。"

比阅读内容或许更重要的，是他的阅读方法。十四岁那年夏天，他开始阅读赫尔曼·梅尔维尔著作。不仅看过了《泰比》(Typee)和《奥穆》(Omoo)，还阅读了《大白鲸》。索菲亚问他，为何如此死啃一位作家，不读其他作家？他回答说，宁可专注一位作家，因为，若这作家有突出风格特点，你需花些功夫才能理解和消化他。读完一本可以作为铺垫理解他第二本书。这种专注集中态度后来还扩展成他的人生主旨。他一生都愿意从原始环境状态下，即使到僻远地带调查研究，获得第一手材料，逐步理解复杂生命世界。更喜爱一些材料夹杂有关野生生物的基本描述，如伊万·克罗基特(Ivan Crockett)的著作以及《尼加拉瓜博物学者》(A Naturalist in Nicaruagua)，还有写作风格更贴近家乡环境的作家康斯坦斯·洛克(Constance Rourke)撰写的戴维·克罗基特(Davy Crockett)和奥杜邦(Audubon)的传记作品。

他与同时代孩子大不一样，十一岁以前一直不爱听收音机广播。而且，也不死乞白赖要我们给他买收音机。即使还不知道唐大叔(Uncle Don)何许人也，除了道听途说，仍一听他名字便嗤之以鼻。除了12—14岁的短期阶段，他不好凑热闹，不爱扎堆儿找刺激，也不喜爱那些时髦流行儿童系列节目。那时很难把他吸引到室外活动或某些特殊节目里来。十二岁时，我们把一台新添置的收音机让给了他，便于他在自己房间收听，我相信他很珍惜，因为这让他有时间躲开大人，独自在自己房间爱想什么就想什么，给了他独处的原因。

同样，格迪斯也是到八岁才看电影。那年圣诞那一周，我们带他去了68街游乐场里儿童剧院，海报上公布几个卡通戏剧，包括迪斯尼当年那些优秀剧目，都尚未遭受技术手段污染泯灭制片人的想象力而变得傻里傻气。其中他最喜爱的是个故事，讲一个孩子的梦游奇遇，说他点燃一根火柴引燃了整盒火柴。格迪斯看得非常着迷，看完要求再看第二场，我们当然只好同意。这儿童影片中还有个歌谣，其中唱道，"Baby Must Not Touch(小孩子不许碰)"。这句歌词成了我家常用语之一。我们在阿米尼亚住定后，他看电影机会就更多了。格迪斯的观后感始终同我们评价非常接近，当然除了爱情片。他的趣味的确从一开始便很成熟。带他去看《人与阿冉》(Man and Aran)时，他大约只九岁或十岁，当时我们以为他会很喜爱渔民们的野生动物世界，不料他更钟情于海报上另一部电影，瑞纳·克莱尔(Rene Clair)的《一百万》(*Le Million*)。

　　后来，因为我们住在阿米尼亚，看电影对我们全家还有个特殊魅力：因为时常去的附近城市米勒敦或雷克维尔都在几十英里之外，要开车前往。看完电影，漫长驾车回家路，一路上要么夜空里繁星闪烁，要么一轮朗朗秋月，映出群山微微泛黄，要么漫天飞雪，整个车窗拉起白帘，车箱里小红灯隐隐闪光，那是暖气打开了。如此漫漫回家路，便成为我们三口之家一段最甜美时光。这样，即使最没趣味的影片有了理由让我们一起驾车前往观看。

13　旺格瑞(Wangory)[①]

　　格迪斯八岁时候，一天晚上唉声叹气的叫嚷，"人生，人生啊，人生！"纯粹模仿我的腔调，继续说，"我就闹不懂，这一切都为了什么！我就知道，我的眼睛看到这世界各种东西，感觉到它们，还有，我还吃饭。全部就这些啦！有时候，简直人生如梦啊！"如此哲意浓浓，很可能因我而引起。因为此前不久，我曾经针对他在校表现认真同他谈过一次话。把他喊到我小书房，严肃认真教训他。这样的谈话，恐怕常常采取严厉方式，一本正经，满脸严肃，可谓口诛笔伐。他当然不会很喜欢啦！此后岁月中，一看到我们为教养她小妹妹伤透脑筋，便怪怨我们当年对他还不够严厉。显然，这是他看到我们对待他妹妹太放任，太娇纵。其实呢，我们实在是诚心诚意检讨以往责他过苛，实际我们对他判断错误，正需大力纠正呢。他却非常恳挚的说，"爸爸，当年您应当狠狠揍我一顿，

---

① 旺格瑞，Wangory，——似传说、神话或者民间文学中的灵异角色，凶狠、不讲道理……该词语很重要，但却未能查到出处，求教于方家。——译者注

078 我需要。"由此，我们推断，他对如何对待他自己那样的孩子，态度已明确而坚定。

但是，真实情况是什么呢？后来我们向他解释，说是因为格迪斯往往让我们感到拿他没办法，他们老师大多也拿他毫无办法。他就如同一匹烈马，前面拦不住，左右指挥也不灵，不论怎么勒紧笼头，刹住嚼子，就是不肯就范。怎么办？只好动脑筋，等他自己醒悟，自己选择情况要求的正确方向和道路。可是，往往来不及等待那么长久，耐心耗尽，冲突自然爆发。如此强制处理，或许能收获一个满脸阴沉、怒气冲冲的暂且妥协，但却很可能彻底断送他优良本性。但是，面对这样一个不承认任何权威，不服任何管教的孩子，我们毫无办法帮他逐渐懂道理，守规矩。这孩子六岁时，曾经这样说他们老师，"他们以为可以让我怎样我就得怎样，错了！休想！"回忆这情景，我俩常苦笑说，"这种孩子若再多几个，足够确保任何国家不受法西斯暴政！"所以我们感觉到，亨利(Henley)的名言——"我头颅在淌血，但决不会低下！"——简直是专为他撰写。如此冥顽不化，如此宁折不弯，这种个性很可能因他多次生病，被限制，被捆绑……而愈演愈烈。加上我们缺乏周到，缺乏远见，更令情况雪上加霜。不过，这表现还有很大部分深深植根于他个性之中。

是的，它深深扎根于他这本性。在极大程度上还折射出一种自豪，促使我们更深入检讨对他种种做法，检讨自己仅从外部环境条件探索和理解他成长过程和结局。证据就是，格迪斯从一开始就是他自己，而且全力想照他的条件同这世界达成一种有来有往的互惠关系。一旦发现这些条件难以充分满足，他便火冒三丈。这就是格迪斯，即令在他生病最困苦时期，我们也能清楚感受到，他命中炙手可热的火山烈焰正喷薄欲出。所

079 以，或许愚蠢，我们曾借用旺格瑞文学形象来表述血脉喷张，桀骜不驯的格迪斯。而且，当他雷霆大作，我们只好假设真正善良懂事的格迪斯还潜藏某地尚未诞生。但这旺格瑞显然胃口很大，甚至得寸进尺：九岁时曾一度满怀委曲，历数自己蒙受的冤屈。一次随学校看过屠宰场之后，竟然对我们抱怨说，许多东西都没有提供给他，这个那个一件件数落着，最后，最大遗憾是没让他宰杀一头牛犊，剥掉小牛皮……"

格迪斯还很小的时候，我们常常采用纯粹行为主义的手法，赶走他体内那魔怪旺格瑞。他发作时，不断对他念叨：抬起眉毛，抬起你眉毛！而且，这办法还很灵验。因为，据说旺格瑞这妖怪若一抬眉毛便消失得无影无踪。可是孩子发狂，暴怒，有它自己的路数。青年时代这种狂情不讲道理，难以约束，是因为它还没找到自己的出路和表达方式，因而往往变为成人世界最大的麻烦。随着逐渐成熟，狂情会成为创造活动的力量源泉。正如威廉·布莱克十分聪明的说过，"咆哮的猛虎，要比驯服的马匹更为聪明。"

就此而言，我们的朋友克里斯蒂安，也说过非常明智的话："每个优秀孩子都要经历

一段暴烈成长期,暴烈如雷电交加,风雨大作。他得首先学会掌控自身内部那种原始的刚烈性情。我回想我儿子小时候种种情景,动辄攥紧拳头,两眼冒光,无比凶狠的对待父母,俨然一副至高无上者发了盛怒。那样子简直就要同父母乃至整个世界誓不两立。这种种情景,如今回想起来非常重要,很有教益。这些场景复现,不是因为我们悔愧自己愚蠢,调教孩子过程中缺乏理解他们。而是因为领悟了这其中包含着孩子的真性情。我特别能记得这些情景,是因为我内心萌发出一种敬畏,一种尊敬,这在以往从未有过。懂得了孩子身上这种狂野躁闹,最终还要由他自己身上的优良品质来梳理、掌控。天晓得,这些问题上,我们能够提供的帮助,简直少得可怜。"

就格迪斯而言,假若不是他自己很快调整为和蔼而且讲道理,瞻前顾后,细致对待人和物,那么他那样的坏脾气会让我们难以忍受。就他而言,从混不讲理骄纵跋扈的"我",转变为善于合作的"我们",这过程非常缓慢。而且,如果忽略这其中他自身那种旺格瑞原型的巨大作用,我们就会贬低了他的最终成就。十四岁或者十五岁时候,格迪斯有一次为件很小的事,同索菲亚大吵大闹。可能为了烫熨衣服是否该去洗衣房,还是可以在家里熨烫,或者根本无需熨烫。这件事情,索菲亚记得,我当时被气得要命,独自外出去长时间散步。一方面要平息自己怒火,另一方面也感到沮丧。但我终于回家时候,却发现,他同她妈妈正在亲密无间的交谈。这天到了傍晚,对于发生的事情,他一带而过,轻描淡写,说他自己感觉这一天"swell day(简直太棒了)"。他自己甚至搞不懂,为什么我们对他几小时以前那种表现如此怪异的尖酸刻薄,他简直感到前所未见。"我发脾气了吗? 老实说,我根本不是故意的。此刻我不又是你们的好孩子了吗?"不管怎么说,马尔妲从他十七岁时发现、体会到他那种温情脉脉,绝非一种自然而然的温良柔顺,而是一种心高气傲,一种勃勃生命力,终于得以驯化,得以掌控之后的状态。

14 开始上学读书

格迪斯在阳光花园时期开始上学读书,他进了当地进步小学。最初几年,平淡无奇。或者借用教育家行话来说,他在校调试良好。六岁上,我们给他转学到西 20 街的城乡学校。该校在格迪斯还没来之前颇为名副其实。证据就是它设有夏季分部,位置靠近好望角结合部(Hopewell Junction)。依据校长凯洛琳·普拉特(Caroline Pratt)的设想,学生可以到这里来汲取农村经历,弥补城市生活的不足。但即使没有这种农村环境,我们感觉格迪斯也算幸运,他不仅被录取,而且获得部分奖学金。

所以，即使这种安排难免乘校车往返长途劳顿，乘车一路上由家长轮流照看孩子，格迪斯能在这所学校就读五年，已属幸运。可是好像是他起步不对路，总是很难完好融入大家的节奏爱好。就其课程设置而言，该校本可成为格迪斯最理想的学校，不料后来该校转变为一所纯粹的城市教育机构。或者说，假若校长普拉特小姐不曾逆来顺受(其懦弱超过格迪斯)学校环境的直接局限，效果会好得多。因为或许她忘了，各种鱼群游弋在城市周围河流里，鸟类在各大公园里欢跳鸣唱，甚至索性栖居在那里，松鼠等各种啮齿动物在城市地窖里打洞，各种昆虫在居民住宅墙头蜂拥嗡鸣……一句话，即使城市环境里，原始的生命世界仍然在延续。

帕特里克·格迪斯在他降生前两年曾来我们这里访问，他的观察评论，令索菲亚和我惊讶不已：因为我们相信，期待他会喝采、表彰。却不料他看过后，以他特有的唐突直率、毫不留情的方式评价说，这学校强调科学，但方法过于机械，以至完全排斥了生命世界的存在。普拉特小姐辩解说，"真正的"城市体验，就包含社会组织机构和惯例做法，包括各种机械设备和方式。可见她在对抗教育界光说不练和传授间接知识等陋习的同时，把城乡割裂当成最高原则。其实很难从这里争出个明白，不过至此我已经看出，虽然学校为喜爱绘画、雕塑、木工、器械装配的孩子提供了可贵的鼓励和环境条件，却未能特别理解另一类孩子，他们喜爱逮蝴蝶、捉昆虫、收集怪石，喜欢钓鱼。跟他大多数的同学相比，格迪斯兴趣很另类，且因为另类，所以很难得到满足。即便偶尔去造船厂、火车制造厂、鱼市参观，对他而言都不够过瘾。

索菲亚和我都是公立学校塑造长大的。但那时的公立学校，老师们不是只把教学当做一种技能培训，更是一种信仰。对比我们小学时体制单调沉闷，这种新式教育显得自由自在、色彩斑斓，最要命的是很长一段时间我们都没对这种教育产生丝毫怀疑——不过起码我的高中生涯充满刺激，让我很满意。就格迪斯而言，我们相信那时的他，无论上什么学校，都不会表现太好，更不用说去公立学校了。那些刻板规矩和课程都被普拉特小姐一一合理改革。除了时不时闯点小祸，那五年对他来说满是新鲜经历。他通过试验学会了做菜，尤爱烘焙。他初步认识了收音机和短笛，虽然从未热衷到精通。同样，在那个堪称时代先锋的音乐老师玛格丽特·布拉福德小姐影响下，他也学会不少最新潮乡村音乐。因为城乡学校是率先在课程中使用本土乡村文化的教育机构，格迪斯的收音机也就顺理成章用上了最早一批佛蒙特出产的名牌产品。

九岁开始，理科课程成了格迪斯的最爱：海绵吸水般孜孜不倦。我们很是遗憾他放弃了陶艺和绘画，把所有时间耗费在科学教室和老师帕里先生一起，从金属、吹玻璃实验到蒸汽和蒸馏水。再加上索菲亚纵容鼓励，他在家也做起实验；母子俩在酒精炉上架起了试管,观看物质因温度变化产生延展、变形和融化,将冷锅盖盖在热茶壶上收集蒸馏水。索菲亚让学校教育在家里继续延伸,鼓励他发散拓展新学到的技能。

格迪斯在校作业和计划有时会太过宏伟,超出他能力范围和执行能力,这倒很符合他个性。六岁的时候,他想造一艘独木舟,大小足够容他坐在里面。当然他能力不够,未能执行。为此他沮丧很久。他从不认为梦想和现实不应挂钩;所以他常常自找麻烦,总开展一些保守些的孩子会索性放弃的谋划。他几乎掌握了塑形操作全部要领,七岁时便烧制成一只陶猪和一匹黏土马。但是他很快就不愿意在模型或陶艺方面多下功夫。当然,另当别论的,还有他在打铁作坊里为索菲亚打造的一根银手链,上面镶有黄铜底座的黑石配饰:手工可谓上乘。城乡学校教给他的手工艺技能着实令人赞叹,但让他发生彻底改变的,要数课堂上的民主实践。虽然有时他是个不合群的少数派,但他尊重民主方式。

尽管学校提供了许多机会和条件,格迪斯在校那段日子仍不算非常满意。刚满九岁那年九月,校长开学前把我叫到她办公室,跟我说她觉得格迪斯不太适应学校生活。他抵制其他学生喜爱做的事。其他人做功课的时候,格迪斯会把大家兴趣转移到与课堂主旨无关的事物上。更糟的是,所有事情他都不上心,太调皮,太莽撞。那我们怎么办? 把他送到别处去? ——送到个比较正规的学校去? 送到个更能调教他的地方? 这姗姗来迟的通知让我很震惊,而尤让我震惊的,与其说是她对格迪斯个性描述,不如说是对现代教育感到震惊。因为我们夫妻二人从未想过,竟然还有孩子个性不适合渐进式教育,也从未想过,这样的课程设置会对孩子不起作用。正规学校? 我们当时就拒绝普拉特小姐的建议。对她的教学目的和方法,我们信心从不曾动摇。我们祈求她再给格迪斯一次机会。最终她让步,让格迪斯跳级一年。这样他便从九岁班里年纪最大孩子变成十岁班里年纪最小的。尽管有些顾虑,但她认为也许这样有助于格迪斯克服成长的烦恼。

那段时间,我们满脑子想的都是如何确保格迪斯不要中断学业。但现在回想起来,我很遗憾我们当时的坚持。他在城乡学校生活满是阴郁。如果说学校鼓励了孩子按照天性发展,培育了他们的自然兴趣,但学校的宽松环境却助长了他的自由天性,让他很不合群。他在课堂上讲述的最普通不过的乡村趣事,在他那些从小生活在城市的同学听来就像弥天大谎或自吹自擂。他最好的朋友比利·布理茨概括那时的格迪斯,说他简直就像戴着一顶光环,因为他与众不同,为班上增添一分原始趣味。但是卡洛琳·普拉特用不上这顶光环,因为她最不需要的就是调皮捣蛋。

对格迪斯一个人的教育和调教,以激烈方式,向一切教育理念提出一个严肃问题,这问题柏拉图早已提出过：如何融汇斯巴达和雅典？换言之，也就是如何融汇体育和智育，把它们联合起来；如何既能实现公共美德又能兼顾个人兴趣，如何将纪律与合作联合起来，同时兼顾个人自发性，同时尊重个人积极性。当时的进步学校陆续引进很多矫正措施，更正了以往教育领域的错误。虽然有时也有失误，但它丰富了课程，赋予学生主动权，学会对自己负责。这样说来，现代教育还是值得我们尊敬并感恩的。何况它还将忍辱负重，抵消某些人的冷嘲热讽，他们诬蔑教育采用一小撮权威教科书实行单向灌输。所以，我们还是相信渐进式教学能够在这夹缝中存继下去。不过，即便如此，柏拉图的疑问仍未解决：天生的野性未引起足够重视。骨子里的原始，对困境和磨难的向往，自动自发的自我流放，才是像格迪斯这样的小伙子们所渴望的成长经历。只有在他们参军后才找到满足这些追求的地方。

现代教育祈望通过赋予班级更大的权利来部分解决学生的调教问题。这对于那些更圆融、更外向的孩子，无疑能为他们提供一个良性环境。但对那些个性比较特殊的孩子，他们的意愿和趣味在集体中往往得不到满足。这样，如此调教未免残忍，乃至冷酷无情。因为这不同于单纯的技能培训。教育进行到这一步，已经不可以无视个人差异了。对于一些更喜欢生活在他们自己的世界里的孩子而言，他们有更需要格外予以注意的个人兴趣，因而一个对事而不对人的体制安排，虽然会如谢莉所开创的伊顿公学（Shelley's Eton）那样严厉而冷酷无情，对他们而言，或许才是最乐见的选择。

我并不怨恨格迪斯的老师，以普遍标准评价，他们都是绝好的人；城乡学校也是所绝好的学校。我们作为他的家长，在其他阶段也犯过并且会持续犯下严重错误：我们自己的不足，我们自己的压力和我们自己的矛盾，都是造成他性格缺陷的原因。但现在有一点是我在育儿过程中总结出来的：智慧永远比不过爱。爱并不独见于可见或可传达的温情——这点跟曾经红极一时的弗洛伊德学说不同——而是将自己放在孩子角度体会他们想要做什么。这恐怕正是格迪斯的老师和父母都很欠缺的。他的渴求，跟我们很不同。我们也未尽全力从他的角度看问题，没站在他的立场进行考虑。我们常常因为不愿放弃自我而未能理解格迪斯。这样的骄傲让我们看不清事实，这是爱的天敌。想要做子女的领路人，传授出去多少就要学习补充回来多少：这点上，格迪斯教会我很多东西。如果这些文字有丝毫启迪，都拜格迪斯所赐。

后来我们终于搬到了阿米尼亚，长年住在那里。格迪斯也就随着转学去当地学校。之后几年太平无事。他珍惜这个新开始："你不知道这有多轻松，"他坦白道，"不用顶着坏小孩的帽子。"虽然因为老师对他的课业能力有所保留，他被安排到了比自己年龄低一级的班级，但他在一年完成了两年的功课。而且他的教室容纳了两班学生，他不但只能靠自己,还要对付很多会分散他注意力的事情。更重要的是,他的老师珍妮·寇根小姐是出了名的"保守派"老师,严格、古板、相信纪律能解决一切。但幸运的是,她也是一个很有爱心的人。她有时会跟孩子们讲很多她小时候在镇上、在田间的故事。这是第一手历史,格迪斯对她的故事很着迷,尊重她定下的规矩。师生二人相处相安无事。但是他心里很明白普拉特小姐这学校能教会多少知识。虽然他在阿米尼亚成绩不错,但他对索菲亚解释说,这是因为"跟城乡学校的课程相比,这里简直就是饕餮盛宴和厨余残渣之别。"这很能解释之后发生的种种。

格迪斯的目标从来不是当个好孩子。这类追求始终难以在他脑海里占据一席之地。他很小时候,亲密玩伴中就有不少比他年长的男孩子,加之他长年是家里独子,无形中给了他一种特殊压力:他想要比实际年龄更成熟,或者按照他五岁时说法,当个"大一点的人"。像个男子汉,能做其他比他年纪大的男孩子能做的事情,这是他长久以来的目标。表现形式可以是用报纸卷上玉米叶子做成烟卷儿来抽,那时他七岁。或者他十七岁乘火车旅行,跟偶遇士兵畅饮威士忌,用他自己话说,到达目的地时他已经没了人样儿。他有时会有不太理性的举动,而且他当然也不会规规矩矩讨家长欢心,虽然我们也不是那么称职的家长。但他有自己的准则和纪律,而且从某种角度上来说,他执行得很彻底。他会不记得做作业,但绝不会忘记在五点半的冬日清晨起身去查看他在林中设下的陷阱。对任何事关他做人核心目标的事情,格迪斯从不苟且。这一点贯彻他生命始终。美德,从其最根本约束力的角度看,是他毕生追求。不过世俗角度和约束力更加强大的美德,他此后才逐渐接受并遵守,大概与古人类进化中的促进因素相同:爱上一个姑娘。

从善良角度,我相信老福楼拜说过的一句话很适合套用在格迪斯身上。"表面善良的孩子往往内心不善,要么不懂爱,要么不懂尊重,要么不懂感恩。同样,鲁莽、固执、主意很大,表面很不懂事的孩子,内心往往活泼、热情,内心向善。表面上漫不经心的孩子,往往内心强大,因为沉浸在自己世界里而显得对外界漠不关心。"我直到1944年缅怀格迪斯之死、回顾他一生,才读到这段话;我感到十分安慰。

087

088

15　渔猎生涯

四岁开始,钓鱼便成为格迪斯生活最主要乐趣之一。他尝遍了人类所知的所有钓鱼方式:用绳索和钓钩儿,用鱼竿和鱼线,用蚂蚱、虫子、翅翘类幼虫或小龙虾,用鱼叉,用网，甚至用绳套，当然也少不了干蝇和一只充满禅意的竹竿。如果我从纽约回来带给他一套鱼钩和鱼漂的花样翻新组件，再附带河边儿坐具和吱吱低响的线轮，我肯定会大受欢迎。无人随他同行时，他会像个正真的渔人般独钓。我的叔叔查理也有此好。他看重格迪斯定力，认为他很有前途，便时不时会授予他一些绝学真传。格迪斯常常开口不离钓鱼和垂钓。一年夏天干旱，他和约翰辛辛苦苦在逐渐干涸的小溪上筑坝，帮鳟鱼池存水。这事被他们干得仿佛在履行公民职责。韦伯塔克河畔，湖边、科德角、马尔妲葡萄园和火奴鲁鲁礁石上，都留有他钓鱼的痕迹。我曾希望他终有一日能到美国西北

089 部钓几条三文鱼和红鳟鱼。但可惜，当他终于踏上俄勒冈土地，军旅生涯却容不得他悠哉垂钓。当然，他的兴趣来的快去的也快，这也可能是因为他 1942 年动身去西海岸时对钓鱼已意兴大减，一如他猛然开始，非常热衷的阶段一样。

格迪斯骨子里还是个猎手。在家时，这个小伙子时常把玩刀枪和陷阱。他准确度很好、扣扳机击发动作迅速、精准。他的伙伴弗朗西斯年纪比他大，打猎时常常捎上他。我绝对相信，早在格迪斯到达法定持枪年龄前，他就让格迪斯尝过射击的乐趣。我不知道究竟是对武器的着迷在先，还是对猎物的着迷在先。他几乎在同一时间展现出对陷阱和猎枪的热衷和对捕捉动物的兴趣。六岁时还在逮蝴蝶的他，九岁便已开始捉土拨鼠，动作之精准，简直令我和索菲亚有点难以接受。"今天，"1934 年我给母亲写的信中提到，"他设下陷阱，兴致勃勃用斧子砍死一只很大的土拨鼠，简直像灰熊一样大。他可怜的爹妈只得竭力忽略这猎杀，免得无法继续享受安生日子。"

我十一岁时就在佛蒙特州过了一个暑假，并且自此爱上玩枪，但自打第一次用过一把马林点 22 口径连发枪后，就再也看不上十四岁时继承下来的那把老来复枪，一次都没再摸过。我们举家迁居阿米尼亚那年夏天，格迪斯强烈央求要有把枪，最终我们达成协议，如果他能学会控制脾气，家里会买把枪，他可以在我监督之下使用。谨慎讨论之后，我们又咨询了弗朗西斯，在邮寄目录上反复挑选，最终锁定一杆点 22 口径的单发温彻斯特猎枪，价格低廉但平衡很好。即便格迪斯在十五岁时买了把连发手枪，这只手枪一直是我心头最爱。打靶成了我俩的保留运动。非狩猎季节时，我们常在工作日下午

090 或周日上午去练习射击。我们常常在距离上挑战自己，常在 75 英尺远的地方射击 50 英尺距离靶标，以此提高射击精准度。格迪斯技术太过精湛，以至于他爷爷记得，大西洋城射击俱乐部已经拒绝继续奖励给他免费子弹练习移动靶标射击。直到他入伍，我在定点射击方面跟他一直不相上下，但在实地射击时，他高过我太多。这也是我们性格的写照。

格迪斯经常阅读打猎杂志，且从十一岁开始便对枪械相关一切了如指掌。他能花

上几小时把枪械零件拆下、清洁、上油,好似对待爱人般抛光枪膛。秋天又到,我们一同到阿伯克隆比置办新枪,那次经历真算既隆重又有趣。他选的哈利敦牌和理查德森牌都是好枪。长大点儿以后,我们通过邮购又添置一把双筒猎枪,这样打猎时我们就不用轮流用枪了。不过那杆枪平衡感比不上我们第一支枪。但我们都不太擅长飞碟射击;记得1939年,我们一夏天都沉迷在这项烧钱运动里。1936年开始,格迪斯英勇的猎人本色为我们餐桌增色不少,尽管这一代郊区野生动物资源并不特别丰富。打猎季节,有时甚至还不到狩猎季节,他就能猎到雉鸡、一串松鼠或雪兔(那时兔热病还没那么危险);偶尔也有鸭子、松鸡或一对林鸽。我们的大厨索菲亚时常迁就他,甚至还用盐水腌过旱獭;且在格迪斯怂恿下我们也尝过旱獭肝,虽然她绝不再吃。格迪斯还会用松鸡毛和旱獭毛做他钓鱼用鱼钩,可见一种运动能供养另一种。

　　枪支和猎刀随处装点着我们的家居生活,我们几乎不记得什么时候他的皮带曾经空闲,不挂把短斧便是猎刀。关于枪支,我们进行过长谈,细细比较过希尔、罗布克和阿伯克隆比邮购目录,在大城市百货商场里货比三家,足迹甚至遍及波基普西市,最终才会到令人屏息焦急做抉择的时刻。在这样重大事件上,格迪斯从不太过心急。部分因为我们经济原因,更重要是他愿意体验不一样的瞄准和射击,细细体会个中乐趣。曾有段时间他会收集自己开枪留下的弹壳,打算自己铸造子弹。我们分类收集了不同品牌的弹壳,用杂货店包装袋做成靶子,检查结果,研究不同子弹差异,格迪斯于是通过实地测验对各品牌子弹性能逐渐有所认知。 *091*

　　我记忆中有那么个地方,只要一想起便会联想到格迪斯对枪支的热爱:我家屋后几百码处,有个半圆形沙坑,周围草地被河流截断,河水缓流50码后汇成浅池,池里消遣游泳凫水绝无问题。在格迪斯监督下,我们会在沙坑里测试不同子弹穿透力和差异。我尤其记得1940年一天午后,我俩在那里测试了一把新买的点30口径枪。早在同意格迪斯拥有自己枪之前一年,我们便购置了这杆枪。因为纳粹得逞似已近在咫尺,而对民主的信仰使我们坚信,我们一定要为生命而战,当然极大可能是地下战斗。格迪斯不晓得这层深意,于是对我如此郑重其事,小心谨慎持枪姿势有些看不上。当然他有他的道理。格迪斯最后一次假期归队前一周,这沙坑让我格外神伤,它象征着格迪斯的生命、才华和我们特殊的父子情分。这沙坑就像个过不了的关隘,甚至跟它有关的一切回忆都带有格迪斯影子。日本宣布投降那个八月天傍晚,一队摩托车沿利兹维尔大道一路欢呼雀跃,庆祝胜利。我独自来到这沙坑旁,希望离我那死去的儿子更近一点。 *092*

　　格迪斯十二岁之前,外出狩猎都由我陪着,起码出远门狩猎都是在我陪同之下。十二岁之后,他打猎的伙伴换成了弗朗西斯和约翰。他们有一套冗长流程确保不会有扫兴的大人跟踪他们，虽然这完全不必要。步骤之一便是格迪斯会先把猎物放进他的打猎夹克内袋，而不是放在背囊里；回家之前先把枪拆卸开来，把枪管藏进裤腿。跟险恶的大人们斗智斗勇无疑增添了这游戏的刺激，让他和约翰即是猎物，也是猎手。事实上，只要小心用枪，他们打猎并无危险。我们严正要求他绝不可以向道路或天空开枪。我们拿起猎枪一起高高兴兴出门的第一天，格迪斯一时疏忽开枪后把猎枪置于半击发状态。枪在我们走路时走了火。由于枪离我腿距离太近，让我受了点伤。这件事件后果无需我多言。格迪斯将这教训谨记于心，在他随后漫长狩猎生涯中，再没出过半分事故。

093 　　我和格迪斯常常一起出门打猎，幽幽夏日穿过草地牧场去猎旱獭，清凛秋晨深入林中去猎红松鼠。我尤其记得一次我们穿过浓雾，走在特纳家山坡上去打雉鸡，一朵朵黄花还挂着霜，阳光在棕色秸秆上投下微红柔和光晕，好像是猎雉鸡季节第一天清晨。在弗朗西斯调教下，他会在距离猎物很远的地方提前采取措施，避免噪音惊动猎物：匍匐，打手势让我断后，保持安静。踩到石子或风吹树梢细微响都会让他警觉。这时的他，就像巴顿将军附体，绝对全神贯注，绝不含糊。年纪稍小时，他这样小大人儿似的聚精会神常令我忍俊不禁；而为弥补我笨手笨脚，或者未能企及他严格标准，我会让他多开一枪，但他从不接受。相比射击，他更渴望我们相处中被平等对待。我开一枪，他开一枪，这才是真正的猎人游戏。

　　跟打猎有关的一切，格迪斯的表现都又快又有威信。一年夏天，他去康涅狄格州看望住在维滕伯格表兄一家时，发现他们邻居查理·思德丁正为旱獭所苦恼。那年格迪斯只有十二岁。他叔叔菲利普清楚记得他那迫切的样子，主动提出要把这些恼人的小动物清理干净。他极富权威，为每个帮忙的人派下任务，有人负责盯梢，有人负责消灭。且绝无对菲利普不敬之意，但我实在无法想象格迪斯是如何组织这支军队的。要么就是他在卖弄，要么就是在确保每个对此感兴趣的大人都听他号令，受他控制，保证他才是发号施令的那一个。但随后，我却屡屡在听旁人描述他疯狂举动时感受到他那份不怒自威的气势：这源自他内心正直勇敢。他了解自己，清楚自己追求。这份坚持流淌在他血液中直到最后。他没在现实世界找到上帝的存在，于是他听从自己内心的神圣召唤。

　　杀戮并非猎人的最高追求。那些为猎人残忍而深深战栗的人似乎忘记了，他们每
094 天也在赋予屠夫屠杀权力，而且这权力要更加无情。因为相比森林里的猎物，所有屠宰场动物，哪怕最愚笨动物，都知道等待它们的是何种命运。打猎是一种消遣，变数一如最终结果，都是追求的一部分。从打猎的着装到所选武器的特点，都是打猎乐趣的一部

分,某种程度上,都会增加打猎乐趣。虽身为猎人,格迪斯对孔夫子的儒家道德教导非常认同。孔子并不俾睨猎获雉鸡的人,但他主张绝不可以不待雉鸡飞起便发箭射出。卡洛琳·凯泽还记得,格迪斯对动物的精彩描述和赞赏——它们应对外界情况变化行动极端精细、准确。完全不像人类那般笨手笨脚、自欺欺人……

无论是用枪或使用陷阱,格迪斯都取得过值得纪念的成就:他用枪射下过一只五彩斑斓的角鸮。那是他白天在林中湖边的战利品。他还用陷阱捕到过一只小狐。这可是他捕获的第一只狐狸。那是他在一条横跨小溪木板桥下捉到的。小溪从西面汇入湖(那座桥从此被我们称作狐狸桥)。但狐狸因在冷水里浸泡太久,皮子泡糟不值得剥了。遗憾的是,利益驱动下很多上好毛皮都被他卖掉了。加之他捕获旱獭取的皮子,许多因储存不当生了虫子。现在只有一只雉鸡尾翎诉说着他过往的英勇。

即便格迪斯把打猎当成是生活必需,单纯杀戮并不吸引他。的确,曾有一段时间他的射击没有目的,视线范围内一切都会被他"打爆":树桩上的易拉罐,水中浮木上的乌龟,或者带着一种自己授予自己的正义感打掉聒噪不已、四处抢掠的蓝樫鸟;效法他喜爱的打猎杂志,他也对"害虫"下了内涵宽广的定义。但那一阶段已经过去。

格迪斯十三四岁时,有一次索菲亚向他求助,想借他手除掉一只不讨人喜欢的猫。那猫既不好看,性格也不温顺。这大抵是唯一一只我们全家人,哪怕是爱丽森,都发现不出可取之处的动物。对捕惯旱獭的人来说,这本小事一桩。但当格迪斯用枪对准那猫,它表情令他不安,而且更糟的是,猫在挨了一枪后并不立即死去,格迪斯只得又补一两枪。他回家时嘴唇紧闭,一言不发。虽然晌午时分,但他仍直接进入浴室,洗澡时间比往常都要久。这是他在本能地做自我净化:这行为污染了他的灵魂。格迪斯上前线后,军事行动他一向冲在最前,但轰炸和炮击让士兵不得不蜷缩一旁默默等待,这让他觉得受辱,像那只瞄准镜下的猫一般,完全无助,即使深知死亡就在前方,却束手无策。

我们爷儿俩在一起的日子,格迪斯教会我很多:起码让我看到打猎的各个方面——比如追逐猎物时,人会走上从未踏足过的道路;会爬上平常不愿面对的险坡;感官全开,耳听六路,眼观八方;会因共同目的形成猎人间的默契,好似恋人般心有灵犀。有些地方,若非格迪斯陪同,我绝对无法涉足。如今重游此地,我感到格迪斯灵魂时时伴我左右,这是我在其他地方无法感觉到的。记得有一次,格迪斯认定那里一株树上住着浣熊,因为树皮满是抓痕;还有一次,一对山鹬突然从一丛灌木里飞出,吓我们一跳。我俩谁也未及举枪,它们却早已飞得无影无踪。他了解那片树林,那片草地,那里的池塘和沼泽;熟悉程度甚至胜过我对我图书馆里的藏书;且像我喜爱阅读一样,他同样能够读懂他们,理解他们。

　　游历树林的享受，加上与爱枪独处，能让他沉静下来。即便最阴沉情绪也会随着林中漫步烟消云散。当然，有时他也会冲进厨房，大声抱怨本应命中的一枪却未能打中。

　　有时我们会在纽约城里过冬，即便如此他依然不改猎人本色。我和他妈妈都有类似记忆，她的记忆发生在纽约地铁，而我则在第五大道，这让我们多少都有些许尴尬。你可能会想，充满野性部落的人大概在第五大道上会觉得最不自在。若这样，你可真是估计错误。我记得大概是 1939 年冬天，我与格迪斯在街上走着，他忽然拉住我袖子，命令道："爸爸，等下，站住别动！"那神色好似我们在林中狩猎般，慢慢回过身去。我顺他目光望去，但看不到任何能够使他如此激动的东西，直到他开口："你看那些水貂皮，多美啊。暗色皮毛，搭配真好。"他完全忽略自己正盯着一位年轻貌美姑娘看的不妥。又过了一会儿，他又小声说："爸，看见前面是什么了么？一只蓝狐。希望有一天我能为妈妈逮一只，来配她的黑大衣。不过北边，比如阿米尼亚，好像没什么蓝狐。"还有一次是我和格迪斯一起走在中央公园，格迪斯对我说："人在纽约从来不会挨饿，对吧，爸爸？"起初我并未经心："为什么呢？""你看那些鸽子。随便喂点吃的就能抓好几只，拧断它们脖子，烤烤就行。多肥美。"

　　连大都会博物馆都是猎手的好去处：一方面，里面展出动物骨架。另一方面，我们最后一次同去时，格迪斯几乎把所有时间都花在观察古老猎枪和手枪上了。还有自然历史博物馆，他几乎看不厌。自打格迪斯长到可以出门，冬天周末我们若是出行，大多奔博物馆而去。当然，最早令他流连忘返的地方还属中央公园的小动物园。慢慢的，博物馆里展览愈发庞杂无章，我们会在博物馆度过漫长下午，逐渐适应越变越大的展厅。但以进化厅为例，展厅里分区可谓无序中的有序。但格迪斯尤其不喜欢恐龙展被挪去新厅后的重新布置，感觉它们似乎不如从前威武。我们几乎同时分析出了原因：新展厅衬托不出他们的庞大。但是鱼类展厅一如从前，令我们着迷，他几乎每次都舍不得离开，舍不得离开那美丽的、能长知识又会说故事的世界。

　　不过无论格迪斯如何享受博物馆，那里都只是他因无法身临其境，退而求其次的去处。但能把世上万物逐一呈现在他眼前，是这博物馆的功劳。可是格迪斯既已见过动物按照自己天性跑跳，就再难满足于填充标本。他天性狂野。四岁时，索菲亚从马尔妲葡萄园寄来信中提到："他对钓鱼的热情简直让我害怕。我觉得这孩子天生对自然科学有悟性。凡是讲到植物和动物生长，他绝忘不了，而且能据此提出很有水平的问题，想将得到的信息拼凑成完整图景。他还会研究每个见过的自然现象，非常可爱。我昨天带他到梅内莎·沃夫家做客，他好奇得四下查看——把死鱼眼睛翻过来研究鱼如何眨眼，把鱼嘴撬开找鱼的舌头和牙齿，不放过任何细节。他对大自然有归属感，对机械则

完全无动于衷,除非看做玩具。枪械因为他情有独钟,当然不在此例。"八岁时,格迪斯
带着责怪的语气说道:"鲍比说世界上最重要的就是机器。我喜欢自然科学课,他喜欢
机械。他说机器之所以重要,是因为有用的东西都是从书本上学来的,而书本是机器印
的。真让我忍俊不禁。"接着,他像为进一步说明似的继续道:"他可真傻——这就仿佛,
早在机器印书之前,人就不可能通过户外劳动去逐步接近自然了解自然吗? 这道理尽
人皆知啊!"

格迪斯年幼时的秉性能够通过一个又一个这样的例子来佐证。六岁时,我们在湖
滨大道认出了马尾草,于是顺便给他讲了这种草的进化史。过了不久,我们又发现一簇
石松。格迪斯马上联想起那竹节似的茎杆他之前在狗尾草上也见过。他同学曾告诉
我,他们都惊讶格迪斯掌握知识如此实用和系统,不似其他人那般不接地气、不成体系。
他所学都是平时用得到的。但正当这小小自然科学家应该闷头做实验时,打猎占据了
他青春期大部分时间。不过对打猎的热情在他动身前往加利福尼亚之前就慢慢冷却
了。十六岁时,有次同我去奥博隆山散步,出乎我意料,他竟然不想带枪,这可是前所未
有。次年当玛尔妲走进他的生活,他的部分兴趣已转向养蛇和捉虫:爬虫科学成了最大
兴趣。但是他保留了猎手生涯的张弛有度:紧张追逐间歇总会穿插着慵懒、闲散、些许
怠惰和几分放纵:这跟军旅生涯节奏很不同。尽管他深陷战火纷飞水深火热时对战争
恨之入骨,但现实与理想的巨大分野和严明军纪,早已帮他做好准备,应对磨难和挑战。

16 步入青春期

对于格迪斯九岁到十二岁这几年,我们的记忆当尤为深刻、丰富。大量笔记、信件
和照片,都记载着这段时期。但我对此着墨颇多,则另有原因:这段时期标志着格迪斯
少年时代的终结,但却未进入冷漠、不讨人喜欢、却彻底脱离稚嫩和依赖的青春期。

如果你看到那几年见证格迪斯成长的照片,一定会认为他过得一帆风顺:大部分照
片上他都显得阳光灿烂、健康结实、洋溢青春气息。的确,那几年格迪斯确实过得顺风
顺水。原因之一便是索菲亚终于再度怀孕。我们得知她成功受孕消息后,第一时间告
诉了格迪斯。这愿望实现得晚了点。因为自打能够开始表达愿望,他就殷切盼着能有
个弟弟。但迟来的梦想成真调动起格迪斯骨子里的温柔,他着手准备,翘首以盼。有个

100 学校作业需要他去屠宰场弄一块羊皮，这样，他才能学会用兽皮制成羊皮纸；但当这项实验失利后，他将剩余羊毛很好利用起来，做成了婴儿粉扑的蓬松内衬。这完全是他自己主意，当然羊毛的冲洗、清理和缝纫工作还是要求助索菲亚的。

　　索菲亚即将临盆那段日子，格迪斯简直成了最令老师布兰达·蓝斯顿小姐头疼的人。她无法理解格迪斯愈发暴躁的脾气。等待宝宝降生的过程就像在等一场旅行。马尔姐提醒我们，格迪斯期待旅行时精神也会变得非常紧绷，甚至还会出现生理症状，比如莫名的背痛。但随着旅行开始，一切疼痛转眼消失。爱丽森出生后，他好脾气立马回归了。他之前认定小宝宝会是个男孩，但他第一天在医院见到爱丽森时，边观察边说道："如果非得是女孩的话，这个还算不错。"后来索菲亚与他的老师讨论他的表现时才明白过来，他那年所有的进步，归根结底是因为长期盼望家里再添一个孩子的热切愿望终于要实现了。不过，等待对于一个年仅九岁的孩子来说太过漫长。这一切很值得好好思考：它无疑能够解释格迪斯小时候以及后来遇到过的那些苦难。

　　之后的那个冬天，也就是他在城乡学校度过的最后一个冬天。"他照顾妹妹时，"他妈妈在笔记中写道，"总是非常腼腆。四点或者四点半，他放学到家，我常常会在那个时间推着婴儿车散步，或是等他一起推着爱丽森散步。他会跟我一起慢慢走着，讲讲白天发生的趣事，一只手自然而然的搭在婴儿车的扶手上。过马路时，他会跟我一起推车，而且往往会把我挤走自己推着车走。他唯一担心的一点，是学校的男孩子会笑话他。如果起初是我主动提出让他照妹妹，他定会对这主意深恶痛绝。不过，在我让他抱住爱丽森，好腾出地方供我整理婴儿车里的毯子时，我明显看出，他获得莫大情感满足。在101 爱丽森个头还不大的时候，他是个不错的帮手。那个冬天，路易斯忙于自己工作和本地高中教育董事会的事物，我和格迪斯相互依靠的时间比平时要多很多。我要准备晚餐，格迪斯会拿起奶瓶喂爱丽森。他很骄傲自己有个这么标致俊俏的小妹妹，总拿她与小伙伴的妹妹比较。那小姑娘确实有点邋遢。妹妹出生头几年，格迪斯对她关怀备至。直到爱丽森学会说话，打搅他、乱动他的东西，他才有了愤怒和敌意。"

　　爱丽森出生后我们对她太过关注。为了平衡格迪斯，我会与他一起做一些平时很少做的事情：我们会在秋日午后沿帕里萨迪河畔散步，按照传统方法烤制法兰克福香肠；我们也会长途跋涉到富尔顿鱼市，看渔船卸货，一个个鱼摊前漫无目地闲晃；我们也会逛逛唐人街老药店，他们的干海马令格迪斯格外着迷。从药房之旅获得的这纤巧标本，有一个竟然被他珍存到现在。我们的城市漫步往往以布鲁克林富尔顿街乔尔餐馆作为终点。那是我们一家常去的地方，接待我们的服务员甚至会问候格迪斯的妈妈。但格迪斯一生最大转折发生在 1936 年夏天，如我之前提到的，我们全家决定举家迁往达奇斯郡,彻底摆脱城市束缚。这决定成为我们送给格迪斯最好的礼物:我们成全了他最大的愿望。

他立即着手为人生大事忙碌起来,置办了很多新的陷阱,大陷阱用来捕旱獭和狐狸,小的用来捉麝鼠和水貂,样样准备好,准备大显身手。对于这种血腥行动,他无丝毫怯懦,反倒是索菲亚和我有过退缩。只见他把猎物宰杀、剥皮、熟生皮张加工,整个过程繁冗而精细;当猎物只有旱獭时,他会只留尾巴或爪子,为自己勇气留下纪念。他买来撑具,自学磨皮和加工工艺;冬天来临,他会时刻关注毛皮市场动向,将邻居萨米提出的报价和西尔斯百货及其他纽约公司的邮购目录价格进行对比。经济上的收益并不是捕猎重要原因;但所收获的毛皮具有市场价值,这事实把捕猎从一项运动升级为男子汉的担当。打猎或许是件极富戏剧色彩的事:他和约翰有位结怨很久的仇家,两人叫他飞贼。此人专做些见不得人的小偷小摸,却从未被捉到。与此人斗智斗勇于是成了打猎的传统项目,二人对利用智慧一致对敌,显得乐此不疲。我同格迪斯一道去视察陷阱时,往往折服于他的足智多谋。陷阱阵线在河边足足展开一英里,他知道每处麝鼠可能筑巢的地方。而且作为一个善良的小伙子,他在打猎时虽非谨小慎微,却绝不贪多。通常情况下,一天视察陷阱两次,霜冷雨雪,绝无阻滞。无论他真正在乎的到底是什么,他这敬业程度绝对经得起考验。

格迪斯另一个梦想是拥有一匹属于自己的马。中央公园嶙峋小马和永远跟随左右的保护人员对他来说远不够刺激。有次他随祖母去大西洋城过复活节,偶尔在沙地上独自驰骋,这大大刺激了他的胃口。"我遇到了一匹非常好的马。它叫莱蒂,非常听话。昨天我想给它照张照片,但是只照了正面照,因为它的眼睛一刻不停地盯着我。"我们从未慎重思考养马的全部含义,所以很多年前就轻率许诺了格迪斯,只要我们离开城市长年定居郊外,他可以拥有一匹属于自己的马。于是 1936 年,他再度跟我们提起此事。我们咨询了亨利·达菲后发现,马车棚改成马厩的想法,既费劲又费钱,而在严冬季节缺少草料和其他材料,马厩保暖是最大困难。正如所料,我们在阿米尼亚度过的第一个冬天证明了这一点。温度计常常显示零下 30 华氏度的酷寒。我们邻居萨米·霍纳不得不在半夜起身遛牛,防止牛冻僵。

为缓解格迪斯失望情绪,我们打算在夏天租一匹马,但 1936 年正值萧条过后,经济复苏,骑马消遣再度受到青睐。我们的租马要求在邻里之间遍询不果,只得翻过夏洛山,到远隔 8 到 10 英里一座农庄上询问。农场主皮尔森先生非常善解人意,与格迪斯一见如故。但他同时解释道把马匹按小时租给夏季农庄里的住客更加划算,不过,如果没人租马时,他建议格迪斯可以在农庄范围内免费骑马。这项提议听上去简单,实则不然。那时我们还没买车，即便穿过田野，一路近道，路程也超过 6 英里，所幸回程一路下坡。格迪斯研究出一条路线：搭车到阿米尼亚工会车站，在那里转搭邮递员的车上山。如果不幸没赶上邮递员，他会带着午餐，闷头独自一人走路上山。有一次，他被分派的是一匹马球赛用马。格迪斯不知这种马遵循的指令与平时骑行用的马匹不同。他几乎无法掌控这头小野兽：越勒紧它跑的越快；但他仍然牢牢骑它身上——虽然内心害怕无助，却决意不被打败。直至当他终于下了马，才终于被告知原委。但他竟然没掉下来！

为了骑马，那年夏天格迪斯往返皮尔森农庄不下 6、7 次。若不是对骑马技术怀抱极大的热情，他绝支撑不下来。因为有时他只能围着马场骑上十几分钟，而回家路途孤独漫长。但所幸皮尔森一家与格迪斯极为投缘，回程路上又一路旷野，所以有时他会用树叶裹一只娃娃鱼带回家，或者带回些罕见的花朵制成标本，比如，在自家周遭很少见到的红花半边莲。格迪斯这些长途跋涉中，我和索菲亚永远不会忘记九月初一个下午，我们在通往阿米尼亚工会车站路上散步，靠近惠勒家的一段，为了改善转弯时驾驶员的视野修了新路，但旁边一段旧土路仍然保留了下来，而且，前段时间下雨在土路上留下一个个小泥潭。我们走上这段路的时候，见一小小身影弯着腰正忙活呢。我们正要开口喊他，却忽然觉得不应打扰他专注，所以默默上前。原来他发现了一处非常大、非常宽的水潭，停下脚步正在一探究竟，而且因为穿着高筒靴，所以正有恃无恐的蹚着水，一如五年前还是个孩子的时候。尽管已经长得结实健壮、男子气概十足又坚强独立，但内心深处他仍是个小男孩！直到我们快走到他脑袋顶时，他才注意到我们，略带不好意思，冲我们甜甜一笑。

这画面完美展示了格迪斯骨子里那份天真平和，以及内心深处的执着专注。虽然他少年时代过得有些跌宕起伏，但这些特质始终伴他左右。定居郊区最初两年，对他来说是几近完美的两年，让他顺利进入青春期。他则如鱼得水，满怀幸福在新生活中终于找到自我。

那年夏天在很多方面都意味着他新生活的开始：他与我同往马尔妲葡萄园，与朋友阿切一家小住；我们从那里启程前往特鲁罗，与小说家沃尔多·法兰克及其子汤姆一起度假。我不知道他对那段旅程的记忆是否如我一样历历在目——福尔河旧渡船上共进晚餐；清早赶长途车去新贝德福德，车上与业余时间做摔跤手的司机进行了男子汉之间的长谈，这让格迪斯觉得自己瞬间长大不少。在旧谷仓般咖啡馆里喝香气四溢的咖啡，在附近猎具店购置他第一把猎刀。参观捕鲸小教堂和捕鲸博物馆，不过相比占满半个房间的捕鲸船模型，格迪斯对鱼叉更感兴趣。格迪斯与小伙伴在洒满星光的梅内莎河口钓鱼，对父母一遍又一遍让他们回家吃饭的呼喊置若罔闻，让我愤愤不满唠叨他让我们空等。在悬崖下赤身躺在沙滩上享受着难得好时光，那里是他两岁时第一次下海的地方。他是个很好的伙伴，积极、敏锐、充满热情，像株长在沼泽里的小草，哪怕最和煦微风拂过，也会随之翩翩摇曳。但他同时也很有自制力，从不絮絮叨叨说个没完。总之，他天生是个旅行家，从容应对着日日夜夜万千变化。

葡萄园之旅结束不久，格迪斯向我介绍了他的新兴趣——下棋。格迪斯七岁时，他祖母传给我们一套非常精美的木雕国际象棋和一副同样精美的配套棋盘。他着迷于这些充满神秘色彩的小家伙，当下就缠着艾伯纳叔叔——或者应该叫他奥兹叔叔学了起来。起初索菲亚对此颇有顾虑，怕他能力有限却又投入太深，他常有这种情况。她试过把他兴趣转向跳棋，但他总不那么热衷，因为跳棋显得过于容易。他教会约翰·达菲下棋后，两人发明了一种不正规野路子玩法：我记得他们会在走其他棋子之前，先走车。"你也应该学下棋，爸爸，"格迪斯经常这样跟我讲，"这游戏很好玩。"

过了一段时间，我经不住格迪斯诚恳请求终于投降，让他教我下棋。最初，赢我对他来说太过容易，以至于让我忍无可忍，跑去买了本旧的下棋手册。但即便我之后略有长进，能够认出他几招不合规矩的招式，他仍然是我俩对弈时的常胜将军。他对自己棋艺太过自信，常会在等我思考下一步时拿本打猎杂志或漫画消磨时间，那简直是对我最大羞辱，对此我愤恨已极。我花两年多时间终于赶上了他，但到底还是他技高一筹。我作为他对手还是火候尚浅，道行不够。他会在十几步之后就拿下我的皇后，准备进攻我的国王。格迪斯是天生谋略家，我毫无反抗能力地落入他魔掌，常让他觉得十分开心。他说："爸爸，如果你在下棋时像我一样谨慎，我在生活中像你一样小心，我们便会是很好的搭档了。"

像打猎一样，他教会我的，比我能教他的更多，我很感谢他一再坚持让我学下棋。写作一天下来，我已无精力阅读了，下棋便成为很好的放松。对弈时两人关系微妙，亦敌亦友，亲密对手，集中智慧想打败彼此，这情感更近似 Douglas bore the Perse（直译为道格拉斯穿蓝衣裳。道格拉斯这苏格兰古老姓氏起源于一条河流的名称，形成这个英语典故意为丧失应有差异，或一家亲彼此不见外。——译者注）。我们也这样，格迪斯高超技艺掩盖了我们之间父子关系，让我俩更趋平等。他无须法兰克·莫里先生特殊辅导便能建立专业棋手和业余选手之间的平衡、重拾战场归来士兵和父亲之间的亲密。若有此需求，需要的也是我。我心头时常盘踞着些许愿望，幻想如果格迪斯能从战场平安归来，跟他再下上一盘棋一定是我优先想与他一起重温的旧情。我们同居一个屋檐下最后几个月，分他精力的事情太多。他忙于大学功课，三番五次推拒我下棋的邀请。他最后那次回家休假，我俩谁也没提要摆盘棋。大概下棋太过伤神，会引发紧张感，而

106

107

那是他那个时刻最不愿重温的事。但对我而言，下棋永远让我想起那小伙子正是这样蜕变成男人的，让我想起以前那个教我下棋的小伙子，以及眼前这能教会我更多东西的男子汉。

17　金子般的心

　　我无意以偏概全，笔下这格迪斯一定不是全面完整的他：若要完整呈现，就得集合他的同学、老师、我们邻居和朋友，问问他们记忆中格迪斯是什么样子。而即便梳理完毕，也很难保证这结果不会因他父母对他的爱和悲伤而显得偏颇。的确，想了解一个人，就要在爱他的同时客观看待他。所以我请布兰达·蓝斯顿（Brenda Lansdown）老师回忆格迪斯时，相信她一定是爱他的。她了解格迪斯，而像顶撞其他几位老师一样，格迪斯也曾顶撞过她，不过他毫不怀疑这些老师都善良、有爱心。蓝斯顿老师对格迪斯的了解仅限于学校。虽然岁月如梭，但她记忆并未因此模糊。所以她直抒胸臆可谓是独立评述，与我们的叙述相互补充。

　　"12年前，"布兰达·蓝斯顿写道，"我班上学生中有这样一个男孩子，一头乱发，朦胧的深色大眼睛。这么多年我从未忘记过这双眼睛，不仅明亮清澈，还有种诗意，一种看透人心的审视力闪烁其中。有时，你会在那双眼睛里看到一种热望，穿透梦一般的朦胧。正是这两种力量，内敛的沉静和燃烧的激情，推动着年仅10岁的小格迪斯一路向前。这两种特质都体现在他画作当中：色彩绚丽，变幻搭配，彰显他对历史和科学的独到解读。这特色也体现在他对课堂朗读的态度：要么完全沉浸在自己梦幻世界，老师说的，他一个字都没听进去；要么则身体前倾坐在椅子前端认真聆听，每个音节都不遗漏，用心感受故事中每个细节动作。他写作文体现了对学术热爱，但不失天马行空的想象力。《恐龙》这篇作文灵感源于一次去自然博物馆参观学习进化论的校外旅行。"

　　《恐龙》格迪斯·芒福德，1934年作

　　"随着一声长啸，一只大恐龙踱进视野。它一步能迈出20码，像蒸汽机一样喷着气。它身体一侧已经遍体鳞伤，似被一只食肉恐龙尖牙撕裂。它现在只剩下三条腿，另一支深陷在沼泽里。就在他终于挣脱出来时，一只巨蟒把毒牙插进了它肉里。毒液慢慢深入血肉，恐龙终于倒在地上，一动不动了。过了几分钟，毒蛇消失，那只食肉恐龙出现，坐享大餐，大吃倒下的恐龙。它还没把嘴里食物咽下，便传来一声怒吼，一只巨大霸王龙正朝它走来；它刚跟雷龙打过一架，现在满身是血，还断了几条肋骨。突然间，它跟跄了几步，也跌倒了。"

……"我们课堂讲解埃及社会如何从古代游牧民族演变成高度文明的农业文明时，格迪斯针对这过程中下层人民的演变进行深入研究。那年正赶上墨索里尼入侵阿比西尼亚，格迪斯对当时霸权政治肆虐北非，所作所为非常愤慨……政治方面，格迪斯对阿比西尼亚人民遭受入侵感同身受。因而研究古埃及历史时，他能切身体会到建造金字塔的奴隶们、贫苦农夫和仆役的思想情感。他搜集资料，像所有十岁的孩子一样，方方面面都调查到了。谁都不意外格迪斯会用木乃伊制作细节展示研究成果。他跟另一个男孩子一起，做了一篇调查报告，再现了古怪却精彩事实，内容翔实而准确，隐晦地点明贫苦人民即便死后也逃脱不了被压榨的命运。"

"格迪斯两篇习作都让人感到一种升至高潮却悄然落幕之感。他本人亦是如此：激情澎湃或义愤填膺的狂风暴雨，随即往往突然缓和而寂静，然后马上悄悄重新回归理性。格迪斯体内仿佛有勃勃运转的一台发动机，安放在一个诗情画意的境界里。鼓动这发动机的，罕见富有知性、思索、审度精神的品性……在短暂的一生中，我有幸结识他并成为他的老师，深感他的内心之丰富宝贵远远超过了简单朴素的外表。" *110*

18　大地与四季

在我们居住在美国东北部乡村地区的人看来，这里的四季变换可谓非常分明。格迪斯也乐得遵守这些变换。而我们住在加利福尼亚的时候，他觉得天气物候都很反常，甚至有点不近人情：因为几乎所有花朵都盛开整整一冬，而所谓"春困"简直就剩下文学表达词语。（不过几个月后他还是欣喜的发现，他的担忧毫无道理：春天总与他如影随行）

四季更迭，景色随之改换。而在雨雪笼罩下，薄雾和月光浸润下，干旱和炎热的炙烤下，景色呈现不同姿态，潜移默化改变着人的职业、兴趣、情绪，也改变着人的心境。如同城市中人们随不同季节特点变换衣着一样，自然韵律对人心影响更为鲜明，更令人愉悦。我不晓得哪个季节更令格迪斯心跳加速，但可以肯定的是每个季节都有他想做的事。这也是他痛恨城市生活的原因之一，是他把城市看成牢笼的原因之一。虽然时间流转，但自然法则和效果在城市里简直无迹可寻。 *111*

对我们全家来说，乡村生活都是全新经历。我们会在早春时节穿过湖边树林去寻找叶苔或血根草，有些阳光没有照耀到的土地上还结着冰渣。走去河边一路上，我们能看到从沼泽飞出的第一只红翅黑鸟；会在和煦春天傍晚屏住呼吸听取蛙鸣；会时常去拜访自家田地转角处那株七叶树，看蜡烛般花朵慢慢打开，及至看到雄赳赳的公蜂闻讯赶来，我们才相信眼睛早已看到的事实——花朵已全部盛放，我们简直欣喜的围着它旋舞。格迪斯建议我们把花开馥郁的树照相留念。我们会在六月里赏闻空气中洋槐花散发的第一缕蜜香。多亏格迪斯敏锐，我们终于知道了野生木莓成熟的日子。

方圆一英里内，我们采摘过所有的苹果树，尝过所有树上的苹果，能提前预测出哪颗树的果实哪周会成熟。像梭罗一样，我们觉得这样的苹果有股特殊滋味。当然，如果你追求行为举止端庄良好，那就另当别论了。我们对牧场非常熟悉。七月过后，我们知道哪里能采到洋蘑菇。如果不介意夹生，我们还能赶在松鼠储粮之前采到栗子。至于山胡桃和灰胡桃，其数量之多足可供我们和松鼠分享，而且我们剥核桃吃时，简直和松鼠一样。

我们的游戏和体育运动也随季节变换而改变。但我觉得格迪斯对任何一种运动的喜爱，都无法超越对乡村生活本身的喜爱。高中早些时，他打过棒球；当他有机会打水球时，他那样子也十分享受。我还在他预科报告上看到他已成为校足球队一名优秀球员，不过打猎季节一开始，球队就不得不放弃他了；而且自那以后，他最喜欢的运动就成了"林中漫步"。种种类似例子还有很多。滑雪方面，虽然格迪斯很快就超越父母，而且特别不愿意被人看到与技巧拙劣的父母同场献艺，但我们还是会全家一起去法雷家旁边小山坡滑平底雪橇，或等湖面结冰，全家一起去滑冰。

这片土地带给我们的很多快乐太过随性，太过欢快，也太过细小，我无法将它们笼统地归为运动。我笔记记述过格迪斯十四岁时一天，我与他一路劈冰开路，艰难行至湖边。狐狸在积雪表层尚且松软时留下一串小脚印还清晰可见。湖面结冰粗糙厚实，凹凸不平，冰面几乎要与河岸齐肩。我们小心翼翼攀过河与湖的分界，想跨过小河回家，却发现韦伯塔克河面上冰已被水冲破。格迪斯因为穿了橡胶靴子，可以冒险凭一截圆木过了河，察看之前设下的陷阱。爬回岸上时，他发现冰层下缘结了不少冰溜子。我们于是一人抓一柄冰剑就地决斗，一时间冰刃相接，剑碎满地，毫不夸张。当我们每人手里都只剩下拳头里握住的剑把时，就会再掰下一柄重头再来。这场决斗算是我俩最典型的嬉闹形式，这样享受还有很多，都来不及一一记述。

我们做的事，看到的景色，和产生的感想，都能让我们深深体会到季节含义。秋天意味着猎松鼠和雉鸡的季节到了；意味着穿皮夹克，戴打猎鸭舌帽和方巾的季节到了；

也意味着太阳四点半就会西沉,归家一路上要摸黑,踏着山峦靛蓝色暗影,白桦沐浴在余晖中,与对面山坡的柏树遥遥相望。秋天也是帮忙安装防风窗户的季节,下午放学回家后格迪斯直奔索菲亚放在厨房的油炸甜甜圈。餐室里热乎乎的油炸香气混合着肉豆蔻味道,配上一加仑刚从磨坊拿回的冰镇果汁。秋天也是大快朵颐熟透红果的季节。我们每隔几天会采些冬熟苹果或鲍德温苹果。秋日清晨寒冷凛冽,早餐会有耐莉·霍纳自制的香肠和索菲亚做的黑加仑果酱,配着猪油煎成金棕色的面包。十一月秋雨季节开始,我们会给靴子涂上防水层。秋天也是在芦笋地里焚烧秸秆的季节,是在光秃秃菜地里用秋叶点燃篝火的季节。我们所有人会负责把落叶耙到一起,格迪斯会在高高落叶堆里撒欢打滚。村子里其他孩子通常也乐得加入这充满烟火气息的趣事。在边边角角的地方,还能摘到最后几朵穗裂龙胆花,带回几株木藤蔓回家。第一场霜降会把木藤蔓果子爆开,橘色豆荚和深红色果肉会在厨房深灰色墙壁上留下斑斓光影,陪我们捱过冬季的阴暗。走在秋天的利兹维尔街上,能闻到家家户户烧木柴的香气。但达菲家厨房会传出新焙烤的面包香味儿,香甜浓郁毫不逊色。如果这时格迪斯去他家找约翰、弗朗西斯或者乔伊玩耍,通常会得到一大片新鲜出炉的面包。

113

"生活就在眼前!"格迪斯到了乡村才切身体会到这种活在当下的态度,尝到其中甜润。他妈妈在笔记中这样记述他这心情:"每一刻都独一无二,这才是他真正的生活。"如果说格迪斯这段日子中很少思前想后,那是因为他完全没必要犹犹豫豫悔不当初——乡村生活满足了他最异想天开的愿望。

请别把这理解为我们借格迪斯之口表述我们对季节时令和大自然的热爱。他对自己的态度总是表达得十分明确。他曾经公开斥我们为懒人,因为我们不愿意冬天早上五点半跟他一起去查看陷阱收获。尽管天还没亮,外面寒冷潮湿,他仍执意要去。他妈妈对此想法表示胆寒,但很钦佩他的精神。格迪斯热切的说:"如果你们没在日头刚刚露出山峦时到过河边,没看见积雪覆盖的河岸上晨光反照的植物,就不知道什么是美。"他不能理解把舒适凌驾于审美需求之上的人。他一定觉得我们年纪太大,太扫兴。所以1944年我们接到他从非洲来信,上面说他很幸运,至少在部队开拔远征前瞥见一抹春色浸润了海港。

114

这些感觉其实并无太过特别之处,无非透出一个乡野之子刻骨铭心的真情实感。我曾经听过亨利·达菲早上起床给牛挤奶时赞叹五月清晨。"不起床简直辜负这大好天光,"亨利说道,"最壮美天色莫过于草尖上还缀着露珠,日头初上,露珠渐干时分。空气的味道会变得不同。你花再大价钱也无法让我错过这段时光。"当萨姆搬去山上一个漂亮的旧农庄时,我们另一个邻居约翰尼·格林也有过类似评价:"我要是个有钱人,就会把这房子闲置。这样自己就能时时来这里散散步,赏玩这漂亮房子。"格迪斯对乡村景象的热爱就像他们一样直接率真。索菲亚记得格迪斯十二岁时,一个周六早晨,他们二人一起去我家房前田埂散步。那是秋天,自然万物开始变换色彩。草丛中,树叶上都挂着晶莹剔透的露水,紫藤上缠绕着枯萎的佛手柑和红漆树。阳光灿烂,一丝风没有。这景色令格迪斯着迷,尽情表达着他的喜爱之情。过了一会,他有点不好意思的笑着对索菲亚道:"你知道吗,妈妈,我只能对你这样说话,但不会对其他小朋友这么说。他们
115 会觉得我这样很柔弱。"进而解释了他理解为什么别人会这么想。因为他们的教育背景容不得他们有其他思维方式。但他非常庆幸自己有欣赏美,表达喜爱之情的能力。家庭教育让他能够更忠于自己的感觉,忠于自己之所爱。

我总计划着把一家人常去的地方用相片记录下来,记录下这乡野农村的春夏秋冬,为家里人留个纪念。但这件事情被格迪斯继承下来了。十二岁时,他爱上了摄影和洗印照片。他与约翰搭档,用一处砖结构地窖做暗室——里面留下很多照片,都是他看见而且喜爱的景色,随手拍摄的。照片里有我们作为埋伏地点的玉米杆粉碎机,我们会躺在机器里等野鸭飞过,直到扣紧扳机的食指冻得没了知觉;还有牧场里的牛犊和马匹;有我们爱好斗鸡的朋友索尔,只有小小的一丁点儿,一看就是镜头从很远地方抓拍的;有冬天里被冰雪半遮容颜的节伯塔克河;是的,他镜头下尽是他熟悉的乡村景色,小牛、骏马、小孩儿,都默默见证着他的追求和爱。

大自然包裹下,格迪斯将梭罗对这片自然热土的态度发扬光大;将格迪斯和梭罗相提并论并非毫无道理。因为最初的主人米伦·本顿的足迹也曾遍及这片山水。这位农夫同时也是位诗人,熟读惠特曼,并长期与梭罗保持通信联络。梭罗生前最后一封信正是写给他的。无论怎么看,格迪斯都在全身心回应梭罗的提问:"谁会舍得辜负大地的期待?"还有另外一位本顿,开垦了阿巴拉契亚山径的本顿·迈凯,与梭罗同属一派,他
116 的精神格迪斯也在紧紧追随。无需旁人引领,自然而然领会到了这些前辈们的精神主旨,因为自然的呼唤直接回荡在他的心跳,在他一呼一吸之间,在他眼波流转之中。

19　厨房和厨房故事

我们农庄最大好处或许要属那宽敞的老式厨房。厨房里有个备餐室,算个二级操作间,所有不登大雅之堂的工作都在那里完成。天花板很低,有些破损地方斑斑驳驳抹上灰泥。两扇朝南窗户旁有一张水仙黄大餐桌,浅黄色墙壁在灰色木饰映衬下十分

鲜亮。

厨房摆设时常变化,不变的是它的敞亮。所以除了烹饪,我家很多其他活动都在这里进行。格迪斯通过打猎和陷阱捕捉到的战利品常堆在厨房。他的房间扩大之前,这里也是他和约翰玩多米诺骨牌和下棋的地方。冬天更不用说,所有活动都在此处进行。他还会在厨房测试陷阱、卷鱼线、给靴子上油,有时则单纯逗留在此跟他妈妈聊家常。之后几年陆续有人前来修缮房子,格迪斯厨房的活动便显得有些碍事。但起码他十四岁之前,厨房是我们一家家庭重要活动领地。如果最初设计时,厨房只具备单纯烹饪功能,便根本不可能达到这种效果。记住这点吧,你们这些只顾赚钱的建筑师! 你们这些精打细算、按尺收钱的人们!

格迪斯的痕迹在厨房随处可见。他的陷阱和行头挂在门边的钩子上;他的猎枪立在角落里;他的课本会被他随手散在窗台上,而他自己则一阵风似的带着猎枪冲出去"痛打"聒噪的乌鸦。索菲亚给了他很大余地,任由他自由散漫使用厨房。我桌子上有个镇纸,虽然不很结实但十分珍贵。那是格迪斯在厨房手工木刻的一条小船,就着炉子熔掉旧箔片和铅缀,灌注其中。除了天生秉性相似,格迪斯跟他妈妈很多共同之处都出自厨房中互相帮助,相伴相依。妈妈做饭烘焙,格迪斯一旁专心擦枪,或把起皱的麝鼠皮铺平。其实,成长中的男孩子挺钟情于厨房。派、蛋糕、糖霜、饼干香气飘在房内。烘焙日还有盛放食物的碗碟可以舔干抹净。

也许是因为想家,也许是因为想念家里美味,格迪斯在寄宿学校写给索菲亚信中说道:"我想提前谢谢你烤的布朗尼和那些巨大的、大的惊人的、夹着巧克力屑的曲奇饼,还有那些饼干,特别是装在大筒里那种,就像你平时做的那样。"的确,厨房和厨房里出产的食物在格迪斯成长过程中占据不小篇章。我们以前常就着餐室里明火烤牛排或肋条。格迪斯和我一样,觉得这样的肉食要烤焦才好吃,不过索菲亚持不同意见。厨房仍是我家活动中心和大家钟爱的地方:若想从房子一端到另一端,想不穿过厨房是不可能的。任何优秀建筑师都不会干出如此蹩脚的设计,但从家庭角度,再好的建筑师也不会有如此想象力,实现如此幸福、互动极强的美丽设计错误。

生命中最美好时刻通常不是计划出来的,也是计划不来的。若想通过房子增进亲密感,增添家庭活动,就要在设计上做出足够大的空间,让不同事情在同一空间内完成,这样即便彼此要做的事情不一样,家人也能自然而然身处一室。太过周全的劳动分工,其最大坏处在于人与人之间隔离。房间如果太大,大家相处时间就会变少。有时格迪斯的东西在厨房堆的过高,铺的阵仗过大。但索菲亚天生比我聪明,她牺牲房间整洁,让给天性和家庭和睦。这些大概算是混乱的好处。格迪斯死讯传来不久后的一天晚

117

118

上,索菲亚躺在床上,半梦半醒间忽见格迪斯坐在厨房餐桌旁。他没有开口,但把猎枪打开,眯缝着眼向枪管里看了看,然后抬头忧伤的看着她。这绝非偶然。之前这身影曾无数次站在走廊,在把枪放回角落之前倒出子弹和弹壳。这影像几乎不能算是幻觉,之后很多天都盘踞在她脑海挥之不去。

厨房也是说体己话的绝佳场所,我们请固定帮佣之前,也就是格迪斯十一岁之前,都是他帮忙擦盘子。他和索菲亚会在一起讲讲学校里的事情,说说他的户外运动,聊聊希尔和罗布克的邮购目录里有什么让人心痒痒的好东西。基本上所有能放上台面的话题,不过枪除外,女人对这方面不太在行。很多次这样的聊天都清晰留存在他妈妈记忆里,只不过这样的谈话太过寻常,结果也就模糊不清了。但是,他将来的职业倒是个长盛不衰的话题;她记得他十二岁时,曾有一次激烈而严肃的对话。那次他给自己职业定下一个条件,此后从未打破:他不愿意从事任何会把他困在室内太久的工作,是他厘定的最主要条件。他考虑过做医生,因为那对其他人有点用处;可不太确定自己能否当个好医生,因为他的脾气太急,而医生需要耐心。那么生物研究呢? 这个挺有趣,但大概会时时把他困在室内,所以他很是犹豫。或者一个传统意义上的自然博物学家? 要么是这个,要么就做个护林员,他无法决定。这决定的确也很难。他想对其他人有所贡献。

除去夜晚时分,厨房几乎算得上我家客厅,是我们一家室内活动的中心。但房子整体也很对我们胃口,从朴实低调的客厅到明亮活泼的朝西阳光房。利兹维尔这处住宅,虽然简陋、格局不好、陈旧、破损得厉害,在不下一百多个地方补了又补,但相比这里,我们住过的其他地方都有难以忍受的古板、拘谨。我们无法设计出另一处新居能比这幢简朴建筑更符合我们对理想生活的要求,连不足之处都显得那么可人,给人的感觉那么温暖。借用英国人说法,这房子是如此平易近人。即便冷风呼啸拍打着护窗板,灰泥与窗户之间从来不很严实的缝隙透进寒气,也无损它的美好。每一次让房子更宜居的新改动,都令格迪斯自豪不已。1937 年当我们终于在客厅铺上地毯,他一边帮忙铺开,一边自豪的宣布:"现在我们终于有幢大房子了!"毛头小子却钟情优雅,这世道毕竟不多见。

20 泽普、索尔、米奇

我们还没搬到乡间居住时,家中也专有猫儿的住地。起初是一只桔黄色条纹大猫,名提克(Tikey),大提克之后是一连串小提克。巢佩克一带谷仓每年有足够猫儿们分享的粮食。住阳光花园时我家一只猫生了小猫。格迪斯以前只听说过受孕、分娩之类,这次目睹小猫降生,此类知识获得极大补充。他兴奋不已,甚至把小伙伴喊家里来一起观看这事件。这里我无妨叙写一下我家这方面具体活动,我觉得,具体故事会胜过我许多空话。事情得从帕罗阿尔托(Palo Alto)那年春季遇见大猫昆妮(Queenie)说起。这昆妮是托斯丹·范勃伦(Thorstein Veblen)在当地发现的一个名种,当时这只猫正絮窝产仔。我们就寝前,索菲亚在格迪斯房门上贴张纸条儿告诉他:"亲爱的格迪斯,第一个猫仔儿十点钟降生。你无须坐等太久。"那天周六他回家很晚,在门上也贴了张纸条儿,告诉我们说:"亲爱的妈妈、爸爸、爱丽森、还有上帝:已有四只小猫仔儿降生,时间是 12:20 分半。猫妈妈睡得正香!"

格迪斯有第一只狗时才六岁,是一只欢蹦乱跳的杂种小狗,很爱靠近人。我们给它取名泽普(Zip)。稍后要搬家了,我和索菲亚辩论是否该把这小狗儿也带回城里。当时有种假慈悲心肠,心想,我们都外出上班,这小家伙儿一天中绝大多数时间会孤零零一个无人陪伴。于是决定不带它去城里。这做法尊重了狗狗权益,而忽略了自家孩儿的权益。这种片面的仁爱心肠可谓那一代人典型的行为模式。如今回想,深为自己眼光短浅而震惊。而且,紧接着发生的事让我们这决定简直无法实施:我们给泽普另外找了个家,距阿米尼亚小村约三英里。这地方泽普从未去过。不料,送出后第二天这小狗儿自己找回来了,而且沿另一条从未走过的小路翻山越岭找回家来。我们不得不再次送走它。格迪斯面对又一次离别,哭闹不止,怎么哄也哄不好,把我俩也急疯了。只好想方设法弥补这过错,给他买来金鱼、谷比鱼,甚至还买了条短吻鳄。但这些东西都不如热血动物那么有灵性。其实,孩子若无兄弟姐妹陪伴,宠物可在一定程度有所代偿。因为父母不能理解的时候,孩子可向宠物倾诉衷肠,包括任何不满,委屈。格迪斯就常对自己的猫猫提克耳语:"提克,我爹妈简直是世界上最小器的人!"倾诉后,他岂不感觉很过瘾么?当然,说完之后转眼又会投入母亲怀抱,前嫌冰释。

总之,格迪斯十一岁才真正有了属于自己的狗。那是只可卡犬(cocker spaniels),一种优良英国小型猎犬。这是我们好友,一位著名英国猎犬育种专家卡尔·施威杰泽(Karl Schriftgiessers)送给他的,意在补偿他因妹妹过多依赖我们而蒙受的损失。那年春天我从华盛顿买回一只小型斑点狗,格迪斯简直喜欢的手舞足蹈。我相信任何品种的哈叭狗,他都喜欢。但可卡犬是只猎犬,他最喜爱。尤因他这只小狗是纯种,继承了身世久远的贵族血脉,这让我们儿子内心充满自豪。那年夏天我家一桩正经大事,就是郑重其事给这狗狗办理注册手续,我们给它取名为"索尔"。不久,格迪斯就想给他喜爱的狩猎杂志投稿,专门讲述"可卡犬的善水性的表现"。而且已就这主题写出了几个完整句子——索尔即使天寒地冻也特别喜欢玩水。

但是格迪斯和我既无经验,也没那份耐心把索尔训练成一只真正优良的猎犬。所以过了一年左右,格迪斯渐渐感觉这索尔在随猎行动中弊大于利,是个麻烦。所以每逢重要出猎,索性把索尔拴起来。但索尔却是陪人散步的好伙伴,不论走多远,一喊或一声口哨它就颠儿颠儿跑来。那股子忠诚劲儿,简直堪称模范。有件事令格迪斯感慨万分。一次他随我带着索尔出去采草莓,我们带了个布袋,就让索尔刁着。平常这也是索尔的职责,便于带回随时碰到的什么好东西。第二天我们都外出远足,回家后很久才发现从一早就没见到过索尔。于是出门寻找,还询问村里小孩子见到没有……孩子们说,曾在湖边路上见过索尔。我们循这线索去搜索,直至走到前一天采集草莓的地点,才发现索尔小东西蹲在那儿。而且,即使我们叫喊,它也一动不动,我们很奇怪。走近一看才发现,我们把采集口袋忘在草地里了,索尔一直守护着它,已整整十小时。真可谓"孤军奋战,坚定不移!"

后来索尔变成一只可爱而漂亮的英国可卡小猎犬,且留在格迪斯身边直至他 14岁。从一定意义上说,这小狗对我们也是一次考验。因为直至约翰尼·格林(Johnny Green)接管它以前,小家伙始终不服管教,在我们手中根本无法训练。你对它的爱抚、逗弄,它往往回报以狂吠,又抓又咬。脾气乖张,或许因为它成长早期我们调教管理不当,或因为它曾受过什么伤害,而我们未曾留意,未能理解。不管怎样,这小狗儿反正很神经质,不安分。懂得这品种的人说,这种倾向如今很普遍,原因可能因为它们生活环境过于狭小单一。不过,索尔的确经受过一系列事故,此类事故即使较安稳品种的狗也难以承受。比如,一次它脚掌踩进个鱼钓,还有一次,被别人端茶进客厅时不小心踩在脚下,好久一瘸一拐的。还有一次,它狂叫追赶一辆小汽车,险些被车轧死。

反正到 1939 年我们决定搬回城里居住,格迪斯决心把它送给约翰尼·格林。但这决心执行起来也不容易。而且每逢周末,我们散步经过格林家附近,也很不好受。因为这时,索尔常朝我们飞奔而来,高兴得简直要发疯。为了让它学会躲开我们,我们不得不故作高傲、冷漠,不予理睬,甚至显现稍许敌意。很久以后,它终于能够骄傲的坐在约翰尼车子里,探出头来朝我们狂叫,如同对待任何一个陌生人那样。这时我们才发觉,索尔那种柔顺、耐心、好脾气、简直无与伦比,看着叫人赞赏!远远望着它那股子高兴劲儿,我们才意识到,我们舍弃它不仅对约翰尼是一种收益,对于我们同样是一种收益。不过,索尔的幸运好景不长。一位远邻家里一棕毛烈犬,一天当着约翰尼的面把索尔生生咬死了。看来,索尔那种胆小怕事,不完全是一种神经质表现。它的生命最终还是遭遇到它最不愿意看到的结局。

索尔之后,格迪斯的宠物变为另一种类型:盘踞一隅、老奸巨猾的冷血动物。从此,花纹蛇、黑蛇陆续出现在我家里。这可让爱丽森高兴坏了,但我家最后那位女佣比乌拉·乌德森(Beulah Woodson)却被吓坏了。格迪斯喜爱蛇类,说这出于喜爱科学或许过于牵强。因为寄宿学校时期他常用蛇作武器回敬别人。碰到学校准许学生撒欢儿的季节,常会发生青蛙在被子夹层里产卵之类的恶作剧。不过后来蛇类观察研究的确成为他一项爱好,并最终在十六岁时去佛罗里达旅行,主要目的之一就是寻找一种珊瑚蛇(coral snake),并活捉它。田野考察中,如发现难以确认和定名的物种,他也能准确归纳该物种基本特征和习性,以备后来详细核对定名。他很自豪自己这学习成就。我们记得他在帕洛阿特洛中学读书时就曾经对某沙漠物种做过这种扼要归纳。

从格迪斯这些爱好和活动中我们也得知,蛇类对人类活动的敏感度远超过某些随便的猜想。某些蛇类会在人类抚摸之下变得很温驯,有些则不能接受噪音,会因吵闹发怒,乃至准备攻击。女佣比乌拉起初很害怕打扫格迪斯房间,因为笼子里,大小口袋里,到处是蛇。但她很快学会了伺弄这些动物而毫不惧怕,甚至学会用蛇来恐吓她的来访者,手捧一条蛇站在车道,对来客晃动蛇头,把她的客人吓得大呼小叫!无论是活蛇还是储存在罐中的腌蛇,对格迪斯都具有双重含义。那代表他对自然的热爱和面对危险的处变不惊,不论在阿米尼亚小村或在美国西北,随时随地都有大量毒蛇出现。越接近猎物,越要你当机立断采取行动。

格迪斯不乏作为兄长的友爱和热忱,很自然教会妹妹也喜爱爬虫类动物。这样,爱丽森就成了他的合格门徒。而爱丽森生性不好小题大做,遇事不张惶,也深得他敬重。这些方面,他妈妈同样合格。家住帕洛阿尔托时期一天晚上,索菲亚外出吃饭,格迪斯和爱丽森留在家里。当索菲亚即将出门探进头来,轻松随意提醒格迪斯,"格迪斯,你那条最大的蛇跑出来了,我穿过客厅时险踩上它。"第二天格迪斯对妈妈说,"妈妈,你不知昨晚我多为您感到骄傲啊!遭遇一条蛇,那么镇静而不大呼小叫,可不是很多女人能做得到的。"

如今写索尔这些事,是想把它同我家米奇做个对比。米奇是个杂种小狗,是1944年春我们迁回利兹维尔时买到的。如今想起,格迪斯那时几乎从不看米奇一眼,尽管我曾寄给他一张蜡笔画,画的就是这小家伙。这样,我就决心把米奇略掉不写入此书。那么,此刻为何又重新提起?您且往下看。其实,米奇的确是我家最可爱的宠物,几乎成了我家永久成员。索尔不具备的品格,米奇无不具备:温驯善良、容易调教、非常随和、脾气平稳。不知不觉,我俩不约而同都把米奇当作格迪斯看待——那个成熟、稳健、战斗在意大利前线的我们儿子格迪斯。及至格迪斯去世,我们对米奇爱得更深了,仿佛这小家伙身上有同儿子某种活生生的联系,以某种特殊方式成了他的替身。就在我下决心此书不再提及这只狗的当天,收到索菲亚一封信,告诉我这狗死掉了：夜间被汽车轧死。此事是否要告诉我,索菲亚曾很犹豫。因为米奇的死也发生在九月,她很清楚这事件会带来多大振动。显然,这最后的联系,这鲜活如生命般的联系,最后也断掉了。的确,自从接到第一封电报告知我们格迪斯在战斗行动中失踪,我们就开始上这最艰难的一课。如今,米奇的死,让这课内容更深化。它告诉我们,死亡从不会立即降临(the dead do not die once),而是绵延不断,持续不绝,一点点到来,仿佛我们永不可能抵达这过程的最后终点。

21   乡间生活,乡里邻家

格迪斯这个取名,来自一个非凡人物帕特里克·格迪斯(Patrick Geddes)。此人首先是个生物学家,赫胥黎的学生,系维多利亚时代一连串嫡出生物学家 的一员。自从取了这名字,儿子就背上了永久的拖累。因为这名字许多人不知怎么读,稍受过教育的人会错误地读作拉丁文。乡下一些孩子甚至将其篡改为婴儿奶粉的牌子 Gittis(吉提斯)。所以,上学以后,特别在牧场时期,儿子索性改了名,自称 Bill 或 Jack。可是,虽然为名所累,他内心却始终追随老格迪斯。这名字提醒我们,应当给儿子提供一个乡村生活环境;仅为这一点,也该感谢这位老格迪斯。不到十岁时,格迪斯就喜欢追赶乡间禾车、草车,喜欢爬上车帮忙把宣软干草踩实。还常去打谷场,站在打谷机旁,帮忙装满燕麦口袋。天色向晚才回家,浑身泥汗,很累却很高兴。自从能操动大镰刀,就能挥洒自如地挥镰收割庄稼牧草。至于操刀弄斧,他那副气定神闲样子简直天生绝技。菜园花圃管理虽非他的专项,却也不时荷锄随我去玉米地和豆子地里除草。

自己动手参加劳动是乡村生活很自然组成部分,格迪斯对许多活计都很内行。如同许多现代家庭的父母,我家至今用着格迪斯手工打造的黄铜茶盘、锡制烟灰缸,都是他读中学学到的手艺。他在佛蒙特州劳动时向当地一位铁匠学会打铁手艺,为家里打造了一套壁炉用具,我们使用至今,非常喜爱。他还说那铁匠是当地上学时期最尊敬的人。我家厨房门口通向菜园的石板路也是他和约翰重新铺砌的。葡萄架是他俩栽桩搭建的,还移栽葡萄苗木。四年前格迪斯挖坑栽桩,建起棚架养护刺莓,青青枝蔓至今高高绕在木桩柱顶。是的,我们周围到处,甚至我们达奇斯郡(Dutchess County)居家环境上上下下,他的手工劳作至今随处可见。他还很耐心学会绳扣系住昆虫,抡起空中飞旋作诱饵诱捕鲑鱼。而且花样翻新，把这种传统而独特捕鱼方法运用到了极致。但他唯独不大喜欢机器。任何特别要求大规模组织体制的生活方式，他都不大喜欢。

他对机器这种反感早年就显露了出来。他妈妈记得，五六岁时，她俩去阿米尼亚工会活动室，路上边走边说，他特别提到，长大了要买匹马，还要个农庄。索菲亚继续启发他，问道，要马干什么用呢？他对妈妈的迟钝似乎很不屑，立刻回答，"干什么用？怎么？当然是用马拉犁耕地啊！"索菲亚告诉他，耕地也不一定非用马呀，你还可以用拖拉机。他好像很意外，想不到妈妈会出这种歪点子，抗议道，"可是，妈咪，您不会把拖拉机开到地面去吧，您会这样做吗？您见过拖拉机开过去之后的地面吗？都被碾轧得稀巴烂啊！拖拉机才不在乎这些后果，它只管深深切入地面，再把泥土翻起。马就不一样，马耕田慢慢的，小心翼翼的。我才不用拖拉机呢！"若说汽车成为例外，被普遍接受，那是因为汽车象征了他们那一代人向往的自由，而不是因为汽车机械效率赢得他的称赞。

格迪斯的乡村情感，包含对乡村人的理解。他年轻时，我们运气很好，街对面为邻的是一对老派乡村夫妇。他们基本靠自家小农庄出产度日。自家腌制鸡肉过冬，自家熏制猪肉和火腿，加工自家菜园出产的蔬菜水果。山姆·奥诺（Sam Honour）一辈子住阿米尼亚，除一战期间他曾经驾驶卡车离开怀特平原（White Plains），且时间不长。那是他人生一段插曲，为他增添许多生动冒险故事，他后来翻来覆去对人们讲述这些有趣经历。山姆满肚子民间规矩礼节道义，还有乡村生活知识。他父亲是英国人，我认识的美国人中没哪个比他更像农民。他懂得自身局限，因而对不熟悉的领域，没见过，没碰过，没尝过的事情……从不轻易表态。但只要是自己熟悉的，那就不客气了，能以斧头般执著坚持己见。许多早就不用了的老词、浑名、雅称、在他口里仍然滔滔不绝，三月里枝头早已抽缩却芳香依旧的苹果，每当繁花似锦，还会"随风四散"。

从半人高开始，格迪斯就喜欢去他家闲聊，晚上我同山姆说些邻家话题，格迪斯安静旁听。入夜该就寝了，格迪斯还不回家。山姆认为，我容许孩子继续留在身旁，这样待孩子有些管教不严。我虽同意他看法，不过我知道格迪斯像我一样喜爱这老头的一切，包括气质和作派。老头儿往往选上好山核桃木作斧头把儿。先砍木，选粗细适当枝干晾晒干透，然后把木头送到莎伦雪山（Sharon Mountain）专门制作斧头把儿的农家，专为他打造斧头把儿。同样，他还选择山核桃木、桦木、樟木，一定配比混合起来入秋燃烧沤烟，用来熏肉。他家熏肉色香味和柔软口感均不逊别家产品。另一特点是这老头儿做任何事情，尤其生意，秉持诚信原则：一年秋天他家进了公猪肉后发现供货者未予腌透，猪肉微有麝香气味，肉质不够细嫩。他虽然腌制好了，但一点也不肯出售，虽然我们并不计较，他发现这些问题就毫不含糊，绝不售卖。山姆四处游走，随时找地方打零工。

127

128

此人思想性格很独立,简直到了倔脾气地步。但即使说他在经济上很少进步,在做人和尊严方面他却从不降低半步。他不喜欢别人批评美国,他一句口头禅是"有了美国,我才有今天(America made me what I am)。"他的意思是对美国一切都很满足。一年三百六十五日,基本上他是这一带邻里中生活水平最高的人。尤其他家吃食,绝对超过附近殷实人家。比如,他们家有家产奶酪和自家良种泽西牛奶,我们只能喝大路货霍尔斯坦牛奶。这种牛奶需加水淡化,适应城里人口味要求。山姆几乎是个活样本,生动代表了老一代美国普通人家生活方式。这方式很合格迪斯理想,远超过他自己涉身其中的生活方式。

约翰尼·格林,家装油漆匠,是格迪斯喜爱的另一户邻居。原因之一是格林也常背枪外出行猎,或拿上钓竿去钓鱼。他一双狡黠、和悦、调皮灰色眼睛,上下打量着格迪斯和约翰,把他俩看作能够追随自己的好孩子。达奇斯郡我们居住的这一带,虽然夏季有入侵者来此短期度假,还来了阔绰房产主,但这地区基本上保持着农村乡野特色。还有我们这奥博隆山谷(Oblong Valley),周边都是肥沃良田,一年四季青葱碧绿,赛过宾夕法尼亚州的兰开斯特山谷。所以,凡不是土生土长的人,我们都看作来去匆匆的过客。所以,格迪斯从一开始,就主动跻身于这种群体,经努力被接纳为本地人了。最后一次回家度假,临行要离别家园,他告诉我们,当时本村那么多年高德昭老者,破例都走出门来为他送行。这表明他们把他当做自己人。这待遇令他非常满足。阿米尼亚的皮鞋匠盖尔德(Calder)1946 年要回意大利省亲时,美军退伍军人协会(American Legion)阿米尼亚兵站委托他前往格迪斯墓地敬献一枚徽章。格迪斯在天有灵,会感到欣慰。

如今,我若不详述家乡这些老邻居和本地乡情民俗,便无法再现乡村生活在格迪斯内心积淀的这种深厚底蕴。因为我们搬来不久就明白了,乡村生活正如俗话所说,远亲不如近邻。居必择邻,加之运气也好,我家两处主要住所,从社会学来讲,都地处混合社区环境。就是说,社会构成很丰富,并不单一。我家从不选择清一色社会环境,不模仿当今郊区或大都市里时尚做法,定要清一色经济地位和身份的同阶层人住在一起。相反,我们利兹维尔人口构成,从拥有万贯家财的斯平加恩一家(我们周边数千英亩土地都是他家的),直至他家园丁老法雷(Old Farley)和他儿子吉姆,乃至小园丁,乃至退休农场主库伯老爹。沿路再往下,朝另一端走,同村邻居就大多是奶牛场主了。其中道尼家(the Downeys)的红砖楼房前面,草坪总是那么修剪整齐,青葱可爱,恰如主人汤姆·道尼本人那种一丝不苟。他家红砖楼房永远那么整齐干净,实际上可远溯至 1843 年。主人道尼先生总是从容不迫,从牧场一端走到另一端,不急不徐,永远那么气定神闲,俨然收藏画中描绘的那种富足光景。

全村统一和谐景象中稍显离谱的,是掺进来一户寄宿人家,经管人是个弯腰驼背小个子男人。一双明亮、搜寻的黑眼睛,嗓音混浊不清,人却心地善良,这就是罗特施泰因(Rothstein)先生,其实我们大家都叫他塞米(Sammy)。沿路继续下行,还有一处原粮加工磨坊(grist mill),系他兄弟开办,直至1921年还在营业。这地方更宽阔些,后来成为格迪斯这帮孩子最喜爱去处之一。因而每逢夏季路上人声嘈杂,聊的、嚷的,还有歌的,夜深人静利兹维尔的规矩人家大多早已入睡了,就显得有些讨人厌了。而格迪斯态度跟我们就不一样,他就能包容。因为每逢夏天他同约翰还有吉米,就常常去这老磨坊玩儿,到那儿游泳,不然就对城里来的啥都不懂的观光客们显摆自己的乡村知识技能和特殊语言。而一到塞米住处,格迪斯就特别受欢迎,且特别受老人欢迎。直到塞米的女儿们长大,结婚生子,这住处才被修扩一新,更名为红叶庄。整个夏季,塞米都是他的老主顾。格迪斯会把捕到的鱼都卖给他。冬天,塞米也会全部买下格迪斯捕到的麝鼠,老头儿特喜欢那东西的毛皮。其实每年入冬,塞米一家连房子带人几乎就隐没到深冬景色里,与小村的冰天雪地浑然一体。

与塞米住房遥遥相对,有处大宅第,叫做巢佩克(Troutbeck),坐落在河坡与山坡之间台地。从社会联系来看,这地方远离小村遗世独立。而从某种意义来说,恰是这农乡聚落最重要的核心,是这小村后来继续发展、活动繁荣的重要根源。巢佩克见证了自己主人斯平加恩那些风华正茂的重要岁月,当时他刚从文学评论和哲学研究业界退身不久,改行从事藤蔓花卉植物栽培。而且以学者注重细节的热忱、艺术家注重个性创造的态度,来研究作物栽培。虽然后来因为病重,焦耳·斯平加恩饮食起居都不得不小心谨慎,过一种与他贵族气质格格不入的生活。然而,平湖水,果树园,平静网球场,无不给这质朴小村平添几重深厚与浩阔。这一切无不给格迪斯留下深刻印象,因为他自己心魂深处就很认同和欣赏焦耳-艾米夫妇那种为尊不亢平等待人的礼貌好客。说来这斯平加恩一家也可谓良田千顷的大庄园主了,但人家却不仅友好待人,而且与我们比邻而居。

可是1937年发生的一件事,让人们见识了巢佩克庄园威严的一面,见识了这位陆军上校本人真不是好惹的:当时格迪斯和约翰闲来无聊田地里点燃火堆,野火蔓延到荒地一堆柴草,位置正在他家果园对面。那天是周日下午,我们看见不远处腾起一股浓烟,便紧跟着塞姆·奥诺跑去察看究竟。刚好看见野火失控,已蔓延到更广阔田间。而且一点点接近了巢佩克墙外的矮树林。只见格迪斯和约翰,都满脸泥灰,烟熏火燎,正奋力扑火。闻讯赶来的还有亨利·达非、吉姆·法雷、奥肯顿(Ockenden)、塞萨尔(Cesar),都在奋力灭火。只见那陆军上校在不近不远处来回踱步,阴沉着脸,一声不响。

130

131

（那场火险之严重可想而知，所幸黄昏时分风力减弱，火势得到控制）当晚格迪斯承认，他同约翰不仅被那场火，尤被上校那副军人的严厉吓慌了神儿。我们至今留有他写给焦耳的检讨书初稿，简短、诚恳、郑重："我认为我可以确有把握的说，今后我决不会再这么愚蠢无知了。"

当地成年人多是我家朋友，来了又都走了：罗宾逊一家，帕克一家（the Pachs），弗里一家（the Frees），还有格林特坎普一家（the Glintenkamps）。有些彼此本不走动的朋友们拜访我家时还能共处几日，你来我往，短期互相走访：这其中类型很多，有约翰·库尔德·弗莱彻（John Could Fletcher），还有保罗·罗森菲尔德（Paul Rosenfeld），本顿·麦凯耶（Benton MacKaye），还有赖特·莫里斯（Wright Morris）。当然更不要说还有远近亲戚，其中有些来度夏，整个夏季比邻而居。我们的挚友，心理学家亨利·莫瑞（Henry Murray），有时会突然造访，留下过夜，然后离去，身后留下一大摞自然史书籍。而且，格迪斯十二岁时他寄来礼物，竟是一台附件齐备的显微镜，外加一套照明器材。有时候布鲁克斯一家（the Brookses）会开车过来，带我们前往海滨一连数日戏水游泳，谈话，讨论问题。格迪斯就大开眼界，尽情欣赏他家小肯尼恩（young Kenyon）收藏的各种枪支，有老式步枪、手枪、短刀，品类繁多，不一而足。这些朋友，还有几十位各路人物来去匆匆，有些只从格迪斯的天地里一闪而过，有的清晰生动，有的模糊朦胧。但是，如果我判断正确，这些人物产生的总体效果，对格迪斯来说，还是不如本地这些最简单质朴的邻居更重要，更深刻。这些人仿佛一株株高耸大树，笔直、坚挺，直至冬天风暴到来，把其中古老衰朽的陆续吹倒在地。

其中令格迪斯印象最深的，怕要算胖胖的库珀老先生。这老头儿常让孩子们分享他种植的葡萄，他还最清楚哪里适合野百合生长。每年春季，只有采摘野百合鳞茎这样的事情能够调动他离开他家门廊。库珀家隔街对面，是一所单层木瓦大房子。那建筑式样和规划风格，在我们这一代较为传统的建筑群中简直独树一帜。那原是巴克雷太太（Mrs. Buckley）家的祖产。房屋里陈列着女主人从姑娘时代就加工制作的各种鸟类标本，还有干花。蜡质花卉，都是她的作品。令格迪斯惊奇的是，这里竟还有只小松鼠，也是巴克雷太太野外捡回，风干后内腔支架制作而成。这些人都有他们的绝活儿（peth），如果我可以使用这个缅因州的土话。一方面，他们或许像山核桃那样坚硬，让你很难接近。而且滋味儿又酸又涩，如又苠又硬的野果。但在这硬壳老皮底下，尤其当你遇到危险时，你会看到他们有很富人情味儿的内瓤儿，甜润，滋养，坚实可靠。格迪斯很敬重这些人，愿意向他们学习，不声不响模仿他们榜样，连他说话声调和语音儿，都是纽约州味儿，而非新英格兰味儿，虽然相差不太远。忠实于邻居，是一切忠诚品格的基础。

也是格迪斯信仰中最深厚的信念之一。

22　达非一家——亲密友邻

同我家关系最为密切，当然，不仅仅就格迪斯获得教益而言，当属达非一家。首先，格迪斯最早期最亲密朋友，就是他家弗朗西斯和约翰。是任何学校同学都无法比拟的，包括比尔·布里策(Bill Blitzer)在内，都达不到他的友情标准。鲜有人能像这两位那样充分共享他的兴趣和情感。其实，弗朗西斯要比格迪斯大六岁多，约翰大他两岁。玛利小他半岁。还有约瑟夫·亨利，再往下是一对双胞胎姐妹爱丽丝和玛格丽特，那就更小了。但这些人正是格迪斯梦寐以求的家庭成员。弗朗西斯和约翰参军离开家园之后，格迪斯就带领着周(Joe，约瑟夫简称。——译者注)一起去打猎钓鱼，也像兄长一样待他，恰如当年弗朗西斯和约翰待自己如兄长一样。他参军离家前对他家最后的联系，就是把自己最心爱的竹制鱼竿连同渔具赠送给了周。

这家女主人，玛格丽特·达非，曾在斯平加恩大宅子里打工。亨利·达非本人刚从爱尔兰来美国之初，年轻力壮，曾在新建成的纽约地铁打日工。后来才逐渐务农当了美国农民，木匠—泥瓦匠，无所不干的零杂工，最终成为巢佩克庄园的总监。论干活，亨利真是个强人。他人强悍利索，虎背熊腰，一身使不完的干巴劲儿。抡起草捆装载车辆，一人能顶两个人。除照料巢佩克菜园花圃，庄园里其余的事，亨利几乎无所不能，无所

不问。从春季农田解冻开始翻耕，到入冬季节房屋修缮准备越冬，各种粗活重活，锯木劈柴，收割牧草，贮备干草，他都能合理调配人手。首先自己带头打拼，对于慢吞吞跟不上来的人，他很不客气。对巢佩克庄园该如何营建管理，很有一套见解主张。而且照我看，他已经在按照自己见解一点点改造本地整个社区了。比如，本地锯木头劈柴烧火取暖的习俗做法，他就看不惯。他认为，既然有煤炭石油，再烧木头岂不是暴殄天物吗？这人，除了宗教，全部拥护现代文明那些改良进步。他不仅喜爱先进工具，包括美国出产的特斯通电锯(Disston Saw)、斯坦利电刨，尤其喜爱现代创造的标准化生产和大批量生产模式。虽然他本人是个优秀工匠，高超手艺人，却从不苛评机器。在他看来，机器能够解脱他，解救他的脊梁背再不去背负那么重的负荷。

作为工匠，他无所不能，尤以木工、石匠手艺优异。至今许多梯田、台地、挡土墙依然见证着他那套可能已不下五百年历史的高超手艺。这类技艺日渐消失，显然不是因为其规划和建造技术含量低劣。就继承本土知识技能而言，亨利首屈一指。他甚至研

发出自己独到手法，替代他所不具备的高等数学知识，测出夹角和距离。可是有一点，虽然他工匠技艺高超，却常因经济考量和技术美，舍弃或牺牲掉他那些手工活的精湛美，自己却不予理会。

亨利干起活儿来就拼命，还要别人同样发疯，也像他那样认真负责。弗朗西斯小时候总那么迷迷瞪瞪，吊儿郎当，我行我素，让亨利这做父亲的真没了办法。有时，简直能把他气疯。而亨利这种雷厉风行作风，这种老子天下第一的自信，却常常无法同下属搞好关系——甚至因同样原因，也不能永远同上司维持良好关系。比如，他就不止一次动辄在斯平加恩先生庄园甩手不干！起因都因为他不善协调、不能在自作主张和别人见解之间形成妥协。因为他对农田、房舍、季节、农事，都自有他自己一整套道理和主张，若这些主张同主子们突如其来的主意、趣味、利益发生碰撞，他就很难服从，只好一走了之。不过，最终总是他又会回来，一切从新开始。

亨利本来的家乡在爱尔兰南部，与北部阿尔斯特(Ulster)毗连。因而他说话腔调更近北腔而非南语。这正是梅尔威尔通过小说《奥穆》(Omoo)中爱尔兰人物之口最为赞赏的语音语调。他们把 haul(拖拽)读作 harl(慢吞吞走)，而女主人玛格丽特口中的爱尔兰语汇特别丰富，特别是歇后语，简直妙语连珠。格迪斯很小年纪就成了他家常客，有时周末我们去纽约城里，索性把他交托给达非家。可是我想，好像我自己从未进过他家客厅，直至 1944 年夏，8 月里约翰一次飞行意外中遇难，我们前来慰问，伸出双手握紧他们双手。他们悲痛欲绝，同样我们也很悲痛难忍，因为我们看约翰视同己出。而且，在压抑自己悲痛的同时我仿佛已经看到，我们彼此的角色说不定很快就会倒转，丧亲悲痛会轮替到我们身上。达非家凉爽客厅里，沙发、安乐椅、靠椅，都覆盖着花丝装饰，备有靠垫和点缀，简约得体，张弛有度。墙上一幅彩色照片，石板印刷：一位母亲怀抱一婴儿。一幅极富女性美，爱意浓浓的构图，虽非正式宗教画。然而此刻，这个非同寻常的家庭，画面的象征蕴义活灵灵跳闪，如一响亮音符鸣奏出这家人的生活主旨。就此而言，这幅照片正是一幅极富宗教意义的画图。家庭是他们生活的价值核心，他们个个为家庭操劳，为家庭守望，也为家庭而牺牲。而且，每个成员皆遵循自己方式：亨利，或许深藏不露，几乎冷峻隐忍；玛格丽特则阳光开朗，宽厚仁慈，把内心全部的爱倾注给孩子们。

可见，他们在家庭之上还有个宗教。甚或可以说，有某种更为广博丰厚的东西。一种爱，爱自己邻居；一种尊敬，尊敬一切宗教。大萧条时期亨利曾一度受到一夜暴富幻想蛊惑，恰如某些不够冷静清醒人们那样，面对终生积累财富顷刻乌有而痛不欲生……忽然感觉自己对劳作和财富乃至卑尊荣辱的认识，都在《社会正义》(Social Justice)那本书中讲得淋漓尽致。或者，无妨说句老实话，亨利当时就像个考夫林主义者

(Coughlinite)。幸好这段姻缘短而又浅，当英国举国上下抵抗希特勒闪电战，亨利联想起爱尔兰古代那些正义之师。这时毒化精神思想的任何考夫林消沉信条都无法阻挡亨利。他驾驶车辆，在汤姆·道尼陪同下，载上邻居塞米·罗特施泰因，直赴州府奥尔巴尼城。因为法律规定，他得有两名证人证明才能获得公民资格证书。因而玛格丽特和亨利发现，阿米尼亚小村因教派分划需增添一名联系人(rabbi)，他俩都很关注。因为他本身就是相信上帝的人，大家也因此觉得他值得信任。

国家经济制度到 1929 年已经历严重破产，不论亨利本人对这制度心怀何种隔阂，他对于接纳他移民，且提供生存机会的这个国家始终心怀感激。大儿子弗朗西斯 1937 年参加海军，当他服役第一阶段煎熬邻近尾声，面临去加利福尼亚飞机制造厂工作机会，不仅能赚更多钱还能提早结婚。弗朗西斯对此犹豫不决，便询问父亲。虽然当时珍珠港事件还没爆发，亨利闻后仍毫不犹豫地告诉儿子——据后来亨利对我转述，"弗朗西斯在海军学了这门手艺，如今国家需要他打仗出力气了，那就不该思量个人赚钱多少。我就跟他说，你若不坚守海军岗位，休想再迈进咱家门槛。"亨利说到做到，当然我也不信弗朗西斯还需要他爸爸敦促提醒。不过从这里能看出这家人为人处世的尺码，能看出亨利的远见和爱国精神。他们生活有自己原则信念。他虽很爱家园爱孩子，但他还有更崇高的忠贞精神。

起初我们决定定居利兹维尔，达非这家人几乎是我们看中的第二个因素。虽然当时已经意识到，不论我们多么向往人迹罕至深山老林离群索居，孩子，终归要有他们自己喜欢的群体玩伴，这只能向年深日久的综合型聚落去寻求。但是，直至后来格迪斯结识达非家三个男孩子，爱丽森也同他家双胞胎姐妹形影相随之后，我们才越发理解这想法的合理性。弗朗西斯，约翰，还有格迪斯，连同年幼的吉米·法雷，早年已经自然而然成帮结派。当时格迪斯最年幼，有时候很难适应岁数大些孩子们的要求和标准，更难接受他们揶揄与糊弄。但是经年累月相处磨合了这些不快，消化了这些差异。约翰同格迪斯年龄足足差两年，青春期时代两人有显著差异，但在自家乡土地面两人从小就是发小儿，长大后是铁哥们儿。不同之处，从约翰一方来说，是各种活动中领头更多些，也较缺少创意，但一经决定便有种深藏不露的坚定。

格迪斯从约翰身上学到许多本领，包括讨价还价技巧和公平交易精神。这类基本技能两人都喜爱，很娴熟。格迪斯很早就承认并尊重约翰这些品格，甚至还努力模仿其中某些好榜样。特别他那种不显山不露水的沉着坚定，还学会了他那么多村野冷笑话。我们也是从约翰口中首次听到诸如此类戏谑，"整天胡思乱想无所事事，不亦快哉？"岁月流逝，格迪斯逐渐懂得了，"同达非家人争辩，一点儿用都没有！"还有就是，只要他没

137

拿定主意,索性不要催促他,根本没用!约翰继承了父亲全部美德,而且很快学会了父亲许多技能。六岁时,亨利就把他带上马车,让他站立在父亲双腿之间学习驾驭烈马,练习赶车输送农用物资。自从他个子长到大镰刀把儿高度,每逢刈草季节,他就从不落后。天生像父亲一样,行动利索,心灵手巧;同样也像父亲一样,冷静、负责、忠实可靠,不声不响一点点积攒自己需要的知识技能,相信总有用得到的一天。他们一天天长大,两个孩子之间又增添一种特殊联系纽带,两人可以进入树林游走搜寻,一连数小时啥都不说。靠两次谈话间的间歇时长,可以侦测出其亲密程度。但是,他们也能共享一些扎堆儿社交的热闹和快乐。比如阿米尼亚天主教集会,或者仲夏季节阿米尼亚南部举行的更富有有乡村意趣的集市活动。就更甭说七月四日国庆节那种狂欢。因为这里摆脱了城市生活诸多清规戒律束缚,可以照老风俗燃放鞭炮焰火,热闹非凡。如此热烈,唯一缺憾就是第二天格迪斯生日就显得冷清多了。

　　本顿山顶有株大树,孤零零,周围无一杂木。两个孩子常上去玩耍。因为发现树上有窝猫头鹰。从此这棵大树就被称作猫头鹰树。而且他俩总能在距大树不远处抓到土拨鼠。如今这大树周围已经长出一圈小桦树,大树光秃秃树枝说明这株老树已经死亡。每次我上山去看望这株大树,眼前总浮现两个孩子站在树下的幻影,他俩朝树洞里丢石头,想惊飞猫头鹰。如今这只是我内心的纪念了,追忆他们在一起亲密无间的日子。其实本来他们会是终生挚友,格迪斯信中正是这样说的。虽然后来很少见面而且互相通信不多。就像当年一起出猎,彼此无须多说什么,许多事情心照不宣,毫不影响互相信赖和敬重。

　　他俩许多方面简直是珠联璧合。约翰从很小年纪就很皮实,光看那精瘦样子简直不信他能那样坚韧强悍。而格迪斯则较壮实、大骨架。到了青春快速发育期,约翰虽然体能强人一头,总体上两人势均力敌。约翰样子较俊朗,黄褐色头发,红润脸膛,蓝眼睛;格迪斯皮肤较黑。约翰行动谨慎,三思后行,格迪斯则鲁莽,敢打敢冲,不喜欢在空想和脚踏实地两者间稳步前进,故难免莽撞。比如,十二岁就迷恋吉他,操上手才知道要很多练习才能弹奏自如,便放弃了。在校学习抽象知识方面,约翰比格迪斯强不到哪儿去。但是,一旦他感觉很想当飞行员,便一头扎进本来很不入门的高等数学教科书,攻克一道道难关。约翰晋升为海军少尉时,已是个帅小伙儿了。鼻梁、下颚清俊,一双眼睛总很幽默,一副矜持、自信而又警觉的样子。如此完美丰富的人格似乎昭示着必能孕育出极好的未来命运。

　　两人诚然也有明显差异,但他俩都能就事论事不涉其他。约翰是虔诚天主教徒,格迪斯直至临终,从本能到信仰都是个学理派自然主义者(philosophic naturalist)。所以

138

139

尽管信仰和目标有明显差异,他俩平等意识则很坚定,简直情同手足。格迪斯此外再找不到这样的挚友。有一件事可以为约翰品格作证。在引述这事迹之前,我得先向盖·贝雷(Guy Bailey)致谢,是这位强悍的小个子男人记述了这则故事。盖是本地《哈莱姆流域时报》(Harlem Valley Times)编辑。他的职业拳击手生涯以及随后参加第一次世界大战经历,让他有资格把自身那股勇气通过报纸移植给城市市民生活和文化。尽管战争中曾中毒气受伤致残,至今跛足而行,却从不认输。曾经参与总统竞选活动,协助挫败绥靖路线国会议员汉米尔顿·非什(Hamilton Fish)。此后,二战期间始终坚守编辑岗位,著文激励每个阿米尼亚小伙子走上战场。并通过转述战地来信向乡亲邻里宣传自家优秀子弟优秀事迹。下面引述的就是这类文章之一。是一位光荣而英勇战士对另一位勇士表达敬意,可谓惺惺相惜。日期是 1944 年 4 月 17 日,盖把这则报道用作社评,题名《勿施于人》(Do unto Others),且破例在头版刊发。

140

"如今不少人对当今世风日下忧心忡忡。下文主要针对他们这感受而发,细节真确几何且不论,所涉人物,因各种因素,略去姓名为佳。

"周三,一辆小汽车停靠在哈姆大厦门前马路道崖石旁。车主一行显然已进阿米尼亚电影院看电影了。此时,本地一青年驾车驶离道崖石过程中,刮蹭前述那辆相邻小汽车,并造成轻微刮伤。

"但他没有离开——这就是本文主旨——却径直走向电影院票房,把发生的事告诉经理,并请他把车牌号码转告车主。车主很快出来,这青年解释事情经过,并主动表示愿赔偿损失。

"这位车主首先对该青年的表现惊诧不已,便问他,'您为什么不开车一走了之,该忙什么忙你的去。这事情没人看见,我无论如何也发现不了你。绝大多数人都会一走了之的。

"这青年人却回答说,啊,是这样,'一走了之,那不是我们家风,不是我们的为人处世。再说,我也不愿意别人这样对待我。我的家教告诉我,错了就要认错。今天就遇到这样的情形,我乐意赔偿。'

"这件事可入也可不入树新风的瑞普雷(Ripley)调查①,但我们却可将其记录在案。

---

① 瑞普雷计划,发起人是美国社会改革家、超验主义者乔治·瑞普雷(George Ripley, 1802 - 1880)。在马萨诸塞州创立推行的乌托邦社会改造计划"布鲁克庄园"(1841—1847),宣传和实验法国社会主义者傅立叶的社会改良主张,其中包括考评和记录个人品行。——译者注

141　　其中包含的新意很值得大家重新思考。"

　　这两位朋友许多爱好相同,格迪斯却从来没有约翰那种想去征服高空的热望。就我们所知,他甚至从不跟随约翰周日下午去本地多佛平原(Dover Plains)机场花几美元就能乘坐小飞机,飞上高空兜圈十分钟或半小时。两人真正分道扬镳时刻到来:这次不是各自东西去外地读书,而是约翰作为候补军官参加海军,而格迪斯对大海望而却步。而且就连晋升受挫,转空降兵也打消念头时,也未曾考虑转向民航。

　　若了解约翰品质,谁都会说此人命中注定是海军翘楚:他具有这岗位需要的冷静、自信、知识丰富、善用对方弱点克敌制胜,更不用说他浑身是胆,这正是好飞行员必备的品格。同样,如果不似父母这般了解格迪斯,人们往往认为他具备一等步兵素养,认为他的前途在海外,在军旅,在他一心向往的战场,认为他会像乔治·菲利普斯(George Philips)一样很快获得晋升。这个乔吉(Georgie,乔治爱称。——译者注)比格迪斯稍年轻,参军后经五个月连续苦练,摸爬滚打,泥里水里长时间坚忍,涉水过冰河,一天不曾休息,泥泞中,瓦砾碎石中,倒下就睡……首次休假回家已是军士了。但是,这两个年轻人先后都去世。他们优秀品质甚至还来不及充分崭露头角。约翰牺牲比格迪斯稍早两三个星期。是在佛罗里达陆上例行训练中模拟航空母舰着陆,地面画有机场轮廓。这结局之意外,一如其寻梦开始之迅猛。

142　　约翰牺牲前一两天,亨利和我街上见面互相问候对方孩子。聊天中亨利说起他很担心,也很迷信,认为约翰给自己目标定得过高。虽然至今一切考评顺利通过,也获得少尉军衔,但是他认为,如果目标定得稍低些,他会在自己擅长领域表现优异。说到这里,我俩都双手扣指为孩子们祈福。这时,格迪斯已投入战斗了。约翰牺牲消息传来,亨利那种镇静简直冷森森令人害怕。我俩坐沙发上谈话,女人们客厅里啜泣。只听他低声说道,"如果我有十个儿子,愿意都献出来,全部牺牲疆场,在所不惜! 只要希特勒这魔鬼还逍遥法外,咱们就周旋到底!"

　　当然是豪言壮语,忠诚而豪迈之至! 但却无法抑制或减轻亨利内心悲痛。一段时期内,他整个人变得很消沉、暗淡,自己感觉眼前一片漆黑,不再相信这世界还有个理性原则做为最高指导,从根本上疑问:究竟还有没有一种伟大智慧统领着这世界和人类?这时,他信奉的宗教,框架依然完好,内容却已空空。他内心世界无论如何不能接受约翰命运这种下场。约翰曾给他那么多希望,促使他做了那么多准备,付出那么多牺牲……如今,一切枉然,毫无意义! 亨利虽爱他每个孩子,而约翰是他最器重的,感觉最能代表他自己,约翰就是亨利的理想化自我,是亨利美国梦结出的硕果! 他的心脏早就过渡劳损——他老早就管该器官这状态叫做一等手艺的拙劣仿品——如今,时不时感觉到它疲惫无力地耷拉着,踉踉跄跄,虽然还在前行……

　　当悲剧只事关自己儿子,亨利面对众人注视,能够强忍悲痛,有泪不轻弹。如今,格迪斯阵亡了,他这悲痛,通过对索菲亚和我的关切,转化为挚友之间亲密情感的许多细小内容。周日上午,他会过来同我长时间坐在厨房餐桌前,交谈,回忆,细细品味我们共同的命运。他感觉仿佛他真正的生命已经结束,而且他不赞成这生命还应当继续延长。我家新难却强化了他的旧痛,深化了他的茫然。他新近萌生一种意识:生命无用。这意识一天天强化。如此醉生梦死,无异坐吃山空,身如累赘。那年亨利家农业年成很好,全部玉米收成,大部分是他整个秋天独自在玉米地里手工完成的脱粒。这种劳动量对于他残破的心脏可谓不堪重负,即使悲痛尚未将其全部摧垮。豪迈一生的人,完成了最后这壮举,此后便迅速衰弱,一周后去世。去世之前,还在妻子马格丽特协助下,修好了凯恩斯家的房屋。肢体衰弱不堪,他让马格丽特扶着他,用刨子把窗框刨好,重新装好,抗御冬季风雪。亨利是十一月初去世的,可以说,死于低迷、消沉、绝望。临终前某晚,昏昏妄语中把马格丽特喊到床边对她说,梦中见格迪斯和约翰掉入黑洞,上不来也下不去,奋力想拽他们上来,却力不从心。喊老婆来帮忙,老婆的爱心仍未能留住他们,亨利自己便也掉了进去。

143

第二部分 淙淙溪水

23 小孩儿的天堂

或许,天堂曾在格迪斯眼前一闪,让他心驰神往。这天堂真真切切,触手可得:就是他在夏威夷度过的五个星期。设想,假如1944年格迪斯随部队开赴太平洋战场,中途在檀香山(Honolulu)短训,若他像其他许多战士一样为作战才首次光顾檀香山,因不识其真面目而兴味索然,那将是多大的讽刺!幸好,他种种快乐印象记忆犹新,分毫未减。我们是1938年夏天去檀香山的。那年夏季世界形势已很凶险。天边,积云雷电已开始聚集,随即到来的暴风雨吞没了格迪斯他们整一代人。但不管怎么说,那年夏季的经历仍是他毕生最鲜活、最快乐、最有收获时光之一。此前一连三个星期,索菲亚都在皇后区住院治疗病毒性肺炎。此前我已决定重返夏威夷为檀香山公园规划撰写研究报告,这时我已经后悔了。但只要看到格迪斯满脸期待,我的迟疑便烟消云散。自从听说全家这次远行——据他妈妈说是全家首次——格迪斯便坐不住了,爱丽森也随格迪斯一起兴高采烈,绕着房间不住的歌唱,"光荣啊,光荣,檀香山,光荣!"

这年格迪斯十三岁。经历过前一年飞长,此时饭量猛增,身量墩实粗壮。脾气也大的不得了,行为举止也不像样子。原先一脸清秀不见了。当时那副样子简直就是个乡村野孩子。那时期留存下来的照片很少,索菲亚还能强忍哀痛,长时间观看这些褪色照片。好在照片只记录了当时外观映象。从中你看不出当时他的活跃眼神,看不到时不时流露的自然美;若不然照片上的沉闷会大大消减。这种静止不动形象无法表达这活力四射的小伙子,更看不出他曾经是,后来也成为一个英俊潇洒青年。此后不久,青春早期那种短暂失衡和畸形消失了。来到檀香山,格迪斯已开始窜高个儿。热带阳光照耀下,皮肤变得像桃花心木般红褐,活像个帅气的夏威夷人。加上因鼻中隔曾受损伤,鼻子变宽变平,越发增添这种相似。

我们运气不错,在卡拉卡瓦街(Kalakaua Avenue)租了套房子,面朝大海。一片稀疏细叶草坪外,便是防波堤。我们位置刚好居中,两边分别是新朋友莱斯特·麦考伊(Lester McCoy)的住地宝石岬(Diamond Head),和威基基海滩(Waikiki),也就是格迪斯经常光顾去游泳、冲浪的地方。我们住房是大板材结构,栉风沐雨,颜色已经发黑,有浅色装饰线。建筑因年代久远,无任何现代建筑的华美。但门廊轩敞,房间宽大,室内光线也如外面大板材般幽暗。轩敞,遮荫,两相搭配,恰是热带地区绝不可少的最佳组合。家具多为暗色,宽大安乐椅,令人舒适。宽大楼梯通向楼上,楼上房屋陈设简洁,也很有我们利兹维尔居家特点。院落里,几丛芙蓉花开正茂,一株番木瓜树挺立院中。临海的一侧,一排棕榈树斜向排开,哨兵般护卫着主人。暗褐色树冠月光中摇曳低语。身临其境,一种轻松喜悦,传遍周身上下。

　　第一天夜晚,索菲亚坐在门廊看月亮冉冉升起,随心说道,"大老远跑这里观赏这风景,即使明早就离开,也值得了。"她这感叹果然应验:虽不是一天,而是一个星期后。离开阿米尼亚之前,索菲亚因链球菌重度感染嗓子发炎,发烧体弱,人很难受,还强打精神独自整理行李。这罪过得怪那位举世无双的庸医,他不该在索菲亚病愈之初就鼓励她踏上长途旅程。一路上她体力不支,到了檀香山也一天没舒坦过。却仍照她惯有作风,强打精神支撑。自己痛苦,一笑了之。假如索菲亚健健康康,我们首次全家旅行会多么幸福快乐……我简直不敢想了。所幸,我要高兴的说,格迪斯最不受这状况影响。我们安排他绝多时间独自去玩儿,去威基基海滩练习冲浪。有时候连午餐也不回来吃,在海滩就近吃热狗喝椰汁。整日撒欢儿,尽情玩乐,晚上归来早已筋疲力竭,溃不成军。离就寝时间还有半个多小时,便回房睡觉了。

　　是的,那是格迪斯非常快乐的日子。我和他照例每天六点半起身,脱下睡衣,穿好泳裤,下海游泳。海面波平浪静,很适合游泳。海底珊瑚礁密布,海面波澜不惊。这块海域一日之间不论白天黑夜,都适合游泳。于是我俩一日不落,每天清晨必来此畅游一阵。然后回家在廊道用早餐。面对大海,早餐将完时,梅森轮船公司的白色航船会徐徐驶过,进入檀香山港。樋口(Higuchi)是我们临时雇来打杂的帮工,他会在七点十五分准时备好早餐。早餐不选橙汁而用番木瓜或鲜菠萝,这搭配或许更配衬眼前风物,良辰美景。一天活动就这样开始。因为,回到廊下用早餐时太阳已完全升起,把灰色水面映成宝石蓝,天青色,或紫水晶般色彩。

　　入夜,我再去医院看望索菲亚,这已是一天中第三次探望。格迪斯会留在家里照料爱丽森,而且会在女仆下班后哄爱丽森入睡。这女仆是从新朋友哈里·本特(Harry Bent)那里临时借来帮忙的。格迪斯做这一切,耐心细致又自觉自愿,显然理解家中处境,尽其所能协助我们,把我事业人生带来的这种捉襟见肘、焦急烦躁,尽量予以修补拼

149

150

合。他同邻家日本小孩儿相处融洽，如比他年幼的达巳(Tatsumi)。还结识了稍远些的非土著的白人邻家孩子，那家人有一艘帆船游艇。朝美常指导格迪斯掌握冲浪板技术，达巳则教格迪斯爬椰子树。达巳上树摘下椰果，然后大家一起分享美餐。赤脚爬上弯弯曲曲的椰树，夏威夷当地青年人都掌握这门技术。格迪斯也不甘落后，勤学苦练，模仿他们样子，赤脚爬上树梢，上到几无落脚之地的陡峭顶端。

151　　格迪斯还发现，当地波利尼西亚人是出色的渔民，这下子他便如鱼得水。很快弄到一副潜水用的木框水镜，一双日本木屐用于水下行走，因为水下高低不平，且布满珊瑚残片。还有一杆鱼叉，弹簧发射。这武器令他乐不可支。我也不止一次带他去水滨渔具商铺，他买齐各种钓鱼装备：渔钩、铅坠、沉子、渔线(soochee)，这套宝贝都是他梦寐以求的。一次去购买这类物品路上——沿途还品尝了美味中国菜肴，我还给格迪斯买了条夏威夷泳裤，还有一件海蓝色丝绸衬衫，上有飞鱼图案，也是当地特色。都作为他近来优良表现的奖品。这件衬衫，他很得意。总珍藏起来，留供特殊场合穿戴。而且，穿起它还略带反叛气质，因为当时在美国东部，这种风格还显得很"各色"。

　　格迪斯健美在运动中体现最鲜明，尤其是叉鱼，特别是夜间叉鱼：火炬高举。这张照片我总同他后来那张水中蝶泳的照片并排摆放：是他水中技能优美的绝唱。

　　那些日子里，索菲亚病床上命悬一线，危在旦夕。这艰难把我和格迪斯空前紧密团结在一起，已不仅是父与子，而是家中两个男子汉，并肩共担责任。早先，我最初体验到我俩结成志同道合关系，是那次猎归，走在利兹维尔回家路上，我搂着他肩膀，两人兴高采烈，边走边唱，"俺俩是好伙伴，最好的伙伴"，虽然两人都跑调了。这次感到两人能同舟共济，并肩战斗，我想是通过两次共同经历，铸成这种情感联系。

　　一次是索菲亚住院后第二天夜里，热带暴风雨突降。夜里一两点钟，门窗突然砰砰乱响，雨水随即卷入楼上廊道，爱丽森正睡在那里，我得把她抱回我的房间。黑灯瞎火152乱摸索，东西碰倒胡乱作响，我见格迪斯也被这电闪雷鸣狂风暴雨惊醒，也已经起身。楼下东西放得很牢稳，可是还传来很大碰撞声。我俩一起下楼，一一查看，最终进入摆放花卉的储物间，凭借手电筒灯光才发现，巨大热带蟑螂满地乱窜。我们睁大双眼，小心翼翼，一寸寸移步，因为都光着脚，生怕踩上随时可能出现的可怕热带毛蜘蛛。那一刻，我俩同时感觉到处境凶险，索菲亚生病住院陷我们于无助，加上大自然肆虐祸不单行，我俩本能地紧紧靠拢。

　　另一次发生在这次旅行快要结束时。当时索菲亚身体状况开始开始好转。索菲亚的主治医生尼尔斯·拉森博士(Dr. Nils Larsen)邀我和格迪斯去看他的牧场。他是位很值得信赖的人，运动方面很喜爱跋山涉水。他的牧场在海岛迎风面，可取道巴利岛

(the Pali)抵达。沿途尽是险峰陡崖,以往我们曾远眺,赞其奇绝。牧场在半山腰,攀登路上遇一水牛,当地土人放牧,我不假思索抓拍了一张照片。牧牛人生气地嘟囔,威胁不许拍照。拉尔森家里正好有一伙男女青年宿营队要在他家过夜,此刻也加入我们一行前往参观牧场。越接近牧场,便越感到置身原生态世界。眼前一大片仙人掌显然从未被当地土著夏威夷人光顾过。此前,我同格迪斯参观过毕肖普博物馆(Bishop Museum),在那儿听一位夏威夷妇女说,本地土产药材经魔法师处理后,有特殊疗效。他们会念咒,还有一位法师也精通草药制作,技术和法力也不逊于她。看来,我们从未彻底脱离原始世界魔法时代,这里还有魔法师和鲨鱼神(Shark Gods),林莽深处还藏石雕祭坛,都是梅尔维尔作品《泰比》(*Typee*)中详细叙述过的事情。 *153*

距拉尔森住地不远处,柑桔属水果到处疯长,果实累累,我们索性用柔软柑桔果互抛打起"雪仗"。后来潜入密不透风竹林,身体需楔尖般插入方得通过。穿越一处处野姜(wild ginger)丛林,麝香般芳馨,浓香醉人。最后来到一片陡峻山坡,即牧场的所在。拉尔森博士在此发现,或自家开发出一处 T 形滑道,陡坡仰角约六十度,或更陡峻。只有胆大者敢乘梯滑下,最后稳稳当当掉落在一团柔软铁树叶上。这种安置显然为缓冲身体掉落的冲量。这装置简直一看就令人胆寒,此行余下内容也令我一看便心生焦虑。如此触目惊心消遣,格迪斯不摔断脖子也会摔折腿。而格迪斯却很快爱上这些冒险游戏,虽然屁股落地时太重而闪了腰,以至晚上阵阵头疼。来到牧场另一侧,格迪斯更喜爱那里瀑布水滑梯。这是火山口褐岩间形成的水塘。孩子们游玩,我抓拍了他们嬉戏场面。那景象令人想起大约半个世纪前画家约翰·拉法格(John La Farge)绞尽脑汁搜索枯肠想要展现的田园牧歌美景。

最令人称奇的,要算我们偶遇的一场夏威夷人盛宴:一位当地年老黑种夏威夷人,迎娶他的中国新娘,准备设宴款待来宾,我们刚好赶上。只见那老头酒过三巡,已经微醉,然而不仅热情好客,还特爱说话。在一位中国人朋友帮助下他们打开泥土烧炉,或称烧锅,里面烤了一只乳猪。取出后,他拂去外层老式方法包裹的铁树叶,然后款待我们,一定让我们先品尝他们制作的美味。这里虽不是赫尔曼·梅尔维尔笔下的波利尼西亚,却颇有异曲同工之妙。整套仪式包含大同小异的招神弄鬼,让我和格迪斯眼界大 *154* 开。事后我俩都感觉从未尝到这么鲜嫩多汁的烤肉,风味独特,与其他烹制法效果完全不同。当然我们不忘,这鲜肉还因那老土著人口若悬河的精彩讲述而别有风味。他半吟半唱地叙述了卡梅哈梅哈一世(Kamehameha the Great)的功业,以及夏威夷人被征服后的悲惨命运。

"卡梅哈梅哈,那可是个了不起的大人物啊;有了他,夏威夷才真成了夏威夷;如今,夏威夷早已风光不再。白人来了，白人掠夺了夏威夷的一切；传教士，占领土地；日本人，掠夺钱财；夏威夷人呢，"唱倒这儿，老人对准烤肉圈外围一块滚热石块，狠狠踢开，"夏威夷人，只剩下了石头，山岩！可怜的夏威夷人啊！"老人边说边唱，神情悲切，黢黑脸庞突然皱缩，随即惨然一笑。

从头到尾这整套经历，格迪斯反响多么强烈啊！这件事成为以后他多次引述的论点和依据。离别时刻到来了。一到这里，就感觉这是他天然的家园，最惬意的、梦寐以求的家园，他真正的天堂，自己就是这王国的小主人。如今，不忍离开而又不得不面对离去的残酷现实。"让我留下吧，就让我在普纳荷中学(Punahou School)读书吧！别的我什么都不要(that's all I want)！"他一遍又一遍央求我们，殷切却又不很自信，因为他知道这根本不可能，却又很难打消这念想。"就让我留在这儿，夏威夷这地方太好啦！让我留下，我一定学好，做个乖孩子，当模范生！只要你们让我留下，我一定用功念书……"

唉，若没有战争，我相信，我们全家会找时间重访夏威夷，而且一定多住些时。而这一次，敬神，祷告，感恩朝拜鲨鱼神，拜求一切我们可能无意中冒犯了的古老神灵之后，离别到来。虽然此行风险多多，毕竟遍尝恩惠与瑰丽，壮美，好客。感谢夏威夷和夏威夷人的素美与魅力，感恩淳朴民风、恬静生活陶冶出的一切善良人民。这甘美滋味会长
155　久滋润心田。离别时刻，全家无不悲从中来。清晨登船，尽管格迪斯脖子花环已经堆满，尽管他向舷外抛撒无数彩带想把轮船牢牢系在港口，尽管我拍摄照片中记下了他难以掩抑的离别痛，却总感觉有某些东西未尽其意。我们每个人都把花环投入海中，有黄色的，有双瓣儿茉莉，有康乃馨……深感自己愧对这种厚待；同时也记得曾在此经历困苦和折磨。命运就是这样，刁难你的同时又会向你怀中抛撒万种财宝和鲜花。把花环抛入宝石岬海中，这习俗据说能保佑你重返夏威夷。而如今，格迪斯离开了我们，只有使命的招唤，会指示我们重返这块对他和对我们意义重大的地方。

夏威夷渐渐远去，我们心中有意识长留它种种回味和记忆。第二年，索菲亚装饰布里克街上格迪斯房间，购置窗帘布时碰到一种布料有夏威夷棕榈树，树下还有呼啦圈舞女，就买了回来。还有哈里·本特寄给我们的夏威夷老唱片。那些音乐，深沉男低音，嘹亮的假嗓男高音，唱出忧郁哀伤歌曲，如"Wiliwiki Wai"，都曾是格迪斯非常喜爱的歌曲。这些音乐，连同它们唤起的记忆，无一不加倍美好。如今一听见，便觉难以忍受的痛楚：格迪斯特有的那声 Aloha(夏威夷语的亲热打招呼，有"你好，再见，欢迎再来……
156　一系列吉祥祝愿。"——译者注)，已经清清楚楚融入这哀挽旋律。

24　学校念书补遗

格迪斯正规教育问题从未妥善解决,这一点恐怕前面我已有交待。确实,他十四岁后,我们千方百计想把这问题处理好,却每况愈下。

他的基础教育,从家庭环境所受教育,直接了解多种事物,接触各种环境,参军以前很久便通过广泛游历接触各类群体,就这类教育而言,我们不留遗憾。然而我们最不满意的,是他所受教育中那诸多毫无意义的选择,保守和延误,加上他时运不佳——若心理学家容许我们说一点儿不确定、不可知——我们家庭一直不是很大,这样,他仅只替代性地通过达非一家(the Duffys)还有后来在帕洛阿尔托(Palo Alto)的鲍威尔一家(the Powells)知晓了更丰富的人际关系。

格迪斯理解并且享受到小家庭亲密无间,与此同时,却从没机会体验大家族群居特有的温暖宽厚和一视同仁氛围。他不得不独自接受两个都很有主见的家长。而且,我想,还有个做法很不明智,就是,我俩出于彼此忠贞不渝考虑,在孩子面前从不公开我们之间的矛盾,即使我们有严重分歧也总摆出统一战线形象,这无形中给他成长增添了障碍。他妈妈还提醒我,我们是要用这种完全一致的态度给他安全感。因为,父母态度分歧会破坏孩子内心安定,这方面我们做的不错。但是,安全感总还得参照挫折感来综合衡量。因为孩子免不了遭遇挫折,有了挫折便不得不加倍努力克服难关。

而学校教育,就是另一回事了。格迪斯在阿米尼亚文法学校学习成绩节节上升,可圈可点。特别六年级时因进步突出获奖,成绩册上很多 85 分,90 分——我们当然很满意,但好景不长。一入高中成绩陡降。家庭作业不好好做,还借的同学作业来抄。我们深知那些一丝不苟的高等院校对录取分数要求很苛刻,因而担心他的分数线。可是,无论多少家长会规劝,私下谈话、告诫,他行动依然故我,一丝不改。但他始终很想努力,想把握好自己,一次次答应我们,看我下个月,下学期,下一年,会大不一样……最后总是没精打采回家,茫然无措,带回的成绩册总不那么理想。

但还有个困难,他多年后自己分析过。那时他已考入圣何塞学院(San Jose College),知道下功夫了,千方百计弥补以往荒废的学业,因为痛感这些缺失已经拖了后腿。这是他 1943 年写的材料,一篇短论,题目是"论美国教育"。

"开战以来,许多人谈论美国大学生学习习惯,还贡献很多良策解决这些难题,提高学习效率。而以我之见,这问题很难解决,除非教育家们不再胡思乱想,不再给学院和

157

158

高中教育瞎出主意，而是脚踏实地从教育根基——即小学教育——入手来解决当今教育问题。

　　"我相信，教育的全部问题，解决之道在小学，即初级教育。因为，一些表现优秀、飞速成长的孩子，最初是从最基本学习习惯和态度入手，在这个阶段逐步养成的。这些习惯和见解为最初基础，因而延续并影响终生。而当今教育体制下养成的这些态度与习惯却很虚很假，百无一用。小孩子入学之初所见所闻，大量内容是其他孩子来学校，就来违规、淘气，普遍调皮捣蛋，破坏纪律。这当然不是教师故意纵容的，但这就是校园里大量发生的事情。老师通常喜欢组织一些连贯、有秩的课堂教学。对课程本身是否生动有趣，对纪律是否生效，则不那么在意。因而一些活泼好动的孩子，其实所有的孩子都活泼好动，总是千方百计越轨，不好好用功，思想开小差，想方设法干些更能发挥自己精力的事情。

　　"这样的基本态度和习惯会贯穿孩子终生学业、事业，因而会断送他任何情况下都能坚持学习的能力。

　　"若把欧洲大陆的学校和美国学校做个对照，便能获得一些满意证据，证实该论点。欧洲学生相同时间的学习量相当于美国学生的三倍，而且无须额外用功。这是因为他们入学之初便学会了有效学习方法。美国教育家可以从欧洲同行那里找到自家问题的答案，而无须做什么调查研究，因为答案是现成的，只消低头看看即可。"

159　　格迪斯上述评断是否公道，建议是否有效，您当然可持保留意见。但有一点我确信，这篇作文是他反省和自我批评的产物。写这文章时，他已觉悟到自己缺少必要的好习惯；尤其，他的拼写和标点符号很糟，英语老师曾反复提请他留意。这类差距很可能令他脸红地反省了自己。学生一旦在一些工具性科目上落后——特别那些无基本训练和基本素养就很难继续精进的科目——会影响他今后在更宏观领域施展才能。

　　当时我们既不想把格迪斯送去住校，又感觉阿米尼亚学校没有给他提供可靠教育。1939 年秋，便不失时机搬回纽约，在布里克大街一幢宽敞跃层式套房住下。隔几个门是一家花匠。再稍远，12 街拐角，是萨特面包房。仅这两处便足以让这城市在格迪斯眼睛里不再那么可怕。因为，花匠家大窗户时不时打开，展露簇簇鲜花，芳香四溢，就像先前在夏威夷见过的景象。我们也从朋友处听说，布朗克斯高中自然科学课程教的不错，那朋友的孩子曾在该校就读。而且，至此，我们已经不再坚持这孩子定要步父亲后尘当个作家。所以也就没继续考虑史蒂文森高中这条老路，即使当时这学校确实很近便。

　　就文理科取舍而言，我们的决断无可挑剔。而且果然，最终，格迪斯法文不及格，第二学期平面几何不及格。但其余科目成绩不错，尤其生物课，他成绩优异。不过生物课

笔记本里一团乱糟糟。后来我发现,他在理科高中读的生物课,其实就是 25 年前我念
过的课程。这课程为格迪斯思考能力奠定良好基础,而且长期受益。如果有这种机遇,
或者说,如果其他科目上他也有类似良好反响效果,他会成为很优秀的学生。可惜我们
没有设想,尤其格迪斯未能设想,他完全可以成长为一个全面发展的人才。原因在于,
学校从来没有真正吸引他。他就读的一切学校,从幼儿园之后,包括每一所就读过城市
或乡村学校,都未能真正引起他的兴趣。

　　与实际生活相比,比如对比他在乡下所见所闻,格迪斯感觉学校枯燥无味。感觉到
监狱般阴影正步步逼近,眼看整个笼罩自己,他本能地花很大精力挣扎、博斗、逃脱:我
的生命不是给监狱准备的! 他们老师不断对我们反映,说他听课人在心不在。我上高
中时一位老教师,赫尔曼·曼特尔(Herman Mantel),通情达理、善解人意,洞悉男孩子
这时期内心呼喊和行为特点,这时已任该校副校长。他就贯彻言教不如身教的准则。
我上学时期他对我影响很大,因而我寄望于他,相信他同样能引导我的孩子。曼特尔老
师显然未随岁月变迁改变教育理念,这却是令人惊讶。当然,就像人长大了会发现童年
时代许多景物,房子啊,最爱去的地方啊,统统都变小了。曼特尔老师一反常规,单独找
格迪斯谈心。特意在半路上遇见他,同他闲聊,聊打猎、聊猎枪、钓鱼……但同样,他也
感到难以突破格迪斯自青春早期便给自己周围筑起的厚壁障。不过,格迪斯很喜欢这
个曼特尔老师,老师也喜欢他。但老师承认,他也感到束手无策。

　　格迪斯抵触正规教育,包括最对他胃口的科目,也很抵触。这背后究竟潜藏着什么
根源? 如今回顾,我想,这当中除了精神分析专家们已经解说的原因外,还隐含一个乡
村儿童对身陷城市囹圄的满腔愤懑,置身这种惨白无力、重重敌意的城市,难以压抑的
愤懑。每天伊始,匆匆吃过早餐,便不得不奔命似挤地铁长时间闷行……这样的城市让
人怎么受得了? 这坏心情没有因为终于见到学校,新鲜校舍,像阿米尼亚高中好看的新
校舍那样,心情有所好转。都不会。因为这校舍破败不堪,又老又旧,虽非什么古建筑。
周围人也不像乡村人模样,同学爱好的话题也不像乡村孩子那般有趣味。因此从一开
始他就感觉难以融入。这种明显孤僻和敌对,让我们对他只好网开一面,虽不该如此。
比如,许他在有课程的夜晚去看电影。后来他参加游泳队,一位很好的教练对他速度、
游姿都精雕细刻,把他培养成一个真正的游泳运动员。他成绩最优异项目是 220 码比
赛,这时,格迪斯有了明显改变。为自己能融入新团队,取得新成绩感到兴奋鼓舞。顺
便说,他们校刊登载一则报道,记录他所受教育的积极一面:说他认为,受教育就为获得
有用知识和技能。游泳比赛获胜,提高 12 秒破校记录。事后他承认,那天下午他预先
吃了几块方糖,以便改善体能。他窃笑校刊报道描写,却也高兴自己出人头地。或许糖

块起了作用,他说以后还会照此办理。不管怎样,他自由泳确乎大有长进,终于一炮打响! 从校刊快速照片看,他动作迅捷,入水最早,远超其他比赛伙伴……

可是那年冬,格迪斯每天经常醒来很早,往往被布里克街面隆隆作响的卡车吵醒,然后厥嘴很想咒骂,有时候的确叫骂出声。下楼来到餐桌,口中对爱丽森念念有词,"grrrrrrrrr!"而且常有意而为,简直想把她一口吞下。看看格网状窗帘,只有微弱晨曦,此刻太阳被东面住宅楼遮挡,随即嘟囔,"又一个倒霉天! 倒霉呕,哇,哦,"他嘟囔那一大串儿"grrrrrrrr, fooer,真滥,真滥,弗弗弗,又咕咕咕……"这大约都是韦伯斯特大辞典还来不及收入的表达千种愤怒的新词语!"又得在室内度过一整天,修建这样的城市不是非常愚蠢? 修建那些愚蠢透顶的地铁,运载愚蠢透顶的人群,见鬼,都见鬼去吧!"爱丽森往往感觉很不自在,甚至会以责怪眼光注视他。因为她觉得这座城市确实很棒,非常友好。对一个四岁小女孩儿来说,城里到处是新鲜有趣的东西。她前往银行街学校一路上,每前进一步都兴高采烈。而格迪斯的阴郁愁闷不会因为爱丽森沾沾自喜而有所减轻,尤其当她不识时务打断了哥哥的grrrrrr。

25 千条妙计,一定之规

总之,城市里念书求学格迪斯绩效不佳。虽然最终我们三思之后勉强作些调整,他才表示愿意接受。所以,或许怪我们考虑不周,未给他青春期后遭遇意想不到变迁提供必要调试时间。眼见这孩子痛恨城市生活,一进城市便精神孤独,特立独行,抵触到底。这种情况下,若打算让他继续升大学读书,再送他回阿米尼亚高中读书已无任何意义。最终我们决定投其所好,了却他的乡村情结,送他去新英格兰腹地一所寄宿学校读书。为此,我们事先详细考察了各类学校,从新英格兰圣公会办的正规学校,到宾夕法尼亚州贵格会的教会学校。大多是他乡村或者城市同学读过的学校。最终选定的,是一所较为年轻的学校,但很可取,该校组织学生参与农场管理。这样的学校符合我们当时大多数设想和理念。即使如今,我们仍觉得非常可取,特别值得推荐给女孩子。但后来发现,这决定就当时爆发世界大战和格迪斯特殊背景而言,是非常不明智的决定。

该校招生录取手续中,有一份很长的问卷。要学生亲自填写后随申请书一并递交。格迪斯填写这问卷,草稿中他写了很多,"若我办学,我会依照如下目标和条件来办。"他这样写,也这样想,感觉学校应当男生女生合校办学。这样才能创造男女共同适应社会的氛围和条件;学校不应尽招收些"异类动物"(foreign animals)——这是他原话——他还要求学校要办在乡下，因为"当今学校环境很不健康,任何正常人在里面都倍受折磨"。学校还要建立学生参与管理的机制,校长对该机构有否决权。学生要承担一定责任,应强调体质和体能训练,因为"没有健康体魄,不可能更好地造福人类。"学校不得有任何种族和宗教歧视,享受奖学金的学生承担的责任义务不应超过缴纳全额学费学生承担的责任份额——依据我家收入水平,格迪斯享有一份奖学金,每年三百美元。每类学生都有规定数额的花销津贴。年满十三岁学生应当允许使用火器,如果家长和校长批准——格迪斯在如果二字底下打了加重线——而如果该学生成绩不佳或能力不达标,该优待条件予以收回。这所理想学校不设拉丁文、希腊文课程,其他外文课程也减至最低水平。格迪斯举双手赞成应当学习交流沟通基本原则方法,但是感觉语言课是"很乏味的科目",不像理科、历史和英语。数学课在学到平面几何便适可而止,专业发展方向需要数学的学生可以例外。自然科学课程至少要求满足三年授课。

164

对,如果以上就是格迪斯的设想,那总的来看,也是我们对学校的设想。而且因为准备未来升入高校,这同样也是对未来新学校的设想。学校周围环境优良,因地处新英格兰腹地中央,又位于矮山山梁顶部,四周有广袤林地,完全符合选择条件。若一所学校无非场地、建筑群、师资力量这类基本内容,那么我们完全可以依据自家习惯和目的,来就近挑选学校。当我们参观学校,观看他们秋收季节的节庆活动,我们相信,这种理想环境中生活两年,应当能够弥补以往的疏失。特别是我们观看了他们化妆游行,主题是约翰尼·苹果佬(Johnny Appleseed),就在露天地举行。格迪斯的表演,体现了一个高大、鲜活、强悍印第安人形象。再看看他那些小伙伴,男生女生,一个个小脸鲜润、漂亮。我们相信这样的生活环境能够帮他松弛青春期积累的紧张、忧烦,帮他树立起学校生活应有的根基。

不料,事情没有那么简单。这所学校,以及随后看过的一所,都向我们表明,难题不单是格迪斯抵制城市环境,也不是像我们想象的,他想摆脱父母约束、家庭规矩,去寻求自身独立。不尽然:真正障碍要深刻得多,是学校教育长期奉行的陈规旧制。从根本上说,那才是格迪斯愤怒和反叛的东西。他如同梅尔维尔小说人物巴特尔比(Bartleby)那样,环顾四周,然后说:"我知道我的处境。"所以,如果格迪斯下决心想"以后注意"、"好好用功",顶多只是口头上敷衍你,表示愿意遵从多年一贯的教育目标。新学校一位非常理解他的教师,教他英语的,无意中应和了布兰达·兰斯多恩(Brenda Lansdown)的描述:"他脸上突然显现热切光芒,仿佛有浓厚兴趣。但随即下沉,变为不冷不热的麻木表情。本学期阅读索福克勒斯的戏剧《安提戈涅》,表演马可·康纳利(Marc Connelly)的《绿色草原》(Green Pastures),做这些事情,他又活泼了"……"这个星期,他课堂表现

165

可以非常优秀,下个星期表现很可能又糟透了。他是个非常奇特的、很有意思的孩子。"
《安提戈涅》,和《绿色草原》,看到了吗? 风格变换幅度如此巨大,这就是格迪斯! 但是,
即使是他最有兴趣,最擅长的科目,英语即其一,他也是我行我素,对于必须遵守正式规
则这类要求,他会降至最低。总之,他经常感觉无聊,极端的无聊。

　　这样的学生,怎能不很快便让他的老师们头疼? 我们很能理解校长的来信,她写
道,"你们儿子始终是我们很不好对付的难题。"是啊,我们早就有言在先,告诉过他们,
如今果不其然。这样的学生,因为抵制传统,因为不配合,不在乎,最终难免成为教育界
怒火喷射的目标: 这样一对冤家对头,岂不蕴含对教师们祖师爷的极大蔑视? 它传出一
种暗示,虽然隐秘却很令人恼怒。这岂不是表明: 教师们奉行的生活方式,传授的理想
目标,在正常人眼里可能并非终极目的,甚至毫无道理? 格迪斯在该校学业尚未完成
时,我们从一位教师笔下得知,情况恰恰如此,证据就是此人反叛,已采取公开和复仇方
式来表达。即使不来此信,我们也早就料到,会有这类难题。

　　秋季里,我督促格迪斯注意学业,家长式的苦口婆心提醒他,注重学习,别让打猎和
猎枪太分心。第二年春,我又写信给他,"我们听学校反映,你得放弃两门课程。但不要
为此气馁。只要你开足马力,你就能飞快完成这些课程。长远看,人今后的命运并不取
决于学校表现,而在于他立志要去做什么。学校里分数一直很好的学生,实际生活中有
时候也能继续领先,但更常有的情况是,他们被学校时期的后进生超过了。达尔文就是
个很好的实例,他老师几乎无人看好他的未来。但是,他一旦认清天生我材必有用,懂
得自己毕生使命,他便魔鬼般用功学习,把本来遥遥领先的学生远远甩在后面。我知
道,你不会以此为借口来荒疏尚余的科目。因为,假如这些功课也学不好,你就彻底不
及格了。"

　　这封信在当时对他可能起了坏作用,因为他的成绩的确未见进步,即使是学校作业
负担已大大减轻。我只是希望他不要因考不好而过早地自暴自弃,学业追求来日方长。
但他很容易陷入气馁的黑暗深坑。因此,总起来看,当时我及时鼓励他安慰他,我仍然
无悔。因为他对自己没把握,各种关系中都很不自信,很需要我们明白无误的信赖作为
精神支撑。教育这种事业是种均衡艺术,需要你在纪律和放任之间,在过分忧虑和粗疏
之间,在严格训导和自由放任之间,在牢牢把握和任其自适之间,取个最佳平衡。这道
理不仅适用于个体发展成长,也适用于亲子关系和师生关系。如何实现这种均衡,没有
一劳永逸的良方。一种情况下的好办法,另一种情况可能会很不适用。因此,如果说我
们对他教育很不成功,那也不是因为缺少努力。

　　格迪斯的最佳成绩报告,来自该校护士和他的英语老师。两人都发现他的潜质,并

已寄厚望。而来自同学的评语中,很有些并非毫无根据的不良表现,诸如作业成绩、寝室职责。这些不佳记录可能不无道理,因为他素常不爱整洁、邋里邋遢、不善合作,都是他过分自我封闭的副产品。

毋庸讳言,格迪斯的中学教育,有些简直就是蹉跎岁月,荒废年华。我们一次次调换学校,也打断了他本来能够延续的友谊,更加剧受损学业的连贯性,因而徒增添他烦恼忧愁。渐渐地,他陷入自卑而无力自拔,有时候一笑了之,说自己毫无天分,是只小脑袋笨熊,根本不想继续读大学。将来能当个卡车司机就很不错了,而且料想自己能够依此糊口。我们就格迪斯的上学问题,认真讨论过多次,全家焦急万分、搜肠刮肚、商讨这件事情。并且发现,我们对他能力的评价高于他的自我评分。并非因为我们想维护自尊心,而是因为我们真切感到,他内心有某种障碍,一种强加给自己的自暴自弃(defeatism),让他看不到自己的真实资质,当然更说不上努力开发利用它。仅就天分资质而言,他应有尽有。唯独缺少驱动力。而格迪斯认为,他这种动力不足,如同他能力不强同样至关重要。一次他对他母亲说,"我爸爸是知识分子,不能成为我一定要上大学的理由。"他妈妈回应说,他看中的那些女孩儿,没有一个会乐意嫁给卡车司机。她们都要求自己的如意郎君必须受过高等教育。后来索菲亚告诉我,"到此,恐怕我是第一次击溃了他的自我防线,而且是绝无仅有的一次。虽然我这断言,他没有立即认同。但我感觉到,我这话他会永远记住。"索菲亚这判断得到证实:他首次决心好好上大学读书,正是他开始恋爱时。

格迪斯为自己不愿上学读书,有许多巧语辩解。仔细检视后会发现,他这些说法可能有两项值得关注:而且可佐证我前面所说的论点。第一是他千方百计特立独行,很想摆脱父亲的生活和思维方式,总想挑战父亲那种理想目标和生活态度。这当中除开个性差异的根本原因,还有他一味自我辩解,结果走入另一极端。连自己感到合心合意的事,也不能立即接受来为我所用;他总摆脱不掉不再仰赖家庭供养的成年人才有的身份心理和自立自为习惯。此外就是青春期的事实本身。就格迪斯而言,这期间的成长过程吸纳、耗费了他体能。在他这岁数和时段,我曾是个模范生。后来去当兵,同年龄段我曾放松过一段,种种放浪行迹如出一辙。所以我确信,格迪斯内心在成长,他与日俱增的阳刚意识,外表沉静内心如火那种渴求和热望,无时无刻不在牵动他。人对自然过程带来的心身干扰反应程度不一,克服青春期干扰重振自己的能力也大相径庭。我认为,格迪斯不缺少"天资",天生一个热忱、强悍的个性,比其他人更甚,因而在青春期经受更强烈的干扰,其烈度超过他同学们的感受。这同他性早熟或许很有关。

格迪斯入学的第一所新英格兰学校有个同学,比他岁数稍大,他俩同病相怜。格迪斯喜欢打猎，那孩子只喜爱戏剧。学习遭遇任何困难，都会退缩不前，或者干脆掉转马头，打道回府。像格迪斯一样，这孩子也转学了。1941 年美国参战之初，应召入伍当了空军。他回国时，我们刚好巧遇，当时他是驻英空军第八航空队上尉，时年 22 岁。曾驾驶运输机，执行横跨欧洲的轰炸任务，也曾飞越整个太平洋：一个结实、整饬、成熟的小伙子：个子高高，伟岸自信。军训中完成一切科目难题，尤其养成一种内心定力，生活目标明确。这些品格往往是训练有素老兵们的标识性素质，也是当今青年一代最为欠缺的东西。从这孩子身上你会发现，青春期扰动反而促成了他更高层级的优良人格。虽然我自己对格迪斯的未来始终很有把握，格迪斯对这一点也心知肚明，而他这少年朋友的佳绩则为我的信念提供了更新佐证。

26　苗儿青青

檀香山归来不久，格迪斯嗓子开始变声。一年后，说话变成闹人的咆哮喊叫，连他想讨巧、想示好时也不例外。所以，在很想获得别人好感时，他会调整嗓音，重新回到小乖孩儿(A Nice Little Boy)状态，可事与愿违，反而更刺耳。但是有个变化很明显，突然间，他无须旁人提醒或鼓励，能主动洗澡了。从此洗澡成了他人生中一项要务。而且每次一洗就是 15 分钟或更长时间。一人独占淋浴喷头，清晨大家起床都要洗澡，往往让别人着急冒火。随这新习惯还添了个新爱好：梳头、换衣裳。镜子成了他的专属，开始孤芳自赏了。除因孩提时代受伤而增厚的鼻子很不耐看，镜子里映照出一个俊俏小伙子。不过他费尽心机想梳平如今满头打卷儿的硬发，总是一无所获。

开春，格迪斯快 14 岁了。我们发觉他一个冬天长了五六英寸。这年秋，我俩一起进城买衣服，为他入学选购合身新装。我才惊讶发觉，原先他敦实、健硕，怎地眨眼之间就变得如此颀长、赢弱的呢？而且仿佛总有些畏畏缩缩的样子。外表看，他依旧那么毛毛躁躁，桀骜不驯，不过他气势汹汹外表很富欺骗性，那不过是一层薄薄保护膜，背后躲藏着的生命却非常敏感、脆弱。他简直说不得，碰不得，稍不留意就会伤了他。确实，他就是这么个……

随后两三年间，眼见小男孩儿成长为男子汉。以往的样子渐渐隐退，未来形象逐渐明晰，两个形象曲调不同，歌词各异：直至两者反差强到极点，羞怯自闭的大幕倏然落下，遮闭舞台，两个形象便都不见了。到这时期，他妈妈和我，出于尊重他新的心理状态，会暂且放下我们习以为常的做法，每晚睡前不再去他房间察看，检查门窗、铺盖……

至此,每晚床边必有的读书习惯也早已终止两三年了。做父母的,最后得放弃这一点点微小关切,心中感觉隐隐作痛。

这个羞怯自闭的大男孩儿,飞快度过了随后两年非同寻常的岁月。如今回顾当年种种情景,我才意识到,他这特性简直一以贯之保持到最终:即他密不透风的个人世界。他男子汉的丰富情感,他的坚韧崛强,踌躇满志,跃跃欲试,种种特点,都表现得淋漓尽致。但是这些优点有时候也掩盖了他的内心渴求,希望获得更深理解,更全面的关爱……而这些渴求,他却未能从自身任何关系中获得满足。他那种阴郁忧愁,就都讲述着这些空白。然而他无时无刻不泰然自若,自满自足;无时无刻不渴求超脱自立,无须别人支援,无须别人任何督促;以至你很难发觉他需要这种关怀。实际上,他一方面决心追求自立,同时也渴求亲密关系和关爱,两种心理需求常常互相打仗。偶或也有这样的情形,记得有一次我称呼他"darling(达令,心爱的,宝贝儿……)",但觉得有辱他男子汉体面,立即向他道歉。还说就在不久前听一位朋友曾也这样称呼自己已经十五岁的孩子,当即感觉浑身冷颤。不料,格迪斯,这位年轻的斯多葛主义者略带羞涩说出的话,却让我惊异不已:"不过,本人闻此言却颇感受用啊!"

此后,我跟他就不那么严格遵从男子汉之间的规矩了。格迪斯鼻子动手术那天,我又获得一件重要启示:原本一件小小简单手术,竟然用了两个半小时还多。因而,主刀医生和我们都很感谢格迪斯,因为事前他坚持要全身麻醉。当我俯身手术台仔细察看他,他刚好醒来,只见他双眼圆睁,很诧异的说,"哦,爸爸啊,原来你这么在乎我啊!"这区区小事居然令他惊讶,无非表明,我们成年人想充分表达自己对孩子的关爱,有时候竟然很难。其实孩子们在其成长过程中,或许很想见到这些哪怕是很曲隐的情感表达。我当时也体会到,"最亲密的成年爱侣,岂不是也需要对方不断说出早就非常明显的事实——我爱你,不是吗?所以,孩子们会有同样的需求!所以我们应当改正我们自己的成规,去适应孩子这种需求。"

格迪斯自我封闭,他很难接近。这状态就像夜间开花的仙人掌属花卉,直至他乐意开花儿。而青春期却给他的矜持自守又增添了一块禁地。1939 年 11 月,索菲亚记载中写道,"他同孩子们(乔纳森和苏珊娜)一起到玛利萨家玩耍了,然后去看话剧。你简直很难看透他的心意。但是,我感觉他很高兴。他就这样总是藏在浓雾里,我很难弄懂他。"

格迪斯就是这个样子,羞怯,自闭,稚嫩,动辄受伤害。他就这样追随我一起闯荡纽约,尤其是 1939—1940 年冬,我们简直形影不离。一起去给他选购一套西装,一件秋大衣,圣诞节假期一起走过布鲁克林大桥,一左一右陪同索菲亚看电影,只言片语流露出

171

172

他日益关切人类状况，首先是他自身状况，随后通过自新与人类命运系在一起。他妈妈在一次通信中告诉我："他的成长进步令我暗自吃惊。他精神世界正在打开，开始探索搜寻。对于这样的问题：'历史人物中你最赞赏谁？当今人物你又最赞赏谁？为什么？'他给出的答案把科赫(Koch)排在巴斯德和林肯前面，后面又添上佛陀。"一年后，索菲亚又写道，"格迪斯的确也很渴望有人陪伴，渴求他倾诉有人倾听，渴望获得认可。这些要求，他毫不亚于爱丽森。从一定程度上说，意识到这一点，我很高兴。因为我常常感受到这孩子离去带给我的苦痛（虽然常常是个恼人的小坏蛋）……所以，如今他的某些东西还与我们牢牢地结成一体。"

　　每逢我想起他来，不论他说些什么，做些什么，我常常会重新感受到春季傍晚人在花园中所见所闻。夜幕降临以前的宁静中，你感受到万物争荣，稚嫩的绿叶仍曲卷未展，只要当夜无霜，就会奋力生长。格迪斯忧郁而闲静的面容，矜持中总有几分愁绪，直至凝然终被微笑冲破。颀长而羸弱的身躯，一双沉思的黑眼睛，无不叙述着一颗越发羸弱的灵魂。假若命运如今待他更好了……

27　五月严霜

　　格迪斯求学之路越来越暗淡，悲惨，甚至让他惶惶不可终日，直至学业真正好转。他学龄前教育就成绩不佳，以至难以晋级。但那年春季校长还是对他妈妈说，这孩子回来继续就读当无问题。可是到了六月底，这位校长突然变卦，坚持让格迪斯暑假补习法文和几何两门课。对她这决定我们深感疑惑。不过最终还是同意她这建议，送格迪斯参加某农庄夏令营兼补课。那农庄距利兹维尔约十英里，主办者是个青年，很得这校长赏识。但从我们来讲，不想再遭遇不测，怕秋季的升学计划又突然变卦，便提出要求：只要格迪斯努力，而且有监护老师作证，就应确保他能回校继续读书，不论两科补考成绩是否及格。出于审慎，我们有言在先，这至关重要，因而留下书面备忘之后，才同意接受校长提议的安排。

　　那年夏天，格迪斯自己也决心好好用功了。但又要离开他，我们很不情愿。因为这一年除了学绩不佳，其他各方面他都有明显进步，朝气蓬勃，蒸蒸日上，一双灵慧大眼睛活泼有神，对妹妹也耐心细致，对妈妈的信任坚定不移。这都表明，格迪斯正经历青春期最可贵的转折。因为此刻内心风暴逐渐平息，雷暴已经远去，心里留下一片纯净甜美天空。索菲亚当时因肩膀疼行动不便——当时我在加利福尼亚——她写信对我说，"格迪斯现在很乖了……不论做什么,他不像去年那样总要别人督促着。这都是好转迹象……身旁有这么个懂事孩子,和蔼友善,还常说:'妈妈,如果你让我干活,我却发脾气,你可以不发给我工酬。'瞧,这孩子拿定主意便说话算话,懂得认真领悟我们心意了。好高兴啊,这种快乐要你分享。"这里所说"拿定主意",莫不是那不祥念想,未获得驾照想独自驾车外出……?

　　那年夏天格迪斯不在我们身边,这损失成为我们内心永远的痛。记得送他到索尔兹别里附近那家农庄,把他独自留下,我们离开,心情很沉重。接受这安排,实出无奈,否则他学业可能中断。我们给他提供了一辆二手车,便于他周末往返来看我们。因为那年六月,他刚好十六岁了,可以拿到驾照和行猎许可证。无须偷偷摸摸,东躲西藏了,尽管那里荒凉无人,法律鞭长莫及,只沿用乡村社会古老习俗(他同约翰还是独自夜间驾车出行,冒充州巡警详察缅因街和电影院,偏不因刚拿到驾照而减损人生冒险乐趣)。我从加利福尼亚及时赶回家,匆忙写了首打油诗,给格迪斯庆贺生日。爱丽森则仿照格迪斯十一岁时从希尔德加德(Hildegarde)那里学来的规矩,清晨早早起来,把餐桌上格迪斯席位摆满蜀葵花,因为这种花形状很像檀香山芙蓉。假如下面我录下我家这段温馨场面,我想,我最凶狠的文敌也不至于指摘我图虚荣吧?

> 给格迪斯,庆贺十六岁生日
>
> 十六岁,这一刻降临
> 我们来庆贺这一天
> 格迪斯可以合法打枪了
> 射杀土拨鼠,不在乎震耳欲聋
> 有些爱管闲事的人专打小报告
> 汇报他养成行猎男低音。
> 如今又要发射火箭了
> 粗心大意的衣兜装满黄金
> 五十美元买来的车
> 就让它载你到处乱跑吧
> 上坡下山,穿越泥沼
> 不留刮痕,也没瘪车胎
> 从青葱葱的佛蒙特到俄勒冈
> 一路上兜风开心吧

175

若载了个姑娘，可要小心哟

别忘了加满汽油

长大了，能开车，也能开枪

该挣钱养家了，你这木讷呆瓜！

跳上车去，开走吧

选好线路，一往无前

可要加倍小心，小老弟呀，千万莫把

油门错当作刹车踩错

终于长到了十六岁

祝你人生一年年更好

假如我们的爱和希望管用

你会收获更成熟的

而非青绿色的果实！

176　　　　除了这次暂别，那年夏季格迪斯过的算很不错。若说他还没能照计划那样干活挣大钱，至少却能挣到自己生活费：靠这本事养成自尊！我记录本记载着："他每日清晨起身，下午游泳，四点到五点上辅导课。然后抓紧间歇练习骑马，采蓝莓，行猎打枪等等，不一而足。昨晚驾车归来，气色很好，精神开朗。我们料他会很抱怨，然而出乎预料，样样事情进展顺利。学校伙食基本吃素，周六周日回家能吃肉，令他格外高兴。他对我们说，学校"有头小牛犊，快要长成可以屠宰了。你们很难想象我多舍不得那小家伙。"驾车四处周游令他增添些许男性的敢作敢当。一个周末他很骄傲地接过我们给他买的星光剧场演出票，随即驾车同派特茜(Patsy)前往。这个派特茜比格迪斯年长半岁，人很可爱，谁若邀她作陪，必风光无限。这是格迪斯首次真正意义上的约会。没错，这年就是格迪斯之春，我们简直眼巴巴盼望累累花苞了！

　　可是我们高兴得太早了。夏季结束，一个突如其来的打击令大家浑身颤抖：那校长不接受格迪斯辅导老师的有力推荐，违反事前约定，坚决让格迪斯补考及格才能继续升学。她冷冷地，且颇自鸣得意地，断然拒绝我们抗议。而且，那封宣布格迪斯不能继续升学的电报还直接寄给格迪斯本人收阅。此刻，我不惮惊扰死者，但仅出于对生者的尊敬，我也不会对此劣行做任何解释。我只能说，她这决定断送了格迪斯全部友情联系，在他急需紧密连接的时刻和地方断送了他生活轨迹。给格迪斯留下被出卖的印象；而且是被自己最相信的人出卖了！而最糟糕是，这结局毁坏了他刚养成的信念和决心，本

来他刚刚开始觉悟,正信心百倍想弥补以往学业缺失。却获得这样的印象：即使该他努 177
力的,他都做到了,全副努力仍无法阻止最终一无所获。

　　这是格迪斯首次遭遇背信弃义。这事情不是仅仅留块疤痕就算完了,它给这孩子
伤害很深,至少一年无法愈合。每天每夜,这已很安静、柔顺、爱说爱笑的孩子,总被扭
曲得火气冲天,要反叛,要复仇。这事情我本可以忘得干干净净,不再提起。但是,不
成！因为我们得承受一个无情事实：格迪斯此后几年迅速形成那种玩世不恭、野蛮、反
社会情绪,都潜入他行为举止。他回顾细品这经过,感到无法解释。因为这样的现实不
符合他历来教养,不符合他成长历程。这结局很大程度上要归咎于那年夏季经历！事
情如今已过去六七年了,冷静地回味这件事前前后后,更感受它制造的震骇和愤慨,那
种切肤之痛！或许,人世间最卑劣最丑恶行径,还不是亚果之流(Iagos,莎士比亚悲剧
《奥赛罗》里的反派人物。——译者注)所为,也非群魔乱舞斯塔夫罗金之流(Stavrogins)
犯下的罪行,而是狄更斯笔下的伪君子(Pecksniffs)、假善人(Chadband s),以及假道学
人物乌利亚·西普者流(Uriah Heeps)。

　　这年九月我们刚好投入总统大选,对抗汉米尔顿·菲什(Hamilton Fish),我还全身
心投入《人文标准》初稿写作。明知种种要务会因此大受干扰,我们还是在最后一刻为
格迪斯选择新学校就读,搜遍远近地区。可以考虑的选项不止一个,但最重要的因素
是,格迪斯如今已深深爱上佛蒙特优美风景。那里已成为他第一个难舍难分的地方,他
的第二家园。于是,我们急如星火赶赴高达尔德学院(Goddard),好友伊迪斯·利格特
(Edith Liggett)的儿子也在那儿就读。由于多数城市学校已经开课,我们也不愿再次把
格迪斯送入城市环境受罪。但是由于情况完全不清楚,我们当时无法认清,我们其实又
在犯大错误。因为格迪斯经过那次严重打击,特别需要在家庭环境中缓冲一下,靠亲情
修复心理伤害。当时大约也只有这条路能帮他恢复心理平衡。 178

　　所以,这次分离很可能是我们做父母的又犯了错。而此后格迪斯带回来的报告,虽
半真半假,熨贴了我们焦灼。假若如他所说,在校"特爽(slap-happy)"——这是这年秋
他使用的描绘语言——那么,他应当更中意这新地方。高达尔德学院是他遇见的第一
所他感觉能给学生提供足够自由度的学校;而且该校还把许多必须做到的责任都交给
学生自己安排,逐一落实。他正需要这种意义上的自治,觉得成年人应有这种自信。但
他毕竟太缺调教,很难立即把握自由与责任的平衡。由于缺少自我修束,太过注重修补
自身伤害,或许以为甩开一切羁绊镣铐最为重要。因而,他一脑门子都是高达尔德学院
的宽松自由,超出限度,便给他带来更大苦痛。

28 往来书简：家书与正函

格迪斯十五岁之后便离家在外独自上学,自兹始终同我们分别多于相聚。各种记载也突然增多、密集了。至此便是一系列稳步出现的来往书信,讲述他光阴年华,直接照亮他的精神成长历程。这倒不是因为他特别下功夫写信,也不是因为他更善于用笔纸表达自己(与面对面交往相比)。其实,直至格迪斯恋爱了,才开始自觉写信了。即使这时候,也仍然有大块空白,时断时续,各种借口,以及,诸如漫不经心的自责和懊恼。

起初,来信多是感谢妈妈制作的小甜饼(当然还要更多,多多益善),来信央求我们特许他抽烟,理由很类似当年央求我们准许他独自过马路。还有些信件写得兴高采烈,如此,比如一开头就说,"亲爱的父亲和母亲,心爱的母亲和父亲,嗨! 你们好!"。还写信让我们告诉约翰埋条管道,把他藏宝盒与财宝连通。还不准我们碰他这些财宝! 也写信让我们对他讲讲本地新闻。还有些来信告知我们他十天前抵达学校的时间,或诉说宿舍里面床板上累累血迹与恶臭,都是以前学生与虱子臭虫博斗的记录。有时候,来信显出情绪低落,这样的信件常常写完并不寄出。让他写信寄信,确乎不易。有些信件写完了,也写有地址,也封好了——最终还是学期末被他妈妈找了出来,常常同他的考试试卷、钓鱼渔具等混放在一起,还都没有贴好邮票。如果我们收到他寄来的信,常常令我们心花怒放,让我们久久沉醉自己作品之中,欣赏个没完。有时候又好长时间不来信,幸好,当我们已经焦急难耐了,他往往会打电话来。

从他去读寄宿学校开始,我们给他的信中便充满了规劝、央求、打趣、讥嘲,甚至还有说一不二的最后通牒,那往往是无法忍耐的时候。而一切无非引逗他给我们多写信。有时候索性给他寄去明信片,节省时间,也简化写信过程。然而,往往从他杂乱无章的东西中找到这种空白明信片,而且不止一张。这些苦心倒也并不完全枉费心机。格迪斯来信,每次都是有话要说。这些信件大多从他开始就读寄宿学校便写的逐渐多起来,下面我会引述他某些来信的内容,这些信件虽然透出那种孩子式兴高采烈和愣头青,但却很有内容,远超过我的叙写。这些信件纯粹不加修订,长篇大论很少使用标点符号。

心爱的父母:

以下是这里天气,山上有猛烈的大风(天气情况就写这些)

现在说不准,29 号你们要不要,应不应当来接我。不过,假如到那时不下雪,天

晴了,你们若是乐意的话,你们该能来接我呀(关于交通,我就写这些了)

上次晚上写信对你们说过的,泵房瘫痪了。又派了一个七人小组去修理。你们的宝贝儿倒是不在其哟(泵房的事情,就写这些了)

我的 kiyak(查不到,或系格迪斯车辆或玩具。——译者注)状况完好吗?给我买点黑漆,我回家可以刷刷它。如果没有黑漆,其他鲜亮的颜色都可以(我的 kiyak 就写这些了)

上周六我们看了很多大鸟电影,彩色的,很地道(我那些羽毛朋友就写这些了)

暑假怎么过,我还没有一定计划。不过,从人们对我的提问和我的想法和说法,我完全可以去缅因州,也或许可以南下(暑假就写这些了)

家里那边天气如何呀?乡亲们都还好吗?有什么新闻?多多的爱,

你们的儿子 "格迪斯"

好,若您也有格迪斯这样的勉强互通书信的人,好多事情便无须解释了。是什么力量促使他细心保管我们寄去的每封信件?包括最简单便条,包括他收到的其他信件?他完全可以扔掉,从而干脆忘却回信义务。完全可以借大扫除之机将其一古脑丢进字纸篓,他没有,反将其仔细清点整理,存放到他放卷烟纸和他小烟斗的铁盒子里(当时我们尚未明确准许他吸烟)。什么力量促使他这么做?如果我们找到答案,我们或许就能解释他人生其他方面。但这件事没有答案。正因如此,直至要出发海外了,他妥存的最后一包信件寄回家,我们的信函也始终未能发出。

最后这包信件顶端一封信,是他申请转入空军的推荐函,尚未寄出,只准备必要时使用,因为他想转入空军。这封信上格迪斯写了两句话。这些话,我们一读便感觉撕心裂肺。这语言如今听来格外庄严、绝决。我们确信,这些话是用来同我们永诀的,是为这种时刻特备的。措词简洁,寥寥几笔,含义隽永,尽显人格。签署日期是 1944 年 3 月 11 日,我们十天后收到。

我其实已经走了,不过这些信件你们最好保管好,万一我回来呢?

还有,万一我走之前没机会再写,我谨致最深切爱意和感激,为你们给予我的一切恩德、宽佑,谨致最深切的爱。

深爱你们的,儿子,"格迪斯"

……格迪斯收存的这捆信札,启首是些留言,有写给他母亲的,第一条写于 1928

年,当时我离家在外,直到他十岁。这些信札偶或流露些幽默,虽不很连贯,还称不上理路特点。但到他十五岁,从前面转述的那种粗疏中,已约略可见其人格,或可称之为风格。还有些留言,措词恭敬客气,是写给一位祖辈家长的。为他生日收到一盒糖果表达感谢和爱意,措词甜美至极,简直超乎这特定场合要求。还有些字条是同妈妈索菲亚讲理的,原先留在床畔,针对母亲厉言斥责他房间太乱,让他注意改进。他罗列原因来争辩。杂物中甚至还有些类似法律文件,由双方签署,比如,若我下次月考成绩有所改进,即可取消看电影禁令,等等。这些稚气十足的文字却戛然而止,从内容到形式都随一封意大利寄来的信件徒然跃上高峰。在此信中描述首次参加的六天战斗。这封信让我们确信,虽然此前他从不说将来也当职业作家——好像九岁时,曾说他"想像父亲那样,也从事写作"——其时他已有能力把自己体验形诸文字,而且技巧纯熟,足令许多老辈作家称艳。他的表达转述颇有浓郁英雄主义特色,会令早期海明威显得絮絮叨叨、相形见绌。他严格遵从写作两条铁律:一,言之有物,二,说清就完。

　　以格迪斯这种天赋和表达功力,他足以成为优秀记者。当然,假若他不存心看不起这貌似绣花般繁琐,东拉西扯的职业。若让他详述所历所见,他会觉得徒费时间,除非深为所动。现代作家那种车轱辘话来回说的行当,为他所不选。有时候他也会玩一把深沉,也懂得必要时话到嘴边,停下,静候。作家和学者塞缪尔·巴特勒曾记载心得说,"covery(不说)"与"discovery(都说)",效果相同,异曲同工。我想,格迪斯若读到巴特勒这心得体会,会欣然同意。

　　格迪斯这些信札,他写给别人的,和别人写给他的,讲述了他人生中很多内容。这大堆通信中,他同马尔妲(Martha)往来书信,数量大超与其他人的通信。好在这些信件大多是他成长期,几乎眼看着一天天长大的时期。有些只言片语,大胆而袒露,从一个侧面窥见这代青年内心活动。一张聊天式纸条,是个不知姓名女孩儿写来的;又有一张是同学问候,两人计划去阿迪朗代克山脉(Adirondacks)旅行,最终未能成行;还有个便条儿是个重口味女孩儿的挑逗语言,显然在引逗他调情,最终未果,证据是此后无下文。还有张明信片是个当兵的寄来的,这战士调往其他营地;另一书信密麻麻乱糟糟,也是个当兵的写的,文字用了兵营里惯常的谈话方式(格迪斯对我解释,"我们日常谈话听了简直就像没盖儿的臭沟,懂我意思吧?"我回答,"我想我懂,我也当过海军啊!")最后一打未没寄出的信中,有写给他原来老师的,询问若投身野生动物保护管理,前景如何。还有封信是写给马尔妲的,也未寄出,讲了他对她的感受以及出国前他对未来的打算。还有封信写给克奈丽亚(Cornelia),未寄出。此后,除他从非洲和意大利寄给我们的薄薄几封信,全部记录便戛然而止。如今最为吊诡的是,如此地远天隔,浩瀚阻隔最需要却最难以通信之际,他却毫发毕现贴近我们。试想,假如格迪斯即使苦催之下也写不出心声,那我这里几页书稿,会多么贫乏、空泛。

内省加外行,两相促进,构成他人生中最基本元素,让他很可能成长为一个富于想象力的作家。他不仅很像赫尔曼·梅尔维尔,像经历苦斗冒险之后,二十五岁开始醒悟成熟的梅尔维尔,突然发现自己也有精神灵魂。最后道别谈话中,格迪斯曾对凯洛林·凯泽(Carolyn Kizer)剖白心迹说:"我不会永远像我现在这样,我要重新做人。"他感觉最终他会打定主意,当个作家。但终究,他得慢慢来,一点点形成自己风格特色。但很不幸,他始终辗转徘徊在自己作家父亲巨影之中未能超脱。看来,作家的儿子最好永远隐姓埋名。这里留存的只言片语可以作证,它告诉我们:格迪斯对自己的未来,比我们任何人都更清醒。它还告诉我们,不知怎的,突然间他读懂了面前神秘指路牌,很清楚自己的前进方向。只是这些内容,除他对凯洛林剖白的只言片语,已成了他永恒的秘密:一个是他的内心,另一个是他的承诺。可是,他还来不及对我们倾吐衷肠,也来不及应践诺言……夜幕就将他吞没。

29　孤独岁月

前面我说过了,格迪斯身上很有些皮袜子气质(系威廉·库珀系列小说《皮袜子(故事集)》中主人公纳蒂·班波在殖民者口中的绰号。该书首次以神奇瑰丽西部荒原为背景塑造了机智高贵的西部英雄形象,讲述了蛮荒之地传奇故事。——译者注)。如今,我逐字逐句叙写他,一边就想,就他个性特征来看,他的生命多么近似北美丛林地带这位守口如瓶的英雄人物:身手矫健、行动敏捷,危机时刻冷静沉着,围捕行猎眼明手快百发百中,沉默寡言而冷静深刻。格迪斯身上这些特质,配得上纳蒂·班波的铁搭档。说到这一点,我忽然觉得,哲学家霍金(Hocking)著名论述用在这里多么切题,他说:"有些事业只能靠静守、独处来实现,这种事业不是仅靠操作(hands)、靠推理(senses)就能完成的。它尤需思索、想象……一颗成长的灵魂,若想获得深度,须有自身独特的空间,这空间不为其他世俗人格所侵扰,甚至不为那些在文史舞台纵横驰骋的大名家所诱惑。因为,一经浸染这世俗气,他自身那些独特思想便永劫不复……我们当今时代这些城市长大的孩子们,太过社会化(over-socialized),往往毫无静守独处(to be by themselves)能力,否则,身陷孤独便感到难以忍耐的寂寞孤单。"

但对格迪斯而言,情况恰好相反:他一投入大自然怀抱,便如鱼得水。有自然相伴,一切足够。少小时代，至少十岁后，伙伴中谁若不喜欢他钟爱的野外世界，包括野生动物，他便不爱接近他们。因而我们家族中那些同龄孩子，他从不十分接近，包括朋友圈的同龄孩子们。而在意大利前线一联系上表兄鲍伯·弗莱舍(Bob Fleisher)，却非常尊敬，两人首次联系便打成一气，我想大约出于他尊敬表兄战地记者的身份。他曾写信给这位表兄，安排谋面详谈，可惜，后来证明，一切晚矣。格迪斯朋友圈中，除弗朗西斯、约翰、马尔妲、安、凯洛琳，或许还有比尔·布里策(Bill Blitzer)，他那些同龄伙伴，共同活动不论多么热络，终难进入他的核心层——而且可有可无。虽然也一起聊天，一起玩乐，若是女性伙伴，也会挑逗两句；重访母校也会去找他们重聚，而且会重访老友。他能够爽快参加橄榄球比赛，无须旁人诱骗怂恿，参加野外过夜远足、滑雪、跳舞、滑冰派对。这些活动虽也构成他生活中正常内容，却从不曾进入他最为注重的精神内核。

　　这态度与愤世嫉俗、离群索居无涉。他也抽烟，也打牌、喝酒、跳舞，他有同代人的全部特色，有与他们类似的情感经历。这些特征最典型体现在他唱歌时的神情里：真诚，热切，字正腔圆，那种怅惘，自怨自艾，无尽哀思，万般愁绪，淋漓尽致。他们那一代人就是用这种哀挽腔调放声讴歌，大胆抗议日益身陷其中的不幸命运：首先经历大萧条，随后便是世界大战。"我为自己难过，我为自己哀伤……"连那些稍事调侃略带戏谑的蓝调音乐，也在诉说内心诉求。"我弄到块鸡翅，我弄到块热腾腾吐司啊……""圣路易斯的蓝调"，还有杜克·艾灵顿(Duke Ellington)的"白日梦"，都是他最爱唱的歌。他还对安解释，"白日梦"这首歌，令他"迷醉而孤单"。就这些活动和内容而言，格迪斯与他那些伙伴们毫无二致。凡能将他们那一代青年人联成一气的一切秘讯，他都感受得到——但是，他仍旧孑然独立。

　　格迪斯常混迹于岁数大的孩子群里，同龄人当中他便显得特立独行，甚或难免给自己造成些压力。乡村地区独自漫山遍野跑过之后，他逐渐看清世中不那么理想的一面。特别是游历伟罗里达和西北部美国大粮仓之后，格迪斯感觉自己已经"太苍老"，无法与那些难得离家的高中生再掺合到一起。于是常常无端地给自己生出些许悲凉的孤傲感。其实到这阶段，他才开始意识到内心缺少真正人性伴侣。但自身又属于那种孤傲自闭个性，非等别人先开口来开启自己心扉。

　　以往这世代(二三十年)，教育界素有一种主张，认为个人有义务无条件融入群体，适应群体要求，无论这要求是什么，决不可出现因不适群体要求而导致的"局面"。这一主张赢得多少教育家的青睐。但格迪斯反对这主张，赞同这主张的人，日子都很好过，他们沦为罗马城的罗马人或纳粹帝国的纳粹分子；也有许多人轻易成为细木工(joiners)、钻营家(go-getter)、迎合女人的谦谦君子(smoothies)，当然，这多发生在尚未

1943 年,17 岁,在斯坦福大学

1942 年,17 岁,在斯坦福大学

187 把离经叛道列为头等大罪的地区。

　　这里人们习惯接受既成事实，没有自己的要求。遇到一些敢于披荆斩棘、另辟蹊径的人，就看不惯，觉得自己理所当然义愤填膺管教这些人。格迪斯内向性格虽常首先折磨自己，这性格却养成一种心态，成为见解独特、自力更生优良人格的温床。新型人格人生正是沿循这条途径逐步诞生的。格迪斯人生路很少顺利，很少平坦，哪怕很短一段，也不曾有。但他经历的艰难困苦、挫折磨难、离群索居，却给他带来特殊的精神奖励。威廉·詹姆斯(William James)说，"无论哪里，优良人格成长都要求一种庄严、殉道般心态，并将其作为自身基本素养。"格迪斯的老师经常对他如此离经叛道深表忧虑，我们从来不以为然。而且，如果他们说格迪斯这表现与我们对他放任不无关系，我们倒乐意接受这指责。但是在必要场合，格迪斯却表现的落落大方，很有人情味儿。

　　有一次，大约他十二三岁时，大家谈过他认识的那些孩子们(有城里的也有乡下的)的暑假计划，随后他母亲问他，是否愿意也参加夏令营。他一听就火了，母亲辩解说，"我心想你会喜欢暂且变换一下这里日常生活方式，何况那么多男孩子都喜欢夏令营：一起活动，一起比赛，多开心啊！"格迪斯却回答说，"我真不懂你们怎么想的，怎么非得让我扎堆到一群暴民当中！"

　　置身自家长者面前，格迪斯举止优雅，那种恭敬、雍容、浑然天成，绝非刻意作秀。这时只见他双肩略微前倾，谦卑恭顺便展露无疑。他对旁人需求和情感变化很敏锐。有一次打点行装，匆忙中他妈妈想把他一件大衣让给邻居孩子穿。而这件大衣有个小洞需要缝补，他当即责怪妈妈不该这样，让妈妈放弃这想法，否则会伤那孩子自尊，除非*188* 把衣服缝好。为这类事情有时候他很不耐心，易躁易怒，甚至盛气凌人。不过他尊重别人尊严这意识从小就形成了。因此到军营后与战友朝夕相处，能很快融入军队生活。那里少不了粗俗、村野之人，但他能理解旁人，能透过烟气熏熏氛围着眼他们的情感，懂得许多现象都是为了减轻军旅生活的煎熬与不适。他们连队有些人头天夜里刚同妓女过夜，却也能因想念妻儿痛哭失声，他理解他们。有次他诚恳地说，"军队最了不起一件事就是，能把八百万人集合起来，每方四百万人，互相对垒。而每个人同自己对立面都有许多相通的东西，而且随时能互相对话，自由交谈。这在八百万平民百姓中，永远办不到。"

　　格迪斯的朋友凯洛琳，在一封信和一首诗中，表达她理解的格迪斯性格中那种孤独静守的深刻内涵：虽然言语悲切，难免有一种悲美，主旨却不因此减色。"他身上那种热忱和勇毅，如今在常人身上已看不到了，早已干涸、凋萎。他却独有！我会永远怀念他，那么年轻，那么俊美，那么孤独。独自静静走在阿米尼亚树林，或在家中，或深深草丛里躺我身旁,阳光映照他脸庞。格迪斯比我认识的任何人都更贴近现实生活。他理解大地和大地果实蕴含的厚爱以及美意。大自然滋养了他,他已化为他行走其上的坚强有力、深厚无比大地的一部分。我相信,现实社会在他眼中始终就像假珠宝般浮华俗艳,可他从不妥协,始终坚守自己那份寂寞孤独……"

说到格迪斯始终静守那份定力,我把它归结为他生命中一种很崇高的神赐品格。这品格必定在其军旅生涯中多次援助过他,且无疑挺他至最后。当时他奉调离开已值勤了八个月的司令部团队,来到前线步兵连。初来乍到,人地两生,身为侦察兵,他执行任务始终单枪匹马。战斗特点要求他奉献自己全部品格,包括以往全部技能经验,尤其是父母和老师教给他坚强不屈、应对特殊任务的能力。最终,他在部队为自己找到最适合的岗位,并且淡淡地说,"不很安全,但别为我担心。"如今回顾这事,殊能感觉到,对他而言,这绝非一般奉献。同样,对我们而言,也决非寻常牺牲。莱纳·玛利亚·里尔克(Rainer Maria Rilke)在某部书中曾说,一切个性鲜明的人都会在生死一线间尽展"风采"。这话也特别适用于格迪斯。活着,他独挡一面,匹马单枪迎击困难;同样,他也以这种方式,迎接自己的死亡。

30　母与子

格迪斯同他母亲关系较难叙写,因为两人充满矛盾,相生相克(ambivalent)。儿子是母亲肉中肉,骨中骨,证据是儿子继承了母亲的黑皮肤,明亮而灵活的双眼,两条眉毛简直要连起鼻子,耳朵小,还有,鼻梁高耸笔直。思维也与母亲如出一辙:沉思、斟酌,决非快人快语,滔滔不竭,从不。因而两人脾气秉性离奇相似就不足为奇:同样的火爆脾气,暴风骤雨说来就来,霎时间乌云满天,雷霆大作,随即飓风般大笑一阵,露出一方纯净青天,接着云开雾散。雷厉风行,一往无前,离经叛道,敢爱敢恨。两人都是这个样子!因为都是那种纯一的秉性,不论遇到什么事,他们的反应必定是某种纯一的东西。就连他们恶言相加,伤口也总纯净,不会因夹杂恶意而感染。

秉性如此相同,两人便常常互相顶撞,就像两个正电荷粒子,很快在对方身上发现自身缺点,随后猛烈开火。但内心最深处,他们之间有最深的亲密。格迪斯第一次住院遭遇难关,整夜陪护病床的是索菲亚;其他生病经历中,也是索菲亚伺候、料理他,如同任何母亲一样。而且深更半夜他一呼喊,索菲亚总是来不及完全清醒,便赶到他床边;日常琐事,索菲亚也举轻若重,没完没了陪他聊天,哪怕耽搁洗碗收拾厨房,哪怕推迟就寝,就为维护孩子来之不易的、害羞般的信任。对母亲恩情,格迪斯也报以忠诚和无限坚贞,他非常信赖母亲。

　　作为小孩子,格迪斯从不因怕挨训而对妈妈隐瞒自己那些调皮捣蛋。五岁时他就说,"吉尔伯特和我今天在学校玩得特爽,我俩拍打桌子,鼓乐大奏,把我俩知道的脏话全喊了一遍。"从那以后,孩子群里流传的笑话,口无遮拦,全都带回家来告诉母亲。母亲从不令他感到有任何事情得掖着藏着。九岁时有件事情,索菲亚记忆特深:一天他来妈妈这里讲述了附近某个孩子一件糗事:那孩子母亲二婚嫁到这家来,这孩子便有了个两岁的妹妹。而这臭小子同他这两岁妹妹发生了性牵扯,当然因此惹下大麻烦。格迪斯相信,若把这事情讲给妈妈听,不会有出卖朋友之嫌。索菲亚则相信,不论她表示什么严厉看法,都会传回去让那孩子听到,及时获得帮助和指导。格迪斯便常把同龄孩子群的谈话带回家来同母亲分享,从不犹豫不决。即使青春期大幕拉下,把我和他隔开,他也继续同母亲保持联系,随意交谈讨论性问题。十六岁时,他对母亲详细讲述了他和两个伙伴前往佛罗里达的经过:他们在一处小妓院前停下车,商讨要不要进去看看。辩论了一个钟头,最后决定不进去。因为格迪斯太年轻而且不情愿。但是他们从一个刚刚从妓院走出来的青年男子那里获得一些将信将疑的防病知识。可见,还在他很年幼的阶段,母亲就给他打下坚实基础,建立互信,让他具备了有关生育、分娩等基本知识,而且是从母亲口中获得。索菲亚对他讲这些事,非常坦然,随意。凡涉及科学知识,则更直截了当。后来我们讨论这些,忍不住笑,我问:这么年轻就教给他鲜花、蚯蚓等生物有性繁殖,是否太早了?……总之,格迪斯很信任母亲,相信母亲作为女性最懂得女人世界全部奥秘。

　　但是,索菲亚无论如何无法接受格迪斯喜爱宰杀野生动物,甚至从自己内心出发,无法理解孩子这行为。格迪斯知道,无事不可对母亲言说。他相信母亲会以开放心态对待,能理解自己。青春期来临,他当然得独自应对青春期里各种怅惘和困惑。我们也从不掉以轻心贸然相信学校那些健全性教育,和他同校医的私人谈话。不相信这些足以解除这时期他特有的紧张烦恼。好在格迪斯从来相信,母亲就近在身旁,虽从不打探,从不干预,但只要他有问题,只要一开口,准能迎面遇到赶来援助的母亲,一起讨论问题。我相信,他心目中的母亲从不离开他。不论顺境还是逆境,不论两人表面上有什么误会或紧张。他死时随身珍藏着两张照片:一张是安的,另一张是母亲年轻时的灿烂笑脸。那照片与她如今模样比,简直难以认出:即使格迪斯阵亡之前,因长年操心牵挂格迪斯每日每时的饥饱冷暖,她那年轻漂亮的脸早已变得心事重重,一副饱经忧患模样。

　　此前很久,一位新认识的朋友写信对她说,"从与您的短暂结交当中,我内心仿佛经历了一场信仰更新。我历来相信,勇气在人的各种品质中几乎最关重要。您却相信勇气是生命头等重要的品格(vital quality)。你们竭力培养自己孩子坚忍不拔的品质,这做法重新拨亮了我心中早已低落的火焰,我这才发觉它已经快要寂灭了。"这封书信道出索菲亚品格最关键的地方,也代表了她对格迪斯的重要影响。她自己有时也因小难题情绪低落,这一点,格迪斯与他妈妈很相似。但是,每临大事,每有大灾大难,她的表现却无比壮美。她不爱结交那些消遥自在的人,也不爱结交那些顾影自怜的人。有时候,每逢格迪斯不诚实,或因道义缺失推卸责任,这时索菲亚马上一脸严肃,疾言厉色,不依不饶。而一旦需要帮助别人,需要给予同情,她会立即给予无边无际的援助。这些特点后来格迪斯在生病时期最有体会。生性热忱激荡,很容易动感情,索菲亚坚执自家以苦为乐的人生信条。只有那些不明里就的人会把她这些外表特征错认为铁石心肠。她坚持用高标准要求格迪斯,生怕他变成宠坏了的孩子。因此,每逢两人为某些强硬要求互不相让时,格迪斯往往误解母亲的动机和目的。但终究敬仰母亲,继承她的风格,成为自己精神财富, *193*

孩子往往以他自己的方式从父母身上学来他最需要的东西。这效果常在亲子双方密切接触中不知不觉实现。因为只有这时,孩子才有机会突破双亲亲密无间的二人世界掺和进来。格迪斯七岁时索菲亚写信告诉我,"有时候我想,许多人对独生子问题怀有偏见。他们的理解并不那么透彻。大多数人认为,独生子和他们父母的问题。是担心父母溺爱孩子,导致孩子在这种环境中接受关爱太多而丧失自立能力。实际上我更担心另一个问题,就是孩子会感到自己在这种家庭中成了多余的人。尤其是夫妻双方恩爱无比的家庭,这判断更适用。你想,夫妻两个如胶似漆,势必在一定程度上排斥了家中唯一的第三者(the only other member)。孩子很清楚,父母肯定在谈论他,而他却无处诉说自己感受。父母对他不公,他也无处申诉,无处寻求慰籍。有一天我同格迪斯的老师,D太太,讲了这想法。不料这老师也说,她记得小时候总感觉世上找不到爱自己如父母相爱那般深切的人。而她们还是三个孩子(之家)呢!所以,问题可能不在于独生子本身,而在于这种局面下父母如何处置他们的相爱。"

于是,我们有意识地尽最大可能弥补这缺憾,比如,我专同格迪斯一起单独行猎,有时一起旅行,游泳,购物,一起去城里走街串巷。也有时,他会来我小书房,在我不写作时一本正经对我说——这时他那样子简直可爱极了:"爹,我得跟您严肃谈谈……"然后便提出一系列要求,要一套新渔具,还问我,比较而言,温彻斯特,还是玛琳,还有斯蒂文,哪个更好。不过跟他相处更长也更密切的,还是他妈妈。我们住纽约时,他俩常乘车或驾车往返阿米尼亚,后来还常往返于佛蒙特州他上学的地方。他14—17岁这段时 *194*

间,乘车往来很多。后来他稍微大,有驾照了,两人便轮流开车。小车内封闭环境便成为他俩密室。这种私密环境中,人常能说出自己内心最深处秘密。回到家里,他们会叙述沿途所见:白雪皑皑,路面结冰,不得不共同奋战;洼地里乳白色雾气,缥缥缈缈,暮色苍茫草场,羊羔儿围绕母羊蹦蹦跳跳……尤宝贵的,他们能互相倾吐各自心事,或一段故事,或只言片语,或一个简单手势,或迟疑不决的袒露。这些谈话中,格迪斯讲述自己理想目标,宏志大愿,密不示人的期冀,正在追哪家姑娘,学校里惹眼的女孩儿,自己梦中的妻子……家,是怎么回事,自己对家要负哪些责任,等等。

　　他们谈话常涉及宗教。若说格迪斯太年轻,未及形成自己终极关怀和终生信仰,至少他有了理性的生活概念(rational order),而且始终对宗教这题目很有兴趣:生命的奥秘,宇宙更深的奥秘,这些题目他都很着迷。许多简单答案不能满足他,他便反复回到这些问题本身不断探究。他十六岁时已发现,佛教有关道德静修、凤凰涅槃超度人生这类主张,暗合了他对人生的本能理解。所以我敢说,乔达摩(Gautama,*释迦牟尼俗姓。——译者注*)独树一帜倡导的无神论,最适合格迪斯这时期人生理想。他妈妈回忆说,他难在"还无法用逻辑方法解悟神界。神灵,上帝,都是些确定概念。但是,假如世界无限、无边界,上帝又是万物缔造者,那么,说确定的、有限的造物者缔造了无限世界,岂不违反逻辑?因为那样一来,上帝、神灵,面对无限宇宙,双方怎么能够相容啊?"

　　旅途遥遥,小车微晃,稳如摇篮。车厢狭小封闭,母子俩亲密无间。夜幕笼罩,寂静包卷。这氛围中,情与智融合,凝成对世界人生深刻解悟。这种心理效应唯一一种特殊的爱才能灌输给格迪斯。他能成长得那样坚强不屈,那样尊严、诚实,心口如一,都得益于索菲亚教养。是母亲精神哺育了这孩子,他无愧于这位精神之母。我们挚友伯吉斯(Borgese)撰写的讣告感人至深,用了《意大利葬礼应答圣咏》(*L' Italia Libera*)华贵文体,诗性简洁一语破的,道出全部真义:"他从母亲那里继承了圣洁与勇毅。"

31　课外活动

　　即使就学业而言,格迪斯中学岁月也并未完全荒废,虽然他有很多作业要重做,许多差距要弥补。社会成长经验方面他并非都是负面记录。15—16 岁这两年离家在外,住校读书,我们有关他的记录留下显著空白。而这两年却是他人生中重要阶段。终日置身同类青年人当中,结识许多男孩儿女孩儿,并从他们身上学到许多新东西,这都为他成长增添了有益内容。这时期通信中他对我们讲述学校附近一谷仓失火,还有五月干旱季节森林失火,大家一起奋战灭火护林情景。还去参加学生组织的舞会,并大出他所料,舞会居然很有兴味。还有随年长老师一起钓鱼,他居然很合群,而且钓鱼技术超群,虽然那老师政治立场很反动。

有时候去观看橄榄球比赛,大衣一扔,看得出神,偶或巧遇阿米尼亚一位老同学,有一次在马萨诸塞州爱默赫斯特市(Amherst)观看比赛,却发现自己手握威廉姆斯队旗,心中忐忑,连忙把小旗儿藏到身后。冬季参加滑雪比赛,春季夜里外出旅行夜宿山坡。又一次,他们整夜雾中攀登,登上山顶钻进睡袋蒙头便睡,第二天清晨发现置身于狭窄断崖崖顶,翻身便会跌入深渊。此刻,远方峰峦叠嶂,太阳刚刚升起。"太棒了!"这是格迪斯口头禅,"这天夜里我们很可能掉下去摔断脖子,还不明白怎么回事呢!可是,清晨美景太难得一见啊!"顺便说,"太棒了(Amazing)"是格迪斯最常用的惊叹语,其次就是gruesome(厉害啊!)

住校期间,与同房间室友相处是他一大难题。原因很多,情况也不尽相同:第一个因嘴太脏,虽说格迪斯也常暴粗口,但他不习惯骂人。再一个是因为那孩子总吹牛很有钱。最后那位是高达尔德学院(Goddard)时期,这室友极爱干净,总想让室内保持最整洁状态。这恰是格迪斯青春期时代最不擅长的。于是,两人为保持和平,索性室内当中粉笔画界,互不侵犯,各自维持秩序。我敢说,这时期他肯定也给这位室友制造了难题,因为他喜欢独处。第一所学校时期,每季度班长都有记录和评语,反映他情况,说格迪斯不大合群。不过,班长毕竟是班长,因为时不时还有二手三手消息也会传来些积极内容,而且常是女孩子反映的,说格迪斯雄赳赳气昂昂,特帅!当然,那只能远看,不能近取。因为那时期他爱搞恶作剧,把条小蛇扣在人家碗底下,或搞条黑蛇放在女孩子要聚会的房间里。 *197*

这两年学校经历培养了他民主意识,因为他们生长在人人平等的社会。这种经历他很珍惜,特别是高达尔德学院经历。最值得一提的,是这些年他首次有机会接触到各种各样女孩子:家境不同、兴趣不同、目标不同。恰逢青春期萌动,矜持保守逐渐开化。受女孩子挑战,这经历从他第一所寄宿学校开始,当时他还年轻,且一举一动都在老师严密监视下。第二所学校很快就放开了,那里给予的自由或许太多,而对如何运用自由缺少指导。印象中,似乎格迪斯在第二所学校时,女孩子率先带头饮酒,还有些女孩子很不检点,有机会便随意卖弄风情,赚些小恩小惠。这简直成了维纳斯和巴克斯(Bacchus,希腊神话中火神和铁匠,体魄健美,骁勇善战。——译者注)的幽会场,很容易把个毛头少年搞得欲火中烧,即使不像格迪斯那样风华正茂。果不其然,那一年他总体状况滑坡,很大程度上要归咎于这学校的环境氛围。这种滑坡给他制造了一些不应有

198 的行为,完全不符合他本色。

美国诗人罗伯特·弗罗斯特(Robert Frost)记得,他从青春时代开始在旧金山接触到一个团伙,其所作所为很可能在这种浮躁年岁让自己因青少年犯罪被判入狱。我们有理由高兴,格迪斯行为受到校方宽厚仁爱看待,处理得很有分寸。格迪斯少不更事,盲从几个年长孩子,窃取校方物资拿到废品站出售。据格迪斯对我们讲述,这种行为他参加了两次,后来收手,他那些伙伴们还在继续。去佛罗里达路上,他思考自己这些同伙,找到正确抉择,但损害已经铸就。格迪斯在高达尔德学院最后几个月,不得不为这些过失付出代价：义务劳动,干各种粗活儿累活儿将功补过。最终不得不向我们借钱交纳尚欠罚金。

不得不承认,格迪斯脆弱,糊涂。尤糟的是,他犯错违背自己本意,暂且昧着良心放任自己干了起来。两年后再回顾此事,他感到不可理喻：从心理学新见解出发,他想就这种事对自己做出充分解释：究竟什么因素导致自己犯这种错误。我们有个朋友,他们孩子也正经历这种不顾后果的反社会行为。格迪斯便从自己切身体验告诉我们这位女性朋友说,孩子这时期的内心特点,以及,若能及时悬崖勒马,前途仍一片光明。他明白了,青春期燥动,冒险心理,足以导致犯罪行为,要负法律责任。趾高气扬足以转化为反社会叛逆。就连"忠诚老实"或"友谊情感"也可以当作道貌岸然的借口去参与敌意和破*199* 坏。他也懂得了,弃旧图新过程不那么简单容易。人犯了错误,想要立即改正,即使承认自身脆弱,即使迷途知返,也仍然充满痛苦。是的,这些道理他终于明白了：他对我们这朋友说,"我们毕竟都得慢慢长大啊,长大成人,回忆往事自然很愧疚,很奇怪自己当年怎会那么糊涂……"十六岁经历这样的事,滋味不会很好受。格迪斯尤其因为此事大受挫折,后来花大功夫才甩掉早年犯错的心理阴影。回顾这阶段,我们希望,人生之路已为完全化解了他这段特殊磨难。

32　结交马尔妲

所幸,前程还有好日子。由于很不满自己深陷的处境,厌恶所犯错误,格迪斯不知不觉移向另一境界,其代表便是马尔妲。这女孩子各种情况虽与他迥异,却也有其自身隐衷,独藏另一番苦楚。她完全不像格迪斯原先认识的那些女孩儿,她言行矜持,矜持到循规蹈矩,以至近乎不男不女。唯其如此,才格外引起格迪斯注意。她处事那种严格*200* 分寸感恰恰能弥补格迪斯惨遭损毁的精神世界：如果说格迪斯本人自律失效,那么他正好可以向马尔妲看齐,还可以借助马尔妲那种谨言慎行来恢复自身精神均衡。所以,这女孩儿其实是他的守护神,他的天使。

马尔妲是个柔弱、苗条的姑娘,长脸颊略显苍白,头发褐色,曲卷可爱。心灵手巧,能制作珠宝,能织毛衣。健康状况很久不太稳定,所以,有一大堆理由唤醒格迪斯怜香惜玉的骑士豪情。他俩最初互相"留意"到对方是在那年冬末。此前,家中信箱难得一见有寄给格迪斯的信,现在来函便是马尔妲信笺。春天邻近,两人逐渐走拢。一起去曼斯菲尔德山里滑雪,格迪斯后来写道,从此这"仿佛就成了一种符号,要让她的精神或者ghost(灵魂) 陪伴他走向其余每场滑雪活动"。两人长时间漫步树林,而且有时一连数小时什么话都不说,只是留神各种动物。后来,马尔妲回忆说,遇到水流湍急,格迪斯健壮的臂膀会抱起她来,涉水过河。格迪斯还特别喜欢她生气时的样子——当然是别太生气——还央求她把这样子专留给他一人享受。她印象极深的一件事是,不论他说什么,"总那么平稳,沉静。"但他说话算话,这一点毫无疑问。他身上除了旺盛活力,追求自由的精神,还有种奇特气质:坚定,也柔情。

那年复活节学校放假,马尔妲和格迪斯一起去纽约州旅行。他俩先搭便车到奥尔巴尼(Albany,纽约州府城市,在哈德逊河中游东流向南游拐弯处。——译者注)然后乘火车沿哈德逊河南下。去餐车就餐,格迪斯很自信,清点过余款,便以权威姿态点了俱乐部三明治和苹果酒。这配方可能是四年前我同他从旧金山一起乘车回家途中他暗自记住的,以备将来不时之需。同马尔妲这种不清不楚的关系,这种绝非小事的互相往来,特别是佛罗里达之行险些陷入泥潭,已屡次牵动做父母的良心。直至我们发现格迪斯真的与她相爱,而且,当我们听到他描述马尔妲赞不绝口,这时我们悬着的心才开始踏实了。

马尔妲比格迪斯稍年长,她不忌格迪斯付账单,但不赞成他饮酒,更不赞同他结交那些伙伴。然而她理解他,同情他,懂得他那些愤懑、怅惘怎么回事。因而在他身边为他冤情充当了出气筒,尤其能替他着想,分享他那份孤独。一句话,他俩之间有种爱情纽带。人生旅途把两人暂且搁浅孤岛。俩人都希望这爱情天长地久,然而两人却都清醒,这可能仅只是半途相逢,终究还有各自永恒目的地。一个对另一个写道,"我当然不会忘记你很爱我,我当然为此也很爱你。用你话来说,就是'爱这一阵,就别管别的了。'"他们有爱,有希望,甚至也有狂热。但两人关系中也有纯洁和冷静,有常识和理智。

那年六月,每逢马尔妲来过周末,格迪斯眼睛里总闪烁光芒,爱情的光芒,真爱的光芒。德国一位老神学家曾这么说,情欲,随便什么东西都会有,就连跳蚤、虱子也不例外。但是,"唯独你真心诚意想奉献给别人,那种心田才叫做爱。"爱情降临格迪斯心里,奉献给马尔妲,让她人生更美好,想表明自己有资格迎娶她做妻子。这是第二年春夏乃至入秋,他内心的想法。正是这次爱情振作了他,决心努力用功,好好学习,考入大学,毕业找个好工作,挣钱养家。他感觉,真正的婚姻须建立在两个平等个人基础上。因而他不能容忍自己,除非学业上自己不低于未来妻子水平。看来啊,把个粗人变成学者,诀窍原来在这里。

一月,忧虑他近况和长远,更出于我们的家庭意识,国家需要全体民众迅速、积极支援抗击法西斯。格迪斯也三番五次央求我们准许他立即参加海军,或一满十七岁就立即从军。他这请求,直至六月我们都迟迟未予答复。因为做这决定很不容易。但是到了六月,他参军愿望又不那么热切了,当时一心想迎娶马尔妲,这种展望为他提供了长远设想,然而这些设想却在各种战争惨像中变得暗淡。他义愤填膺,奋不顾身的劲头不见了,立即从军投入战斗的热忱也随之消失。生活重又甜美,重又如愿以偿。军队预招的事暂且放下,直至第二年冬,此时距他正式服役的年龄还差半年。

格迪斯身上潜藏的那种温和、仁爱、豪爽,都在同马尔妲相处中展现的淋漓尽致。所以我们庆幸他们终于互相认可,开始恋爱了。一天,半真半假地,他让我们同意他们当即结婚,而且,尽管我们对此事还有所保留——须知他刚满十七岁啊——我们告诉他,我们可以谅解他非同寻常的生理成熟,还告诉他,若他俩彼此感觉良好,且能维持一年以上,马尔妲父母也不反对,那么,我们绝不干预。我们对他恋爱问题很认真,他想继续这种关系,我们恰好也准备支持他。都足以让他认识到,父母值得信赖,尽管这信赖曾在他青春期各种纷争和吵闹中受到怀疑。我们容许他单独留在马尔妲房间(或俩人在他的房间),这令他很惊讶。后来他对我说,"爹爹,马尔妲说,看来你父亲真相信他老人家在他《城市文化》一书中讲的原则。"她是指书中有一段我说,求婚仪式应在居家环境中举行,并且要获得家长批准。

我们不后悔我们信赖他们冷静和理智。他们有足够理智和成熟面对自己生命新阶段。他们充分理解,谈婚论嫁为时尚早,虽然两人早已如胶似漆难分难舍,他们终究能够尊重彼此长远关系。若不是因为格迪斯来年学业须重新调整,还有更迫切的暑假安排,若不是这些因素,他俩那种如胶似漆,那种日益高涨的热情火焰,很可能变成两人谁也招架不住的检验。那年夏季格迪斯已迫不及待想挣钱养家了,一是要偿还我们借给他的钱,另外也想重打鼓另开张。再一个原因就是想尽可能多的与马尔妲在一起。当时即使尚未收到高达尔德学院皮特金博士(Dr. Pitkin)建议,让我们来年夏季多陪伴、多关照格迪斯,我们就已经决定,格迪斯得随我们一起去加利福尼亚,而不能如他设想的独留东部,因为他参军开拔日期已逐渐临近。至于暑期怎么过,他是否立即出发去西北部大牧场劳动一段时间,这问题我们留给他俩自己决定。事实证明,这问题他俩处理得很理智,虽然不无痛楚:牧场劳动,格迪斯应当去!两人一起度过不舍昼夜的两周后,七月一天清早,马尔妲起身去了她的瓦萨暑期学院(Vassar Summer School),格迪斯则首次只身踏上漫长旅途,前往华盛顿州斯波坎市(Spokane)。此后他的详情在给马尔妲信中有详细交代。这里且让我回转来讲述这年二月他的一次旅行。

204

33 佛罗里达之行

格迪斯少小时候,我们便开始给他存些钱,准备长大后作盘缠钱。我俩都希望将来他探索世界时不至衣袋空空,难以抵挡艰难贫苦极端考验。我小时候就有这种准备,十九岁时留有准备金。而且我非常看重这笔备用金给我提供的自由。只是我用得太谨慎了。如今,我希望把种传统也传给我们的孩子。

高达尔德学院寒假原计划安排学生集体活动。佛罗里达之行虽充满险恶,起初因有格迪斯生物课老师带队,我们便同意了他参队前往。后来这位老师退出,我们心存疑虑,仍然许可了,但很勉强。只因为他们老师说,活动组织很好,格迪斯有岁数大的同学带领,等等。事后证明,整个活动一团糟。旅行结束,格迪斯回到家里,情绪低落,遍体鳞伤,大受挫折,一肚子气,气恼伙伴,气恼自己。当然此行并非一无是处,比如一次做客某好心人家,女主人给他们准备了蛇血,还有一天借住黑山学院,校方热情好客,令人印象深刻。

205

从格迪斯自己旅行记录,最能看出他的心态品格。我们留有他旅行报告第一稿,此外还有个棕色封皮小日记本,开头写道:"周四,中午离开阿米尼亚,晚 11 点抵达华盛顿。"十几条琐碎记录后便终止。随后还有这些内容:"周六,张伯伦学院,参观蓝尾小蜥蜴(Blue tail skinks),首次见到猞狸,猫科。离开帕多克斯(Paddocks),去海滩。终日海滩玩耍。周一,梅尔学院,出发北上。周二,抵达 Blk 山脉,5:30,晚饭。黑山学院学生友好善良,很像高达尔德学院。周三,旁听文明史课程(印象很好)。"随后的记录本身即很说明问题,摘抄如下:

佛罗里达旅行报告(寒假作业),1942 年元月
"元月二号鲍勃、吉姆和我在阿米尼亚我家集合。准备工作此前大部已经完成,只剩行军床没到手,是向我一个朋友借用的。再有就是缝制收集标本的口袋,等候鲍勃取回送洗衣服。最后等衣裳这一项让我们耗费不少时间。我们在阿米尼

亚一直等到元月四日，后来觉得与其干等，不如去普雷菲尔德找麦考利（McCauley）听取最后嘱咐和指导意见。我们访谈他之后便于七日回到阿米尼亚，此行主要任务于是可以开始。

206

"下午在宾夕法尼亚州见到一座座烟气熏熏钢煤城镇，可能是我们此行见到的最为可怕的景物。我从不晓得，还有人住在这种不堪入目的地方。那些住房很可能起初大多为白色。可见这里山乡田野，大片黑烟裹尸衣、棺材罩般笼罩之下，大多难以持久。就连远近树木也显得黑黢黢，仿佛黑烟笼罩下发育不良。就连纽约城那些贫民窟，也比这些昏暗肮脏、死气沉沉城镇外观要好看的多。不过，还得公道的说，这些居住环境内部情况，不会比纽约更糟糕。因为他们这里看起来的确居住空间较大。

"这天开始参观时，道路曲折、泥泞、打滑，午夜抵达吉姆一兄弟家中，夜宿后第二天清晨重新上路。

"18个小时一直赶路，除中途停下来吃饭，加油。从华盛顿特区直达佐治亚州萨湾纳市（Savanah），抵达后索性在车里过夜，睡四小时，至天亮继续赶路。从萨湾纳城南郊出发，中午抵达杰克逊维尔（Jacksonville）。换了机油继续赶往甘思维尔市（Gainesville），抵达后夜宿帐篷。然后直抵达塔米亚米之路（Tamiami Trail，美国西部开发途中陆续打通的重要通道之一。——译者注）方停歇，然后在距该路上奥超皮（Ochopee）以东八英里处建立大本营。在此过了四天后，继续向东进入迈阿密，过了个也叫做好莱坞的地方，与吉姆一位朋友一起玩了三天。然后北行抵达西棕榈海滩（West Palm Beach），在这里与吉姆另一朋友玩儿了一天，同时修理车辆。然后在这里海滩上晒太阳，休整几天，然后北上。

"我们首次停歇的第二天清早，甘思维尔市区水面大部结冰。连一只昆虫都难觅踪影，只好南下。中午前在银泉镇爬虫研究所稍歇，那里展品陈列方式更多是为吸引观众而非传播科学知识。我们窃喜及时离开，免得受骗上当。

207

"这天下午首次收集野外生物标本。也就是说，抓到几只很普通的青蛙，还有些米诺鱼（Minnows）。总体来说，我们此行收集到的东西就这些。大凡发现适合的地方，我们总会停下来，捕这种小鱼。

"及至来到塔米亚米之路地带，我的确捕获到一条水蛇。但马上就得腌制处理加工，因为鲍勃误为短吻鳄，开枪射杀了它。第二天在古道旁我发现一只短吻鳄，距离大约十多英尺，却不像打保龄球撞倒小瓶儿那么容易。我若细心些，很可能活捉它。第三天，吉姆翻开水边一块石头，发现一条环纹水蛇，尾巴很短，且似乎脱白了。这些动物,外加一条侥幸捕获的幼小响尾蛇,和三四条蜥蜴,就是我们一路上捕获的全部活体爬虫类。

"虽然一路上天气比较寒冷,收集标本的工作因此未能照计划执行,不过我相信成绩本来可以完成得更好些。这次旅行,按照我的评价,若考虑到原来目标,简直完全失败。因为我们来佛罗里达此行目的是为收集当地野生冷血动物标本,特别是蛇类和蜥蜴。虽然如我刚才所说,天气比较寒冷,我仍然认为完全是我们自己的失败,因为我们大量时间四处游逛,总是希图发现采集者乐园,而不是建立大本营之后按部就班,一步一个脚印踏实搜寻每个角落。结果我们连续收集标本时间不足两三个小时,而且照我看,每天收集时间都不足两三个小时。我们离开大道的距离,照我看,最远不过两三英里。而且这情况只有一次,即我自己单独离开大道,沿一条厚木铺成的小道深入沼泽地,直到靠近奥超皮。后来我发觉,无人跟随记录方向和路径,再继续深入很不明智。因为这种地方能作为地标的东西根本没有,至少在新来者眼中如此。除这次例外,我们简直从未离开公路两百码,而且全程如此。

"另一件影响效率的事情是,我们此行只有三个人。就是说,假如我们走散,有时候确乎难免,由于吵嚷或闹气,而一个人落单,若无人支援,有很多不便。因此我们唯一办法就是始终保持小组集体活动。

"还有,我感觉我们始终没有想方设法,尽最大努力。整个旅程中,从未想到可以两个人结伴,按规定方向持续行进一整天,即使累得浑身瘫软。我这里提议两个人,是因为相信我们来寻找的动物,两个人可以对付,一个人则不行。特别是遭遇蟒蛇,或在翻动圆木时发现水蛇躲藏在下面。

"至于收集工作的系统性,那不得不说,我们又完全失败。首先,我们从不询问当地人,哪里最容易找到标本。而是漫无目标乱走,看哪里有可能找到,或者有意思,便停下车来随便找找。就像发现这地方那样,随随便便,很不专意。

"照我看,我们从不掂量自己置身佛罗里达的身份地位和自身形象。相反,完全昏头昏脑乱撞,总希望上帝开恩,或者希望上帝使臣,专门掌管蛇类的角色突然出现,来帮我们一把。另一问题,是我们花太多钱去吃馆子,吃汉堡套餐。我怀疑我们可曾连续三次自己做饭。是我们自己太懦弱,不要强。我们从未脚踏实地,以应当有的严肃对待计划任务。

"佛罗里达此行我获得唯一益处在于,可以说,是我对陌生土地和陌生族群的体验。我观察到的景物中最引我瞩目的,是柏木湿地(cypress swamps)。那景象至今历历在目。可以说这是我迄今观察到的最深刻、最强烈自然景象。即使有人在近旁，那种独特意境也足令人胆寒。究其原因，可能因为全部画面太寂静，几乎凝然不动。因而在我们习惯了噪声、万种游动景物的人看来，尤其安静。这沼泽世界里，样样东西仿佛都在沉眠，间或几只苍鹭、鹞鹰掠过。此情此景令观望者感到不像个真实世界。

"另一突出特色是这里地势平坦。尤其在我这个北方人看来，举目四望，看不到远方地平线，感觉很怪异。因为我从未置身这种地形地貌，四周除近在咫尺的东西，无任何景物。

"如我先前所说，我接触和交谈过的人，是我此行另一项重大收获。是我首次就近观察南方黑人如何看待白人。这里看不到北方普遍存在的黑白两种人之间的明显对立，这让我非常惊奇。我们邂逅的黑人，大多在沿河捕鱼或者深入柏木沼泽伐木。他们似乎对我们生活和福利状况很感兴趣，此外都很关心我们收集活动是否有成绩。而且特别关心我们，担心我们被蛇咬或受伤，这在北方简直难以想象。因而便很难理解，为什么南方，黑人生活如此贫苦的地方，黑白双方反而没有明显的族群敌意和互相仇恨，什么道理？肤浅的观察家很难理解其中深义。但只要换一种角度重新思考，整个图景就便满不一样了。这里黑白双方都把黑人处境看作传统，更被普通黑人接受为既成事实。黑人受不到教育，缺乏足够认知能力理解自身处境，这境遇是白人强加给他们的。他们没感到不满足，因为他们缺乏足够知识，不足以形成远大设想，为自己争取更好生活和更高社会地位。我认为，就现状总体而言，这倒是个颇为合理解释。

"作为这次旅行的总结，我想说，此行大多数活动，至少就我而言，纯粹浪费时间和金钱。本来这些资源可以派上更好用场，服务于更好目标。它之所以还不算一败涂地，毫无益处，唯一原因，如我前面所说，是我深入了解了陌生国土，接触并且理解了北方难得一见的族群。"

34　化险为夷

格迪斯归来，索菲亚从我们纽约东87街的冬季临时住所赶回阿米尼亚，帮格迪斯归置房间。这房子因孩子们出发前曾当作基地暂住过几天，比较凌乱。她记载中说，

"这团体显然从一开始就不大对头,因为他们之间拘谨,冷漠。我给他们做了午餐,事后谁都没伸手帮个忙,收拾餐桌,洗碗碟,连个表示也没有。我只当作小事,很自然,无须见怪。但格迪斯很不高兴,我看出,他显然想对我说什么。

"这次旅行安排显然不合他的心意,对两个孩子他很生气,甚至不想再见到他们。好像,这俩孩子把这活动看成游玩,他则很认真。聚齐到家第一天,等候送洗衣服、制备收集袋时,这俩孩子想偷邻家母鸡杀了吃肉。完全不懂得自己是在哪里,该有何行动作为,格迪斯为此很愤怒。告诉他俩,邻居沃纳一家养鸡是为自家食用或出售,偷人家东西,那可不是玩笑……后来他们去阿米尼亚电影院,想看影片《我的山谷优美碧绿》。等候时,两个孩子在休息厅玩跳马,老板令其停止,否则离开。他们既不停止也不离开,这又让格迪斯感到无地自容。他明白深冬季节村人出来看个电影,多不容易。更懂得一场电影会多么打动他们心灵情感。在邻居看来,带这种孩子来看电影,简直丢人!

"旅行一路之上这样的事情还接二连三,甚至越演越重。他们态度令他沮丧。他长这么大从来享有充分自由。对这次旅行,他感觉这是一场严肃活动,而非出来放飞心情。这事情包含成年人活动的含义,他很看重,而那俩孩子糟蹋了这种宝贵含义。但是,这两个学生也轮番指责格迪斯,觉得他很败兴。旅行即将结束时,事情居然发展到双方要动拳头的地步。我清楚记得,那天下午他一边叙述,我心中清晰涌起一股豪情。他对这效果浑然不知。只一个劲儿想摆脱掉这次经历坏印象,想弄清楚为什么他如此强烈感到事情一无所获,始终激烈叙述着,简直忘了我在场,仿佛在同自己说话。但我心中很高兴,因为,假如我曾认为他对人态度高傲冷漠,伤别人情感,那么,这种认识从此消除。他是想伸张自己追求的价值理念。他想证明他不是个小偷。可无论他怎么看待这件事,他俩行为都令他无法接受。我简直激动不已,高兴得很,想立刻告诉路易斯。因为,即使考虑他叙述有夸张,考虑他也难免过分强调自己意见,但有一点很清楚:格迪斯已成长起来,有他自己伦理道德标准,而且能够捍卫,践行!即使与他同行的小组认为他独断专行。"

212

一年后,这一年对格迪斯可能如十年般漫长,格迪斯在学校作文里再次提起他们的佛罗里达之行。两次援引报告中的记录,虽然以后写作中始终不见他对西北部那次旅行有任何印象,或有任何鲜明记忆。但却可以说,如果佛罗里达这次翻船是因运气不好,那么,其中救赎的含义却至为崇高:这坚定了我一个信念:作家不可动邪念,除非不想继续自己靠讲故事谋生。

格迪斯继续写道:

"我这两位朋友和我，黎明时分起床。朝阳斜映在柏木林，吃过早饭就准备这一天艰难旅程了。我们很仔细斟酌了该带什么枪，带好装备就出发了。对于北方佬来说，佛罗里达沼泽地陌生而神秘。随后两周，我们在这沼泽地出出进进，抓捕水蛇，两周中始终胆颤心惊。今天清晨，大家格外紧张。到处一片寂静，通常总有鸟鸣，此刻却没声响，就连风声也没有。今天计划深入沼泽腹地，尽管这块沼泽地沿达塔米亚米小路两侧纵深数百英里。记得我曾对鲍勃说过，今天可能要出事儿。果不其然，这天还没过完，一连串事情就发生了。

"其实直至下午四点，样样都还正常。我们已捕获很多条无毒水蛇，品类繁多，还有几只北美大毒蛇(moccasin)，一条个头儿很大的蔗林地带响尾蛇。然后，离奇事儿接二连三就来了：当时我们坐在一根圆木上歇息，抽烟，闲聊。突然间鲍勃问道，"诶，回家的路，在哪儿啊？"他这一问，让吉姆和我如同遭遇一吨重的砖头砸顶！这才发现，我们已两个钟头未曾观察指南针了！就是说，彻底迷路了！佛罗里达是美国最低矮平坦国土，雪上加霜，我们刚好位于它最低矮平坦位置。东南西北很好辨认，看指南针即可。可是，走哪条路？却茫然无措。可能我还得解释一下，沼泽地可能是北美分布最广阔的地貌，当然也是最凶险的地区。有三种最凶险、毒性最高的毒蛇，而且数量很多。还有更凶恶的短吻鳄。这种鳄鱼并不常伤人害命，但是它那骇人吼叫，让它成为我们那天下午最担忧的事。我们当时距现代文明的任何迹象，相隔至少十多英里。这当中数不清的泥沼水潭里，都潜伏着大小短吻鳄。想到这一切，让我们三个真正体验到上帝的厉害！害怕有什么用？我们开动脑筋，朝我们认为正确的方向前进。我们甚至天黑以前赶不出沼泽地了，但有一点很确定，越接近著名的达塔米亚米通道，越有可能获得帮助。

"鲍勃带队走在最前面，我们正行经一片浓密林下灌木，突然，他高举双手，用人人都明白的手势告诉我们止步，然后他缓缓后退，同时双手分开树丛，让我们看前面不远处，枝叶千缠百绕的林带不见了，取而代之的是一处池塘。大约五十英尺开外，静卧着一头短吻鳄，看样子身长有五英尺。我们一声不响，一致决定：干掉它！我从枪套取出自动手枪，鲍勃则查验了他的霰弹猎枪，吉姆也备好步枪。不知谁低声说，'脑后脊椎处'，随后一阵枪响，子弹狂喷，一梭子枪响过后，只见那短吻鳄翻过身，肚皮朝天，在水中扭曲，疯摆，紧接着又一阵枪响，那怪物扭转着沉了底。能清楚看见它卧在那儿，肚皮朝天，一动不动。不过我们谁也没本事游水五十英尺过去把它取来。继续前进，夜幕降临，寒冷，潮湿，泥泞，不眠之夜，一整夜我们只行进了一两英里。"

213

214

这是格迪斯首次书面形式讲述的佛罗里达之行中令他非常着迷的题目：人在恐惧中，会出现什么效果。童年时期他经历过各种常见危险，虽然常为面子不好意思都承认。十三岁，为考验自己胆量，他独自在巢佩克湖边支帐篷宿营过夜。同村其他孩子，约翰、吉米等，悄悄接近，学着山猫怪声尖叫……这些他都挺过来了。还骄傲的告诉妈妈说，最恼人的是蚊虫，而不是孩子们的怪叫恐吓。说他勇敢，是就勇敢精神富有道德价值的含义而言。他能掌控自己恐惧情绪，并非因为他迟钝，更不是不顾后果。因此我敢引述格迪斯最后一位上司的评语，他说，"他就是无所畏惧。"这位中士讲述说，有一天他同格迪斯一起巡逻，德方机关枪一梭子扫射过来，我们脚边就开了一道沟。"芒福德纹丝不动，只是非常轻声，隐约可闻，简短说道，'这伙臭婊子养的……'"后来有人报告，说格迪斯失踪了。我们侄子向中士提出看法，他可能被俘了。中士说，"啊，不可能，他永远不会被活捉。他胆子太大了！"这一评语，格迪斯当之无愧，因为他参军之前很久就赢得过这类评语，表彰他面对危险、困难，一往无前。我知道他会非常珍惜这些评语，超过他未曾亲眼见过的紫心勋章。

215

35　远游在外

还差两天满十七岁，格迪斯出发前往美国靠近太平洋的西北部。我们在这块内陆帝国(Inland Empire，美国华盛顿州斯波坎周边发达地区，广及爱达荷州以及蒙塔纳州。——译者注)有好友，吉泽一家就住在斯波坎(Spokane)。事先我们曾写信询问他，是否碰巧有需要帮手的牧场主，愿意雇个十七岁小伙子，暑假去干活。梅珀尔·吉泽打听到胡珀城(Hooper)附近一位老友，他们那里有广阔牧羊草场和麦田。恰好他们急需帮手。立即谈妥，雇佣格迪斯，每天三美元，管吃管住。

如此说走就走，格迪斯、马尔妲都难免忐忑。但马尔妲在祝贺生日信件中安慰格迪斯，说她从心理课学到一个道理，"我整个看法昨天发生改变。若孩子要远行，如果你最爱这孩子，你很难充分意识到此行关系他长远未来和他个人幸福，当然最终也关系到你自己幸福。做父母的很难意识到，孩子没有他们也会很快乐，因而不能及时放手让他们自己闯荡。这道理不是很适用于我们此刻吗？"

216

格迪斯对这块土地最初印象很震撼，七月七日写信描述："我终于抵达胡珀城附近这块荒凉广袤土地……浩阔、苍凉、贫瘠，前不久刚从西部电影上见到过。如今呈现在我这佛蒙特人眼前，令我倍感陌生而奇特。成千上万英亩土地，草场、麦田、羊群、响尾蛇、土狼……干旱少雨，草原大火，等等。呃，每天工钱四美元，不是三美元。……"数天后则很具体描写道，"8000只羊，10000英亩麦田以及附属禁牧牧场(Bar U ranch)，另有6000只羊和4000英亩麦田，60名工人，还有几百头牛。同样数量马匹，4辆链轨式拖拉机，9台联合收割机，十二三辆轮式拖拉机，我在装备部上班。"

斯波坎周边是老西部自然遗产，干旱，几乎荒漠化，碰到好年成则出产大量优质小麦。不长小麦的地方也有优质牧场，能养羊。野兔很多，笔直一望无尽公路两侧，尽是些死兔子，往往因为夜间灯光耀眼不会躲闪，被撞死；斑斑点点，横尸路边，给这耀眼寂寞道路装点上仅有的参差边沿。即使在这边比较发达沿海城市，虽已有繁荣发达与东方的贸易，也依稀能够感觉到这地区社会生活的原始意味。证据就是英国传教士保罗·班扬(Paul Bunyan)至今高视阔步行走在高大云松林间，参加印第安人赠礼节(potlatch，冬季第一个节庆。——译者注)。华盛顿州东部夏季很热，格迪斯的工作与其他人一样，也很辛苦。他终于开始了我们希望他能体验的艰苦生活，能融入广袤荒野，与勤苦大众打成一片，学会骑马，掷骰子，驾拖拉机，从容淡定参加麦田灭火。

那年夏季我们也收到格迪斯几封来信。可以想见，每天工作结束他都累得不想写信，给马尔妲写信除外。给她的信可谓持续不断，信中写满各种奇闻、称赞、柔情蜜意，还有辱骂、抱怨；有时豪爽大度，眼光敏锐；有时又虑及未来，回忆旧时错误，乃至新近错误或仍在犯的错误，又会情绪低落，自怨自艾。在充分利用当前环境而且获益这方面，他对自己从不很满意。就此而言，他仿佛很擅长把这情态表现到极致，即使他这种忧郁会令东部他的心上人焦灼不安，满怀愁绪。

如果说格迪斯远离自己家园，那他却找到了另外两个家园。一个是大牧场本身：这里有两个岁数稍小的小伙儿，一个十四，一个十五，生来喜爱户外环境，爱骑马，爱背枪打猎。格迪斯很喜爱这俩小孩儿，尽管岁数相差不小。麦克格里戈尔太太(Mrs. McGregor)写信夸赞他，"你们孩子真可爱！我看得出，他问题不在与人打交道方面。"此信多少让我们放点儿心，至少反映出他给人留下的初步印象不错。当然这印象须同他的草莽一起考虑，才算公道。另一可称家园的地方，就是吉泽一家人和他们住所。因为他常去那里过周末。为给格迪斯一些预警，我预先告诉他，那里有个凯瑟琳，比他大一岁，个头很大，也很胖。而且是个了不起的女才子，各种才艺绝非他可比。所以，他一下火车，离别那伙青年战士后，一眼见到一个特苗条、特漂亮金发女子，光彩夺目，朝他微笑打招呼，仿佛迎接老友一般来迎接他，立刻令他感到光芒四射。他同这女孩儿马上自然和谐相处，直如青梅竹马般其乐融融。

有凯瑟琳陪同，格迪斯那种羞涩腼腆、沉默寡言，消失得无影无踪。他话题很多，而且展现得轻巧、透彻。他俩有许多共同点：首先，双方都有头脑明敏、个性极强的父母，父母声望直接笼罩着孩子成长和择业。但至此，格迪斯已完全反叛这一点：他想以自己为人做事赢得他人称道。还有，两人都喜爱大自然，两人都对自己人生和信念充满自豪。梦想靠自己力量闯天下，尝遍各种滋味，而决不因循守旧，过千百万人都过的那种二手间接人生。他俩交谈很多，也很谈得来。凯瑟琳特别记得，有一整天他俩在斯波坎野外公园游泳池，两人一整天推心置腹，展望未来。还有些夜晚也同样珍贵，夜深人静，别人都入睡，只有他俩在凉爽的草坪上，长时间交谈。

同凯瑟琳交往，包括同她妈妈梅珀尔交往，格迪斯感觉非常愉悦，心境高扬，很从容，彼此都不拘谨。西北此行即使无其他任何收获，能结交凯瑟琳，一起共度良辰也不虚此行。因为凯瑟琳给了他一种很真心实意的理解和友爱，双方在完全平等基础上共享友情。这友情是他朋友圈子里任何别人都无法给予的。

格迪斯在牧场日常生活可谓紧张繁忙，而且坚韧顽强。除抵达后最初几天，他就与其他工人一起住在牧场工人大宿舍，同吃同睡同劳动。周末去胡珀市区——其实就是沙漠地带一小聚落，全部设施无非一个装有古董升降机的粮仓，一两家商店，还有一家"酒店"——在这里花钱看看电影，喝啤酒，还有个自动售货机，全部娱乐设施就这些。于是他很快学会所谓西部生活方式，学会卷烟炮，学会甩响鞭，会用皮鞭准确抽中某个目标。"除周六，我每日花销只25美分，15美分用来买烟叶，10美分用来喝小酒。"日常工作很多也很劳累，大家都如此。然而常规中又常有变换，有时格迪斯得去印第安人保留地赶羊群到火车站。草肥水美地区羊只膘肥体壮之后，赶羊就是他的差事了。"呵呵，两千只羊啊，要把他们赶到围苑，你会感觉到它们简直是世界上最驯良、柔弱的生物。"有时麦田爆发火灾，他就驾驶卡车四处奔忙，从炎炎白昼苦战到沙漠地寒夜，千方百计控制野火走向。有时，即使白天工作很累，他也会同那俩小伙子一起出行打猎，野兔，响尾蛇，碰上什么打什么。"昨天我猎到了第一条大蛇，还有五条小蛇和一条花斑蛇，险些遭咬，这种蛇毒液足以让两个人丧命。"

每年夏季，这沙漠地区酷暑难耐。大古力水坝(Grand Coulee Dam)附近的好房子，这季节都用流水冲刷屋顶，降温防暑。这时节气温高达华氏115度（约合摄氏45度。——译者注）。有时候格迪斯就冒酷暑在干得冒烟的马铃薯田垅里除草。有时候又要去谷仓，上房顶涂黑油漆防水，将近五点四十五分，他承认已经累得半死。当然晚饭——食物丰富而且尽是好吃的——一顿美餐后重又身强力壮。有一次，给马尔妲写信，铅笔从信纸上滑落……五分钟后醒来发现，自己累得睡着了。

格迪斯在牧场遭遇过一场大蝗灾，他参加了灭蝗奋战。这场奋战各种内容都令他

耳目一新。这样的经历最能启迪他思考问题。后来一遇适当场合,他都回述这件事情:
220 "我们遭遇到史上最严重蝗灾——简直铺天盖地,数百万只蝗虫到处乱飞。苜蓿地,大麦田,各种地方,到处都是。我整天喷洒农药,看起来稍微有效用,终归收益不大。州里虫害专家见到满地死伤虫子,大喜过望(ecstasies),这个词爹爹你是这么拼写吧? 不过他那腔调仿佛是安慰他自己,顺便也安慰我们,简直像个推销商。"这评语简直入木三分。格迪斯亲睹大自然如何干预这场灾害,并依她特有方式结束战斗。事后他告诉我们,蝗虫增多意味着给蜘蛛提供更多食品,蜘蛛吃得多了,便繁育更快,所以五六个星期后,战斗结束,平衡重新建立。格迪斯在这里获得第一手材料,以鲜活实例见证了生物学课本讲授的生态平衡,大自然以其鲜明特色在他眼前上演了一幕活剧。这次经历令他称奇,他非常珍惜。而且为自己能照此道理来解释这次所见所闻而沾沾自喜。不仅如此,这次经历中他还就身边不同群体不同态度有更宝贵发现。这些现象也给他留下深刻印象:

1943 年春,格迪斯写信记述说,"去年一年经历中,我游历了美国大部分国土。其间我发现,我游历的每一块土地都还很新,很奇特,它们互不相同。我是学自然史的,因而对此特感兴趣。但我发现,让最我感动的不是风景——虽然风景也很特异——而是各地互不相同的风土人情。"就这主题,他 1942 年写给马尔姐的信件讲得最突出:

今天我明白了,为什么民主原则在我们这个国家能以实行,或许在全世界最终也可以实行。这个道理,我感觉以往任何事情都不像今天下午这里人们向我展示的那样清楚。下午一点我去上班时,牧场仓库已聚集了十几个人,都是牧场主。我
221 们在仓库混合灭蝗药物。他们中有些人一直在牧场上班工作,有些则二三十年不来上班了。他们有些相信灭蝗药物有效,有些则不信。但此刻大家都动手,都干活而无一例外。直干到个个汗流浃背,我印象特深一件事是,那些并不相信灭蝗药效的人照样一起卖力气干活,也伸手帮忙。因为若他们不参与劳动,邻居会因此遭殃。其实,他们中许多人非常怀疑药效,但这并不妨碍他帮助那些不怀疑的人。他们不袖手旁观、不说三道四、不坐在自家篱笆上嘲笑旁人说,"瞧那帮子傻蛋啊!"他们伸手援助,而不冷嘲热讽。

我不知道我是否说清了我这意思,我希望你明白了。这就是纯粹合作精神付诸实践!

灵光一现,这孩子不仅明白了参与缔造了美国民主且至今仍在有效运作的建国之

初各派社会势力,他还预言了一种伟大精神会指导我国大多数公民参加二战,为抗击法西斯发挥重大作用,或许有人有保留,怀疑是否有用和有益,但照样会伸手援助。只因为他们若不采取行动,他们朋友和同事会蒙受灾难。

他周围人情况,暂介绍到此。这些人行为举止同他熟悉的达奇郡或佛蒙特州那些人都不一样。这些牧羊人,用高粱作饭食替代马铃薯和肉类,令格迪斯很看不惯。而且,他们骟过公羊,立即拿割掉的羊睾丸炒了当菜吃。他们当然是些粗人,但不惧孤独寂寞,不怕艰难困苦,只要时不时能发泄一下。他们也有各种奇特爱好和趣味,有个岁数大的甚至喜欢收集古币。他们有时候也爱发脾气,随便打架,爱动怒,还有个家伙也像格迪斯那样爱发火。格迪斯不无骄傲地记录说,有一次他打架打赢了,当然,这些很快就过去了。格迪斯听他们讲话,虽充满各种生词,讲述环境和工作劳动,他也喜欢他们那种纯朴和脏兮兮样子,说那才是"一星期辛劳的符号","高兴的像只小猪,在新鲜马粪堆里又蹦又跳。" 222

但是格迪斯也喜欢田园风景:荒原一望无际辽阔雄奇。他信中描述,"昨天我外出游历,去了爱达荷州刘易斯顿(Lewiston)。看到那里麦产区真正景色。山峦起伏,沟壑纵横。我真想有一架相机配带彩色胶卷,把这些景色都拍摄下来。距收割季节大约还有一周时间,黄熟庄稼地和刚刚翻耕过的农田对照鲜明。我很想再次来观赏这里的土地家园。其实整个西部海岸都很值得观赏。我说海岸,其实不指真正海岸地区。"这一连串赞美,夹杂着不喜欢的内容:胡珀其实就是个大窟窿,一个令人沮丧的大洞。"这一带荒野简直死般寂静,一连50至100英里毫无生气。我唯一的救赎便是劳动,劳动让我忙碌、疲倦而充实。"这种聊无意趣的天堂里歇息一天会让他憋闷得流泪。这些景物以及麦田救火奋战一天后,置身沙漠地区凉夜,这一切让他学会喝酒。离家这最后一年逐渐养成喝酒习惯,而且多少成瘾,纠正很费力。虽然十七岁,却已非常成熟。而且,由于随心所欲暂且逃脱紧张生活,仍不免稍有放浪行为。继之而来的愤懑、忧愁,便愈加难熬,黑洞似乎越陷越深。

荒漠是磨练人的地方,而非参禅悟道之地,尤不是给个17岁小伙子来静修的。尤其当他满怀叛逆,陷入无休止争斗,接二连三挫折失败,自身每况愈下,孤身一人还得抵抗内心焦躁,而这焦躁却只能通过谈情说爱,起伏跌宕的爱情冒险体验才能逐步条理化。然而不论外出圈羊或开车老远去修补围栏,种种具体活动中,这块土地都为他提供了意想不到的冒险经历。有封信中就透露出这种狂喜心情,讲述他同一匹难以驾驭烈马的共同经历。"亲爱的,我会骑马。今天下午我牵出一匹马,经历了此生从未有过的艰难骑行。那马险些踏上一条响尾蛇,当时我想,这下子我得住进医院了。因为那马见 223

了蛇，前腿惊跳而起，整个身躯直立起来，随后不断弹跳，转圈儿，打旋儿，一直折腾了五十多米。我相信，若不是马鞍扣带牢稳，若不是我自己也吓坏了，没什么动作，若不是只任马狂奔乱跳，那我可就摔惨了。无论如何，这是我犯牛脾气年龄中遭遇的第一桩大事。"

　　格迪斯写信对马尔妲说，"将来咱得搬到西部去生活居住，因为东北部太肮脏，太浅薄。很像个经年累月使用的银盘，早已锈迹斑斑穿孔透亮了。西部则有某种坚实可靠、实实在在的东西。仿佛货真价实的东西与伪造仿冒品对比，而且仿冒品仿冒了一些毫无根据的虚无东西。西部就像一条蛇，逶迤曲卷，浑身发亮。东部不过是蛇蜕，一层干巴巴蛇皮。我就这意思。"我相信，他绝对实话实说。他执笔书写那一刻，饱蘸情感的夸张表达一种强烈赞美，而且切身实地体验到过当地生活，并且记载下来。这段赞美写于他胡珀岁月最后阶段，当时他正经历很不平顺的时期，因而这评断绝非随意，但却又并非最终论断。因为不久他致信马尔妲说，"来信中谈及游泳，让我羡慕到脸发绿：我们这儿最宽的清洁水不过是灌渠西头那半英里长，一尺半宽的沟渠。"

　　总的说，这段新生活对于格迪斯来说，总算不错。直至八月初某一天，他醒来发现一切都乱了。假若他是古罗马人，他会先看看卜辞，然后决定索性不起床。我们开始知道这事情，最初是通过信中一些莫名奇妙又看似随意的暗示。那信提到尚未偿清我们的欠款，说到他正忙赶羊的事。"此刻我放假一天，因为我被个 cat driver（可译赶猫的。——译者注）狠勒了一顿，那家伙骑我身上狠勒。不过这事情很秘密，我得见面再跟你们细说。"这可不是让父母放心的好方式，再说我们搞不清楚他说的这个 cat driver 究竟是架机器，还是个人（英语中一个动词添加 er 词尾，即可变为同根名词，意指执行该动作的器物或人物。——译者注）而且他的叙述的确隐晦，我们东拼西凑经过两年才弄清那天发生的事。甚至直至他牺牲之后，我们才从吉泽家人口中得知一两件细节表明他的好品质。而这些细节他从未吐露，不论对马尔妲还是对我们。他这守口如瓶态度包括他做的好事情。对此我得特别指出，一涉及到好事情，他往往推诿，或索性埋名。可惜，有关此事记录非常简要，联想起头年春他不够诚实，我们便猜想这其中必定隐藏了某种丢人现眼的事，只是他没跟我们说透。但从他给马尔妲一封信中，这件事情原委基本弄清楚了。

　　"我猜想我可以回家了，虽然我原以为我回不了家了。昨天奇热无比，仿佛为了热上加热，他们派我去给谷仓棚顶刷柏油。我直盼望下班时间，苦巴巴久盼不来。

　　"今天很不走运。他们派了另一小伙子去收割,每个工作日五块五,本来这事情该我去。由我来睁这份钱。我那老板对我很苛刻。我们宰猪时,我手不小心接近猪嘴,手指被咬掉一块肉。仿佛这还不算完,我又搞坏了一台旧卡车,舵轮打满,回轮时把我碰伤。真不知上帝是怎么安排这天下午,但应当没什么问题……(后来)老天爷啊,我猜想这就是我走背运的日子。我看什么地方都不对头,很不像中午我那样子。当时我正指挥一个伙计倒车退下卸料台。这时卡车门被甩开,顺带把风扇卷扬机刮坏。而祸不单行,正当我说明情况时,那 cat driver 正当班,不由分说,跳过来,猛不提防照我下巴就一拳。一切来得太突然,待我清醒过来,只记得胳臂和肋骨遭他连踢带打,我只能双手护着头脸。打得我嘴角流血,右脸颊在沙石地上挫伤,右臂严重损伤或许骨折,后者更有可能。不管怎样,我已不成个样子。"

225

　　如我前面所说,格迪斯决不会告诉我们究竟什么事惹得这 cat driver 如此暴怒,这是格迪斯惯有特点。虽然后来他对我们讲了,此人是个大坏蛋。实际上此人素有杀人魔的臭名声。凯瑟琳后来告诉我们,cat driver 起初怪罪其他小伙子粗心大意,不关好车门。格迪斯连忙让这家伙住口,因为他清楚事情全部经过。凯瑟琳这解释让我们对这不幸事件感到些许安慰。依法办事,牧场主们决定对这 cat driver 实行惩处,并且让格迪斯去县城(郡署)告他侵害罪。不过格迪斯知道自己是在同小人打交道,而且那家伙闻讯格迪斯要去告发此事,他自己又无辩护人,便抢先一步威胁说,你若告我,我就提供证据当场告你不到年龄非法饮酒。而华盛顿州对非法饮酒处罚严厉,违法者可被判入狱一年。格迪斯害怕这结局。为买瓶啤酒或威士忌区区小事入狱一年,实在冤枉,于是这事情就算扯平了。但他自己却陷入精神低谷。

　　整个事情后来就算过去了。但格迪斯为此却长时间焦虑,总感觉自己又一次纯因意气用事,遇事不三思,毛躁草莽,因而不得不屈服、退让、妥协。他胳膊一连几个星期酸痛难忍,无法干重活儿。虽然,根据他记录,八月中旬还出工去麦田同大家一起灭火。但好不容易挣来的五十美元大部交给了医院。所以,这件事情每一环节都给他制造了重创,躯体的和心理的。可是至今他仍然不能严格要求自己,证据就是致信马尔妲,说他还在饮酒。就连她的规劝和告诫也未能帮他跨过这道坎儿。

226

　　这是他一段很背兴的时期。如果让他在外面继续闯荡一年,很可能沦落到永无挽回的地步。所幸,他有机会及时回归自己家园,而且接下来的一年即向着自治、负责方向迅速成长。这一巨大变化同他对马尔妲的爱情关系极大,也同后来旧金山附近珀罗奥尔托小城(Palo Alto)结识了安,对安那种柔情不无关系。这俩女孩儿都对他产生了积极影响。过去这年冬天是他人生低谷,既已跌落低谷,接着人生曲线应当开始上升了吧。去珀罗奥尔托小城,一切重新开始,这前景让他重又信心百倍。因而八月底,才有马尔妲写信对他说,"听起来,你精神状态良好,我不记得你什么时候曾经这么有信心。"

格迪斯遭遇 cat driver 给他带来的最严重后果,还不是因为他对待野蛮人野蛮事这直接经历本身,这样的事他以前也遭遇过。最严重的,在于他对造成这局面,身陷乱局、纠纷、冲动、险情,简直越来越情有独钟! 所以,得知他信中这样写,这样想,我们很感安慰:再过十天就将去珀罗奥尔托小城了,他给马尔妲信中说,"父母来信告诉我,有机会作为插班生入大学学习。我终于乐意进大学学习,爹妈为此很高兴。我相信,如今我已改邪归正。这感觉真好。无论你知道不知道,天公地道,即使我没什么本钱创大业,至少我有我爹妈,还有你。这对我已经足够。"

这样的话语,若译为格迪斯惯有的低调语言,那是了不起的坦诚和希望啊,意义非凡! 当他展望前程,努力向前看,益发清楚看到,不远的地方战云密布,火光熊熊,正凶恶地铺天盖地而来。甚至他有一次批评他那无比挑剔的心上人,责备她对衣裳的态度,说她不该没完了的买毛衣,评论说他"很诧异地读到你昨天信中某段落。莫非你毛衣还不够多吗? 在我看来,那简直荒唐,因为你有那么多毛衣,还要买更多。而羊毛又是那么紧缺的军需品。若省下这些钱来购买战争债券,暂且忘掉个人奢侈,一切等危机过去了再说,是不是更好? 几句提醒,柔和,简短。不过,我很关心这场战争,事关重大。"他这谴责听起来或许稚嫩;但那份严肃认真,无可置疑。

36　在加利福尼亚

我们全家在加利福尼亚开始了新生活。达奇郡老家撇在脑后,起初真有点儿再不返回的气概。但全家几乎谁也不曾料到,三年后我们还得回来。当时斯坦福大学为我们提供了最好的照顾,生活优裕,战争也暂且撇开了。如果说,我们新住所外观那种郊野诺曼风格(Normanesque)稍嫌夸张而不大受看,内部则空间宽敞,布局合理,设施完备。我们把自家城里家具全部搬来,客厅阳光充足,现代化座椅,墙边桌等,增色不少。整个内部环境很有居家氛围,毫无异域他乡之感。

格迪斯"儿童房"在装备间一侧,有专用浴室,窗外是玫瑰园。若夜晚经边门潜行进出,简直便利极了。花园四季有花,玫瑰花朵硕大,简直可比我们很快在园子里栽植的圆白菜和菜花。我们种菜与其说是爱国热忱,还不如说习惯了栽种鲜菜。只是这园子里土壤板结严重,简直比冷塑材料加凝胶还坚硬、黏稠。对于我这习惯了松软、肥沃腐殖土的园丁来说,是新考验。我们大房子三面栽植了可爱植物,主要是加利福尼亚当地的桉树、杂有山梅等其他外来植物。庭中一株大橡树,最矮枝干可供艾丽森这样的小孩儿攀爬,荡秋千。最可爱的是每年入秋后,一簇簇夏威夷洋姜开花了。这时节客厅里芳香四溢,令人沉醉,令人回想起夏威夷时光。格迪斯在一封信中深情地讲述过这情景。

　　若说从一开始便因无家务帮工略感不便,却也并非仅我们一家如此。何况,似乎为弥补这缺憾,我们时常感到加利福尼亚盛情款待,大宗水果、蔬菜,新鲜无花果,甘甜的西梅、葡萄、杏子、核桃、蟠桃等等,总摆满一大桌子,更别说格迪斯房间外那株树上结满番石榴,还有园子里的草莓。校园里新结交的朋友,道特一家,罕纳一家,克瓦沃一家(Kevauvers),海夫纳一家(Heffners),樊同一家人(Fentons),还有办公室各位新同事,都在迎候我。此情此景令人想起阿米尼亚老家中那些亲密可爱的老朋友。总之,这丰年舞台搭好,事后证明,这确是丰年。除开疾病和紧张偶或来干扰。应当说,这要算我们最幸福的时光了。因为格迪斯回来同我们团聚,不仅形影不离,而且是家中万般琐事很顶用的成员。他已不再是独往独来、事事作对的愣头青。已具有成熟男子汉应有的平等意识,以及随之而来的处世慎重,其实,这新品格却是他小时候的特点。我们把家务活儿分开,分工合作:爱丽森时年七岁,负责刷洗浴室地板,每周一次;格迪斯的职责,首先把自己房间收拾干净整齐、负责餐后洗碗碟还要擦干,操作吸尘器打扫地毯和桌椅,也是大体上每周一次。他愉快地承担了这些任务。从我们做家长角度来说,这恰是我们梦寐以求的家居生活方式。若不因为生病,我们真的早就这样安排了。当然,如今这样安排主要还是因为少了家务帮工。

　　新环境巩固了格迪斯的雄心壮志——决心在学业上追上马尔妲。更由于周围的人想当然地都觉得他已被斯坦福大学正式录取,更令他羞愧难当。这一整年,格迪斯学业比以往任何时候都更用功,至少从他十一二岁以后来比较。某些课程尤其用功,如心理学,而且很有成绩。实际证据就是他自己的行为和动机。与此同时,他也很喜爱我当时在斯坦福大学讲授的课程——人类本性(The Nature of Man),这是我在人文学科领域开设的第一个课程。因此我们餐后谈话常涉及到这话题,而且都很有兴味。因为我们发觉,我俩在生物学和心理学上,互相很对胃口。而他则表现出从未有过的求知热忱。许多早已不新的观点,他首次接触会两眼闪亮,无比欣悦,以为获得了新知。我想,他的喜悦是因为他感到自己学到了可以践行的重要知识。当然我也为此很高兴。

　　格迪斯致信马尔妲多次提及这些谈话。其中一封信中说,"刚吃过饭,餐后谈话如往常一样,很有兴味,很富启迪。父亲对我真有说不完的好处。今年年底如果我的人文

229
230

科学知识不能超过他教的那些学生,那才怪呢! 在社会文明史方面,我同样也获得了丰富知识,简直堪比我生物学领域。我奇怪,这老先生打哪儿获得这么丰富知识? 其实这问题本身倒很值得弄清楚,我正想方设法找到答案。"还有封信写于情绪不好时,讲述他一无所获的一天,"这天就连我非常喜欢的同爹爹餐后谈话,都未能进行。"还有一封给马尔妲的信中他更激动(也更恭维地)说,"10 月 20 日,晚十点。我本无心再给你写信了,但当今这生活变得让我有点儿消化不了了。刚同爹爹谈完话。今天谈话中我们再次提起生物科学老话题,讨论到人类行为特征及其生物学根源。老实说,这类话题愈发深刻,观点愈发猛烈,已让我越来越难以招架。记得他讲的最后一点是:人作为一种生物,其自身生物学形变、质变(metamorphosis)资源几乎已经用尽。将来能继续为他提供变化途径的,怕将永远局限于大脑。他这意思我说不全,要完全讲透,还得写很多页。不过总的说,我早就习惯了这以下观点:生命延续的基础是进化。对我们这些终生信仰
231 这观点的人来说,爹爹的论点确乎石破天惊! 你想象不到今夜我多想告诉你这个收获,并且想听你对这问题的见解。我此刻感觉,就像挨了一记重拳,跌入一个全新的茫然世界。"

我们大家族维持联系重要办法之一是全家长途旅行,到处走走看看,包括周边地区,如红树林(Redwood Groves)、太平洋滨海地区、圣塔克拉拉河谷地带(Santa Clara Valley)、马林郡(Marin County)常年刮风的裸露山峦,那里只有太平洋桥鹃木(madrone trees)。还有我表兄塔萨(Taza)住的、坦荡宽敞的美国中部大河流域;以及更遥远的优胜美地国家公园。如今这些能去的地方,统统去不了了。于是,这段短期客居生活初期,我们大多宅在家里很少外出,除短期造访亲戚之外。偶或出行也限于乘火车去旧金山,算是唯一的变换。格迪斯因不爱交朋友,又很少扎进书堆忘却外部世界,因而起初感觉这里生活乏味,空虚。制定的计划多围绕圣诞节见马尔妲。他幸好还有个马尔妲占据他大量时间。他照规矩给她写信,每天中午放学回家便一头扎进书信。无疑,互相通信已成他一大盼望和快乐,向他提供了超乎想象的镇静和抚慰。他俩互诉衷肠,互相讨论希望,谋划未来,商讨合作他们那些美妙计划等等。这些就是那年冬天他生活中的基调和内容。

去加利福尼亚前夜,格迪斯写信对马尔妲说,"至于我,对这次旅行可谓亦喜亦忧,其余就只有天知道了。但不论怎么说,如今我比较富有了,包括钱财和经验。都比我离开你时富有多了……所以我至今非常惊讶而且高兴父母的态度和决定(大约更多是高兴)。不论怎么说,我都是个彻底自由的人,绝对完全自由。最起码我以兴奋心情展望
232 未来。"但是,格迪斯在胡珀走向成熟的痛苦经历,还不能让他立即接受高中那些更幼稚

更天真的同年龄人在一起厮混。他心急,想弥补学业差距,临到高中最后一学期,时间紧迫本身对他就是考验。他在同龄伙伴中感到孤独,没有知己,最初几个月他感觉特别难以融入。写信给马尔妲(如今已是圣路易斯大学学生了)对她说:"这里同学们的口径,口味,比我料想和记得的要低很多。他们根本不知晓当今局势。就知道快活度日,其余一切不管不问。这就是他们全部。关于国际局势,连国际时事课堂讨论也说不出个所以然,遑论其他课程。"他仿佛被某种魔鬼附体,在同年龄孩子们中总一副高傲,虽然后来他对其中某些人看法有重大改变。更糟的是,他被水球队清除,原因是他们采用新规则,而他来自纽约,不熟悉新规。因而一度他似乎又要回归旧我,马尔妲也几乎受不了他来信中那无尽烦忧。

幸好,过了一两个月,格迪斯又找到一个新家庭接纳了他。这人便是新建的人文学院的新教授鲍威尔一家。他家来自纽约州莫霍克河谷(Mohauck Valley),这根源与格迪斯熟知情况相距不远,打那以后格迪斯人生道路发生了大转折。此后虽也有低落期,总体却较令人满意。因为他在大学街这幢大房子里遇到情投意合的人,不仅有蓝眼睛的安,岁数比他略大,还有贝巴(Beba),安的黑眼睛妹妹,还有弗里茨(Fritz),比格迪斯年长六个月许,但相貌却显得更年轻而且身材颀长。还有彼得,还是小弟弟,以及詹妮特,还有德斯。母亲詹妮特是这家女主人,德斯蒙德(Desmond)是这家新入户的继父,不仅享受新家产,还有詹妮特当作陪嫁带给他的一大堆孩子。

我相信,这一家,正是格迪斯梦寐以求想融入的家庭模式。而且更令他中意的是,这家人不像我家那样家规极严,生活内容狭窄等;但这些特点都是我作家生涯无可避免的。他在这家人里找到知己,这里没有清规戒律,没有作息时间严格规定,没有明确家务劳动分工;晚餐可延到九点再吃,甚至到十二点全家人还围拢壁炉聊天,且谈兴正浓,德斯和詹妮特也都很投入,题目可以是两种版本的美国民谣评价分析,可以是青年一代和老年一代道德标准对照。德斯会弹吉他,演唱他记得的全套美国民歌,丰富程度胜过格迪斯和索菲亚两人所记民歌的总和。虽然格迪斯也从学校学会了一两首是德斯还不知道的。就这样,格迪斯简直不知不觉成了这家人一个新成员,他简直一切现实生活都融入其中。由于我们也很喜爱这一家,而且发现我们两家简直惺惺相惜,还发现他们如此喜爱我家孩子,我们当然欣慰之至。

这可能是全家团圆的最后一冬,想到此,便思绪万千。这种氛围下家人的态度和决策也五花八门。周六晚上看完电影,格迪斯想到路边小酒馆喝酒,虽遭我们反对,起初独自喝,后逐渐成群结伙一起饮酒。我们曾经同他讨论过青少年法规中有某些条款尚可争议,但我们还是决定,家规适当放松,网开一面。还在他四五岁时,他妈妈出于作母

233

234　亲的担忧和直觉,预感这孩子一生坎坷,说他会把摩西十诫中每条训诫都尝试一遍,再决定取舍。但他自身生命中的全部善良美好,最终会无比骄傲浮出水面,且因浴火重生分外清澈、纯净。他母亲这预感,我们经常忆起。而这年每一天似乎都在一步步应验着这预言。

　　但是我们觉得,这么多年来,唯独这一年,格迪斯应格外感受到我们对他的关爱和理解,而不会因好面子总觉得我们在挑剔他、约束他。我认为我们懂得,他还没有定型,还在不断摸索。承诺、保证之类,像一层薄冰,下面躲藏着焦虑和暗流。他的矛盾冲突常常也是我们的矛盾冲突。我们面临自己公民责任信念同自家希望梦想的冲突。一方面,明知每个人都须不遗余力去战胜猖獗法西斯,因为它眼看否定人类、毁灭文明。但另一方面,我们终究按捺不住为人父母那些最内心的祈祷,盼战祸尚未加害年轻一代,法西斯就被打败了。我们懂得,全人类道路不容易,因而也不信自家会有容易道路可走。危险也罢,不危险也罢,格迪斯离去的一天迟早会到来。离别之日已经不远,正因如此,它改变了我们大家许多观点和态度。

　　无疑,正因预感到危险,乃至可能是永诀,这一年留下了格外鲜明印象。如今我甚至可以一周周,乃至一天天,逐一回忆起来,如展开一轴画卷,格迪斯一幕幕图景,如未经剪辑的电影胶片,无法呈现完整连贯的序列。这儿,是格迪斯刚到斯坦福大学一周,在处所旁草坪上练习他的鞭法,把长鞭甩得噼啪乱响,像手枪击发。他很得意这手牧人绝活,玩儿得很熟,能准确击中小目标,因而可作武器。然而就如他许多爱好一样,集
235　邮、口琴、摄影、皮划艇,都是玩几天,然后就撂下。仿佛他知道自己时间只够小试牛刀,试巴试巴,浅尝辄止……谁让人生路在他面前展露得如此短促、匆忙? 就我记忆而言,那个周六是他最后一次练习鞭子。虽说第二年他回阿米尼亚可能会向周(Joe)显露他这手绝活。这里,是几张那天上午抓拍的照片。那样子,如詹尼特所说,脸上一副山雨欲来风满楼气韵。只见他懒洋洋躺在草坪,有意无意曲胀肌块,一脸天真无邪。那种志满意得,唯经历过青春爆满的男子才可意会。这时候他身高六英尺,肱二头肌坚硬如石。看来,牧场劳动那一包包百多磅重的大草捆,真没白扛!

　　除这些清晰影像,我心中还留存一些印象,当然,从未展露:格迪斯骑自行车,沿车道出发。上车时,右腿在身后画出一个标准圆弧,虽然他从来看不起自行车,却骑得轻松自如,姿势优美。双手撒把,游刃有余。令我想到,马背上他可能也这样子。还有晚些时的照片,都很潇洒、飘逸。身穿他那件淡紫色西装,他的最爱,很配他褐色脸膛。一条纯蓝织锦领带,领结一丝不苟,头发梳得溜平,发蜡打过三遍。一次,詹尼特、索菲亚和安都说,他刮脸香波气味很好闻,他附和说,索性把半管儿没用完的,用胶带贴在西装

领底下,当作猎获女孩儿的陷阱。然后抿嘴低声咯咯坏笑。那是他最典型表演,那笑声,如今还在耳畔啊……

格迪斯尚未找到同年龄伙伴之前,周末从来是索菲亚或我轮流陪他去校园纪念馆看电影。当时他个子颀长,不苟言笑,但有时会突然快活起来,黄昏时分跨步疾走,还记得我们并肩走在绿树掩映的阿尔瓦拉多街(Alvarado Row),时不时肩膀互碰,

236

穿过开阔地走向剧场。后来到旧金山在华夏之家(Cathay House)吃过中餐,在华人街闲逛,又登上电报大楼,还像四年前那样,一起俯瞰港湾。然后还是取道华人街回转,他顺便给马尔妲选购些玉坠儿之类。不料他选中的玉佩饰居然非常昂贵,囊中羞涩,暗自恼怒。所以他常独自逛商店,便于自由讨价还价,一旦选中一件漂亮玛瑙,会出店来问我意见。及至讲妥购买完毕,还会因多付半美元懊恼,若我未立即赞同他,他会说,"老爹,你可真够开恩啊!"

都十七岁了,那副天真孩子气还是会突然冒出来,但随即会突然消失,换上后来那副样子。然而我记忆中这些形象和小事情还都太细小,无一能唤醒我心目中他后来真实的形象。随青春期出现的浑厚男声,与他的笑容一样开朗,我却无法再现。还有他向我提问时那亲热样子,问我,"老爹,怎样? 时局如何?"还时不时无缘无故伸出双手与我相握,我俩对视,交流互相理解和信任,其中涵盖我们之间无尽情感,永难言表。万般无奈,我常打电话给詹尼特,问她,格迪斯给大家留下什么印象。

詹尼特回答,"记得我初次见格迪斯的情景。当时我跟贝巴在学校办公室等候。格迪斯在办理注册手续,同一位老师隔桌谈话。当时我们还不认识他。他站着,我们只能看见他侧脸,样子令人难忘,脸上就是后来我说的那种山雨欲来风满楼的神情。面颊肌肉微颤,眉毛拧紧。整个人活力四射,情感含蓄。"对,这就是格迪斯基本特征。是那种风和日丽艳阳天,云朵与云影共舞,无云遮盖的地区浴满阳光。激情伴着精力:忧患心绪夹杂朗朗欢笑。

237

最后,我最深刻记忆中,一幕场景终于浮现: 那是我们惯常活动的一部分,厨房洗碗碟。这桩家务活儿我俩常常共同承担。格迪斯干这活儿很专业,我则慢吞吞。他会一丝不苟用热水冲净肥皂液,那姿态恰如他用磨刀石磨刀的样子,也一丝不苟,绝不像笨伯磨刀匠那样锛了刀刃。看我磨刀那笨样子,简直受罪。因而大凡有割草之类用刀具的工作,我索性放弃,全交他完成。有时他会彬彬有礼让我撂下厨房洗洗涮涮工作,待他晚上回来再完成,因为这是他份内的家务。但有时候,看他繁忙,他走后我就替他干完了。他回家会怪怨,说我不该这样。不过,更多时候,是他洗碗碟,我倚门闲聊。表示我俩对厨房这活儿不分你我,互相很随意很信赖。闲聊话题会涉及战争的前景,也

谈他选择热带地区博物学家是否可行,或军官招募训练科目新近出现的某笨货……那都是些温馨美好时光啊！厨房窗外,粉墙白壁间,一簇黄玫瑰挂落下来,艳黄色彩灼灼闪光……一切清清楚楚,历历在目。然而,我无能为力的是,我无法再现,无法重新捕捉,甚至无法再次依稀况味到,餐后,杯盘狼藉,大家围坐不散,继续聊天,他那些音容笑貌,妙语连珠,一语双关,俏皮话一大堆,他那些反唇相讥,幽默隽永,荒谬之至却又妙趣横生……都是他本色的一部分！这些,我已经无法一一再现。如今,除却他留下的一两封残笺,面对这巨大空位,指着它,我能说些什么？或许,像人对摔碎了的花瓶,会说,会说,"阳光,原来就照在这儿……原来,这儿,美妙,俊朗,惹人怜爱……如今,永劫不复……"

37　两难抉择

　　总而言之,格迪斯在加利福尼亚这一年可谓极好。更重要的是,他自己感觉有收获,因而怀念这一年。但他毕竟有些抉择左右为难,而且,作决定的具体条件却又千变万化,有时每个月,甚至每天,都在变化。什么时候高中毕业？毕业后升学如何打算？学什么专业方向？曾有一段时间,似乎格迪斯有望进入斯坦福大学。因为元月份他将从帕洛阿尔托(Palo Alto)高中毕业,毕业成绩位居斯坦福录取分数线第二等。但后来,斯坦福决定维持原标准不变,且不考虑特殊情况和社会关系因素,拒绝他的入学申请。这样我们就决定,至少全家可以再团聚几个月。而且格迪斯还可以申请圣何塞学院(San Jose College)。该校距离类似帕洛阿尔托,可乘公交往返。且申请进入该校,他的加利福尼亚毕业证符合录取的核心要求。所以,同招生办公室面谈后,格迪斯决心已下,当然其中不无如下考量：他可因此与安为伴,经常共处,因为安也是该校学生。

　　格迪斯起初与弗里茨,安的哥哥,耳鬓厮磨。后来弗里茨参军去了远方,格迪斯注意力便转向安。安是个柔弱女孩子,模样显年轻,亚麻色头发,神情略带慌乱,仿佛小孩子突遭重击,又仿佛喜不自胜。按说,她模样符合年龄,但因格迪斯模样显大,因而在外面吃饭,服务生连问也不问就给格迪斯酒类饮品而不给她。这让格迪斯特别开心。他俩玩高兴了也常戏谑、打闹、争辩,甚至互吵,如两只小狗。而一转脸,安又会加入格迪斯,一起去山坡抓蛇、逮蜥蜴,回家后两人都很累但兴高采烈,不然就是疲倦,无精打采,一无所获,还生闷气。有时候,我们夜间外出有事,他俩一起替我们照看爱丽森。而他俩的看小孩儿工作,常常就成了撒欢儿游戏,或捉迷藏,或玩牛仔与印第安人。每当安异想天开时,用格迪斯话来说,这世界就开始好看了。安也有格迪斯那种无拘无束幽默感,这是他俩特殊的联结纽带。由于安是个漂亮女孩子,且学业精进,无形中促使格迪斯下决心学好功课。

但这时候,还有许多其他选择困扰着格迪斯:如他给马尔姐信中所说,"情况时刻在变,此刻我在我这位置,而我甚至不知道下一刻,下个月,我身在何处。这些日子里生活像团迷雾,一个旋涡,我感觉自己身陷其中,难以摆脱。"因为,格迪斯的入学选择和决定,自然不能不服从战争进程。考虑自己可能参军这前景。仅就这问题,他的决定也经常变化。就此而言,他老早就打消了去海军特种兵服役的念头。一则因为他对海洋不那么有感情,也不想跟随我,或弗朗西斯或约翰的脚步跨入海军。后来他弄明白,军官培训学校只招收有志于工程机械和医学的学生,于是彻底打消了走这条路进大学的念头。此外,他也不特别迷恋某种专业生涯,更不想靠自己特长逃脱战争职责。

于是,海军成为格迪斯参军的首选。而且他这动机还很简单,他曾经在旅途中邂逅一群海军战士。简单聊天后感觉海军整套装备和特色,很适合他个人标准和梦想。便写信对马尔姐说:"海军是我国战斗力中最坚强也最令人尊敬的部队。我最看好海军的作用,而且他们许多战斗行动都在热带地区,所以,假如我能生还,我会积累大量战斗经验,且正是我想了解的那些国家和地区。这意思,我说清楚了吗?"写这信的时候是1943年3月,已经作过参军体检,准备进入海军了。但这决定很快就不得不改变,因为军方决定不再征收预备役,而要求招募四年制战斗兵员。我们说服他不要进入这个四年制序列,不仅因为我们了解他,料定一旦战争结束,他会受不了太长时期军队生活。更因为他完全可以表明自已愿意等到现役军人年龄进入海军。何况,只差几个月了。

又一封信向马尔姐清楚叙述了格迪斯这阶段格全部精神状态。我想,这信很能代表当时成千上万小伙子们的心理状态。

"老实说,亲爱的,虽然我已无数次陷入泥坑、挫折,但处境却从未如此窘迫。你知道,三月十五日以后所有征兵项目都将关闭。这意味着,我无论如何得拿定主意了。当然,假若我不能进斯坦福,我就去参加海军……那样,即使我不能升学,我就得决定是否选择预备役这条道路。无论如何,任何情况下我都不愿意参加国防工程工作。"但即使这最后一项决心也未能落实。春末,他听斯坦福一位生物学家说,莎士塔(Shasta)的鲑鱼水道急需野生动物保护人才,还说,假如他合格,能获得工作职位,待遇优厚。这工作机会简直太吸引他了,美妙前景令他足有一个月兴奋不已。当然心中还有另一声音坦率告诉他,"当今形势下,一个人若不穿军装,显然就像个胆小鬼,根本没找到自己岗位。"他对战争有自己看法和信念,且决心已下定。所以当马尔姐表现出胆小怕事,害怕战争杀人。他的回答直爽得简直有些野蛮。他说，"仅就不愿见杀人这一点而言，这很自然。我们每个人都是这样，因为我们还软弱，还半睡半醒。你或许会很久如此。但军队和战争会很快教你放下那一套。我们所受教育，不许我随便杀人和耍野蛮，而我们的敌人却正相反。处在与你相同地位，别人不会问这么多情感问题。因为这样思考问题会软化斗志。而人在战场上要尽量以野蛮方式思考问题。若这种努力稍微有成效，军队的事情就好办多了。

242

升学、就业、参军，假如这三个选择直至他入伍年龄始终模糊不定，那么，他还有别的问题也同样棘手，虽不那么紧迫。这一年大多数时间他基本是在同马尔妲谈情说爱，这一点确定无疑。而且，我敢说，马尔妲自始至终在他生命中占有特殊地位：她是他的初恋，是她帮助他摆脱困境，走上自强之路。是的，他深爱马尔妲。假若你从信件中感到两人话语不多，那这时必定在频繁互换礼品：香烟，往往是他最爱的"英吉利品牌"，加拿大买来的一双羊毛袜，或某些有关佛蒙特州的书籍，这是她寄给他的。格迪斯寄给女孩儿的，有一个香烟盒，一些尚未打磨尚未镶框的宝石，等等。一次马尔妲甚至给他寄来一瓶马霍尔·格雷(Major Grey Chutney)品牌酸辣酱，是听了格迪斯某些暗示寄来的稀罕物品，为我家餐桌一道煮咖喱羊肉增色不少。整个秋季他们互换信件中，全讨论如何见面。因此，为鼓励格迪斯把精力用在学业上，我们甚至提出，只要他在校表现良好，考绩优异，能进入斯坦福大学，我们可作为奖赏安排他专去圣路易斯。虽然后来这计划未能实现，他想向我们借一笔钱，我们提前付给了他。

此行终于实现，是在这年二月。当时索菲亚在旧金山住院手术刚完，正在恢复期。家务活重担就搁我一人身上，我还要写作，还要每天去旧金山医院看护病人，路程漫长而辛苦。尽管如此，我们讲好的条件终于部分兑现，格迪斯很高兴，而且高姿态表示愿意伸出援手，留在家里一段帮我解难。我们很清楚，那年冬季他梦寐以求的，就是能去

243

趟圣路易斯。所以他居然这么懂事，能推迟此事来家帮我们，我们很感动。但我们还是送他上路，因为确信，即使此行无所裨益，至少能缓解他与情人阔别后的紧张，或许还能增碳添柴，延续旧好。所以，这样的重聚能多一天，就不要少一天。

与此同时，安进入了格迪斯的生活。而且，由于二人如今都就读于圣何塞学院，因而从这年春季开始，他们见面比以往更勤。如果说，马尔妲曾经是格迪斯人生朦胧时期的光明和慰籍，那是因为她能够理解格迪斯的困难，能用她自己的苍凉配衬格迪斯的朦胧。那么，安呢，这亮发女孩儿，则是格迪斯的朗朗白昼旅伴，能以她快乐心情释放、助推格迪斯勃勃生机。她透出一种特别调皮的可爱，一种甜美狡黠的女孩子小花招，都刚好适合此刻已呼之欲出的俊朗小伙儿格迪斯。这就伏下一笔，后来终于浮出水面酿成

冲突。即使六月份同马尔姐突然决裂,这场冲突也未妥善解决。由于这冲突来得太突然太陌生,格迪斯人生还来不及充分消化理解,难以用足够真诚来处理它。虽然后来他许多通信中不断对马尔姐承诺爱情,但一说到未来,说到会面,说到长远计议,他呢,说得客气点儿,就太直白了。请看三月份这封信:"若我仅仅为你考虑,那我一定会选择继续留校。但实际上,我更得为我自己考虑。此后几个月正是我一生中非常紧张繁忙阶段。我各个方面至今一塌糊涂,假如我还打算做成任何事情,我必须重打鼓另开张,抓紧每个机会继续努力。因此我无法经常想念你,当然,除了以间接形式。"这样的话,无疑是些普通常识语言,这哪儿是谈恋爱呢?

真相是,自从他到圣何塞学院,他同安的关系就迅速发展。还由于安起初扮演他大姐姐角色,他便也立即接纳了她,让安进入了他全部世界。每天放学后格迪斯会逗留很久,要等到安也放学,俩人好乘一趟车回家。俩人还一起去斯坦福大学剧艺社观看排练,格迪斯会讪笑《查理的姑妈》剧情,更奇怪百老汇为何这么久不上演此剧。如果说安挤掉了他生活中某些内容,那么贝巴,还有詹尼特以及德斯,都会及时予以弥补。实际上,贝巴在高中时老远第一眼见到格迪斯简直就摄入心魂,当时甚至还不知道这就是他。这件事只两家家长秘密知晓,从未泄漏给格迪斯。而由于不晓得自己在贝巴心中神秘地位,格迪斯因而无负担地对贝巴评价很高:能公正贤明地透过贝巴那一口畸形校正牙齿和眼镜片,不无责怪地对我们说,"实际上,她模样比你们想象的要好看得多,将来准是个美女。"贝巴也很喜欢加入餐后谈话,而詹尼特则催促她上楼,嘱咐她到了就寝时间。贝巴则回答:"再等一会儿,妈妈。"及至回到楼上还会嘟嘟囔囔解释,"我们是在谈论最有意思的事情啊!"格迪斯从不让贝巴感到她在场会碍事。他对贝巴充满友爱,不把她看作可以随便挥之即去的小丫头。

同安这场友谊产生的幸福效果,在格迪斯一生始终清晰可见。四月中旬,他向马尔姐汇报,"又过了一周,我滴酒未沾。今晨醒来,感觉我翅膀又长长了,决定寄给你一绺羽毛。但可惜,都是黑的,但我最大努力也就这些,请笑纳!我想这可略表寸心。"(就这位置他用胶带粘上一绺羽毛。)其实这一刻,他生活样样安好,交了很多同龄男性朋友,春假期间一起宿营。冬季,他曾一度非常伤感,很怀念佛蒙特。有个滑雪题材电影,里面有曼斯菲尔德山脉,令他非常感动。马尔姐作为圣诞礼物寄给他的介绍佛蒙特的书籍,看完后他说,"你或许不是故意惹我如此伤怀,如此思念佛蒙特。但你却做得离奇出色!你大约猜得到,书是昨天到的,一切那么熟悉亲切,一切一如既往,我真想买张票飞速回到那里。说来奇怪,我感觉自己特别属于佛蒙特,而其他任何地方我都没这感觉。"(这回他又不说东部是蛇蜕下的残皮了!)但是一进四月,一切又都变了。突如其来的幸福，侵蚀破坏了格迪斯有规律的通信："感觉再没什么可说的了，没啥可唠叨的了。啥事情也没有，也没甚么差迟，一切平顺如常。只是我觉得再无诗情哲意，乃至完全不想开口。很可怕，我也不知道我是怎么了。就连喝酒，我也没了兴趣。若你知道出了什么毛病，请告诉我。"

然而，虽然格迪斯交往重心渐行渐远离开了马尔妲以及东方（指美国东部。——译者注），但是，似乎只消之言片语，往昔他的忠诚和友谊就能重新修复。他写信给对马尔妲说，"今年夏季怎么安排，我仍举棋不定。马上要举家东迁，也希望我随行。但我很难决断。我感觉我很希望能在参军入伍前再回阿米尼亚看一眼，而究竟能否如愿，我也难以决断。来信中提及方块舞（四对男女跳的舞蹈，队形不断变化。——译者注）又让我想起来佛蒙特州。你知道，尽管因为我，如今把咱俩搞得如此受罪，但我们原本是可以很幸福的。幸福难以预料。我不记得我在那里有过什么不愉快的经历。我特别怀念普林菲尔德，以及一切与这地方相关的事。那真是个奇异地方，且如今回顾仍觉奇异无比，好奇怪……亲爱的，我得念书了。"

246

这些交错复杂的情感，头绪纷乱的忠贞，累得他够呛。这情况一直延续到即将离开加利福尼亚为止。同时，他确实开始用功了：学习专心致志！甚至那年春天某周末，我发现他还在小书房用功，是在绘图或写论文。当时我正给玫瑰花圃和我家菜园子浇水，正好在他靠近房间窗户。加之运气好，当即抓拍了几张照片，后来竟成为索菲亚最喜爱的几张格迪斯纪念照。从那以后，还有两张小纸笺，摘录他从心理学课程上学来的两句话，这两句话见证了这时期他的思想状态：其一是胡写乱画的，上书：To Control attention: control distractions.（制心，切勿心猿意马）"另一张则写着，"Humans lead a departmented life. All *pigeonholed*.（人生百态无穷尽，人无不深邃莫测）"

五月底，一切就绪。我六月初启程回阿米尼亚家中，准备开始新书写作，同时归置房屋和播种菜园。一周后，索菲亚带领爱丽森随后赶到。这安排令格迪斯很中意，因他从不爱随家旅行，不喜欢受家规限制。何况还有一学期课程，便让他结业后住房交给吉星（the Keesings）一家，那是两周以后的事情了。（后来他的旅行紧巴巴，为此我们为他补齐了一等舱位旅费差价）我们料想，他会像我们地区小伙子们一样，都会乘火车抵达密西西比河以东某些地区观览，至少要到密苏里州。而且，如果机会好，我们或许还可以顺便去走访他们，假如他们不能及时放假。当时我们都未曾料到，他会加入海军，而且一直乘火车抵达弗吉尼亚，或北卡罗来纳。现在不是每个人都可以自由选择他喜爱的方式服务国家吗？格迪斯岂不天生就是驾驶水上战斗机的特好材料吗？在水中，在水面，或凌空水上，像鸭肚子里的鸭蛋，那是格迪斯童年最喜爱的谜语！既然事情已完

247

全妥当,我们便毫无牵挂折返东方。

38　十七岁时的得分

　　一个人造革文件夹兼记事簿里保存了一叠文件,都是格迪斯加利福尼亚这一年活动和勤奋留下的实实在在证据。有一叠全是数学复习课试卷,其中不乏难得一见的高分。还有圣何塞学院信笺用纸和两张洲际时刻对照表。一系列枯燥无味的理科绘图,硬铅笔绘制,手法尚不纯熟。一连串作文,得分几乎千篇一律都是思想内容得 B,写作技巧得 C。这种以教师主观期望为准的老套路评分标准中,有篇作文即使几乎一个标点都无需更正,得分照样还是 C。格迪斯比较称赞圣约翰教育体制,他基本都予肯定。这事实就表明,不论我对某件事评价如何,他都有自己独立评价判断,确乎如此。这些试卷当中最能说明问题的,莫过他在帕洛阿尔托高中时的智商考评、在校表现、个性评价等等。这些事情他回家说过,但这些考评试卷却从未给我们看过。此刻,我多想跟他坐在一起好好研究一下这些考评结果,虽然其中许多答案是他私事,不适合他人进入。 *248*

　　虽然格迪斯智商考评得分始终在 110—130 区间摆动,而这情况很久都不为老师和家长所知晓和重视。他发育水平中上,并非特别优异。视觉、听觉灵敏度都极高,虽然他自己因病和事故受伤经常着急这两项指标。他动作协调性,得分高于正常值。除数字测验这一项,他综合推理能力得分很高。在学绩这一项,数学推理能力得分也高,可能因演算能力差受些影响。研究能力,简直出类拔萃,有斯坦福大学考评结果为证。可见,我们多次重复过的对他素质能力的定评,都得到客观记录佐证。这些证据不仅证明我们所说,他有能力从事他选择的任何进修和研究项目;同时也能抵销他自认低能、笨蛋之类的消极自辩。

　　个性测试则是另一回事,这测验号称"个人形象和社会调试能力"的指标。这项考评不仅揭示出格迪斯的问题,更揭示出试卷社记者们自身的问题。仅看自力更生和个人自由这项内容,他得分很高。而个人价值和归属感这些测评,他得分却很低。个人调试能力因而被拉下来,总分居中。以前我一直感觉这评分对他还算公道,直至见到这考评试卷详细内容,并仔细研究后我才质疑这些结论。其中第一个问题问:你通常被认为是胆大(brave),还是勇敢(courageous)? 他的回答恰是谦逊小伙儿们惯有的态度,只画了个问号。其他问题,他也是这样回答的。因为这些问题本身含混不清,显露了出题者的低能弱智。比如,他当时遭遇的这类问题——如今摆在我眼前——"你能感到别人承 *249*

认你的社会地位，而且是理所应当地承认？"社会地位？这类话题在我家从不予一秒钟时间费神思量！我甚至可以想见格迪斯面对这问题时一脸苦笑！因为，我家碰到这类问题，诸如收到一张表格，告诉我们，填好寄出就可以在伯克的《有产乡绅》(Burke's *Landed Gentry*)抛头露面。令我们大笑不止！还有个问题是：人们通常很关注你做的事情吗，他们很有兴趣吗？格迪斯很诚恳的回答：不！不过，令我不解的是，怎么这就成了适应不良呢？诚然，很多人并不喜爱他所喜爱的枪支、打猎、捕蛇，这并不奇怪。可是怎么他这些爱好就表明他这个人价值水平低下呢？人以类聚，如此而已！

这些离奇古怪的测试和分析中，还有些问题他的回答都只画了问号，显然这样的问题，准确答案既不是 Yes，也不是 No。这表明什么？表明他的智商至少高于出题者！他们这种投币式售货机的问答方式，要求受试者只能用他们那个特定知识王国铸造的硬币来答题。我浏览了全部 yes/no 问答题目，那种陈词滥调问题测试中，高分获得者只能是那种平庸之辈，或同样陈旧不堪的头脑。不然就是那种奇才，深谙出题者意图，专投其所好，降低身段委曲求全，去迎合他们要求。

而这些测试中最能说明问题的，是关于被试者兴趣和活动调查。针对被试者做过的事情，以及很爱从事的活动调查提问。格迪斯回答是：玩无线电收音机、读小说、看电影、戏剧选段、研究科学问题、观察研究鸟类和动物、实验室做试验、参观博物馆、摄影、修理各种物品、驾车、养小动物、钓鱼、爬山、远足、溜冰、骑自行车、骑马、练习第一时间赶赴救援现场、多米诺骨牌、跳棋、象棋、体育运动、网球、打猎、与伙伴驾车出游、跳舞、宿营。出题者能够想到的 74 种活动，格迪斯都喜爱，也都做过。大概唯独有一种他言之过甚，稍嫌不足的就是网球。因为他打网球从不如他爱水球那么激情热烈。其余问题，格迪斯认同非常喜爱的只有一项，就是绘画、油画。他喜爱的活动，他都做了。他人生丰富多彩，领域宽广，因而不难达标。

这些零碎综合到一起，能看出什么呢？能看出这是个很自治，很爱自由精神的少年。不会轻易落入现代生活的俗套，他自治自为却谦和有度，对自身充满怀疑，为自身反复挫折失败而深深苦恼，在校关系也不尽舒畅，有时很不舒畅。在家里，他过剩精力远未导入正轨，青春期横扫一切的燥闹尚未找到施展的战场。经受上述检验时，他内心宁静、体外均衡都还颤颤巍巍极不牢稳。但临近学院结业时，他已很接近稳定平衡要求了。

过去，格迪斯总不断叫嚷，"情况可在好转啊！"当时他是把自身愿望和可能错当成自己实际行动了。因而一碰到挫折，即跌入低谷。即使如今，他学业成绩也有望得到更多 A,B,尽管成绩单上多是 B 和 C。不过差距越来越小。而且他感到自己在进步，包括与他人相处关系，并从进步中获得幸福感。一轮红日冉冉上升，朝晖里，以往各种错误的鬼影正在消尽。我浏览这些散乱试卷和文字报告,他似乎在看着我,期望我懂得这些仓促评语结论包含实际生活应有的内涵,并将其转换为绚丽多彩的实质内容。他本人正从这些色彩中脱颖而出,逐步显现。

251

39 格迪斯与战争

普通美国人意识中,战争概念从未像20世纪20年代末期那样茫远、陌生,包括纵观整个美国史来对照。他们承认自己不喜欢战争,因而索性不思考战争。作为一个民族,他们参加过一战,或出于一腔热忱(这因素如今已显得离奇),或出于激情满怀或同仇敌忾,这些人大多满怀希望地认为可以用战争结束战争。就连查尔斯·比尔德博士(Dr. Charles Beard)当初也怀此古道热肠赞成美国在德国攻占比利时之后直接参战。

但自1919年春开始,和平主义和玩世不恭(cynicism,也译犬儒主义。——译者注)两种情绪互相联手。很少有人像我家邻居斯平加恩(J. E. Spingarn)那样敏锐察觉时代真相,根本原因在于他们无法理解他的判断中包含一个基本真理:这么多人不负责任,无条件和平主义态度最终会酿成更惨烈屠杀、更系统奴役,超过人类史上任何时期。有些人不看好凯洛格和约(Kellogg Peace Pacts),那种不折不扣的一厢情愿,因而采取孤立主义逃避态度。照他们说法,美国最好躲得远远的,独善其身。咱们索性把吊桥拉起来,断绝与世界其他各地联系,就守着自己这半球过好日子。保持明确中立,明哲保身,

252

袖手旁观,见死不救,从而自己"获得保护",不搭理国际法国际秩序种种原则,若不能顺利实现自家目的,索性抽身不管国际正义,从而"获得保护"。不染指战争是出于自家利益考量。但是,面对有人挑起战争,却拒绝承担制止它的责任和义务,甚而完全不信世上有这种想挑起战争的人。难怪独裁者公然大笑,而且唾弃我们!

这态度已经浸透我国整个社会生活,助长民心腐臭。这社会风气下,土匪荣发,欺压胆小怕事商家,讹诈守法公民,操控整个产业,掌握整个州和大小城镇。他们的警署、法庭,无不依据绥靖原则进行运作。因为这态度经过权衡发现,与其冒生命危险挑战他们权力取而代之,还不如任土匪行使权力射杀一切阻碍他们的人,肆无忌惮地贿赂和掠夺! 于是,我们发现几乎每座城市都出现了大大小小的希特勒和莫索里尼! 我们眼睁睁看他们崛起,一如我们眼睁睁看着希特勒本人的崛起。这种态度若非放任,至少消极;若非幸灾乐祸,至少姑息养奸。于是,孤立主义成了我国镇静剂,而且我们不断增加剂量,生怕醒来看清自己可怕的道德堕落。我国多数同胞以这种高水平自我道德认同,

加上他们政界领袖们、大众传媒以及教育界一致认可，陆续进入到这种超然状态。一大批揭露真相的新闻记者、犬儒主义教授们，以客观真相是学术道德为名，把学生和追随者表现的任何一点道德判断痕迹，任何一点点行动迹象，任何一点点理性选择的可能，统统剔除出来，扔掉！腐败透顶，无所不至！

格迪斯他们那一代青年就是在这种环境中长大的。连 1929 年那场恐慌带来的冷静醒悟，或紧随其后的大萧条，都未曾充分唤醒我们美国人，让他们充分看清和面对当今世界的惨痛现实。吊诡的是，美国却从未如 20 世纪 30 年代那样陷入如此深刻的孤立主义境遇。即使当时飞机已开始绕全球向各种方向飞旋，即使某大独裁者借助无线电，把他毒液灌入每个他想奴役者的耳朵。他很有把握会看到他们心甘情愿领受其每一滴，只要他们自己能因保持沉默，因其所谓"头脑开明（open-mindedness）"，懂得为免一死，为求财产不受损失，一切无可避免。若 20 世纪 20 年代美国人社会生活的神符是"purposeless materialism（不要目的的物质享乐）"，那么三十年代美国人求生神符就变成了"effortless security（毫不费力的安全保障）"。

我们当中有些人从这昏昧、瘫痪、道德空虚恶梦中醒来较快，有些较慢，有些人则根本未醒。而且还有人，诸如诺尔曼·安吉尔（Norman Angell），这些人可以无愧地说，自己从未睡过。这样的人数量极少，但确有其人！就连 F. D. R（罗斯福总统）敢于挑战自己同胞，夸称自己勇敢、远见、高效，就连他，也难免受这种孤立主义情绪侵蚀，千方百计躲避 1933 年国际经济会议，理由类似希特勒式的虚假理论，认为每个国家都能自力更生解决自身经济难题。他可以执行政客味十足的芝加哥呼吁书中主张，通过在慕尼黑会议上支持绥靖主义，委任一个顶级调停人担任驻英大使的重要职位，来疏离乃至封锁侵略国家。而且，出于他自己作人宗旨，他可以无愧的说，美国从不以自身政治利益或道德目的考量，来决定是否参战。美国参战取决于本国是否遭受实际入侵。这同伍德罗·威尔逊（Woodrow Wilson）总统政策形成鲜明对照，威尔逊总统可以领导全国人民投入战斗，因为他很清楚这场战争不仅正义而且必要。如果说在此关键时刻青年人不能擦亮眼睛，不能认清方向，没有明确目的，这结局在极大程度上要怪罪他们前辈。

可是，青年人或许比他们父兄看问题要更敏锐、更清晰。恰是我们这一代人，我以下十年至二十年这些人，受毒最深重，也最堕落。我留着一张便笺，是 1930 年格迪斯母亲写给他的，记载表明当时格迪斯对潮流趋向不像他父母那样迟钝。便笺记载说，"格迪斯喜欢玩战士打仗游戏。而且听刘易斯说现在无仗可打（索菲亚在此重重地画个问号表示质疑），他就更放心了。今天下午他同比他小的孩子们玩这游戏，我一旁观看。他们在玩战士打仗，格迪斯带头，突然间他双臂弯曲，紧贴身旁两侧，然后飞速绕圈儿旋转,同时做出可怕鬼脸儿,把别的孩子吓坏了。我问他,你这是在干什么呀?他回答说,'我们原本玩战士打仗,既然如今没仗可打,没有战争,当兵的就可以疯狂舞蹈了!'"

就是这一年,我在一封信中告诉索菲亚我观察到的情形:"他相信虚假战争,但讨厌真正战争。他的战术是对准敌人眼睛猛射,这样敌人就看不见他,他就可以逃之夭夭。"佐证这些材料,还可引述一些日期相同的小短文,小歌谣,都是他念诵出来,我们记载下来的。下面这首军歌唱词,似乎已很有料事如神的不祥之兆:

仿佛听到战士们的进行曲
还有战船战舰。
战舰驶入港湾
船长就发令,前进!他们就向前进了!
一艘船在太平洋被大炮击沉,
又被海浪吞没
大网抛入海中,但却不下沉
钢铁大炮仍漂浮水面
万岁,乌啦!
他们身着铠甲,荣归故里
一个个仍然守在大炮旁。

255

十余年后写信给马尔妲,他说:"我感觉必须讲讲我如何看待幻想、艺术等题目。你们心理学课程肯定学过,幼儿与外部世界几乎没有联系,唯独能接触他们父母。因此他们必须构筑起他们他们自己的世界。幼儿的玩具娃娃的价值几乎全是其象征意义,而不代表生育。"格迪斯这里所说他五岁时的象征,梦想和恐惧,要比年长孩子那些稚气十足的祈求、希望,更贴近真实世界。当时整个时代就是那些所谓现实主义者,那些经济学家、政客、商人、贩运"hard facts(过硬事实)"的掮客;但这些人的预言往往被证明并不正确,且他们自身被证明不能解释、更无力应对世上那些张狂非理性势力。相反,是那些认真看待梦幻世界的人,那些熟读莎士比亚、陀思妥耶夫斯基,因而懂得:无恶不可入人心,而且一入即全面掌控人性、人格,彻底摧垮常理、道德,使之无从发挥其职能。因而正是这些人能理解真实世界,能多少预见未来,若那些所谓"现实主义者"总是推诿退缩。

就连个六岁小儿也能给那些不负责任者上一课!请看下列对话实例,是格迪斯和他母亲之间即兴对话,时间是日本最初入侵中国的时候:

"战争很邪恶，是吧，妈咪？"——对，是的。

256　　"大家都不该打仗，是不？"——对，不该。

"我长大了，谁发动战争，我就制止谁，让他不能发动战争。"——可是，你怎么制止呢？

"我要一把枪，只要有人发动战争，我就一枪打死他。"

如果格迪斯很小时候心灵对战争就不陌生，那么十岁以后对战争威胁就更不会熟视无睹：战争、流血、屠杀、奴役，这些事情在中国、西班牙、阿比西尼亚，当时已经成常态。而且，即使他不听广播，不看报纸，仍然能接触到家庭餐桌谈话，这些谈论越来越恳切，认真。随着法西斯歪理邪说日益扩散，其矛头所向似乎锐不可当。我们家谈论也越来越忧心忡忡，也越热烈，辛辣，尖锐。我家本来很少听广播，若听也是听开心逗乐的喜剧片段。但是1938年后，我们越来越频繁拨到新闻频段，听取CBS(哥伦比亚广播公司)新闻节目。他们有记者从世界各国首都发回新闻报道。尤其喜欢爱德华·默罗(Edward R. Murrow)那坚定沉着、诚恳真挚的嗓音。从1938年开始，我们家里气氛越来越紧张，因为索菲亚和我日益坚定决心，竭尽所能唤醒邻居、朋友，只要可能还包括范围更广的公众，积极采取一切可能行动，抵抗这种甚嚣尘上的"未来浊浪"，它简直要吞没地球上一切人文痕迹，如同沙粒一样扫灭掉。我们如此焦灼投入这种公民行动，却往往忽略了自己的家长职责和义务。索菲亚1941年6月在一封信中呼吁，"孩子和战争危机简直不共戴天！以往我怎么也想不到，我竟会恼恨自己不得不把时间用来倾听格迪斯讲述他决心，或安慰爱丽森她的娃娃是世上最美的。"见有些人仍然若无其事准备野餐或者着手栽植菜园新品种，我们却不能，心中无不羡慕。但是，青年当中最优秀的人

257　常常能理解我们心情。格迪斯表兄康拉德·弗莱舍(Conrad Fleisher)，在横祸飞来殒命之前，曾说过一些莫名其妙的话，不过这就是他的临终遗言："我梦见自己是个强人，展翅飞向中华，帮助中国人抗击日本帝国主义。"这是1938年的事情，也是格迪斯殉难的背景画面之一。

这些想法、焦虑、预感，必定都在格迪斯成长过程中产生过一定作用。比如，有时他最需要我们的时候，我们却不在他"身边"。我们那些有根据的不祥预感必定额外增加了他的青春期焦虑，尤当虑及未来。因为他没有那种舒适幻想，不能像那些孤立主义同学们那样相信战争不会触及美国本土，因而可以不去理它。整个这时期，战争和死亡的可能始终盘桓在他心神边沿，这一点我几无怀疑。只是到后来，这黑影才突然增大，而且横在他成长道路上难以逾越。有关国家决策和重大行动，自从他具备判断力，他始终站在我们一边。我与汉米尔顿·菲施(Hamilton Fish)在阿米尼亚高中那次辩论，格迪

斯就始终在我身旁。当时我对这个法西斯辩护者猛烈开火,说他与法西斯共谋同伙、志同道合。整个辩论过程中,格迪斯始终紧张地坐我身边,眉头紧皱,有时激动闪着泪光,聚精会神听取一字一句。事后他对我说,他紧张部分原因是担心辩论对手这大块头,会被激怒动起拳头。格迪斯知道我心脏不太好,担心我对付不了他。

珍珠港事件那个周末,我原本在达特茅斯大学讲课。实际上,周五课程我原准备讲,如果美国隔岸观火,继续这种孤立主义梦想,那会是一种多么不可靠的和平。格迪斯搭便车从高达尔德赶来,那是个寒冷周日,我们一起去汉诺威餐厅吃午饭。当时情境好像很陌生,因为感觉格迪斯突然成熟了。后来,亚提马·帕卡德(Artemas Packard)开车送我们到蒙塔皮罗,我们就在那里分了手。此后不久,传来那件重大消息。虽然我俩刚见面交谈过,格迪斯很受震动,第二天便写信给我。这信里混杂了他十足孩子气和一种很快就要形成的宽广心胸。数年后他就大敞心扉,接受一切:“爹,昨天分手后,我发现两种特有意思的事:一个是小日本鬼子用很独特方法偷袭了我们关键阵地。另一件则更有兴趣,鲍勃抓到一只很大的水貂,我也差点儿抓到它!”

所以,如果格迪斯更多是从同学老师那里听到反对美国参战打击法西斯的意见,那么,他从家里获得更多讯息,让他相信这问题不可草草了之。1942 年他给马尔妲的一封信就很表露了这心迹:“人们似乎还没认识到如今在打仗。今天是感恩节九天长假第一天。但一切照旧。我们至少有五天继续上课,这事实至少教育当局置若罔闻了。今天我还遇到一件事情,令我惊讶。当时我在帕洛阿尔托学校理发,有个理发匠唱起一个很长的和舞歌,历数不列颠及其帝国种种弊端。事后我又把这事儿回忆一遍,感觉自己怎么不能再像这样歌唱。看,事情就这样,而且我得说,这事把我情绪搞得很坏。”此前他曾见过米尼沃太太(Mrs. Minniver),并记录如下:“我看过的全部图画都给我留下深刻印象。我相信这展览成功再现了战争真象。战争不再是报纸上的简单标题,英雄报道,我相信,这景象不仅对我而且对大多数美国人,都会留下深刻印象。”当诺埃尔·科沃德(Noel Coward)的戏剧《我们替谁忙活》(In Which We Serve)巡演到帕洛阿尔托,他看过评论说,“这剧太棒了!”同月信中,格迪斯再次提起这件事情。

“近些天来有关盟军新闻中,清晨突然意识到一个很可怕道理。假如我们很快战胜德意法西斯,这对民主世界将是一件很可怕的事。而这事很可能发生。如果你还没有看到这一点,让我来给你讲讲其中道理。因为这样的胜利,我们目前根本还没有准备好。或许再过一年也还准备不好,因为我们自身还不够强大。我国许多地方许多重要岗位还被孤立主义者和绥靖主义者盘据。我们还有太多菲施、石油参议院、林登伯格之类人物,因而除了重复 1918 年以后的错误,其余什么也做不成。因此作为一个国家,盟军经历不会对我们美国发生整体影响，而我仿佛看出，我国还得继续战斗三年四年，或者，实现那种战争全面动员状态(即全面战争的最严格意义)需要多少年，我们就得再战斗多少年。到那时我们才算准备好了迎接和平……"

　　爱默生曾于1861年在《杂志日报》(Journal)上写文说，"长时间和平令民众一切习以为常昏昏欲睡(routinary)，而且喜欢抱团儿(gregarious)，连走路都喜欢臂膀挽着臂膀。相反，历经贫穷苦难，海上漂泊，风霜雨雪，农耕，狩猎，颠沛流离，军旅生涯，能教会人们自力更生，发挥首创精神，而且永远不会失去理智，丧失警觉。"

　　如果战争、打仗成为格迪斯份内的事，他的家庭为此向他提供了相当程度的心理准备，也为此作出重要贡献。可是这个事实同样也给他实际入伍前的岁月增添些许紧张。我虽然让自己坚强起来，正确、客观看待战争及其后果。但仍难免有这样的时刻，且
260　1942年以后还越来越频繁，自己判断往往跑偏、出错、走板；主要因为自己不知不觉顾及孩子安全。然而，突然记起我编造的诸多假想之一却让我获得些许安慰：我曾经预言，照1942年秋那态势，我预计1943年春将发动钳型攻势(cross-channel invasion)，这样，欧洲战局可望1943年底胜利结束。抗日战争也可望半年后告终。格迪斯深晓我在这方面看法历来悲观保守，所以他一听这判断，立即兴高采烈，立即兴致勃勃告诉了马尔姐，仿佛他自己可因此获得缓刑似的。我这话的确给他带来几个月安宁舒畅，仅为此效果，我犯这可笑错误怕也值了。是啊，真相自身很老实，有时老实得阴森可怕。

40　应征序曲

　　还差五天，1943年6月就将结束，格迪斯回到了东部。虽然心情还好，加利福尼亚最后几个月却在紧张中度过。早在三月，他不再继续鼓励马尔姐来斯坦福大学所属一家暑期学校继续她的心理医疗培训。他俩之间的热线在这最后时期也频遭损毁，双方都有责任，而格迪斯则受伤害更重些。因而当他抵达纽约中央火车站发现来迎接他的
261　只有我，而没有马尔姐，很失望。接下来几天，就住在城里，忙他自己的事。拜访老朋友，同老同学一起去拉奇蒙德镇(Larchmont)附近的桑德(Sound)好天气里痛快游玩一整天，然后又尝试恢复同马尔姐联系。发誓把触须伸向四面八方，想突破任何束缚，然后与青春期诀别。

　　一个雨夜，格迪斯意外出现在利兹维尔我家前门廊下，神情轻快。他是不宣而战乘晚六点二十五分火车抵达这里。站定，同我打过招呼，然后好像闻到雨夜中花木万物宁

香有所感，即转过头，笑我怎么那么惊讶。碰巧，家里只我一人，且刚吃完晚饭。他似乎颇得意突然回归，喜悦中夹杂着他闻到久违了的自然芳香满怀欣悦。一切从他亮闪闪眼睛看得很清楚。进入客厅，他一一打量每件物品，发现四周墙壁满是书籍，早就不用的壁炉上方，挂着奥及佛(O'Keeffe)油画橡树林，还有那块桐棉木(Milo wood，拉丁名称：Thespesia populnea，中文名：桐棉、恒春黄槿、杨叶肖槿，锦葵科常绿乔木。常用于木雕。——周艳萍提供注释)。都看完了，才说，"真高兴咱还存着这块大木，回家感觉真好。老爹，我在城里玩儿得不错。就是马尔妲要下星期才能回来。整个那地方像个山洞，我总算回来了。别忙晚饭，随便吃点什么都可以。"

这天晚上景象，在此后三个星期一连串虽不系统连贯却历历在的目诸多印象中，一桩一件都特别突出。他在阿米尼亚进进出出，穿梭不停。终于，一个凄风苦雨的周末，马尔妲来了，来做"最后"谈话。显然一切已经结束，仿佛她突然成熟了许多。而他呢，却颇古怪：迷惘中略显愠怒，好像还在耍孩子脾气。我们理解，双方各自都发生了那么多事情，分手已不可避免。但这却无法让格迪斯很容易接受这结局。马尔妲是他命中女神，最先拨响他那根最深沉琴弦，从而深刻改变他人生目的和追求；或者说，至少把他的追求和志向重新调回正道。如今就这样离去，对自己生命这段经历说再见而不深思细想、不悔愧，或许还需要就自身做番沉痛悔恨……这样分离，他无法接受。"我希望你别信别人说的，他们认为咱俩长不了。因为老实说，我认为他们完全错误。"这是半年前他在一封信中写的，但此信并未寄出。如今，一切已晚。 *262*

此后两人偶或还互通信息，保持联系直至最后。马尔妲信中会讲述她听到有关高达尔德学院朋友间一些闲言碎语，某某明年归来，某某看中某某，某某结婚了，还有了孩子……格迪斯这年冬季则写信告诉她。"我常一醒来就思索，若我们不分手，你如今又会如何？我深知，这思考对我并不轻松。"两人分手的直接效果，当然是他一蹶不振。有天晚上，见他非常沉闷，我找话题随便说说，大意就是前面他信中写的那些话，无非想安慰他。他打住我，说，"别，别说了，老爹。什么也别说。"随它去吧。

又一个周末，凯瑟琳·吉泽(Carolyn Kizer)来了。当时因有别人在场，格迪斯起初不好意思独享凯洛琳的陪伴，但两人无拘无束，简直一见如故，如有机会很快会难舍难分。格迪斯去世之后，凯洛琳三次梦见与他怀孕，生孩子。这两人都是教养与原生有机组合，只各自配比配料不尽相同而已。凯洛琳记得，一次七月晚霞中，同格迪斯一起漫步树林，格迪斯，安静又坚定，说谁若抢他媳妇他敢杀了他。这话语从他嘴里说出，不显无聊、粗野，也不陈旧过时。这就是他心声，表达他内心忠贞情感。这种嫉恨心理，女孩子最懂。此次与斯珀坎市伙伴们重聚意犹未尽，因而他又同凯瑟琳在布朗克斯维尔 *263*

(Broxville)又过了一整天，然后凯洛琳去了萨拉·劳伦斯市(Sarah Lawrence)。

这是愉快的一天，难忘的一天，然后他搭便车五十英里深夜赶回家，心情很好。这样的重聚温馨美好，超他所料。他在佛蒙特读的第一所学校一位女同学，如今就在萨拉·劳伦斯市。这位同学还记得——并无恶意——他把蛇放在她饭碗里恶作剧。凯瑟琳则预先告诉她最钟爱的老师，别在意格迪斯是大名鼎鼎芒福德之子。后来格迪斯同这位老师讨论政治问题很久，且获得良好印象，因为别人接待他是看他本人优点，而非因为其他。后来格迪斯逗留一阵观看姑娘们表演舞，又同凯瑟琳喝了一阵酒。

这天兴高采烈中，两位朋友突然意识到，彼此如此欣赏，称赞，友情诚挚坚贞，随便什么结局都可能诞生。确乎如此，因为两人互相理解和亲密，且不断深化。这一天非同寻常，这一年也非同寻常，而什么都没发生，似乎也不会发生。但那种感觉却非常清楚，似乎收到礼包，就差解开外包装，就差剪断最后一股绳儿……他俩感觉两情相悦，女孩儿有迅捷、自信、一探究竟的头脑，一生都在周密照看、关爱有加家庭爱抚中成长；格迪斯则天生敢闯劲头，爱动脑筋，坚守信念。两人以各自方式展现人生的诗境，以叛逆精神抵制陈腐以及无意义僵死行为，两人都愿意体验更狂野，更有滋味的人生。想知道格迪斯与凯瑟琳情谊属什么性质，只消看看他给凯瑟琳精神留下的遗产就足够了：她感受到他人格辐射的能量，引她原话说："如此强有力，如此神秘、深沉，乃至永远咄咄逼人。"同马尔妲或安给予他的相比，这是一种完全不同的互相理解和同志爱；或许有些抬举他，但这样的友情和同志爱体现在他们交流思想那种成熟，那种轻松浅淡，却更精致超然的特点。他公开宣称喜爱一种做人态度，喜爱自己精神能与凯瑟琳这样的知识分子共融：他格迪斯再不是低能弱智，缺乏教养者的避难所。但重复经验的可能前景未能挽留他，仅只作为生命一种尝试，一种选样，一闪而过。说不清楚的是，他似乎永远在选择和体验着生命的试验。

格迪斯回家头十天，焦虑不安始终伴随着他。模样也瘦了，易怒，还莫名其妙咳嗽。尽管入伍体检还有几天，我们还是力促他去看家庭医生。医生说，稍加注意即可，原因比我们料想的还要简单，无须小题大做。他既已决意入伍，就打算坚持熬过去。及至发现七月征兵指标已满，照常规，他只有等八月份才能随军离开。他不接受这最终命运，跑到兵站百般要求人家准他随七月兵员一起开拔。及至接到电话通知，一听说获准，他很高兴。记得我在书房听外间大乱，来到厨房察看出了什么问题，结果是他正兴高采烈手舞足蹈。从那一刻，他一切病态体征和精神抑郁，统统不见。

这期间，格迪斯多少有点儿故意躲避同我们亲昵接触，这是我的感觉。他和他妈曾开车一起去莱因贝克镇(Rhinebeck)完成入伍体检，路上险些在一处山坡发生严重事故。

车辆进行途中一只后轮脱落,滚出老远。他面有赧色,因为这车轮是他安装的。不过此时的确他早就魂不守舍了,每逢远行他都会神采奕奕。连他生日庆典也残缺不全,丢三落四。当眼前已无什么百姓用品对他尚有任何意义,当一只防震手表足以纪念他十八岁到来,他又怎能不如此魂不守舍?是战争这把利刃在青年时代和成人礼之间刻下个深深沟槽。

而我俩却还找到机会一起去湖边散步,不是走通常走的路,而是抄近道儿经小河,越过他秋季打逮土拨鼠的田地,到达树林,我们每年都从那里砍伐圣诞树,他有时也在那儿挑选藤蔓植物作花圈之类。这条路一直通向山区,一路上我们的脚步常惊扰一些松鸡飞跳而起。记得来到河边,我们稍事停留,脱了鞋和袜,坐下小憩。我问他,就要启程了,感觉如何。记得,他回答很爽快,"哦,我愿意去。若继续在这儿闲荡下去,我会感觉自己是个胆小鬼。"(稍早他曾写信对马尔妲说,"你不知道,眼看自己那么多朋友伙伴都出发到前线去了,那个感觉啊,很奇特。")他感觉军旅生涯有他各种用武之地,以前想去参加水坝工程,想攒钱准备结婚,如今这些念头都烟消云散。聊着聊着,随后又回到原来那个青年格迪斯,讲述想发明一种武器:用短枪子弹击发的近距离机枪(实际上后来他五种枪支都能娴熟掌握,每种都比他想象的武器更具杀伤力)。或许那一刻,他真能勾勒出一种更理想发明:陆地环境用的脱水水源(dehydrated water)——只消给容器添加等量水,便会获得加倍水量。

格迪斯最后一周平民生活很普通,很闲散,很随意,很自在。以至引起我长时间盘桓在这时刻,虽然近旁放着当天下午他一张照片,天气晴好,阳光充足,是他离家前一天拍摄的。这张精美照片让一切叙述变得苍白无力,它最能代表我们一起去湖边游泳的那些日子。只见他身躯在水里光润健美,一如往常。这样的黄昏里,他常常穿戴整齐,邀上邻居女孩儿佩姬·奥肯顿(Peggy Ockenden),这女孩儿常着见习护士服,霎时间,格迪斯显得非常成熟、潇洒。俩人一起去阿米尼亚电影院看电影,或者在这最后一个周末,索性去参加农庄(Grange)举办的舞会。就连出发前一天黄昏,他还带枪从后门出去,回来时只听他男孩子的尖叫,兴奋不已,手里提着只大土拨鼠,一边叫嚷说,"准是天意,我瞄准时正对太阳,光线刺眼,可是一枪命中。"这正是古罗马人所说的好运兆,我对他说。一边说一边自己很相信格迪斯参军后前景光明灿烂。凯旋归来,更不待说,因为这兆头已经担保。一个人若百般无奈,迷信就成为信仰、信念孤注一掷的唯物版本。

不知多少次了,乃至很久很久以前,格迪斯就给他自己定好了离别规矩。或因他太清楚自身内心储藏太多柔软情感,经不起外来任何挑战,受不了太外露情感表达,至少经不起父母之爱那种脆弱。在他看来,孩子出征,父母洒泪送别,徒增难题,令做孩子的

难堪,无异提前庆贺他们的真实阵亡。大凡碰上此类事,他的信条就是坚忍,男儿有泪
不轻弹,而且要求我们同样行事。如我前面交代过的,他不喜欢唠叨。但毕竟是阔别,
偶尔总会有谁脸上流露出庄严凝重,包括他自己。都明白,眼前离别非同寻常。此去经
年,生命就只能听天由命了。这些日子里能想起的事情,都叙述了。所以接下来的书
页,我只能抄录那个星期一格迪斯离开我们之后我做的笔记。现摘抄如下:

267

41　离别的日子

"1943 年 7 月 19 日　今天清晨大家都五点半起身,格迪斯今日上午要去报到。差
一刻七点,我们已出发上路,前往莱因克利夫(Rhinecliff)。索菲亚坐我俩中间,格迪斯
驾车,我们都坐前排座位。天气晴好,凉爽,天空澄彻。行进一路四野茫茫,尽是肥沃
农田,路旁长满花草树木。格迪斯心情很好,慨叹道,"原来到处都没这么好的美景
啊!"自松林平野(Pine Plains)再向外,山峦丘壑轮廓也斑斑驳驳点染块块大小各色农
田,有玉米,也有燕麦。格迪斯很敏锐,发现这里农业耕作习惯殊异于美国其他地区。
比如,这里耕田惯用套耕(contour plowing,依矩形边框为路线驾驶拖拉机或耕畜,一行
行平移,逐渐将整块耕地耕完。——译者注),而播种则习惯条播(srip planting,也译垅
播。——译者注)。所以,见到农田中耸立一处很现代化农庄木构建筑,长条窗框,我
们并不惊讶。一路良辰美景,行路也颇顺利。我们身体互相依偎触碰,我胳膊伸出挽
过索菲亚,手掌搭格迪斯肩上。一路上,我们仨有种意合,一种融为一体之感。精神宁
和,心情澄彻。三人与这天景物气韵全然合拍,对些常见景物、琐事,谁偶一提,立即
引起共鸣。格迪斯驾车娴熟,平稳。时不时对母亲一个亲昵动作,一言一语,一微小动
作,宛如个好演员恰到好处,传达出内心。他那天新鲜、明亮,简直就是那天清晨景色
268
的反照:宛若苍鹰飞旋半空,时刻准备铅坠般猛然扑向猎物。我们个个心中明白,今
天是个重要转折,今天是离别。格迪斯抛在后面的不仅是家园,还有他青少年时代。
不仅抛别他的青春,还有这么长久以来滋养了他的地方。然而,此刻我们并不伤感,反
而感到年轻,感受到飞越历史进入未来,从熟悉环境进入未知境界,体验到一种高扬心
境。格迪斯自己那种内心安宁让索菲亚和我都感到释然,因为我们曾屡次催他早日归
来去参军打仗。最后十英里我们行进很慢,还在莱因贝克短暂停留,格迪斯购买了刮
脸霜。但仍比要求的八点四十五分提前半小时抵达兵站。那里已到了十几个小伙子,
显然都是应征来参军的。我们站定,在太阳下同他闲谈,远眺亮闪闪哈德逊宽阔河面。

到这最后时刻,他第一次显得似乎心已离开了我们,又似乎有些走神儿。索菲亚求他准许我们一直陪着他,直至火车开动。可他,和悦地,面露笑容地,又很坚决地,坚持让我们即刻离开返回。随后陪我们走向小车,取下自己外套。索菲亚亲吻他,我同他简短握手,我俩仿佛就是送他去短期度假。然后他走回那伙应征者,很快消失不见。我们小车驶上大路,还能看见他们。只见他在河水背景映衬下的清晰身影,斜倚铁道栏杆,在等火车。马上他就要踏上征途去纽约州府奥尔巴尼(Albany)践行诺言,应征入伍了。

　　这天傍晚,很意外,他从纽约城宾夕法尼亚火车站打来电话。语调中不无失望,而且我肯定,灵魂中有一种更深重的失望,或许会令他久久难忘。因为,一周以来他百般努力,力求提早一个月入伍。而他走后刚一周,海军招兵名额即宣布满额。不管他反复抗议外带央求,仍被编入了陆军,而且已向阿普顿营地开拔。但他却离奇地平静了下来。因为,好在他已通过入伍体检,样样指标,包括视力水平,全部达标。还有个原因令他自信大增:因为,尽管他是这组当中最年幼预备兵员之一,却被委任为组长,负责去阿普顿营地一路的管理和联络。对自己未来前景,已不那么气馁了。这是男子汉的事业,他感觉自己正是为此而来。还解释说,后来他们得等很久火车才到。所以很庆幸让我们早些离开,早些到家。希望妈妈理解他这样考虑。现在得马上挂断电话,去赶火车,开赴长岛⋯⋯格迪斯已经入伍⋯⋯而且,从那以后,虽时不时也还有不如意的事情,却再没听到过他纯粹为自己安危有过任何抱怨。

269

第三部分　悠悠千古

42　列兵受训

"军队倒是不那么糟，但是还没到那么好。"这是格迪斯入伍后给家里第一封信中对军队的评语，该信寄自阿普顿营地。联系我自己在海军时期见闻，我很懂这评语有多公平公道，贴切合理。他在阿普顿营地驻扎将近三个星期，我们还来不及透彻了解其中大略情况，除随便简单说几句外，随后我们突然又接到他电话，语调活泼，说他在圣路易斯简短休整，还告诉我们，长官这样做（安排休整）算很体贴整火车皮的新兵；完全信任他们会按照规定时间归队。不久，八月中旬，他告诉我们他最后目的地：罗伯特营地，那是加利福尼亚中央河谷地带大山深处，距阿米尼亚可谓遥远。所幸，这地方并非连帕洛阿尔托也遥不可及，所以安德斯还有詹尼特都可以去看望他。这次休假他们非常愉快。

格迪斯这第一个报告透出一股喜悦。而且，这喜悦始终伴随着他，包括某个周末连队受罚不准离开营房，因他们兵营整洁内务考核不达标。这种好心情其实一直延续到

冬天，直至他们开赴俄勒冈，面对那里愁雨绵绵，满地泥水，这好心情也始终不败。"与阿普顿营地相比，罗伯特营地可谓天堂。饭食很好，军官廉洁。有个戴一道杠袖章的人，比您级别也高不了多少，还不是个将军什么的，全然不像阿普顿那样子。总之，我很高兴。"他还遇见个阳光花园时期的小伙子，布朗克斯理科高中时期同学有五六个，可见，世界还是太小。显然他背诵过岗哨职责——信纸上潦草记录着相关细节——这时期他还有不少关注呢，从洛克佛德短袜到太阳镜，想要些吃的和一双很合脚的皮鞋。那是在暗示索菲亚，可把些好吃的藏入皮鞋内膛，再把鞋装入食品盒子寄给他。而美中不足的是，由于战时物资紧张，特别是包装盒，非常短缺，包括铁皮咖啡筒，也很难找到。所以，他要的饼干几乎没给他寄过，除很稀少很寒酸一点点表示。而随后我们会收到他郑重其事的回答，"谢谢，饼干收到。"

格迪斯始终用一种观察、审视眼光看待军旅生活，有他给马尔姐信件为证。该信写

于罗伯特营地初期:"我们当前接受的训练类似人的成长,从儿童变为成人那样的过程。就军训来讲,我们新兵就仿佛六七岁小孩儿。一个合格军官正是这样来看待我们的。我们常挨训,甚至受罚,逐渐的,我们素养就像点样子了。这里有些人很难适应军队生活,特别是城里来的孩子。要把个平民驯化为战士,不是简单事情,要花很大功夫……(后来)上周我们终于到训练场实操步枪射击。这课程又好玩儿又艰难。信不信由您,反正我是专业级射手(在部队这可是最高的评定)。"

275

接下来,他又以同样语调给我们写信说,"虽然日常科目雷打不动,军队里时刻都有新鲜内容值得学习。今天是军纪、仪容仪表、加油、警卫职责、步枪课程,接下来该是什么了,谁也说不准。我总印象就是,如何教个六岁孩子长大成人。六岁孩子可能已懂得基本道理,但须教会他如何贯彻执行。我就处在这样地位。我多少懂得对我的要求,不过我还是得学会具体怎么做。到目前为止,就学到这些。当然,最终,是要学会厮杀。如今我们距此目标尚远,但每天都在朝这目标前进。"

格迪斯从不忘记告诉我们他在伽蓝德步枪(Garand Rifle)以及机关枪点射科目的排名。这倒是他一贯作风。再不然就简略提到,休假归来后,参加一次野外训练,他奉命操作机关枪,实地使用弹药。这倒真是一桩很不容易,且责任重大的任务。不久,我们又了解到,部队教会他背步枪正确姿势。具体做法是单手握住背带,另一只手将枪体后抡,趁势挎在肩上。这动作一度难住了他,他不懂要领。若开始曾抵触,那他会很快矫正,掌握动作要求。就此而言,军队让他心服口服,赢得他完全尊敬。还有,他步枪操作成绩优秀,证明以往训练基础扎实。但对卡宾枪,他成绩不佳,原因不明。这武器本是他最钟爱的武器之一:或许那天是他休息日。他非常骄傲自己射击成绩奖章。上有两道杠,回家休假换洗衣服时,从不忘小心翼翼从衬衫或外衣摘下。所以,他牺牲后清点寄回来从他身上搜寻到的很少一点点遗物当中,唯不见这奖章,我俩真很伤心。

格迪斯这时期寄回的信件很简短。且一开始紧张训练,信件间隔更大,往往要等两三个星期。九月初收到一封信,写得较长。其中内容或许值得引述。此信其实有两个版本。一个是他寄给我们的,另一稿是他潦草写在一个旧信封上的。这后一稿反倒更直截了当且显得亲切,即使书写、刊印出来。所以还是让我引用这未经校订的一稿:

276

"亲爱的妈妈爸爸:此刻我就坐在战斗训练场坚固工事的散兵坑里。我操纵一个假人,诱敌射击。同时等一位上司前来检查。老实说,我有些担忧。不参军你不懂军人跟上帝有多贴近。若我不能按规定及时晃动这假人,可能我就成了KP(国际象棋中的王前兵),或许得挨罚禁闭几个月。这课程位于营地外十英里的地方。

所在位置，特征很像杜弗涅克牧场。不同的是，再过几个月我们就要举行实弹演习，靶标和地雷都会用上。

"我们这里每天都会有许多有意思的事，今天就练习柔道和肉搏拼刺刀，还有投手榴弹。军队是一条长路，引导平民成为战士。通常你看到士兵，并不会联想到战壕或战争。这里却不一样，战士仿佛是一架战争机器的一个装置，相同装置还有很多，共同构成机器精准转动。单独一种装置，任何一种也绝难完成这么复杂运行。换种说法，士兵就象蚂蚁王国里一只小蚂蚁。或者，就像变速箱里一套齿轮上一颗机齿。而且他们组合起来不过是更大机械装置上一个较小组成部分。好，这个就不多说了。一个战士所受训练状况，或他能多久从一个普通人变成合格战士，足以投入厮杀，像匹猛兽扑向猎物……这里可以一连数小时听此类闲聊而丝毫不在意，那是我们不知这些闲言碎语的实际内容，当然可不去计较。但若知道这些实际内容，我们就会非常惊讶，其实我们个人同这一切简直毫无关系。

"将军（其实是个少将）刚过去，察看这里一切，就我负责范围看，都没问题。他朝上校和那些少校和中尉们一通臭训斥。这光景估计也快轮到我了，都说军队里全这么回事儿。当官儿的挨了训斥，一定会找他下属发火撒气儿。随后当然是我们这些没官阶的平头小兵，最后才算完了。因为再往下就没人了。

"嗨，谁知道啊。说不定有朝一日我也能当个下士，到时候我也能往下传递了。每个当兵的都有这梦想。

"现在说说咱家里，家里情况如何？您不知道如今听见这小老百姓生活琐事，心头是多么舒悦。因为我们如今距离那些幸福太远。由于整日圈在兵营，终日有98％时间除了又干又黄的草地、沙漠，其余什么见不到。总感觉我入伍已许多年了，若我再听不到人生另一半内容，或许我会忘却它啥样子。如果通讯中断两个月，我想这国家会分裂为两个不同物类：一个平民，另一个是当兵的，男兵和女兵。最后当然男兵战死数量要超过女兵，然后全部过程重新开始。好了，就罗嗦这些吧。"

及至他重写这封时，略掉了最后两段。而且到那时，他基本训练课程已全面展开。对于即将开赴海外的战士来说，这种严格训练极有好处。耐久力训练以及实战要求水平，都大大超过战争初期军训状况。而且，至此，尽管军需供应充足，但谁也无法夸口孩子体重在军中增了多少磅。军队这些明显改进，我想，大多归功于莱斯利·麦克纳尔（Leslie McNair）中将。他贯彻一种简洁而符合实战要求训练方法，把几百万毛头小子改造成坚强战士。原先这些孩子在长期平民生活中被惯得弱不禁风,或自我放任;而平民生活时期又受到那些雕虫小技发明或哗众取宠商业广告熏染。所以,麦克纳尔中将这一贡献可谓当代突出奇迹之一。它足以证明,只要形势需要源源不绝,体制和道德再造的目标是可以实现的。

格迪斯并不假装喜爱这种新生活,尽管早期许多细节很有趣。十月份他写信说,"这些日子是我平生经历的最艰难时期,今天总算熬到头了。长时间队列训练,体能训练,全副武装越过障碍,还有全营戒装列队,方阵行进,接受麦克纳尔中将检阅(他陆军总司令)。哦,还有,我参加士兵晚会直至夜间一点半才归宿。从军官俱乐部回来一路上,我们个个累瘫软,简直不是走,而是爬回来的。大家累得已无法保持队形和节拍了……我得就此搁笔,简直累得嘟囔不出来了。我会很快再写信,很多很多的爱。格迪斯。"

"另:接你们电话真太棒了!电话真是了不起的发明啊!"

越往后,问题越多,也越难,训练也越艰苦。白天科目基础上又加上夜间科目。而白昼任务却不减少,他作息时间被浓缩为"每天工作 16 至 20 小时制。如此紧张安排每周三天,还有一个每天 12 小时训练的正常值勤(附带清洁武器装备),此外还有两天半",这种情况下他逐渐开始相信那种说法,说罗伯特营地基本训练太严,士兵一招一式训练都太苛刻。这评语来自麦克阿瑟本人,因为他发觉这样训练过的士兵很难适应他的战法。格迪斯说,"其实,我们都训练的非常强悍。可以负重行进很远距离。如果必要,可以一口气急行军数英里。若情势需要我们可以兵不血刃徒手弄死敌人,我们许多人事先还能将其全部缴械。若情势需要,我们许多人(包括我自己)已准备好拼搏厮杀,能杀死敌人了。如今我明白,参军以前,这些事情我们根本做不到。所以我常想,战争结束后,我们这些人怎么办? 这场战争似乎越来越成为一场把戏,专门教人与常人做对,教人如何一点点剥掉自己为人的真义。"这里,他或许指当时太平洋战场正在展开的丛林战。"很可能,我们一旦下手,很快会发现难以住手了。"

最后这个想法,令他不安。发觉自己正变得比任何野兽更凶残,这认识令他惊奇,令他心惊肉跳。就此问题,稍晚,我给他写了封长信。这封信,后来发现,被揉得很皱,脏兮兮的。仿佛,他曾长时间揣在衣兜,随身携带阅读。其中我写道,"正因为一个个战士拥有远大于以往的杀伤力,而且被迫被变得非常野蛮,学会操控武器和各种杀伤战法,所以一个明智做法,是尽量在内心保存对野蛮的鉴别能力和抵制。具体做法就是增加自制,增强善心,与他人交往时尽量克制自己不良情绪。不要等到战争结束才操心如何纠正这种不良心态。卸掉军职之后,纠正这种本不属于你的嗜杀成性,让自己尽早回

279

归良善。如果我可以从上次大战末期的情况来作些判断,那么我可以说,前次大战中人们明明亲眼目睹那么多惨烈、丑恶、残忍、应有尽有,却完全压抑自己所感所悟,没有把自己从屠杀游戏中获得的真觉公布出来。若这压抑、饮忍只限于少数人,未曾扩大成大规模群集现象,那么二十年代欧洲就不会爆发成那么广泛的罪恶和暴力。不过,当今情势下就更困难做到了。因为敌人已实现全方位残忍,而且把我们拖到与他们同样低下的水平,不管我们喜欢还是不喜欢。所以,亲爱的孩子,你自己当心就是。在自己一切直接社会交往中,若犯错,宁可因心慈手软而错,而勿因铁石心肠而错。未来你最好的

280　归宿应当是,战争结束后,或者,若战争继续拖延很久,趁早娶个女人,一个充满人性良善情感,有人类美德人类良知的女人。这应是一条最可靠的路,确保你重新回归善良和文明。这些话是我在斯坦福大学讲课时说的,就在我最后一节课上。也是我要再次对你说的话……25 年前,我也是在庆祝当今所谓休战协定(Armistice),同连队战友们在波士顿大街上游行庆贺,大家兴高采烈,以为战争结束了。殊不知很快我就被派往海外,又干了六个月才离开海军。我们那一代人犯的错误——包括我自己,我的错误不亚于他人——在于相信战争当真从此一去不返。我们更严重错误在于,我们以为所谓凡尔赛不平等条约,其实为我们提供机会和权力,面对横扫整个大西洋地区的邪恶暴力,自己可以袖手旁观,不闻不问,可以不承当任何责任,不去保卫和加强和平。其实,战争并没有结束,和平也没有真正到来。现在看,当时至少还需要再苦斗二十年,才有希望见到太平世界。但是由于大家躲开危险,逃避责任,全世界数以千万计的人眼睁睁看着法西斯暴徒破坏和平,走上世界舞台。而且,险些征服全世界,让一战以来为争取和平正义付出的大量流血牺牲付诸东流。如今最令我不安的,是听说士兵们唯一念想就是结束战争,早些回家。当然,这两种心愿我都理解。何况普天下父母,亲人,妻子,谁不愿早日结束战争,亲人归来,阖家团聚,谁不乐意? 重要的是,这战争得以正确方式结束,重要的是,仇恨民主、和平、正义的势力,不论在哪里,必须瓦解,战而胜之,并受到应有惩罚。为此,需要战斗多久,就须继续战斗多久。而且,即使回家也须懂得,战争只结束

281　了一半。假如大家放松警惕,假如不继续努力促进国际合作事业,同样局面还会重现,恰如一战结束时的情形。

　　这封信,格迪斯好好考虑过。其中有些思想观点他长期留存。其中有关必须逐步克服军队自我强加的野性这论点,得到他全面认同。几个月后他在休假中回信讲了自己看法。实际上,自从他首次产生反感,担心自己过于野性化,这心理已让他压下了伞兵训练申请,因为他们向学员灌输趾高气扬(arrogance),全歼一切敌对分子(lethal aggressiveness)的情绪。信中关于士兵想回家的部分,他记得最久。半年后还重提此

上排中,1944 年,18 岁,在阿黛尔营地

1944 年,18 岁,在斯坦福大学

事,讲述从自己体验和思乡之情中得来的看法。这段旧话重提的信,我稍后引述。

这里要说一种更便捷的克服野性的办法。也来自格迪斯启发:他获得周末休假,因而有机会拜访鲍威尔家,有机会暂且呼吸到家乡气息——对于格迪斯,用家乡称呼鲍威尔家最自然不过。可惜,这些休假突如其来,往往排在一周紧张训练之后,匆匆忙忙,上气不接下气,结果他到了人家里,人困马乏,同安刚说话间人竟已睡着了。即使两人都清醒,当兵的与平民双方日益增大的距离感,常会吵起架来:这平民一方面还是娇里娇气,放纵无度,又是局外人心态。这样,双方常常话不投机。不过,格迪斯对于美国陆军专业训练计划(ASTP, American Special Training Program)学员的看法却有失偏颇,起初非常气恼安为他们做的辩解。可是,安当时地位可谓介乎志同道合小妹妹和情侣恋人两者之间,何况从帕洛阿尔托高中时代就苦苦等他,这都足以为他退伍后人生梦想提供一个理想归宿。届时,他可以挺胸展示自己勋章奖章,骄傲的说,"听好,小猫咪,说不定我不至于永远当列兵呢!"詹尼特后来有信来,告诉我们,"他人很精悍,满脑袋都是部队里学的那一套,尽是些摸爬滚打,擒拿格斗之类,再不然就是露宿野外的故事,以及现实生活实际内容。还对我们描述厮杀技术,都当作笑话消遣我们……这一切我觉得他都能接受。"若真如此,岂不更好! 当时的他,还没有设想长远未来。

43　调动与休假

1943 年秋季,对我家每个人来说,都飞快闪过。且每个人都感觉疲倦、焦虑、衰惫。格迪斯来信又变得稀少,来了也只提些急需品。要等很久,及至等得心如枯井,突然他一个电话便让我们焦灼的心暂且舒缓许多。可最后一次,我们想同他商议在加利福尼亚会面,因这年元月初我们可能重回那里教学,可以借机见面。但电话接通,他那边听我们声音却越来越弱,我们大声喊,最后简直声嘶力竭,还是无法沟通。后来他又继续费劲四个小时,双方也未能接续。那次简直急死人了。第二天才发觉,是自家电话机电池几乎完全没电了。加之当时我在赶写一本书,日夜兼程,疲劳至极。女儿爱丽森去城里检查眼睛准备手术,手术日期最后确定在感恩节前一天。所以,无论怎么设想、安排,总面临一个难题,不晓得格迪斯究竟在哪儿。以及,何时有机会与我们重聚。

与此同时,格迪斯虽有过疑虑,却仍递交了加入伞兵申请,但未获准。理由显然因他智商指数会令人感到,或许更适合派赴其他勤务。基础训练后,他找到指挥官,请求把派往能很快开赴海外的部队。因此他被分派到阿戴尔营地,即 91 师驻地,照一战习惯也称西路野战军,他们又在这里集训了近一年,同时不断补充和调配兵员,其中包括一些经历过太平洋战役的官兵。该集团军肩章为绿冷杉:一个文弱符号。因而战士们私下议论,这符号令他们感到自己是护林员或童子军。直至开赴意大利战场真刀真枪一展风采之前,他们始终感觉自己不过是一支不受重视的后备兵员。格迪斯讲过这情形后补充说,"但这话直限于我们私下说。别人谁若敢这么说,我们能敲掉他的脑袋。"

12月6日,格迪斯写道,"现在我可以告诉你们我驻扎在哪里了。就是阿戴尔营地,距克瓦里斯(Corvallis)八英里。此刻还不清楚我属于哪个衔级,不过种种迹象表明,我可能会担任91师363团3营司令部守备司机。自抵达这里,还没接过任何任务,还处在消失休整期。看来前景不错,这里规章制度稍有不同,较可人意。"

与此同时,我们想方设法询问他圣诞节要什么礼品。十几天后他回信说,"别操心圣诞节礼品,邻近圣诞发薪日就快了,所以无须给我寄钱,当兵的不需要什么杂物。"记得做学生时期,他来信会开列一大溜货单,看来,那样的时期结束了。却又很难问明白他需要什么,即使巴望他提些要求,以便我们能把些稀罕物品寄到海外。实际上,直至他抵达非洲,似乎才定下心来,写信要了包烟,再给伙伴帮忙寄些菸末儿。此外就是隔三差五要我们寄些打火机。其中两个后来送回,均已锈迹斑斑,是从他遗体上找到的。

284

我们每个人都感到圣诞日天气阴冷。爱丽森重感冒,已卧床数日。这是来里兹维尔过圣诞以来首次这情形。冰天雪地我独自出行去树林挑选砍伐圣诞树,装点家中节日气氛。自格迪斯满十一岁后,这工作一直是我俩一起完成。至于格迪斯,今年他可谓双料的不走运,他和全营战友们都屯驻在恶劣环境。还不如兵营时期,可以轻松玩纸牌,写写信,有时候还得列队出去听报告,马歇尔司令讲话,总统讲话,长官训话,不一而足。他们都当作耳边风。周围,雨下个不停,满地泥泞,灰黄色营帐,阿戴尔泥沼地(他们都这样称呼那地方),这一切让格迪斯渴望见到人性美哪怕一点点痕迹。眼前暗淡色泽让他沮丧。

新年夜,全家三口在火车卧铺隔间度过,三人挤两人位置。黑夜里,列车行驶在封冻原野,清晨六点半抵达奥格登市(Ogden,**印第安纳州城市。——译者注**)。火车站上挤满了蓬头垢面、满身污泥浊水的士兵,他们在换防途中。我们事先给格迪斯寄了明信片,约定见面。此刻很高兴,疲惫艰难的列车拖带我们一英里一英里互相接近,还有不到一天路程就能见面了。眼见这些远离家园的兵孩子,形神疲惫,眼神茫然,不停转战各地。此刻或睡或躺,有些则慢慢游荡,投寄家信,或在电话亭外排队等候打电话。此情此景无不讲述格迪斯真实心境。所以无论我们在哪儿见到这些孩子,甚至可以说,直至战争动员完全结束,我们总仿佛见到自己孩子孤一人行军途中,或辗转在泥泞不堪

285

战壕，或挤在狭小双层铺上，或在运兵船黑咚咚统舱……一切感同身受。这可憎恶没完没了的孤寂，只能郁积内心乡愁，甚至无法叫喊发泄一下暂得解脱，战争带来的凄凉景象统统降临到我们同胞身上，当然，战争带来的灾难还远远不止这些。

　　我们又在阿尔瓦拉多街区（Alvarado Row）熟悉房子里暂且住下，静候格迪斯可能获得休假的消息。仿佛懵懵懂懂的，给格迪斯预留的房间里，索菲亚那天没铺床。一半原因是免得失望，因为他很可能回不来。我们已很久没他消息。其间，除一次为参加空军找人写推荐信，我们邀斯坦福一位朋友为他办到了。此外已经几个星期没消息了。不过他一周前曾告诉安，说如果我们到了，他有可能获得休假。所以邻近十五日那个周末，我们焦急心情因他那边持续寂静而愈加焦灼。周六晚上，我们察看了看时间表，判定周日中午以前他不可能来了。于是全家睡了个整夜安稳觉。第二天清晨，索菲亚去厨房烧水煮咖啡，忽然回房间惊呼，"他来了！在我们房门留了个纸条儿，写着新年好！我连忙去他房间看看，还睡着呢！"

　　格迪斯回家历来采取这种方式！长途奔行，疲惫已极，仿佛预见到我们意外惊喜，而且会因此得意的咯咯发笑！因为他是午夜抵达，穿过前门廊，照习惯在工具盒子找到钥匙，突袭队员般悄悄进来，见床铺没铺，便顺手从衣厨里取件皮背心，又扯过条大毯子盖在身上，便睡下了。我偷偷看他时，还睡得正香。可是早餐还没来得及摆上桌子，他醒了，照旧不声不响溜出来，还想给我们来个二次袭击。哈哈，咱的老格迪斯回来了！
286　不过半小时我们便发现，还有个新格迪斯时刻伴随他：一个成熟、稳健的格迪斯，一个更文雅、更耐心的格迪斯。神色开朗，毫不见内心有什么纠结，至少第一天上午。原来身上那些不满、慌乱、焦灼、迷惘，统统不见！他首先从精神上振作起来了，显然成长为一个人生有目标的小伙子。

　　是的，我们小格迪斯已成长为一个男子汉。这一明显变化，早饭还没吃完我们就清楚看出来了。我俩不断递眼神交流这新印象，十分欣慰。看来，他经受的外在砥砺已经化作内在修炼，因而他住家期间，未曾一次哪怕片刻打破这种平稳心态。我们还特别注意到，他对小妹妹爱丽森态度有明显变化：此刻爱丽森觉得有些招架不住，因为大家那么极力赞赏格迪斯，冷落了她那些小问题、小美意。过去这一年，格迪斯也未曾好好领受过小妹妹兴高采烈来打断他，或娇羞要求，顽皮提问、孩子气十足的耍赖，他都好久不曾领受了。而如今，原本爱丽森喜爱的事情，她抓来的蛇，家里猫发了什么情等等，格迪斯已不在意了。但我们发现，爱丽森若打断他，他却很耐心，即使他正全神贯注于眼前场合，表现出一种可贵的耐心。这品格我们以往在许多回乡老兵身上也见到过，而且相信这是他们军旅生涯的收获，从应对难控势力过程中，从各种难以躲避的磨难艰苦当中

逐渐磨炼成的。基督徒那种长期受难的美德已化为他们军人素养中一种重要成分。 　287

　　格迪斯很高兴终于回家了,喜洋洋的。可是,毕竟我们世界不是他的世界;反过来,既然他无法重入或重认我们的世界,那么他的世界也就不是我们的世界。可以说,直至他苦斗完全结束,这局面就不会彻底扭转。这样,他就希望我们能理解和接受他的世界。这一点,詹尼特前一年夏季就曾注意到。所以回家后一连三天他都讲述自己军队经历和想法,那种不遗余力的劲头令索菲亚殊感意外而费解。他把他这些事情看的至关重要,包括我们能否理解、体谅他训练中各种切身经历——如:照军事规程圆睁双眼拆除地雷引线,或突袭进入布满埋伏的屋子,全副武装通过障碍阵地,还有一连数小时站在齐腰深水中等等。他叙述中夹杂大量军用缩略语,我们只得经常打断他以求甚解。他则小心谨慎剔除每一个连正常人都不避忌的粗字眼,更甭说营房里惯用的下流语言。及至他向我们展示新学到的柔道、突破据点、擒拿格斗等,我们很信赖他那身发达筋肉。六英尺高的个头儿,超过了我。虽体重可能略有增加,腰身却较以往更瘦,动作协调性更准确。一身军装如戴手套般合身,敬礼动作,节奏、力度,一丝不苟;已经彻头彻尾一名合格战士,并为此自豪。

　　自从哈德逊河畔莱因克利夫小镇送别他参军,直至他紧张训练后获得假期同我们见面,经过详细交谈军中各种经历后,他才一点点吐露阔别后各种详情。听他叙述,仿佛彼此相隔一道鸿沟,我们简直尖起耳朵才能领悟他的意思,须圆睁双眼才能看清对方形象。而且我当时就感到,这鸿沟还在继续加宽,宽得难以忍受,其中夹杂他那么多新体验。可是,他人生中最渴望的内容却都在我们一边,而不在悬崖对面他那边。这感觉最初产生于他回家后第一天上午。那天他同索菲亚还有我,我们一起沿阿尔瓦拉多街区走向大学。这年冬天一直不太冷,一路上高高的天竺葵(geraniums)已繁花满枝,早春坪草已经吐绿,邻家花园已有新开花朵,一派耀眼美景。突然听他说,"你们很难想象这一切在我眼中有多么可贵。"但语调激烈而凝重,简直吓人。说着,不断四望。"几个月　288
来我第一次见到人间美景。那个鬼泥沼地军营,太丑陋。一半时间根本不见天日。"我们当时刚好从一株大橡树下穿过,他接着说,"到处不见一株树。花朵吗? 天爷啊!"……格迪斯唯一一次猛然来火儿,是过了三四天我们偶然问起,部队要他什么时间归队。只听他字正腔圆,略带苦涩清楚答道,"妈妈,别问这个,好吗? 这问题,我想都不愿想。"看来,一周来谈笑风生,玩笑啊,故事啊,乃至说索性继续住下去,择日出发前去逛山等等,等等,全都是不那么高明的掩饰,盖不住他内心火辣辣的热望。

　　我们都感觉这八天结束得飞快,快得有些残酷。八天,八天生命体验,而非八天忙忙碌碌:八天人间亲情,全部时间自己享用,八天领受至亲至爱,实现了他最高关注。我们共度时光,彼此无任何要求,无任何指望,唯求这样亲亲密密,永不分离。

格迪斯到来前一个星期,我正万般无奈不得不被迫推掉课程,克服支气管炎纠缠,处理各种急务。如今回想,羞愧难当,更意识到当时我多衰惫,多么力不从心。与他交谈中,我反应迟钝,能献给他的更少得可怜。当时我们享受的,无非是我俩友情一个旧影。衰弱无力,已经弥散到我躯体各部,总感觉自己体内那种疲倦、紧张,即使格迪斯回来也分毫未减。但我这种迟钝反倒在一定程度上保护了他。试想,若我们谈话更活泼些,我们都可能更强烈意识到,他开赴海外之前这是我们最后一次见面了。相反,我们记得,青年士兵出发前训练任务繁重漫长,有的长达两年之久。其中一些有起色战士会被选中进入军官学校深造。我们还谈到接下来他可以设想的打算,我们继续制定计划,准备再次见面。或许一个月,或者六个星期后,在波特兰相会。八天短促聚首飞驰而过,这些谋划多少提供了安慰。当时我们谈话的心态,仿佛不等他开赴前线,战争或已结束。即使并未如此明言,但说话行事却都仿佛如此。今回顾一切,当时内心之迟钝令自己惊愕。一切灵觉,怎么当时仿佛麻痹了?

唉,若考虑格迪斯感受,我们未深入探讨未来,恐怕反而更好。活着,已经足够:活在一个无限度无目标世界,权且苟延。躲进自己房间,照自己喜欢时间节奏安排一切。几条毯子间懒散拥睡,睡过头便十点十一点起床,乃至下午三点半还没起床,造访鲍威尔一家,带安到处闲逛——一切,多美好! 就眼前而言,这就是大造化! 刚回家不久一天上午,格迪斯随我到斯坦福大学听我的课程"人格本质"(The Nature of Personality)。师生们围坐会议桌旁,共约二十几人。这场合常有外来者旁听,许多人穿军装。所以格迪斯并不特别显眼。课堂讨论中,一位平民学生就战争问题发表了一些完全负面的观点。这给我机会继续补充讲解。我说,死亡、伤痛、破坏,并非战争带来的唯一产物。真正体验过战斗的人,会更深刻体验和理解同志情感、人类爱,其深刻程度远胜他们和平时期体验。或许,他们并不用爱这字眼儿来描述他们战斗中互相态度。战争显然促使人类野性化,同时也将他们当中很多人的神圣情感提高到空前水平。

下课后我俩步行回家。路上格迪斯告诉我,课上他几次想发言支持我论点,用现身说法驳斥那些怀疑论者。其实,我也曾犹豫,很想让他参与讨论发表见解,但是强忍住,没让他那样做。因为担心仓促上阵让他为难。刚好,他也感到不好意思贸然介入,因而压下心中想法。交流后,我俩都有些后悔。这次非正式课堂讨论令他想起我们以往的餐后闲聊,他还说很想留下来继续听完整个课程。我便鼓动他第二天再来。结果第二天上午十点,我该出发了,去他房间却见他还在睡,便摇醒他,他却朝我挥下手,一个百无聊赖情态,然后缩回被窝继续睡。十五分钟后,我还是没办法弄醒他,只好自己先去学校。当晚他要求我一定要彻底弄醒他，即使必须采用粗暴方式。结果，到第二天早晨，一切照旧。我能照我答应的行事吗？他实在太缺睡眠。他一生中几样稀有的东西，都无法通过训导(mere samples)来完满掌握，睡眠即其一。

　　这星期过了近半，我同格迪斯有过一次短途散步，我们绕斯坦福大学后面山坡转悠几圈，然后沿学院坡面走回。我们边走边聊，其中一些话说到眼前那些起伏不定的丘陵，小路两旁一丛丛茴香，长得正旺。不太远，耸立一根无线电发射杆。还有个软式小型飞艇晴空里上下翻飞。他说起军旅生活更多细节，称赞、评价某些指挥员，褒贬皆很公道。尽管还提起一两位黑人军官实例，其中一位个子小小，很年轻，似乎不适合他少校衔级，可能提升太快，成了个严厉而铁面无私的军纪教官。一天，他来检查军风纪，刚巧发现一位士兵将太太照片别在军装里面。这教官不仅没收了照片，还当面撕毁。这举动自然引发强烈的敌对情绪，乃至可能爆发杀戮，出人命！其余战士也很愤慨，若不是大家有足够理智，出面强行拉住那气疯了的战士，后果不堪设想，真可能出人命！

　　格迪斯对军队并非没有看法。但总体看，他肯定军队组织，承认自己从中受益。他当然也希望晋升，毕竟他还是个列兵，但他不愿为此逢迎，若平时表现不能晋升，那他希望通过战斗表现证明自己能应付各种危险，并信心十足。他曾拒绝军官培训申请，我鼓励他重新考虑，并坦率告诉他，像他这种背景和素养的青年，有责任担起更重任务，即使暂时违背他们求战愿望，因为军队需要这样的军官。他提醒我说，可惜，这次军官招募只需要工程和医疗两类人员，不符合他专业方向。他应征入伍时，未曾递交自己资格卡，那卡片证明他是军官候选材料，这确乎他的目标。所以，未能成为军官并非因不好学或不求进取，缺乏雄心壮志。他宁愿选择更艰难途径实现晋升，何况入伍刚半年，今后路还长呢。

　　格迪斯很清楚军旅生活的好处和坏处，而且对于后者他并不讳言。这天散步一路之上，他历数军中种种可怕浪费，皆他亲眼所见。如宁费一百美元购买一个专利信号装置，其实完全可以自己手工制作，且几乎不花分文。后来他们部队转移准备开赴海外，他又有一条评论，是离开俄勒冈前几天说的：

　　"我可以接着向你讲述，若一个士兵见到老百姓干活儿磨磨蹭蹭、漫不经心，他会产生什么感想。装备最后检查完毕，这时各种缺点、问题会逐步暴露出来。若这里那里忘掉了某些部件，若无行军用指北针(linsatic compass)，你就得凑合使用腕式指南针。若无新的，就得用个旧的。也没你穿的 36 码衬衣，后勤供给部的这个号码发完了，糟糕。崭新的格斗刀具，不小心掉地下摔坏了。当场没别人看见，你貌似幸运，但若为此丧生你可就不幸运了。步枪某部件松动，迟早会给你带来祸患。是啊，他们温彻斯特工人在加班突击生产,工人可能疲劳,走神。可你在战斗,你不能走神,因为稍一走神就会命丧黄泉。军事工厂工人粗心大意,自己倒不至受伤;但他希望你别也粗心大意……这样的事以及许多细小差迟,会令战场士兵愤慨、失望,甚至因此损伤战斗信念。当兵的无权要求正常人生,不能幻想过那种无艰难、无灾祸正常日子。但他有权见证那些该支持他们的人不要掐架,别从事一些毫无意义的,别把战前和平时期的那些玩意儿带到这种场合。作为士兵,不论天气冷暖,环境干湿,活着,就得战斗。华氏 65 度水,若水深及腰,时间长了,又无风吹,人会昏昏欲睡。训练中,经常如此;战斗中,则天天如此! 百姓若经历我们这种艰苦,哪怕每一个月只一天,也会跑掉不干。若说不酸楚,那纯粹胡说八道……不过别担心,都见鬼去吧! 甭管怎么说,嘟嚷一阵有益健康,特别我们当兵的。若不经常发泄出来,会落下毛病!"

　　那次散步回来,走回斯坦福,我步履迟慢,拖着老年人沉重慢吞吞脚步。记得格迪斯很关切,常放慢脚步等着我。此刻的他早已不是先前身手矫健,走路一晃一晃的了。我时不时想让他考虑一下未来,便说起我们刚在佛蒙特购置了一小块地,正打算不久的将来把我们达奇郡住房度让给他,若他也成家了。同时自己另外建造一处小一些住宅,当然也可反过来安置。他似乎也愿意考虑这主意,但是这样的未来,这样的打算,这样的前景,同他当前处境全然无关。在重回人生康庄大道之前,先得想方设法战胜一个个拦路虎,然后我们才可以一起行进。

44　成熟的征候

　　看来,格迪斯全身每块筋肉每根神经都渴望回归正常人生。从他对我们讲的一两个故事中可大体明白,他理解的私人生活是什么含义。须知,他是在刚懂得珍惜正常人生的时刻被迫离开正常人生的。这时刻,人生约束不再约束,当人生规则不再激发反叛冲动,当理想抱负不再遥不可及,简言之,当内心萌发冒险心理、友伴、恋爱等,都跃跃欲试想冒险了;而且,不仅限于肤浅小事和感情激动。看来独行猎人开始渴望回归,想找自己部族一起饮宴、舞蹈了!

　　有件事情发生在新年除夕,在俄勒冈。他同一位战友半夜里行走在萨勒姆(Salem)街头。萨勒姆这城市很像一座家园气息浓郁的省城(provincial capital,实际上萨勒姆就是俄勒冈州州府所在地。如美国多数州府一样,并非本州规模最大的城市,街道整洁,人烟稀少,甚至可谓非常稀少。——译者注)。街道两旁绿树掩映,很像新英格兰地区一个发达村庄。州政府建筑物华美而现代,圆穹顶部耸立着高大人像,冬季夜空里熠熠生辉。行走间他俩闪进角落避让一小汽车,待绿灯亮了让车先通过。不料,这车却不发动开走,而原地不动。这俩当兵的细看后发现,车里坐着两个姑娘。其中一个探出身子询问格迪斯和他战友,要不要搭车。"这俩人并非妓女,是好女孩儿,只想对我们表示友好。哈,您简直……我们当兵的,能同普通人说说话,聊聊普通话题,我们那种感觉,您简直难以想象。她们并不想占我们什么便宜,也不想诈骗我们,单纯就是对你友好。刚好我俩正寂寞得要命。应邀来到她俩中一人家里,那感觉简直无可比拟。我们就坐厨房闲聊,她们招待我们喝咖啡,吃蛋糕。一边聊天,直至清晨四点钟。这天真真轻松愉快啊,唯独没能花四五倍高价钱卖瓶黑市威士忌,走街串巷,喝个酩酊大醉。"

　　这俩姑娘适时给予格迪斯当时他正渴望的东西,愿上帝保佑她们:给予了家的亲情友爱,这与性引诱无涉。令格迪斯想起普通人生活方式和内容,和他们的思想情感。这让格迪斯历来重视家庭的意识愈加强烈而坚固。他不接受原始意义和方式提供给士兵的性安慰。这时期他同安的通信里,对这问题有明白无误的讨论。他的追求,他超乎其他一切的最高关注,就是一种普通人的家庭生活:有忠实,非常忠实的妻子,一群孩子。这个计划很好,而且我们认为他完全能实现它。很多迹象表明他有了很大改变,已决心复原后去读大学,即使妻子儿女常围身旁。是的,战士们此刻还不得不暂且屈身散兵洞或蜗居兵营,暂且还享受不到这个体恤民众的国家后来很快提供的华美居住条件。但是他们互相鼓励支持,毅然决然坚守各自岗位。心身一致忠于一个远大未来,即使这未来同他们眼前个人生活毫无关联。

295

　　那年春,我写信给格迪斯,讲到他这个变化。起因是他的回忆和预期。我说,"这一代女孩子与我一起长大的那些女孩子相比,命运很不一样。她们似更明确自己需要丈夫、家庭、孩子。这特点从我那个阶级中有才干优秀成员来看,尤其鲜明。这让我对你即将回归的那个社会充满希望,远胜于已经出版的诸多有关政治学、经济学书籍讲述的战后世界。这些女孩子们的反应,若有什么含义,那就是你们这一代青年会比我们更优良。当然这是指前一次战争结束时青年时代的我们。比较而言,你们合群而少孤独,理性而不张狂,更言行一致而不口是心非。且能更勇敢面对生活严酷现实。"

　　如前所说,格迪斯一生喜欢效法好榜样。这样,为理解舒适生活他曾有过痛苦思考,甚至曾为模范丈夫优秀父亲寻找理想范本。自俄勒冈南下火车上,他身旁刚巧坐着一位战士妻子,还带着个很闹的小孩儿,刚学走路。格迪斯便逗弄这孩子玩。孩子特闹腾时,他就领着他车箱里来回走。一些乘客误以为他就是孩子爸爸,他到以此自豪。这件小事情很能体现他身上那种绅士与柔和气质。他间接体验了几个小时为人之父的喜

悦,且已能够充分想象虽然始终未能切身体验这种快乐。还有件事令他印象深刻,就是
他发现自己那种内心激动其实在士兵中很普遍。他说,"我们部队最严厉的人往往也会
296　一反常态,特别喜欢小孩儿。这事实本身,我猜想,正是我们该坚持的,是帮我们继续维
持自身人性的必由之路。所以,那次乘火车有机会体验当父亲的感觉简直太棒了。"

　　格迪斯对同志和战友关系也有深刻理解,他已懂得患难与共的道理,懂得危难当头
不遗余力互相援助,不管自己面临什么危险,都没有退缩余地。相反,他鄙视胆小鬼,装
病逃避公差者;他曾以特别辛辣语言描述过他们部队一位墨西哥人,此人以神经衰弱为
由请求部队将其清洗出去。相反的事例也很多。比如,格迪斯很赞赏那些救护兵和战
地医生。他们全身无防护装备,没有掩体,更没有反击抵抗能力,实战中迅速抵达目标,
实施抢救。同样道理,他对现场遇见的战地牧师也很崇敬。这都是他的一些新鲜讯息。
他们急行军或调遣行动中,这些牧师走出队列与战士们齐步前进。这些举动很赢得他
赞赏,而且很自然将自己这种尊敬延伸到牧师们所代表的信仰。这在他就非同寻常了:
因为格迪斯青年时代深爱而且信仰科学,以及科学那种固有的清晰、确定特质。青年时
期他这信仰非常坚定,因而不大能容纳任何有关宇宙世界大奥秘(ultimate mysteries)之
类的概念……如今他逐渐开放心态,开始能接受了。他坦白说,有时候就想找个有文化
的人交谈,有几次他甚至就想找那些随军牧师本人聊天。因为他感觉更乐意与这些人
交谈,因为他们说人话,说大家都懂的话,远胜于兵营里那种专制主义的渣滓废话。他
这一番倾吐透露了很多内情。

　　总之,我们见到、听到一个崭新的格迪斯,从原来格迪斯成长起来的新格迪斯:成
熟、负责。这结果证实我们原先对他的最高期望并不落空。他不仅身体更健壮,精神
也更优美,随时准备赴汤蹈火,不是因为他拼命莽撞,而是他担起人生最高职责,下定
297　决心,作好准备迎接最不测情况。这厄运是什么性质,他不曾一分钟蒙骗过自己。虽
然他尚未满二十岁,却能以波提狄亚(Potidaea)哲学家那种情态去迎接战斗:坚定不
移,视死如归。所以可以毫无虚夸的说,他以他们那一代人特有的好心态投入了战
斗。这些青年身上,行动远胜语言。用实际表现让各种口头承诺相形见绌。我这些
话或许会被理解为做父亲的难免夸张,言过其实。但是即使夸张,这些话也难以掩
抑做父亲的内心羞愧:因为,格迪斯的表现和所达到的高度常令我们感到,自己的人
生显得多么放任不羁(self-indulgent)。卑怯的我们,因比照自己青年时代那么多清规
戒律而一次次申斥他、苛责他,生怕对他太宽松太放任……此刻每想起这种种便感
到锥心的痛。

　　比如对待吃饭,格迪斯后来那种淡然旷达,就远居我们之上。他回到家里,他妈妈

自然想方设法给他做好吃的,特别是以往他最爱吃的菜,比如炸里脊、紫葱肉汁汉堡、剁椒小牛柳外配白葡萄酒和蒜汁、苹果葡萄干馅儿饼……做好了摆他面前,虽也吃得津津有味,但却没了以往那种欣悦,似乎仅是吃饭而已,并无特殊意义。在他确立的价值尺度上饭食已无关紧要。他打仗又不是为了蓝莓馅儿饼。所以有啥吃啥。没准儿这顿饭能吃火鸡,下一顿只有 K 级战地便餐。再下一顿或许就得饿肚子。甚至,喜欢也罢不喜欢也罢,得准备好最终有可能饿着肚皮战死疆场。阿戴尔营地伙食质量不好,因此他有些营养不良。即使如此,他提意见也不是抱怨烹调技术差,而是针对兵营里各种可怕浪费。回家那几天,他坚持吃人造黄油,而决不用我们费尽周折专门为他搞来的天然黄油。

如今,若把长大成人的格迪斯同他父母并列一起,你会发现,父母那么千方百计准备好吃的,各种佳肴美酿来招待、款待他……反而显得小孩子气! 种种事关宏旨的大问题上,父母已无资格对他成熟的精神世界贡献指导意见了。各种最重要转折,似乎一夜间已从他自身榜样中跃然活现。这感觉无须等格迪斯阵亡我们才有所感悟。他还没离开家我们就已频频评说、赞赏,而且惊讶这变化之大。因而也让我们一百个放心,尤其让我们清楚感到,至今他每时每刻都陪伴着我们。这些变化标志着格迪斯真正长大成人了。这些表现让我们相信,他确实把握住了自己命运。我们之间角色发生了转换: 我们不再是教师,该由他来教导我们了。

不过,从任何意义上讲,格迪斯身上变化绝非一种倒转。而是原有的东西逐步成熟,逐步完美。他后来战场上的表现其实儿童时代同死神搏斗中就已预演过。他对我们讲的一件事很能说明这特点:是他们罗伯茨兵营时期一次夜战演习。我很希望能逐字逐句转述他描述的这次夜间战斗演练:是那种要求各部队之间严格协同运作,行动时间、地点,都分毫不差。真枪实弹的演练,接近敌方阵地时烟幕拉起。突破防线须先下个陡坡,跨越小河,虽已干涸,河底仍有细水流淌。格迪斯负责一个战斗小组,照演习规定士兵排成菱形编队,他位于中心。当全部进入主战阵地,即将开始总攻,这时烟幕拉起。他环视四周,看清一切就绪。左右两侧,各个班组、连队依次排开,那队列本身之整齐完美,加上鲜明的同仇敌忾情愫,随天空云隙间一片月光突然下泄,那景象让人心潮澎湃。此情此景令他深为感动。他对我们讲述这经历时,声音颤抖,情绪激昂,宛若一切仍历历在目。所以看来,他仍然是原来那个青年小伙儿,常对母亲讲述在校和同学们体验的各种美好……如果讲真话,他仍然那样年轻、文雅。

298

299

45 最后一面

重逢聚会最后一刻终于在周一到来。前个周末格迪斯与安逗留在家，两情相悦，依依不舍。令人想起又回到一年前。这阶段我抓拍的照片与前个周日照片呈鲜明对照：当时格迪斯很不舒展、很紧张，仍处在严格纪律威控之下。这最后一天过得飞快，而又稀里糊涂。吃过午饭他一声不响离开饭桌。我呢，出于关注，十分小心的问他，要不要我也过来帮帮忙，因为他要打理行装。当时他很坚决，双眉紧皱，我们说着话，却有些互不搭调。打理行装中，突然间，他正色问道，"呃，老爹，还有什么特别的话，您还没说?"这一问，问得我几乎一个踉跄。记得我回答说，"呃，没有啦。亲爱的。该对你说的，都说过了。你能出色把握自己和自己的任务。其余，我只能说，就这样继续努力下去吧!"我至今记得我说过的话，不是因为这回答多么符合当时场合要求，恰是因为这回答太软太淡太单薄，远未表达我的内心。

300

记得，当时我很想拥抱他，却少了勇气。或许那一刻，他已及时转身继续收拾东西了。随即，好像很随便的，又说，"今天中午我在帕罗尔尔托遇见一位战友，他告诉我说，九十一改变了。"我问，这什么意思? "就是假期一律取消，全体人员立即回营。准备开拔。"那是就要开赴国外吗? "也不一定，至少意味着我们得开赴西南沙漠地带，继续训练一个时期。通常都这样，早在预料之中。""幸好你及时休假回来一趟。""是啊，我运气不错，是吧? 若不是我休假明天到期，他们准会通知我提前归队。""要不要对索菲亚也说说这情况?"

格迪斯火车下午五点许开车。他否决了我们的提议，坚决不让我们任何人前往车站送行。詹尼特和安会开车过来带他前去火车站。而几乎一瞬间，整个下午就过去了。五点整，詹尼特车子已到门口。我们四人在客厅门口站定，"亲爱的，你不知这次回来给我们带来多大幸福和快乐啊。"——"唉，是啊，回家来看看，可真好!"他这样说着，神色却很凝重。我们都围他站着，爱丽森，索菲亚，还有我，如家人那样，一一拥抱，话别。如今，这一切细节拼凑起来，仿佛当时就想到，却又不敢继续深想……这念头如今才公然钻出我心：这或许就是我们最后一次见面了……? 及至这念头从脑海里完全消失，我才见他满脸无限温情，低头注视着他妈妈。或许那一刻，他脑中闪过的，正是同样想法。我陪同他穿过草坪走向小车。他约略扬起头，似要亲吻我，我却失于对应，他只好藏了回去。坚强送别，是他一贯主张。我多愚蠢啊，就那么铁了心，刚强不屈、泪不轻弹道别

了？我们互相注目对望，都微笑着，"祝你走运，当兵的！"我说道。最后一次互握双手，
然后他转过身三步并两步，跳上汽车。

　　但这还不是见他的最后一眼。距开车还差不到五分钟了，突然我听到房前大声噪
闹，忙冲出房门看怎么回事。原来，他打点行装样样仔细，唯独把车票和通行证忘家里
了。这种疏忽，这种大意，万千蕴意尽在其中，还用剖白吗？我及时赶到了房门口，刚好
看到他探出车窗微微笑着，没出声，朝我挥手。随即一踏油门，小车猛地向前一冲……
随即不见。这就是我见他最后一面：灵巧、快乐、信心百倍，挥手告别。此后他还从俄勒
冈打回电话，语调与告别时那张脸一样的明快，爽朗。不记得什么时候他曾如此高兴。
随后的几个月只留下几张信纸，记载了后来发生的事。

46　踏上跳板

　　分手日是元月 25 日。此后我们继续制订计划，想在二月某周末与他再次相见，我
和索菲亚至少有一个人能同他一起再待上几个小时。这样打算就仿佛他们部队尚未接
到命令进入戒备状态。不论怎样，这至少稍微缓解了离别给我们带来的打击。但接下
来几个星期——直至他开赴东部某海港——始终情况不明，我们两边都感到眼前一抹
黑。我俩不断解读各种蛛丝马迹，不断准备各种应对措施，疲惫已极，终于我和索菲娅
都累垮了。索菲亚腰疼剧烈，我则感到极端疲倦和衰老，身体沉重，行动慢吞吞。原本
打算二月末那个星期去伯特兰与格迪斯会面，结果我竟因病卧床不起：原因是一阵痉挛
后心脏衰弱，心搏紊乱。而祸不单行，这时家中债台高筑，尽管如此我还不得不冬末向
学校请假。下决心把多余家具卖掉，提供给新搬来的教师，他们刚好需要这些家具。然
后打道回府，还回我们阿米尼亚小村。

　　这时，格迪斯讯息少得出奇，简直令人痛苦。其实他一回营房就给我们写信了，但
此信十天未能寄出。第一封来信是个明信片，写道："已经抵达，同时准备出发。对每个
人致以深切的爱，特别是我小妹妹。我来得不是时候，但总算还没误季节。"还要求寄点
儿钱，快一文不名了(获准)。入院治疗流感两周。这或许是二月底的事，我们是从他给
马尔妲信中了解到的。信中说他打吊针了，因为得流感浑身酸痛。而给我们信中只字
未提，怕我们担忧。接着，来信要我们把他那把沉甸甸舍菲尔德钢制猎刀寄他。这把刀
很牢靠，掉地上也不会锈口。我们委托好邻居贾皆茨带走给他寄去了。还要给他寄把
0.45 口径的转轮手枪，他不要自动手枪，说一个朋友与日军作战中用左轮手枪卡了壳。

301

302

303   说这种枪,枪口稍进点儿脏东西就卡壳。

有时候,格迪斯感觉军事作业非常"艰难严苛"(rough going),因为他们部队已集训一年多,而他的通讯知识却没学到什么,所需技能只能随时东捡一点西捡一点。他很关心家中经济状况,还豪爽地要匀一部分津贴寄给我们。好在我们还没那么窘迫。他好像过了最后的浮躁期,觉悟到人要冷静。但不久,他谢过前次寄的钱,又表示若再寄我十美元,将不胜感激……"但是我担保,这次是买球棒,最后一只。"(给他寄了)他高兴,他悲伤,他焦虑,他气馁。"这种驻扎任务简直要把我压垮了,实在太压抑。一天啥事儿没有,整日闲逛。学过的东西复习一遍又一遍。"更严重的是,他为不能晋升和自身失误对自己不满。"我越想就越感到,绝不能作为一个列兵离开军队。"3 月 13 日他又寄来一明信片说,"我那双皮便鞋可能快到了,还有其余装备。你们若一周没我来信,就意味着我已出海。情势比我半小时前想象的要快。多多的爱,你们的儿子。"俄勒冈寄来的最后一信,日期是 3 月 19 日。此前 15 日,91 师先遣队已向东海岸转移。

格迪斯离开俄勒冈之前或许曾最后一次努力恢复原来联系,曾写信给科尼利亚(Cornelia)和马尔妲。但其中两信从未寄出。此刻我写作,这两封信就摆在面前。在给科尼利亚信中他说,"今天我们进行扩爆器实弹射击。看来不久就要整装出海。我原所属空转计划已取消,很高兴。我猜想,总之,桃花运让我颇有收获。休假十天刚结束部
304   队就取消了休假。我南下加利福尼亚,顺便看望老朋友和女孩子们,这些我去年夏天信里提到过。这十天休假让我好好过了一回普通人生活……"这些陈年友情,如今已经愈发显得人走茶凉了。

与此同时,我们给他信中始终努力说完他在家那些亲密时期尚未说完的话。有些问题,我们说得很清楚,无保留,言辞清晰。我们告诉他,他多么让我们感到骄傲,对他未来多么充满信心。原来对他的期望如今都得以实现。我写信对他说,"虽然 25 年前,我自己并未能如你今天这样理智而坚决的奋起应对第一次世界大战后的世界大难题,但当年我毕竟也遇到了如今你今天面对的各种可能。这是就我想象和道义而言,而非实际职责标准。这么年纪轻轻就投入战斗,个中苦涩我感同身受。虽这代青年能充分理解和接受他们历史命运,你那样毅然从军而义无反顾,不仅毫不蹉跎,且竭力提前出征,这让我内心满怀赞赏。但我不认为这一切就理所当然……这话可能让你感到突兀,但实际上你确实已给我树立了榜样,让我学习你,追赶你。"

二月中旬他妈妈给他写的信中,措词用语则更无避忌:

"……半夜,我醒来便想念你和与你一起参战的孩子们,同时憎恶平民百姓和

百姓过的这种日子。我们不是都该平等加入这场战争吗？不是都该各尽所能,都有自己努力奋斗的岗位吗？虽然不可能大家都去作战,这个我当然知道。但我们却该不差分毫地参加进来,夺取胜利。若全国都像你们那样勇敢战斗,我们就能众志成城,坚不可摧。有件事我想不通,你们八百万士兵在前线艰苦作战,后方那么多人却我行我素,依然故我,继续照他们喜爱的方式生活,几乎无动于衷,毫不考虑大家有个共同目标,这让我无法容忍。我真想取缔一切不必要活动,一切与消灭法西斯无关的举动,与清洗我们自身沾染的法西斯残余无关的举动,统统禁止。假如举国上下能像你们八百万士兵那样团结紧张,同仇敌忾,那么肯定能缩短这场斗争取胜所需的时间……对不起,我知道这些话以前我也对你说过,或许该把这话存在我自己意识背景位置。但昨夜我再次想起这些,并且憎恶那些人,他们不懂得我们在战斗,不知道我们为何而战,不知道我们为什么……到了早晨,这些话就又唠叨出来的。

"世间当然还有另一种人,我并非看不到他们。世界各处还有许多人,他们完全懂得这场战争的含义,并且不遗余力关注它,敢于为它赴汤蹈火,万死不辞。看来,对那些搞破坏的人我责备起来总是特别起劲儿,远超过支援那些建设者(的劲头儿)……如今我这么起劲儿憎恶平民百姓,我亲爱的,你得负担很大责任哟！因为我感觉,从你前次回家来,我眼睁睁看着你从个不成熟小孩子,短短几个月就变得如此有棱有角,说一不二,一个成熟的男子汉。并非你说的某句话或你做的某件事,是你整个言行举止里那种基调让我有这感觉。我越想越感觉你身上有种不言的信念(quiet certainty),对我很有感召力。你身上飞快发生的这些大变化,通常情况下或许数年也难以实现。我常想,若你成长这么迅速,若你的战友们也同样如此迅速成长,这会促使广大民众也同样振作,领悟当今时局艰难危险,逐步都好起来,这才对得起那些为他而战的战士们……

"这些话很难一一言表。总感觉心中已同你交谈了两页纸了,却很难一一写出来。不过,我对世界总的感觉和想法是这样:'这个世界啊,你把我儿子掠走了。他是个好孩子,一个宝贵生命,充满希望,充满生活热忱。你总得有个像样的交代,证明你究竟有什么正当理由让他面对这大难题。我不接受躲躲闪闪,不要你支支吾吾。该做的他都做到了,现在要看你的了！！'道理很简单,亲爱的格迪斯,我的孩子,因为见你有这么大进步,我们内心为你骄傲！上帝保佑你,保佑你健康！深深的爱,你的母亲。"

是的。格迪斯临终前这段不长的时间内，我们打破惯有的保留，敞开心怀对他表达我们深切的爱。但即使如此仍不可避免流露出焦虑。我认为，即使全部信件都可以忽略，那唯独一封信具有特殊价值，因为，从格迪斯如何对待爹妈对他的关爱和对他的态度，可以看出他性格的最本质内容：

"亲爱的妈妈、爸爸：你们的肥头牛犊终于能提笔写这封早就该回的信了：阿戴尔营地整个乱套了。各种检查、调试新装备、新武器试射、用防水箱打理行装、静坐不动听课，还有你们能想象到的各种活动。十英寸刺刀也发下来了，这家伙像把大号匕首。还有战壕用刀具，刃口八英寸，带革制外罩刀把儿。我不怎么喜欢这武器。不管怎样，这倒像要动真格的了。因为这些刺刀匕首都不是训练用的。不过我希望你们(尤其是你，妈妈)别凭白无故为我操心。我受的训练足够保护我，足以让一些城市孩子相形见绌。不过我深信，我比这里多数步兵更牢固掌握了这些要领。我唯一缺乏的是通讯中心方面的复杂知识技能。说到阵亡，这想法简直糊涂。我现在想的只有回家，我根本没功夫想别的。多数战场上阵亡的人，往往忽略了利用掩体，或者战术方面处置不当。我保证不犯这类错误。不知道你们是否还记得英格索尔上校(Captain Ingersoll)那本书里有个段落讲述的特种战争。其中说他们训练中淘汰的人员数量远超过战斗中的牺牲兵员。所以你们还是趁早高兴的看到，咱大家都活着呢，而且别去操心哪天我们当中谁将死去。因为对我而言，死这话题可暂且搁下不提。它若要来，你就完全预料不到。这当中没那么多如果和但是好说……它一旦降临，任什么力量也挡它不住。我知道，这意思我没完全说清楚，不过希望你们多少能懂得我意思。"

最后，格迪斯那点儿装备寄送回家：一双皮鞋、一顶旧船形帽、一包信笺、军人手册、太阳镜。随即又一阵长久沉寂。四月底来了一极简短消息，告诉我们，"我在东海岸某地，身体健康，一文不名，聪明伶俐。下一步行踪陆军部会及时通报你们。想说的很多，但只能等到战争结束……至少让你们知道，我还活着。"

从这信以后，他字里行间透露出仿佛有双眼睛盯着他写东西，他讨厌这种事。有一封未注明日期的语音邮件说的稍多些，"我还活着，欢蹦乱跳的。我知道大概就这些了。我猜我们出海路途不止一种，容我登陆后细禀。届时……"他必定惊讶发现，他们那艘拥挤不堪的大船沿地中海劈波斩浪，最终登陆北非。直至五月六号，还糊里糊涂把日期写成了四月六号。那时他已上陆。91师最后一批训练科目，即全副武装登陆演练就近

在眼前了,然后就开赴意大利。他还参加了两栖登陆作战演练,这在一定程度上圆了他
想当海军的梦。虽如其他许多爱好一样,都浅尝辄止。

47　书信检查破坏了他的风格

美国陆军海军官兵已散布到世界各地。然而若以为他们可以清楚看见自己所在的
地方,看得见英格兰、非洲、意大利、德国、印度、缅甸、菲律宾等等他们实际战斗的地方,
那就大错特错了——除非通过了望孔见过这些地方。因为,战斗部队走到哪里,就把自
己生存环境带到哪里。我们战士们亲眼所见,包括最遥远沙漠地带、热带丛林或一座座
大都市,都是自己很不喜欢的景象,巴不得立刻抽身逃出。他们直接目标就是结束战争
尽早回国,他们也按照这目标来理解和接受自身处境。除这直接目标,现实环境其余一
切景物莫不压抑、悲摧。一位归来老兵向我讲述了见闻:"我清楚记得,我们突袭海德堡
(Heidelberg)时,其实我一直很想看看这城市。可是至今留下的全部印象就是满街满巷
的士兵,另外就是一辆卡车抛锚,后续车辆堵塞成一片,乱作一团……那些活下来的士
兵,背景也是人山人海的士兵。他们履行了职责,高唱凯歌行进在光秃秃街巷。这些就
是我们部队能见到的直接环境。"

这一铁则下,格迪斯很难例外。但一次特殊而短暂经历让他向我们吐露了他的所
见所闻和所想,结果却因写信违反保密规则而受申斥。他素来严格遵守法律条文,即使
全部信文一字不删节,他也没透露多少信息。其实,倒是我们反复让他描述一下他周围
战友,如司令部守备连战士。他寄来他们在阿戴尔营地合影,大家排成队,背景是营房,
一个个站得笔直,很有自我意识的酷笑着,有些则不那么快活。这都是他朝夕相处的战
友。应我们的要求,这是他唯一做出回应的照片和讲述,叙述中并未透露战友情况和姓
名。互相见面是怎样,他怎样看待他们。至于八个月当中他们相处如何,发生过什么事
情等,我们一无所知。唯独一点点消息,是他后来他一封信说,朝夕相处的战友,突然眼
睁睁阵亡了,那感觉真太难受了。

最后,接近五月底,格迪斯获准告知我们他到了非洲,到达靠近阿尔及利亚城市奥
兰(Oran)的地方。六月中来信解释,"新近通信不多并非因为我不孝,也不缺乏责任心,
是因为书信检查很妨害我写信套路。试想,什么都不让写,这信怎么写?"

但他自有办法。格迪斯悄悄把自己经历都记载、储存起来。这段经历可能如他两
年前佛罗里达之行一样,坷坷绊绊,崎岖不平。其中有些经历很珍贵,值得引述于此:

310

　　"若从普通百姓眼光来看，这是很有趣的国度。若从这种眼光来看它，我毫不后悔到此一游。但若从战士角度来看，这不过是块干燥、沙尘满天的暂时停留地点。是通向内陆起伏地带一块跳板，通向更贫瘠生活区域。这儿的乡村很像加利福尼亚州我们居住过的地区，连树木和动植物都出奇相似。还有农业活动，同加州某些地区，都种植葡萄。而且葡萄，或者说葡萄产出的美酒，是这里唯一农产品。他们的酒，浓稠，微干，可大口喝，易醉。我不会推荐给普通人家作为餐饮，除非整桌都是军人，且个个爱饮酒（这里我趁机故意卖个破绽，若检查官想剪掉这部分内容）。

　　"本地人口多为阿拉伯人和/或法国人，不过大多数为阿拉伯人。我见过的那些人不属于史蒂夫·斯平加恩（Steve Spingarn）碰到的那种类型。若我是少校，我或许干得更出色。不过我见到的景象足以让衰弱者倒胃口。这景象令夏威夷和皮茨堡贫民窟里居住的难民，两相对比，就成了很富裕阶层。

　　"这儿还有个信息专门讲给您，老爹，是关于建筑的。加利福尼亚或者非洲，它俩显然就是（互相）盗版，若不然就是一方水土养一类设计。至于谁抄袭了谁，我说不清楚。不过建筑使用的灰泥材料以及外观样式，很类似以往二十年左右加利福尼亚中产阶级居家形式。唯一区别在于，照我看，就是个别地方有很显眼的穆斯林穹顶，或说不清那是啥东西。不过我猜想，它应当同主人宗教信仰有关。奥兰城内单元楼房建筑毫不逊于美国城市。因而我理所当然将其称之为文明国度。只不过不同阶级间迥然不同的居住水平，着实让我震惊。或许因为我未曾料到它如此文明。"

　　这么多年了，原以为他只醉心抓蛇、泡妞和各色各样野生动物……不承想他居然吸收了这么多有益的专业知识！他的兴趣其实分枝很广泛，进入每个门类。而且他对自然博物现象的敏锐观察，不仅深入到蜥蜴和蓝尾石龙子（Blue-tailed skinks）的比较解剖学研究，同样也深入到宗教文化与城市特色的观察思考。在非洲停留时期，他已在考虑战后他的未来，并让我继续研究以往提到的某些线索，说不定会开创生物学研究新领域。更早些时他写的一封信中曾对我说，"此信结束前，我需补充几句话：我这次短促观光，已获取某些重要事实，它们对您思考和关注的生物进化史会很有价值。"

　　其实，这些内容不仅对我个人特别有价值，这类来信中，有一封评述了我在斯坦福大学的研究。那封信是我请假离开斯坦福人文学院之后他写的。信中说，"我希望您没完全放弃教育理论研究。我听到的很有限，但就从这有限内容来看，您这题目很有意义。当然，在我感觉，恐怕您的研究稍有些超前于您所处的时代，您不历来如此吗？（且

311

不说那些盘踞在许多大学里丧失飞翔能力的那些古代大鸟)在我看,战争结束后会是个很好的时代,正好开创一个全新事业。战争结束会令相当多的人措手不及,失于对应,因而便于引导和改造。两年来的思考和研究就这样轻易放手流失,未免可惜;特别考虑到今后同他们中某些人还可能一起共事。因此,若换了我,我会将它看作一种战略退却。好,趁我还没被赶跑,我还是回来说我这边事情。"

　　这些话很清醒,更令我头脑清醒。尤考虑到他对我研究项目及其巨大现实价值如此关心,而我却全没料到,这就越发重要了。我的事情能够激发他浓厚兴趣,能够赢得他真心诚意的赞美,这让我感到极大快乐和满足。或许,为人父母之最高境界,当父亲的毕业证书,莫过能同自己孩子建立一种新关系,逐步缩小双方年龄和经验差距,亲子双方联系纽带更加坚固而紧密。而非更松懈。因为,这种关系推出了特殊的友谊之花,两个平等人之间的纯真友情。

312

　　格迪斯原认为,我们有必要,而且宜尽快参加反法西斯战争,因为法西斯已启动他们征服世界的计划,妄图奴役全人类。如今他身临前线,同战争关系发生了实质性变化,这变化是否改变了他上述看法呢? 若说是,那我很怀疑。因为他虽早就确立了上述见解,但依旧采纳了他多数战友们那种欠缺考虑的态度和立场。采纳了数月前我给他信中谈到的立场,他回信针对我的怀疑做了辩护:

　　这封非洲来信中他写道,

　　"如今我思考这问题,或许可首先概略说说这些海外战士们对战争采取何种态度。我记得,每当我提到战士们唯一关注的事就是很想回家。这消息令你非常沮丧。我觉得,事情不像你想的那么糟糕。就我切身理解,这情绪代表了战士对军营生活一种自然反应。军营生活艰苦枯燥,未经过军营生活的人根本理解不了。所以这种态度其实源自缺乏缜密思考。并非我们战士不能'正确对待'它,恰相反,我们能够正确对待而且已经这样做了。但与此同时,我们很难忘记还有一种人生,并非这般残酷艰难。我们战士的生命取决于能否将其每个方面都训练的同样残忍强硬。而且,我们确实做到了这些要求。可是,我们并非生来就这样残酷,并非生来就是这种野蛮造型。因而难免思念家园,借以缓解紧张疲劳。就我切身体会,这是一种心理反应,针对那种单薄狭隘军旅生涯而发。这种军旅人生如此单薄狭隘,根本无法分析、理解为什么那么多残暴势力都出来摧残人的生命。

　　"战争这样进行下去,我们有办法改变这局面吗? 我很怀疑。激烈战斗中不容人冷静思考。即使这问题现在公开讨论，战士也难以全面考虑作答，他们顶多会提出这样的疑问："我究竟为何而战？"其余就再想不出什么了。按我理解，这问题须等战争完全结束。到那时经过进一步教育，复员回家的战士会冷静下来回想问题，会逐步弄明白"我究竟为何而战？"余下的交给那些未曾经受这些教育的人，他们会以纯客观态度来看待这问题，直至获得答案。照我理解，唯有这项任务透彻完成①，才能真正终结战争。所以，战争的终结不在于签订和约，也不在于制定法案约束政府。

"我不揣冒昧在长辈面前弄斧讲出这些话，是因为这些话压在心头，不吐不快。何况马上就要投入战斗，或许永远没机会讲了。"

48　合理分工

驻留非洲这几个月，91师又进行了多种严格训练。但这些情况我们并非从格迪斯信中了解到。相反，他通信中写道，"实际上，我担心写信已沦为一种单向沟通。我们想说的事，无不在通信禁令规定之中。再说，前一阵我一直在紧张训练，因而也无法写信。"此信邮戳日期是六月四日。

六月给安的一封信中，他又写道，"今晚将是六个多月以来我首次睡行军床……如果你再向我摆弄牛肉炖玉米、维也纳香肠之类，我要打你屁股！唉，话说回来，我又向谁抱怨呢？我想，我是自找，而且这是种新体验。"后来，从进入意大利开始，他便不厌其详讲了自己对这种苦行生涯(spartan life)的感触："如今，我已经非常习惯野战兵生活方式了。一来二去的，若偶然有张床铺或一块平坦台面可以躺下，我反倒舒服得睡不着！我

---

① 这段落是格迪斯家信中一非常重要环节，也是全书最重要重点之一。原文是 To my mind the completion of this task, not the peace treaties and the pacts concerning government, will really end the war. 格迪斯战场上写信不可能非常缜密，因而这段译文最好重复 task 所指代的具体内容，即弄清楚前述问题"我们究竟为何而战？"因而，这段译文实际上更好方案如下："照我理解，唯有这项任务透彻完成，透彻解答了我们为什么而战之后，才能真正终结战争。所以，战争终结不在于签订和约，也不在于制定法案约束政府。"这里之所以提醒读者重视这个段落，是因为从这里可以看出芒福德写作此书那副古道热肠，他深为孩子的战场觉悟所感动，意识到这个信息有必要带给全社会，全人类……忽略这一点，就很难理解为什么写作此书，更难理解为什么此书发表后，除几位同样丧亲的父母来信同掬一捧热泪外，全社会反应寥落……作者为之震怒，怒斥，"这岂不又一次杀死了他吗？"(参阅《刘易斯•芒福德传》)——译者注

1943 年,18 岁,在阿米尼亚

现在能躺地下就睡,我待屋子里,因为他们正用机枪扫射街巷……很激烈,对。不过可能我也写得太严酷了些……总起来看,我想我还是想回美国。没准儿我有些精神症状了。不过,时不时总感觉仿佛有人要杀我。这不会是真的,当然。"

　　这时期他身上的亮点是一连串掠影——一闪过,都反射出他以往生活片断。比如他邂逅一位慰问团女孩儿(USO girl),也来自纽约州,罗马镇人(Rome, New York)。这女孩儿认识安。还有一次碰见一位叫安迪的小伙子,来自阿米尼亚村。他曾在1941年给伯吉斯家草坪割草时见过他。对于这两次邂逅相逢,他描叙很平常,"还有一天,我有机会遇见了安迪,我俩都怀念家园,畅叙好久。世界真太小了。"来自罗马镇那姑娘可谓,"简直是八杆子也打不着的家园联系,不过我们照样谈得很投机。"他通讯联系同样如此。6月26日,出发开赴那不勒斯前夜,他写信告诉我们,"有好一阵了没有消息,那天傍晚才等来军邮。大家都等来了家信,我的信件几乎都到了。收到了每位的明信片,还有封信是高达尔德学院来的,还有约翰的来信。邮件是我们同家乡唯一联系。所以,这一天非常珍贵。"

　　无须详查细索,就能发现这只言片语背后的情愫,以及经过考虑的言外之意。他问安,"诶,想好了吗,你? 今年夏天还回罗马镇不? 若回去,拜托一定顺路去看看阿米尼亚,代我问安! 若命我自己前往探问,我乐得奉命! 我猜这又属于绝密(T. S.)消息了。"这一切细小言辞无不露出他那斯多葛假面(stoic mask,这概念与前面 spartan life 苦行生涯系同一概念,不同说法。——译者注),已经快要穿帮了。但这看似不经意的自白,为我们提供了一个了望孔,洞悉了他内心活动。其实,我们煞费苦心想方设法,意识到首先要掩抑我们自己焦虑心情的任何蛛丝马迹,决不写进信里。如今又面临这种典型情况了。我自己信件,我记得,若不谈当前政治,会尽量话题轻松随意,对他讲我新近那些乱七八糟的读者来信,都针对我一本书中一帧老照片发表评论。我索性建议出版商书籍白送,但其中照片每帧五美元! 显然这是玩笑,他真被逗乐了! 还回信反讽:"知道吗,您该对那些写信的人提提我。我不敢说我动机一定光明,但他们动机决不磊落。就跟他们说,我是这老头儿的 spitting image(受罚替身)。若有信,请统统寄给他! 那么好的东西,千万别糟蹋!"

　　显然,我们通信很频繁,每周至少五次。而且不算语音通信,因为他不喜欢这方式。除非因为航空邮路不畅,才偶然使用。所幸,非洲和意大利航空邮路这时期基本畅通。而且从这时起开始我们感觉仿佛距格迪斯越来越近:信件五天即可抵达。我们什么都写,只要能帮他转移紧张心情,只要能帮他设想快乐未来。因此,我们谈到关于士兵战场待遇的总统法案,告诉他我们给他留了些钱,准备给他尽早结婚;若事情发展顺利,包

315

括政府负责战后士兵的教育费用情况下,都尽量安排好未来。还谈到新近总统大选提名,告诉他索菲亚给他专门留了他爱吃的醋栗羊羹,等着他回来。还告诉他我们研发了一种新型早餐,面包奶油泡菜……他还没尝过呢! 统统都等候他归来。还说了突如其来的观光旅行,去本州波基普西小镇(Poughkeepsie)看看。还说起阿米尼亚村南市场关闭了。我只希望我们的信件,若非兴高采烈,都一定要平缓,安祥,至少一段时期内。对他的生日(格迪斯诞生于七月五日),我们寄了五六次贺信,因为生怕他收不到,也不管真到了他生日那天这些贺信读起来多荒谬。但是,及至他真正投入战斗了,我们的焦虑心情,我恐怕,就无法彻底掩藏了。我相信,这焦灼心态,字里行间总看得出来。

这仅是我们单方面的焦灼心情吗? 我不信。格迪斯身上找回遗物中有他自己一帧照片。是从上次休假我给他拍的许多照片中精挑细选出来留在身边的,其余照片都寄回家来了。为什么独选这张留在身边? 经过两年反复思量,我终于明白其中含义。许多可选的好照片,他都没挑选。比如,没有挑选那张面对我书桌,健壮、和蔼、幽默感十足的士兵照。这照片中,他直视我眼睛,故意做个鬼脸儿;清澈眼光鼓励我继续坚持我每天工作事业,而这张好照片他却没选。也没他妈妈写字台上那张,斜倚着身子探出窗框,身穿白衬衫,充满渴望,眼神忧郁,略作沉思。索菲亚那张格迪斯照片恰和我这张珠联璧合,同样真实,生动感人。但他挑选出来珍藏胸前,后来转回家的这帧照片,可以说,是作为他临终遗言,交还到我们手中的。这帧照片截然不同于前面两帧我们认为最好的。既不是严肃立正、军装整饬,英姿勃发的军人照,也不是我常拍的那类生活照,快乐、潇洒、谈笑风生,都不是。他自选的这帧,眉头紧皱、脸色紧张。若说表达了任何情感,那就是焦虑,甚或些许恐惧。他这帧照片丝毫不高抬自己。而且,除非你误读了他,照片流露出我们一直竭力掩饰的忧惧,尤其他那种男子汉的极深沉敏锐的忧惧心理。

这帧忧心忡忡格迪斯照,在我们看来,或许因为最不代表他(uncharacteristic),也最不能真实反映他,因此早就被撒一边儿,甚或根本"没见过"。包括它被归还,连同与安和索菲亚的照片放同一包装一起送回的时候,好久未被重视。可是,这毕竟也是格迪斯呀,我们岂能欺骗自己呢! 我们儿子很想活着,而死亡黑影遮蔽了他眼前的天空。就我们所知,他很尽职。但在无言决心底下,毕竟也有忧惧。而且,能从他脸上看出他一代人发出的无声抗议! 他们美好生活被无情打断,甚至被永远截短。

六月中旬,格迪斯写道,"当我们攻占了进口港(POE),他们告诉我们,我们一只脚已踏上登陆跳板,另一只脚也在飞速跟进。我眼前仿佛已出现了德国鬼子,手指不禁扣紧扳机。"一个月后,他从意大利发出的第一封信告诉我们,在他看来,这场战争才刚刚认真展开。从 1943 年 7 月开始,他一切所见所闻所为,都是公开秘密,唯独不是他告诉

316

317

我们的，原因我前面已经解释过。没有任何联系，他仿佛就在另一个陌生的外部世界。尤其最后两个半月，这感觉越发强烈。他的形象像新闻电影胶片中时不时闪现的某个人影儿，熟悉脸庞偶尔一闪，迅即消失在人群中。下次还希望他再次闪现，但同样短暂露个面，又是稍纵即逝，根本抓不住。跟踪那群体，很容易。因为不下一百条讯息告诉你，他们在哪里，在忙什么，唯独你想找的那个人，想单挑出来另外单放一边儿的人，却总融入大群人中，踪影难觅，永远都不入视野。这就是，战争！

　　6月15日，91师开始对意大利发动突袭，7月2日，该师司令部在距意大利中部城市奇维塔维里亚(Civitavecchia)四英里远的卡斯特罗酒庄(Montalto di Castro)设临时司令部。其实，该师总体上直至7月10日才投入战斗行动。但在4日，格迪斯所在部队，即363团突袭队，在弗尔顿·小玛吉尔(Fulton Magill Jr.)上校率领下，被派往34师参与作战，积累战斗经验，并在利帕拉贝拉(Riparabella)附近打响首次战斗。至此，格迪斯音讯全无，几乎两周后，他的故事才又继续：

　　　"亲爱的妈妈、爸爸：

　　　"毫无疑问，你们早就奇怪我在哪里，在做什么。我人在意大利某地，来此已有一段时间了。你们接不到我信，是因为我这里一直在玩游戏，在忙活一种战后能广泛应用的冰箱或冷藏库之类，至少广告里这样宣称。你们可爱的小儿子终于开眼，见到了人间真刀真枪极残忍的一面。我生日当天就这样庆贺这样度过，我非常贴近可能遭难的位置。只听得机枪子弹嗖嗖掠过肩头。两位战友就在那一梭子扫射中倒地。若喜欢刺激，那这该算非常棒的生活！

　　　"起初，我六天里只有过六小时睡眠，人真累得完全瘫软。最后终于难以支撑了。倒也不是那么难以支撑，你们别担心。眼下我们两个师正换防，通讯中心设在本地一家富商酒窖里。我眼前就摆着一只玻璃酒杯和一个一升容量的细颈瓶。隔壁房间里还有25升容量酒罐，如果需要，我随时可以取出更多酒杯。自从我们开始决战以来，今天我首次洗了澡，吃到第一顿热饭。目前身体状况良好。

　　　"我可以一口气给你们讲许多故事，告诉你们我所见所闻。但是阅读信件莫如我亲口讲给你们听。所以，先等等。若没我消息，那就是时机还不到。

　　　"等再有机会我会继续写，

　　　　　"许多的爱

　　　　　"你们的格迪斯"

　　这封信中他写了不少,谈的却不多。这让我不得不写信央求他写信说说,来信内容这么稀少究竟什么原因。我告诉他,迄今为止我尚且能够依据他们训练的内容毫无困难地跟踪到他们行踪。而且多少理解军营生活滋味儿,因为我自己有海军服役体验。包括体验艰难困苦,孤独寂寞,思念家园和亲人。因而比较能够理解他经历的各种苦况。但我必须承认,我从未经历过他如今身陷其中的危险境地,哪怕半分钟也未曾有过,而这些如今成了他每日家常便饭。因此我建议他,把自己第一感觉体验写下来,免得因时间过久而淹没到其他各种类似体验中。若因此而感到同我们联系更密切,那就更好。从那以后这一直是我们的设想。他信中简短提到自己生日的那句话,简直让我们脊背发凉,同时让我们明白我们那些提议,他执行起来有多勉强。虽然我们始终很专注地跟踪阅读了《生活》和《纽约客》等杂志刊载的战地报道。可以其中许多可怕情况作比对。客观的讲,我们确曾读到过比我儿子肩头飞过机枪子弹更吓人的危险实例。虽然那些报道也非常可怖,但毕竟报道的方式、途径都很不一样。我们只好欺骗自己相信这些都属于同一类报道。

319

　　格迪斯回答我这请求之前,先告诉我们,他通讯地点有所改变。因为他8月3日奉命调遣到通讯连队,并且告诉我们,"虽然不很安全,但你们完全可以放心。我生命要干的事情还多呢,绝不能丢弃在这场战争中。"他表兄鲍勃后来从司令部角度补充说明这次简短发布的具体内容。鲍勃写道,"负责格迪斯那个营的指挥员告诉我说,格迪斯是营部通讯员,但他对被委派这任务不大高兴,每次传递消息都背着步枪找机会射杀德寇,不然就千方百计尾随步枪连逗留火线,还多次押回敌人俘虏。还有他歼灭另外几名敌人的具体经过。由于他多次请求上火线,指挥官只好让步,批准了。"

　　格迪斯最后一信,邮戳日期四天后,充满难以言状的骄傲欢欣:"此便函只简告:如今我经受住了严酷战斗考验,觉得那些年打猎经验很有帮助。就我所知,我极顺利从译码员晋为一级侦察兵。这通讯连多少符合我专长爱好。职务转变后我运气会更好。如往常一样,随附50美元,当兵的战场没处用钱……如今我军衔章上多了个星。"稍后以同样语调写给马尔姐信中,对她说,"我荣膺步兵授带,你知道,就是个蓝色小块块。是啊,授带上还有颗星。马裤不合身,我身量大了。若有大号就好了。"

320

　　作为人,格迪斯对作战仍心存矛盾,既不掩饰骄傲自豪,也不掩藏反感抵触。一方面,7月23日他写信给安,"看来,此刻我得出去寻觅一拨人,详情我也说不清。外面漆黑一团,部队这种环境中难免高度警觉。若以为我不害怕,那,宝贝儿,你就得好好再想想。前线战士们射击火力正猛……"一转头,他同样坦率真诚又会对她说起另一面,"总起来说,我看我真算很幸运了。我不知为什么,反正我不大容易害怕。或许太迟钝什么的,不管怎样,这倒是个好处。胆战心惊的人往往反应过度,对细小情况过度紧张。德寇(Jerry)什么都行,唯独战术不精。"接着他解释说,"若为某种理由而战,会让你经常叩问自己。"显然,战场上情况千变万化,作战与间歇,死里逃生与在劫难逃,都形成强烈对比,无不强烈刺激他感官与思维。写信对马尔姐说,"我撂下你的信,拿起四瓶莱茵高尔德啤酒……这啤酒是我离开美国后唯一感觉最享受的东西。人到这种地方,一些细小生活琐事居然有那么丰富含义,说来奇怪。"

321

他们前面战斗部队在意大利前线进展困难。格迪斯这段时间算幸运,未参与该师经过法国挺进德国的行动部队,"我目前闲暇时间很多,因为上次是我最后一个通讯值班,累得够呛。刚才我又想,不会永远不上火线,说不定马上又得深入枪林弹雨。如今这种兴奋也是一种放松。这样的闲暇再过几天,我想我又要申请去伞兵部队了。我已料定,他们杀不死我。所以我还是踏踏实实享受我这额外50美元吧!"其实此后六周,他不断出入各种战斗。他谈这主题最后一信写于9月1日。那时他们师再次集训,准备发动总攻。当时使用了毛驴驮队运输给养,越过歌德防线险峻山口。对此他写道:

> "原来那一套苦累作业又开始了,而又顷刻结束。我们可以说处在大后方了,连敌方远程重炮也够不到我们。不用放哨,不用仔细侦听炮火机枪对射,也无须黑夜里一连数小时守备,整日价提防搞不清什么东西什么时候会降临。若总这样松懈下去,倒真不错。训练任务又激烈苦重了,令人想起在美国训练时期。频繁战斗中纪律早已松懈,这很难免。如今面对激烈训练,一时很难适应。当兵的是典型两面派,火线上连续战斗几天,我会苦求上帝放过我,让我回到安全地方……唉,别使劲思考或担忧这里各种严峻情况。我若不那么坚强,我坚持不到现在。
322
> 如今每次打仗结束,我都会大笑五分钟十分钟。而且你无须为此失眠,因为你等会儿还得上阵呢! 这是青年男子汉的战争,你们任务是把美国照看好! 这方面你们有宝贵经验,我们则没有。这桩事情我们就帮不上忙了,拜托你啦,这也叫合理分工嘛!"

49 意大利作战的个人报道

信件寄于 1944 年 8 月 12 日

"亲爱的老爹:

　　"投入战斗以来我已给您写过几封信了。如您所见,我尽量避免描写战场格斗的实质问题,因为我俩之间个人经历如今已很不一样。很难让未经临战场的人充分理解战斗和战场实质。现在,我来尽量谈谈想法,希望您能从中有所收获。

　　"任何两个士兵都不会在心理特征上完全一致,所以我或多或少是从我个人经历来说这问题的。

　　"我从来到战区第一个夜晚开始讲。当天我们乘卡车朝前线行军已走了一整天。晚上六点钟来到一小村废墟。眼前环境,地势低平,能看见远方山峦起伏,袅袅云雾团团升起,随即消散的无影无踪。到了这里前面老兵们告诉我们,这里就开始有德寇了。看看前面,除树林密布的山坡,没有别的。10英里外,能见到我们军队的炮火闪烁明灭,听不到爆炸声。

323

　　"经过几个小时耽搁,我们继续前进,最后来到山坡背面一处房屋停车。大家下车后天已将黑,从早一小时抵达的士兵口中得知,这附近刚落了两发炮弹。我开始认真布置防御工事,从前面不远处我方105公厘口径炮弹落点,尝到了恐惧滋味儿。让你一秒钟就明白怎么回事儿。接下来那夜晚我睡了三小时,晨七点醒来,继续前进。

　　"我们沿一条小路进发,战士们十码间距散开行进,走走停停,如此行进六小时。前面什么情况,我不大去想。心中计较的是天热,加之已好久没吃饭,上一顿饭是头天夜里卡车上吃的行军便餐。中午一点许,我们行进速度更慢了,且每走一段就要停下来。下午四点我们攀过一溜山坡,在山顶岩石底下坐下休息,大家都累坏了。半小时后得知,该师与敌人接火了。原来德国鬼子并非遥不可及,距离还不到一千码。从我们所在的地方能听到零星步枪射击,我自己仍没感到害怕。那天晚上周围很静,我们开始吃行军便餐,然后睡了四小时。第二天也很平静,有人受伤,传言说某某中弹,某某阵亡。由于我们位置靠后,尚未遭遇炮火。但已有人胆战心惊,我倒还没有。通讯中心当夜值班,没睡。

　　"第三天上午十点接前方来电,说急需架设电话线。我自告奋勇前往敷设线路,带领五名战士和一大滚电线就出发了。我指挥着战士穿越一道小水沟,这里距指挥所还有约500码,我独自跑过开阔斜坡,径直朝那里飞奔。我也曾想过利用掩体,但没特别在意。直至跑过一半,机关枪响了,左右两侧都腾起烟尘。这时我才飞奔,一骨碌躺到一块巨岩下。只觉肠肚绞成了团儿,心跳得要掉出嗓子眼儿。五分钟后才又鼓足勇气朝下一块山岩飞奔,而且行动飞快,简直一纵身就到了。后来行动就容易多了,直达指挥所也未再引来炮火。

324

"其实敷设电话线任务并非像他们嚷的那么紧急，所以我又回到沟底，把战士都打发回去，只留下一人。我确信电话线不是那么急需，所以我就出发检查了本部通讯线路。随后六小时发生的事，说什么我也不愿意再次遭遇。我沿斜坡前进，怎么顺我就怎么走。有时候走在阵地前沿，又有时在火线后面，还有时候超前于自己部队。有一段路上，我从壕沟探头观望，一德国鬼子一梭子(连发手枪)打过来把我压了下去。后来他子弹打光了，我就开火撂倒了他。随后滚过去，察看他是否真死了，然后抄起他的自动手枪。因为我的 M1 枪弹都朝他打光了。此刻，我真感谢我的幸运之星，因为当时那家伙身边没有第二个鬼子。

"那天下午回到连队，我还是没感觉特别害怕。但那支连发枪后来让我越想越怕，其击发速度是每分钟 1500 发。比我们机枪火力还快一千转。这支枪很轻巧，操作方式类似我国汤姆枪。这武器不错，但当时我认为还不如我设想的那样好。

"第二天，我又值班。不一会儿，敌方机关枪火力就射杀我方两名战士。眼见在距我还不到 10 英尺地方倒下。这教会了我，阵地上千万不能抱团儿。我感觉子弹简直擦身而过，我也怕了，开始谨小慎微。只保持从一个掩体飞速移到下一个掩体，无掩体情况下决不久留。

"这天下午我挨了一炮。当时我越过开阔地跑向指挥所，只觉得有人从战壕里伸手将我绊倒，不到一秒钟只听耳畔震天一响，一颗炮弹在相距不到 50 码地方开了花。幸好听到炮弹飞来吱吱响，我已经卧倒了。

325

"炮弹飞来，爆炸前两三秒，能听到它吱吱叫。而且，若足够冷静你还能判断出它的落点方位。那些对准你飞来而且飞行很快的炮弹当然很可怕。你只能卧倒在地，静候。你当然不知道会不会击中你，会不会把你炸个粉碎。那些非常贴近你的跑弹，开炸前你是听不到的。从吱吱声音消失听不见了到开爆，这段时间只若干分之一秒，却显得极漫长。若这种情况每隔几秒就发生一次，那情况就非常危急了。我见过一些战士这种情况下煎熬得太久最终号啕大哭，像个娃娃。还有些人神经紧张得无法行走。我情况倒还好，神志清醒，行动自由，除六天中最初那六个钟头比较惊险。此后我们就转移到山坡背后进行重组整编。到那时，我连说话都提不起声音了。整个这阶段一天吃不到一顿饭，因为根本没时间吃，我的手表已毫无意义，除非用来指导站岗换岗。时间观念中每一天、不同日期，都已不存在。能记得事情先后，但无法清楚排列这六天里形成完整过程。

"这段时间内每时每刻都有死的可能。黑影、阴影，鬼影这类词语简直用滥了，但用来描述这情境则最恰当不过。真得见过几次死人和弹孔才能让你相信，敌人真的要杀死你！而一旦懂了这真理,永远也不会忘。短兵相接搏战已很平常,那是一种致命而兴奋的赌博,一种玩得过头的狩猎。炮火、炸弹、火箭、混凝土,都是战争硬件。个人无力与它抗衡。你可以射杀一个敌人,但一颗炮弹飞来,你只能坐以待毙。战争中杀死个把人,灵魂简直不留痕迹(这话或很贴近杀人不眨眼。——译者注)。但是炮火轰鸣中眼见自己战友被炸成碎块,才让你撕心裂肺。

"您让我描述战争场景,我尽力了,虽很少。让您的作家想象力来帮您理解更多吧。唯有一种办法能真正感受并好好珍惜自己幸运之星,就是您不必亲临前线来参与海外这场野战。 *326*

"就写这些吧,老爹,

"深切的爱,
"格迪斯"

50 一名青年战士的生死观

格迪斯越是深深卷入战斗,就越能感知内心思绪,并反映出来。他思考了世理人生最基本内容以及终极意义。还有三封信尚未予引述,投寄日期分别是 8 月 27 日、9 月 1 日、9 月 5 日。他们师 9 月 6 日已越过意大利中部阿诺河(Arno),而 363 步兵团目标是蒙提切利城(Monticelli),该小城是歌德防线一重要据点。这一带地貌特征系破碎山岩构成的山脊,中段有一圆锥形山峰,高约三千英尺。四分之三高度以上丛林密布。以下六百英尺坡面完全裸露,无任何掩体。

格迪斯所属通讯连部队是 91 师一部,奉命斜插至蒙提切利以南,再从左翼向阿尔图佐山麓(Mt. Altuzzo)前进。这一带阵地布满碉堡战壕。战壕深深掘进山体内部,且 *327* 伪装巧妙。因为德国人选定在这里而非阿诺河作歌德防线最后固守。我始终没见过这地区。从照片看,这地方很像是新墨西哥或亚利桑那境内那些干燥、贫瘠、破碎崎岖山麓。九月初天气还很热。格迪斯来信说,"上午九点后,走不了 50 英尺就热汗淋漓。"但他仍"感谢上帝,这地方还不像非洲那般尘土满天。"德国人把每条通道都严控起来。空中轰炸对突破这条防线无济于事,轰炸这种手段吹的过头了。格迪斯阵亡详情我们知道很少,原因之一就是这次突袭中后续部队还有许多官兵阵亡,包括通讯连后来补充的新兵友(他们营突破歌德防线中的英勇表现曾受到美国总统专门引述和表彰)。

下面是格迪斯第一封信：

"……您或许奇怪，为什么我这么不关心美国政治。怎么说呢，它距我们如此遥远。我，以及我周围许多战士，都习惯把这类事情托付给你们国内诸位。我们已远离家园，若要求我们既要打赢这场战争又要确保家园整齐干净，这很难啊。总得有一方耐心等待，而战争不会等，这是肯定的。我们诚然可以写些意见，甚至掀起一阵鼓噪。可是，我们双方，一方面靠互相密切合作才能活下来，而另一方生活在半孤立状态。这种情况下前者表达的意见，后者很难透彻理解。前线战士几乎永远很慷慨，有一美元会毫不犹豫分你一半儿，只有两支烟，肯定会给你一支。而和平时期平民美国人很难把自己剩余财富的一半分给别人。

"设想，一个人每一步都冒死亡危险，对上帝心存忧惧和感激，这样他走完几百码归来后，肯定得更加感谢自己战友！火线归来的战士发现自身这一巨大变化，先是惊恐万状，继而感慨万端！这将是战后美国社会一个大问题。"

格迪斯下一封信最初漫不经心提到上帝，继而深入地思考了这问题。

"说到上帝，原来我那些玩世不恭和犬儒主义，今大多已丢弃。虽我仍不信上帝，但如今我认为这问题可以探究，而不把将其看作封闭、一成不变的命题。我羡慕那些肯于(can)信上帝的人。炮弹急雨般落下，他们除自身精神还有样东西可依赖。而不信上帝的人，只有靠单薄自信聊以自慰，凭这一点点自信挺过枪林弹雨的煎熬。

"经历过这一切，作为一种反思，接下来就是：若人既不信上帝也缺乏自信，这种紧张情势下，他就很可能崩溃。"

说到此，格迪斯想起我们曾让他多讲讲他执行哪些具体任务。因为他从军营寄回来的文件，我们原封原样全部收存了。我从未想到可以从他士兵手册记录中了解他受训内容和特长，可以充分了解他作侦察兵的具体任务和职责。所以他信中调侃我说，

"您前几封信表明我们之间就基本训练知识水平已存在很大差距了。可能你上训练课时睡懒觉了。不管怎么说，侦察兵是部队的先锋，其职责是向其余战斗员指明隐伏的危险，其职责是保障部队不能陷入重围。若侦察兵能把敌方火力都吸

引暴露,他就成功完成了任务。同时他又是一名狙击手。部队就在他引领下一步步前进,同时应对敌方各种情况。

"我想,既然我开了头,索性就描述个全豹给您看看。通常情况下,一个军团(平常有大约3000士兵)向敌方前进,该团须把一个营(约800人)摆在前沿作前锋。接下来该营会派出个连(约180名士兵)摆在前锋位置。这连则又须派出一个排(40人)放在前锋位置。排呢,则会派出一个班(12人)作前锋。这个班再派出个侦察兵当前卫。可见,整个战线就由多个营组建而成,总体效果正如一列锯齿。侦察兵只在身临最前沿执行全连任务时才面临极大危险。就我而言,我是全连第一班第一名侦察兵,所以我也是我们排的前锋。

"如今,军人授带上铜星代表他参与过的主要战役。战斗步兵徽章表明此人上过前线,也表明此人每月津贴超过十美元。我倒不梦想获得紫星勋章,我得到了烟草,眼下正嚼得津津有味。若运气好,明年我可回家过生日。

"致以热爱,就此搁笔,

"格迪斯"

还剩下一封信。碰巧,这封信是他对约翰·达菲(John Duffy)去世消息的反馈。其实,这消息我们传递给他,不无后悔和忧虑,因此而有过争论。因为我们不想用我们的忧伤徒增他的负担和忧虑。然而我们感觉,如今他已长大成人,何况每天出生入死,若把他关注的事藏起来不告诉他,岂不有些对不住他?再者,即使我们不说,约翰的死以及我们的忧伤,会通过信件中情绪和语调多少流露出来,被他觉察到。假如我们完全不透露,他甚至会作更坏揣测。至少我们当时是这样想的。如今我们已多次翻过来掉过去的设想,假如……假如……这样做是否导致战斗最后一刻他降低了斗志和警惕。这封信是9月13日——他本人阵亡的正式日期——前两天送达阿米尼亚家中的。至于他的阵亡过程,究竟是迅即将临,抑或很慢,躺在战场很久命悬一线……我们则永远不得而知了。

"亲爱的妈妈爸爸:
"昨晚我收到多封来信中有爸爸25日写的信,是提及约翰之死的第二封信。这样的结局,至今我难以相信,更难"接受"。我见过战友在我眼前阵亡的景象,都是八个月来吃睡在一起,患难与共朝夕相处的战友。也听到过另外一些战友阵亡的消息。我多年没见过约翰了,可是我与他一起长大,如今我感觉仿佛失去了一位兄弟。

　　"说来奇特，我们离开家园互相分手后，谁也不曾写给对方过一封两封信，即使如此，我仍感觉我们之间有一条牢固纽带。这纽带再过几十年也不会松懈。

　　"其余，就是久久旋回脑际而无法表达的感想。既无法说出，也无法写出。因为没有语言能承载这样的情愫。有些情感，我很想让亨利和马格丽特知道，我格迪斯同样也拥有。我感觉，感同身受(sympathy)这个词语，或许最贴近我此刻想表达的感受。如能理解我此刻感受，而且可以表达清楚，请代为转告他们。

　　"其余，就说不出什么了，

"许许多多的爱
"你们的儿子，格迪斯"

331

51　永不再归

　　即使退回 1943 年夏，那年夏格迪斯刚参军训练。我们里兹维尔小镇已不见往日街巷里的青年人。那时贝尼·罗特斯泰因(Benny Rothstein)在南太平洋某地服役，他表兄，我们本地人常叫他"磨坊里的孩子"(from the Mill)，在非洲服役。乔·汤尼(Joe Downey)也出海。佛朗西斯·达菲(Francis Duffy)在西雅图服役，而且当时已是个小军官了。约翰·达菲当时还在海军集训，偶尔周末回来休假，一身新军装很潇洒，他话不多，素常总那么矜持、彬彬有礼。爱德华·斯平加恩(Edward Spingarn)是少校，当时在意大利。史蒂夫(Steve)经历过无数艰难困苦，仍积极乐观，锐气不减。还抽暇拜会父亲老友，同长辈们一起吃饭。抵达那不勒斯城时还去拜望过父亲的老朋友贝奈戴托·克罗齐(Benedetto Croce)。岁数大些的女孩子也都离开了：佩姬·奥肯顿(Peggy Ockenden)在布鲁克林医院接受护理培训。玛利·达菲在仲夏季节离开家园去圣文森特学院受训。适龄青年女子都离开家园，去报效国家。只剩约瑟夫·亨利·达菲，因还差几年不到服役年龄，只能钓鱼，打鸟抓捕田鼠，孤自一人，倒也不寂寞。的确，即使那年，一个个熟悉模样已经看不见了。至来年夏末，三成，或阿米尼亚小镇八成从军青年中就有三成就永远回不来了。即使那样，战后归来的人也多达 250 多。

　　以上就是格迪斯的故事。描述过程，除直接涉及到我们的，我们均尽量置身局外。

332

但是,当然越临近结尾越难以全然抹掉久积内心的不祥预感,当然也无法干净彻底抹掉我们后来一段段回味和感触。1943 年一件很小的事就象征了我们深藏内心难以名状的忧惧。我带着爱丽森去树林里闲逛,随身带箩筐还有个大口袋,想顺便给家中花盆带些越冬苗木。我像往常那样随身还带着索菲亚几年前给我买的一根白蜡杆手杖。这种手杖握柄稍长,皮质部分会散发一种特殊白蜡杆香味儿,我很喜欢。这天下午天色向晚,我们深入草场和大道之间密林地带,蹚过高高树棵子搜寻羊齿蕨类植物和獐耳细辛(hepaticas)。回到家才发现我把手杖忘在路上了。接下来几个星期,我一次次走回沿原路仔细寻找,我猜想手杖应埋在枯枝败叶下面。沿路全程都走过了,但就是找不到。每次去找,我都信心十足,一定能找回来。而每次都失望而归。于是我很灰心,那感觉之强烈与这小小手杖实际价值似不成比例。这是苏菲给我的礼品,我却把它弄丢了。我还由此对未来产生一种很不舒服预感,而且始终难以彻底摆脱。即使说服自己,这小事情自有其某种偶然和没道理的缘由,这也无法让我更容易克服这沮丧情绪。

第二年九月,我们每个人都很紧张,虽都不大说话,都靠外表宁和一天天掩盖内心焦灼。从最初几个星期来看,那年本来会有个温馨甜美的秋季:野葡萄一串串果穗沉甸甸坠满枝蔓,我们从自家葡萄园采摘满满一筐筐,还有果酱,果冻,便写信告诉格迪斯,又香又甜,简直赛过葡萄干!我们答应大部分留着,等他归来(但当时约翰已经先他而去了)。那年黑腊树结果很多。玉米地长势喜人,一个个玉米穗老长老长的。核桃也个个肥满。近九月底了,路旁蓝色菊苣还在开花。那年旱期很长,该下霜的季节却还未下。虽然那月中期预报会有风暴。大地万物仿佛稳稳当当停在了夏季。我们还是搜罗各种糖果、香烟、烟斗、雪茄、打火机……为格迪斯打包成圣诞礼物。而且运气很好,买到了很多码生皮蕾丝,这是礼盒中最让他开心的内容!他特喜欢生皮蕾丝,就为这东西那种特殊质感和它毛羽状式样,以及多种用途。

与此同时,一周左右没收到他来信,这样间隔又逐步扩大为两周。两周又拖延成一个月。但是,艾米同样也三个月没收到斯蒂芬来信。为这样间隔增大,我们务必不要太焦急。这是战争时期,非同寻常,是不是呢?何况,格迪斯不久前曾警告过我们,若暂时接不到他来信,他可能正办理调转到伞兵部队。我们又给他寄了一大包照片,其中有他同安的合影。此时,安已经同我们一起住了一星期多了。那都是些抓拍得非常精彩巧妙的照片。不论他在哪里,这些照片会给他带去快乐,只要不至因此更思念家园。还有什么他需要,而我们忽略了的吗?啊,我们应当索性给他寄个圣诞大礼包,这样万无一失,若他一人消受不了,还可同战友们共享!总之,我们想方设法不让自己闲下来。而且继续写信——虽然这些信件最后都被退回——写信始终保持一种喜悦、闲聊式语调,

333

334　就这样延续直至十月第一个星期！此时距收到他最后一信已四周。就在格迪斯实际阵亡之日前三天，索菲亚给他转述了一个很温馨的爱丽森的故事："昨晚晚餐即将结束时，刘易斯开玩笑对奶奶说，如果觉得还很想吃却又吃不下了，您就'朝蛋糕啐唾沫'，这样别人就不能吃了。闻此，爱丽森不假思索就说道，'那我去年夏天格迪斯哥哥没走时，就该朝他啐上唾沫！'"

　　虽然我们每个人都竭尽全力维持日常活动，不去想最担心的事，但内心的焦虑整个夏天都在不断增长，这防御墙多坚固也抗御不住。八月一天夜里，将近黎明时分，爱丽森吧嗒吧嗒走向卫生间，通常她若遭到麻烦总是这副样子。而且，若碰巧索菲亚也醒来，并喊她到她床上，她会特感谢。不过这天，爱丽森是被梦吓醒了。一个可怕的梦：她梦见哥哥格迪斯阵亡了。她嚎啕大哭，怎么也哄不好。醒来后满脸泪水，抽抽噎噎，细声细气告诉妈妈梦中所见。从那一刻起，我们虚假的宁和就完全碎裂了。互相不说自己内心想什么，但即使什么不说，心事似乎互相都能听到。一天天过去，逐渐就到了十月。索菲亚压抑内心焦虑去了汉诺威，同莉蒂娅小住几天。莉蒂娅的丈夫，我们的好友库尔特·贝伦特(Curt Behrendt)，因患冠状动脉硬化中风，已经病危。事后索菲亚在十月八日她生日前几天回到家。格迪斯有信来吗？……音讯全无。时光一天天过去，信箱似乎越来越空旷。

　　索菲亚生日过后两天，收到国防部第一封来电，内称：格迪斯被报道在战斗行动中失踪。对这消息我们直接反应远超出理性判断：**失踪就意味着阵亡！**由于深深了解自己的儿子，我们从一开始就不相信他会被俘，除非他们整个部队全部被制服。但这种无

335　可挽回的终局意识随后一周稍有减退。因为有朋友提醒我们说，所有的"失踪人员"后来不都回来了吗？于是，很快，我们又开始希望出现奇迹，证明这消息不实。但即使这空想也矛盾重重：因为我们知道还有比阵亡更可怕的情形。知道战俘在纳粹手中会遭遇的侮辱和虐待。这种情况下，我们甚至怀着最后一点点希望，盼他还活着，便又给格迪斯写了封信。一则表明我们从未间断通讯联系，再则希望，他在最需要我们时不至感到孤立无援，特别在受伤情况下。接下来七天整，我们就靠这微弱希望活着。像两个被困救生筏的落难者，一心盼望陆地、食物和淡水，同时互相抓得紧又紧……时间一天天过去，渐渐地他们形神枯槁，互相抓住的双手也越来越衰弱无力了。

　　17日，最终讯息到来。那天晚上，全家正在吃饭。我起身去厨房备茶，刚好听见似有老鼠挠厨房门声音，便加快脚步。到门口，却见是弗兰纳根先生(Flanagan)，双手拿着一封电报，面容目光一本正经而又忧心忡忡(a sober troubled face)。全部含义我马上就明白了：我们这里只有一种电报从不可以用电话转告，而必须要电报员亲送上门。我机

械地说过了谢谢您！随后他很快转身默默走开了。这简短经过,索菲亚还没听见,整个下午她都还神色轻松。真相,首次如此加倍困难,难以对她揭晓。而且或许我想的不对,我当然不想让爱丽森陷入悲痛,尤其不愿让她见我们满面悲苦而悲痛万分。为此,我一再延宕,没宣泄这消息,直至晚上把爱丽森哄上床,照常陪伴她,给她讲故事。可是,小房间里仿佛弥散着某种气氛让她长时间难以入睡。整个过程足足两小时……直至我感觉她已安然入睡,才说了声晚安,轻手轻脚下楼来。可她又突然惊醒,非常躁闹,我只好又上楼继续哄她半小时。然后下楼来,把事情告诉了她妈妈……

第二天清晨,索菲亚把爱丽森喊到床上,把哥哥发生的事情对她讲了。爱丽森听完,静静躺着,半晌没说话。随后,以一种非常轻细而幽远声音说道,"咱家永远没有从前那样的日子了……"

后来,十月,我笔记中记载了我们多么难以接受格迪斯这种命运。此处我将其抄录如下。因为,相信它或许能引发某些回声、共鸣。或许对于别的父母会是一种慰藉:

"上周某晴天,我外出砍伐木柴,当时身穿厚背心,干活热了,我就脱下它,顺手挂在距离最近一个钩子上。其实不是什么钩子,而是谷仓房门的门闩。不过这门闩已经松动,有些歪歪下垂。所以我一面小心翼翼挂上衣服,一面自言自语,如我小时候那样,暗中打赌:'若这背心不掉下来,格迪斯可能还活着!'后来,这背心居然奇迹般没掉!后来为个什么事,我离开那里,把这事情也忘了。两天后,大雨倾盆,我又来到那里,突见那背心还挂在门闩上!已经满是泥点,浸透雨水。原先第一天的满心期待,今变成一阵钻心的痛!我连忙收回背心,跑回屋里,流着泪对索菲亚讲述了这经过……因为,我讲这经过,这被忘在大雨中的背心就成了我们的孩子,孤自被丢在荒野,风雨交加……就在这天,陆军部有关格迪斯阵亡的正式通知送达我家。

"今天上午,一个宁静温暖的秋日。轻雾袅袅,阳光柔和。我见房屋对面枫树上有只小鸟,棕灰胸羽,几乎不敢相信自己眼睛:这会是只蓝鸟吗?及至见它又飞到另一棵树,我确定,确实是只蓝鸟。而且正婉啭鸣唱,呼唤伴侣。那伴侣也正绕它上下翻飞。一对蓝鸟!这仿佛又是一种预兆!或许,奇迹还有可能?或许,某位战死者被误认作格迪斯?而他,以他猎人智慧和眼光是不会身陷厄运的!我几乎满心欢喜呼喊索菲亚,指着大树,让她快出来看看这对可爱的鸟儿!几分钟后,邮递员来了。送来一包信笺,都是我们寄给他的。其中最早日期是8月29日,苏菲寄出。信封加盖了个军队蓝色邮戳,字样是:确认已故,10/7/44。"我们期待的最后一点点火焰,最终就这样被吹灭了。或者该更准确说,最后一缕摇曳闪动的火苗儿被湮没,而黑色余烬中殷燃的火仍然明灭闪耀,永不熄灭,永远等候着他突然归来！一如他休假回家那样,在我们入睡时悄悄进来,第二天清晨憨笑着问候我们,为他突如其来给我们惊喜,而非常得意！我们再不能直视他的眼睛,但有时我们抬头望厨房门道,仿佛见他就站在那里,满脸笑盈盈,仿佛很满意我们即使在见不到他时仍能继续工作,没放弃这桩他也很热爱的事业……

52   孤自屹立   坚定不移

"40：FM-21-100.士兵手册。侦察兵职能和责任：

"232.-a.侦察兵——a.部队安全系统最小单元就是侦察兵。侦察兵的职责是发现敌人行动而自己不被发现,侦听到敌方动向而自己不被听到。因此侦察兵须非常机警,身体强壮,坚韧顽强,眼光敏锐,听觉精准,还须有超凡记忆力。

"b.作为侦察兵,你的指挥员可以派你前往执行任何战斗行动。当你的部队扎营或露宿之先,须先派侦察兵去前沿侦察敌方情况,并且防止敌方侦察兵获得我方宿营消息。当你的部队行军途中,侦察兵要配合前卫、侧翼和后卫部队及时发现敌方意图,并迅速将情报递送给自己指挥员,使之有所准备。夜间或浓雾、密林中行动,侦察员须担任部队行动向导。

"c.你的部队前去突袭过程中,侦察员须走在前面,确保部队行进方向正确无误。同时及时发现危险地区,避免部队误入。并且挑选能够避免敌人火力的安全通道。突袭过程中侦察员还须确保部队不受敌方突袭或反击。侦察员要选择并占据有利火力点,同时报告敌方火力目标。

"d.当本部队处于防御守备地位时,侦察员担任警戒哨、了望哨、侦听员、狙击手。也可以担任巡逻队成员潜入敌方阵线,日以继夜获取敌人情报。同时,拒斥和干扰敌方侦察兵的同种行动。

"e.一名训练有素的侦察兵能看见和听到普通士兵看不见和听不见的情况。你们除能发现游动目标,还须能获取模糊不清、纹丝不动的敌方目标。为此往往需要长时间的艰苦搜索,才能发现心怀叵测的敌方目标位置。作为侦察兵,你们必须依照前面叙述要求把自己严实掩藏起来。但是,如情况需要则可随机应变,完全有行动自由……

"k.所以,可以看出,你一旦被派任侦察兵,很大程度上取决于你如何出色完成任务。必须永远记住指挥员为什么派你出去,以及他指望你完成什么任务。那就是你的'使命'。有时候,这使命需要你付出极大勇敢……"

"最高指挥官,HG.,Ⅴ陆军军邮464号,美国军报.下述部分录自给斯蒂芬·J.斯平加恩少校的一封信,信件日期是1944年11月15日。发信人是91师最高指挥官威廉·M.丹尼斯:

"有关您询问的363营通讯连列兵芒福德阵亡前后详细情况,经过调查全部能够找到人员,我谨传达以下信息:芒福德于9月12日至15日之间战斗行动中阵亡,当时正值我军攻克德国歌德防线前夜。战斗中他担任他们连第一侦察兵。当时我方攻击被德方炮火压制,他当即阵亡。直至此刻撰写该报告,我也未能找到他埋葬确切地点。他是个很年轻的小伙子,深受同连战友喜爱。而该连队阵亡将士坟茔曾多次迁移重葬,因而无法确认他真正遗体。他连第一分队长对他评价很高,说他侦察任务非常危险,但都能出色完成任务,为大家树立榜样。每次战斗他都率先行动,常冒生命危险完成任务,对连队表现了忠诚勇敢精神,无愧为我军'最出色勇敢战士'称号。"

战地记者罗伯特·弗莱舍(Robert Fleisher)中士的个人报导,1944年11月11日,罗马:
"九月初我奉命为我军报采写我军突袭德国歌德防线战斗行动开启阶段。我最初经历诸多事件之一就是采访格迪斯所在的团。他们告诉我,他在连队此次突袭行动中担任矛头,当时无法接近进行采访。我便折返团指挥所,一连等候三天。直至我被告知该连已稍微后撤,能够联系上了。

340

"这天稍晚些时我同他们取得了联系,得知格迪斯在前天夜里巡逻行动中失踪。我询问了连长、分队长以及巡逻过程中同他在一起的某些战士。从他们提供的只言片语,我拼凑出以下经过,但残缺不全,不足以描述全部经过。

"格迪斯,如你所知,是一名先进侦察兵,职责是引导巡逻队避免走入敌方埋伏。侦察兵必须确保前进道路通畅,以便战友们能够顺利通过。不然就告知战友前进道路上哪里有敌人抵抗。

"这种情况下,格迪斯最先遭遇敌方一名前哨。巡逻队只听德军高喊询问,随即见格迪斯纵身越下河坡。几乎同时德寇连续开枪,向黑暗里疯狂射击,其他德寇闻讯也赶来增援。我军因寡不敌众,只好后退。这就是他们讲述的全部内容。

"随后十天我继续采访搜寻,仍一无所获。突袭行动中情况非常混乱,这种情况下很难获得任何准确可靠信息。许多本来略知情况的战友们,随后也在一两天内相继伤亡。我只得又回到罗马,那里同样也无任何确切消息。后来,四周后我再次来到前线,这才听说了事情基本经过。然而确切情况,我仍不得而知。即使确实有人了解准确情况,我也无法找到他。我的确努力找过了,请相信我……

341 　　"率领格迪斯他们营那位少校告诉我说,格迪斯起初是营部通讯连联络兵。但他总不喜欢这个工作岗位,每次前去递送信函,总想方设法用步枪射杀德寇,或尾随步枪连加入火线战斗。还多次从战场上押回德军战俘,带回许多战斗故事,包括他如何射杀德寇。他多次央求派往前线战斗部队,最后是少校让步,批准了他。

　　"格迪斯的第一分队长确认这一情况,并说他很希望带领一连都像格迪斯那样勇敢的战士。还说他是个彻底无畏的人。我第一次见到这位分队长那天,我询问有没有可能格迪斯被俘。这位分队长回答说,'啊,不会。那不会是他芒福德。他们永远不会活捉他。他太有豪气!'

　　"他是士兵中的士兵,大家都知道他：话不多,说话柔和,危险情况下完全可靠……

342 　　"我认为,格迪斯比我们大家更懂得这场战争的深刻意义。他那么沉默寡言,那么心中有数,或许很少讲述或叙写自己情感。但是他们全连都承认,他很有勇气,他这勇敢精神足以振奋全体官兵。他那样热切要求与纳粹直接较量,最能说明他对自身参与的这场战争的坚忍残酷和攸关意义,有非同寻常的理解。"

　　　　一等兵

　　　　格迪斯·芒福德

　　　　军人编号：32942092

　　　　36方面军91师　L连

　　　　C方　5排　339墓

　　　　美军墓园

　　　　卡斯特弗伦丁诺

　　　　意大利

　　"照我看,死亡这话题可暂且摞下不提。它若该来就完全出乎预料。没那么多如果、但是……它一旦降临,什么力量也挡不住它。"

　　"都说透了,别的还有什么可说呢?"

译后记

　　刘易斯·芒福德认为自己治学成就深深受惠于苏格兰生物学家、城市社会学和规划理论先驱人物帕特里克·格迪斯。为纪念这份恩情,他们爱子1925年7月5日降生后就取名格迪斯·芒福德。这位茁壮成长的小伙子1944年9月战死在反法西斯战争疆场。此书是作者缅怀爱子的完整记录。

　　据《刘易斯·芒福德传》记载,作者芒福德一生勤奋,回顾人生觉悟到自己严重忽略对妻子儿女的关照。尤其爱子阵亡后,痛惜之情不难想象。撰写此书不仅想把"亏欠孩子的每年每天逐一归还给他……"更因珍藏着孩子写给家里大量书信,其中有许多人生感悟和寄语世人的内心体会。实际上是这孩子在炮火纷飞的战场重审自然人寰的新感受,包括人间长治久安的体悟与建议。如此精神遗产,作者感到不能不传达给人间。

　　所以该书不仅仅是作者纪念爱子,从叙述中可知,同一小村,同样阵亡的还有格迪斯童年挚友。该书也叙写了家长们的撕心悲痛。更叙写了老一辈人誓与法西斯周旋到底的决心。还叙写了他们和平生活,安宁环境,朴实勤劳家风对孩子的熏陶习染。战争时期能挺身而出,无私奉献。主人公格迪斯就是这样淳朴民风中成长起来的优秀青年。

　　杰出人物丧子,且因秉持自家共同信念和原则精神战死疆场,为自己信奉的事业祭献爱子,这对任何稍稍理解西方宗教历史文化背景的人,均无须提醒其中明确象征含义。即使对宗教背景薄弱的人,其中所含高尚精神也无须野叟献曝一再点明。因此,此书发表后居然反响寥落,除几位同样经历丧子之痛的父母写信来同掬一把辛酸泪,余声寥落,销售量也不若以往书籍。这结局令作者惊异甚至震怒,感觉这结局"是对格迪斯又一次不应有的重创!"

　　译毕则感觉到,其实任何一般语言都不足以告慰死者英灵,都无法安慰丧亲者。此外,社会冷漠这局面无情地反映出,现实社会和风潮时尚,对应人类终极关怀和宏远未来,自有其永难剥离的轻浅乃至罪谬。中外古今皆然,无须惊诧。此书至少向读者公众呈现一颗伟大心灵,一个可敬的学者之家,以及许多平凡劳动者之家,他们的日常生活,成长经过,喜怒哀乐,点点滴滴人文积累。他们的情感和沉思,平凡中透出伟美。译介中感觉到,做人不仅要学会敬重逝者,同样也要敬重这种明大义,弃小家,苦难悲痛锤炼灵魂意志,为人类福祉不放弃探索和奋斗,这种高贵精神代表着人类的希望。

译者   2015 年(乙未年)元宵节

图书在版编目(CIP)数据

长青的纪念：爱子格迪斯轶事/[美]刘易斯·芒福德著；宋一然，宋俊岭译. 一上海：上海三联书店，2018.5
ISBN 978 - 7 - 5426 - 6291 - 0

Ⅰ.①长… Ⅱ.①刘…②宋…③宋… Ⅲ.①回忆录-美国-现代 Ⅳ.①I712.55

中国版本图书馆 CIP 数据核字(2018)第 126137 号

长青的纪念：爱子格迪斯轶事

著　　者／刘易斯·芒福德

译　　者／宋一然　宋俊岭

责任编辑／冯　征

装帧设计／豫　苏

监　　制／姚　军

责任校对／张大伟

出版发行／上海三联书店

　　　　(201199)中国上海市都市路 4855 号 2 座 10 楼

邮购电话／021 - 22895557

印　　刷／上海肖华印务有限公司

版　　次／2018 年 5 月第 1 版

印　　次／2018 年 5 月第 1 次印刷

开　　本／710×1000　1/16

字　　数／200 千字

印　　张／12.75

书　　号／ISBN 978 - 7 - 5426 - 6291 - 0/I·1392

定　　价／58.00 元

敬启读者，如发现本书有印装质量问题，请与印刷厂联系 021 - 66012351